이화, 번지점프를 하다

여성 작가 12인의 테마 소설집

이화, 번지점프를 하다

우애령 · 이청해
한정희 · 김향숙
정미경 · 권지예
김다은 · 함정임
배수아 · 고은주
오현종 · 권 리

글빛

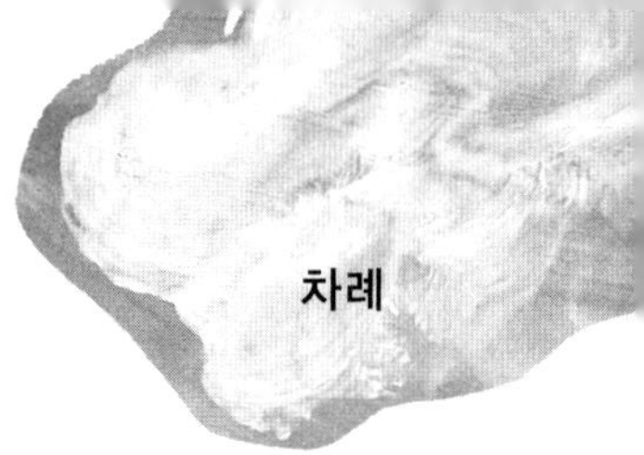

차례

선유실리

우애령

안개 낀 산속에서 누군가 자기를 부르고 있는데 길을 찾을 수 없어 안타까워하는 꿈에서 정주는 겨우 깨어났다. 한동안 보이지 않던 꿈이었다. 무슨 일이 있으려나…… 대개 어떤 큰일의 전조처럼 나타나던 꿈이었기에 마음이 쓰였다.

그날 학교 소강당에서 문학 특강이 끝나고 정주가 주차장을 향해 걷고 있는데 뒤에서 부르는 소리가 들렸다. 돌아보면서 놀라움과 반가움에 자신도 모르게 '목사님' 하고 소리쳤다. 낯익은 얼굴에 30여 년의 세월이 그대로 내려앉은 모습이었다.

"아, 알아보시는군요."

그는 활짝 웃으며 손을 내밀어 악수를 청했다.

"여기는 웬일이세요?"

"웬일은요. 선생님 특강을 들으러 왔지요."

"…… 그럼 강당에 들어오셨었어요?"

"그랬습니다."

정주는 무안한 마음이 들었다.

"듣고 계신 줄 알았으면 좀 더 잘할 걸 그랬네요."

"아닙니다. 아주 좋았습니다. 흐뭇했구요."

웃는 얼굴에 예전 모습이 그대로 있었다. 정말 오랜만인데 차 한잔 할 시간이 있느냐는 물음에 정주는 선뜻 대답했다.

"그럼요. 있구 말구요."

이상하게도 어제 만났던 사람처럼 전혀 거리감이 느껴지지 않았다. 지금도 여전히 그에게 소년 같은 모습이 남아 있어 신기했다.

"차는 안 가지고 오셨어요?"

"지금 캐나다에서 살고 있습니다. 거기서 교회를 맡고 있는데 일 때문에 귀국했다가 우연히 선생님 특강 소식을 들었지요. 내일 돌아가는 날인데 만사를 제치고 달려왔습니다. 정말 반갑습니다."

괜찮으면 자기 차를 타고 가겠냐는 정주의 제의를 그는 스스럼없이 받아들였다. 부암동에 있는 작은 카페에 가는 동안 조수석에 앉은 그는 별로 말을 하지 않았다. 분위기가 가라앉는 것 같아 조금 어색한 느낌이 들어 짐짓 명랑한 어조로 정주가 말을 건넸다.

"저를 금세 알아보시겠어요?"

"그럼요. 옛 모습이 그대로 있는데요. 좀 여유 있고 부드러워진 것 같기도 하구요."

"어떻게 옛 모습이 있겠어요. 얼마나 오래전 일인데요. 목사님이 학생들하고 그곳에 오셨던 게 벌써……"

"그렇지요. 벌써 30년이 넘었군요."

낮 시간이라 사람들이 별로 없어 한적한 카페에 그와 마주 앉자 꿈에 본 듯한 그곳의 정경들이 한꺼번에 머리를 스치고 지나갔다.

* * *

그 당시 대학생활의 기억은 춥고 어두웠다. 데모와 최루탄과 휴교가 일상사가 되어 있을 때였다. 대학에 다니던 시절 전공은 제쳐놓고 도서관에 틀어박혀 닥치는 대로 책을 읽는 게 정주가 주로 한 일이었다. 그러다가 우연히 친구의 권유를 받고 집이 아닌 다른 곳으로 떠나고 싶다는 생각이 들어 농촌봉사대를 처음 따라가게 되었다. 그 후 대학 시절 내내 방학이 되면 영주는 농촌봉사대를 따라 산속에 자리 잡은 강원도 오지를 찾아다녔다. 여름방학이나 겨울방학 날씨는 찌는 듯 덥지 않으면 매섭게 추웠다.

어쭙잖게 그곳에 가서 문맹 퇴치라는 이름으로 국어를 가르치고 행주 삶는 법이며 세균을 피하는 청결법과 응급처치 같이 자기도 잘 모르는 것들까지 마을 사람들에게 가르친 생각을 하면 지금도 정주는 낯이 뜨거웠다. 그래도 학생들은 낡은 석회부대나 신문지로 도배한 방에서 메주 뜨는 냄새를 맡으면서 서투르게 새벽밥을 지어먹고 열심히 담쌓기며 풀뽑기 같은 일에도 참여하곤 했다.

그 당시 정주의 집안 사정은 여러 가지로 복잡했다. 대학 졸업반이던 해 사업이 기울어 사방에서 사채를 끌어 쓰던 아버지는 결국 부도를 내고 말았다. 가재도구가 차압되고 집이 경매로 넘어가는 지경에 이르지 않았다면 그녀는 그곳으로 떠나지 않았을지 모른다. 부모는 먼 곳으로 피신해서 연락도 없고 넓고 휑뎅그레한 한옥 안방에서 동생과 함께 웅크리고 밤을 새우며 곁을 지키는 채권자들에게 시달리는 일은 피를 말리듯 괴로웠다. 한밤중 잠에서 깨어나면 머리맡에 앉아 두런거리는 채권자들 목소리가 들리고는 했다. 채권자들에게 시달리면서 정주는 점점 더 우울해지고 사람들을 만나는 일이 싫어지기 시작했다. 그때 농촌봉사대 일을 맡고 있던 윤 교수가 정주에게 권유했다.

"선유실리라는 곳이 있는데 간성에서 30여 리가 넘거든. 산재부락인데다가 아이들 숫자도 많지 않아 분교도 세울 수가 없어. 아이들이 간성까지 통학할 수가 없어 그냥 교육의 사각지대에 놓여 있었지. 그런데 이화대학 선배들이 그곳에 봉사활동을 갔다가 그 딱한 사정을 알고 몇 년 전 초등학교 과정을 가르치는 선혜학원을 세웠다. 네가 그곳에 가서 1년만 아이들을 가르쳐줄 수는 없겠니?"

정주는 선뜻 윤 교수의 제안을 받아들였다. 어디론가 멀리 떠나 알고 지내던 사람들을 한 사람도 만나고 싶지 않다는 소망이 제일 컸다. 윤 교수는 그렇지 않아도 다음 후임자를 구하지 못할까 봐 걱정이 많았다며 기뻐했다.

새벽에 선유실리로 떠나던 날은 혹독하게 추운 한겨울이었다. 포장되지 않은 곳이 많아 황토흙이 뽀얗게 일어나는 산길을 버스는 마냥 털럭거리며 달려갔다. 거의 열 시간이 지나 간성에 도착했을 때는 피로와 허기에 지칠 대로 지쳐 있었다.

간성 버스정류장에는 사냥일과 농사일을 하며 선혜학원의 사친회장을 맡고 있다는 기골이 장대한 중년 남자가 나와서 기다리고 있었다. 반가워하면서 정주를 맞은 그는 짐 가방을 지게에 싣고 앞장을 섰다.

"핵교가 가찹지 못해서…… 저짝 아랫모탱이까지만 해두 한창 걸리실 텐데…… 하이간 날래 가서 날이 저물기 전에 대도록 합시더."

시외버스 정류장 옆 골목으로 접어들자 금세 논밭이 눈앞에 펼쳐졌고 논이 끝나는 곳에 산속으로 들어가는 가파른 비탈길이 있었다. 산등성이 여기저기에는 드문드문 흰 눈이 덮여 있었고 낯선 사람을 따라 바람 부는 산속을 걷는 마음은 춥고 쓸쓸했다.

"우리 아덜 두 놈 다 그 핵교 학상인데 6학년허구 3학년입니더. 다음에 오실 선상님이 당췌 정해지질 않는다구 해서 이러다가 애덜 중핵교두 못 보내는 게 아닌가 허구 보통 애가 난 게 아닙니더. 이렇게 에딴 산속에 오셔주시니 울매나 고마운지요."

지게 위에 큰 가방 말고도 무거워 보이는 보따리를 두 개나 더 얹어 놓았지만 사친회장이라는 남자의 걸음은 평지를 걷듯 가볍고 빨랐다. 빈손으로 걷는 정주가 따라오지 못할까 봐 오히려 가끔씩 걸음을 늦추고 조정하는 눈치였다.

한 시간 넘게 걸어 야트막한 산을 두어 개 넘자 눈앞이 탁 트이게 아름다운 계곡의 저녁 경치가 드러났다. 폭넓은 개울에는 얇게 얼은 수면 아래로 개울물이 도란도란 소리를 내며 흐르고 있었다. 산비탈에 드문드문 작은 초가집들도 보였다. 계곡물이 웅성거리며 흘러내리고 바윗덩어리가 들끓고 옛날 바람이 그대로 부는 듯싶은 화전민 마을이 그대로 한눈에 들어왔다. 그곳에서 한 20분쯤 더 걷자 저쪽 언덕 위에 작은 건물이 보였다.

"선상님, 저짝이 바로 그 핵굡니더. 그래도 이 근처에서는 젤루 좋은 건물입니더."

언덕길을 올라가자 산을 깎아낸 작은 운동장을 앞에 두고 유리창이 제법 깨끗한 기다란 단층 건물이 보였다.

"이기 다 이화대학 선상님덜이 애가 나서 조르는 바람에 간성군에서 보조해줘서 지은 건물 아닙니꺼."

사무실이라고 쓴 낡은 팻말 옆에 청록색 빛이 나는 작은 구리종이 매달려 있었다. 문을 열고 들어서자 낡은 풍금과 오래된 책들이 꽂혀 있는 마을문고, 나무로 만든 커다란 벽시계가 눈에 띄었다. 사친회장은 이곳저곳을 신기하게 둘러보는 정주를 교사 뒤에 있는 작은 초가집으로 안내했다. 교실과 집 사이에는 제법 넓은 밭이 자리 잡고 있었다. 작은 방 두 칸이 이어져 있는 초가집 내부는 작지만 정갈했다.

"이제 선상님 한 분만 더 오시문 심심허지 않구 좋으실 긴데……"

사친회장은 집 앞에서 지게를 내리고 큰 가방을 방 안에 들여놓아 주었다.

"지금이사 겨울철이라 그렇지만 이제 날씨두 뜨뜻해지구 봄두 오믄 이 근처가 제법 경치가 좋은 곳이라 그 머이냐, 읍내에서두 귀경꺼리 삼아 이리루다가 소풍들을 오기두 합니더."

부엌에서 중년 아주머니 한 사람이 꽃무늬 원피스에 스웨터를 걸쳐 입고 반색을 하며 밖으로 나왔다. 다리를 약간 절고 있었다.

"아이구, 우리 선상님이 오시는구마. 오시느라구 얼매나 심들었을까, 이래 고운 냥반이……"

"집사람입니더. 다덜 사냥꾼댁이라고 부르지예. 우리 집에서 지녁을 대접하려구 했는데 아무래도 여기 불두 때구 그래야 방에 온기도 돌고 할 것 같아서 아예 지녁두 여기서 지었십니더."

부엌에는 시멘트를 바른 부뚜막 위에 스무 명도 넘는 사람들의 밥을 해낼 수 있을 만큼 커다란 무쇠솥이 김을 내뿜으며 얹혀 있었다. 뜬숯을 얹어놓은 풍로 위에서는 된장찌개가 보글보글 끓고 있었다. 부엌에 들어서려는 정주를 사냥꾼댁이 적극 막았다.

"이제부터 실컷 하실 일인데, 머이냐…… 얼른 아룻목에서 뜨끈허니 몸이라도 좀 지지세야제."

사친회장이 편히 쉬시라고 하면서 학교 옆에 있는 자기 집으로 내려갔다. 못 이기는 척 들어선 방은 장작불을 담뿍 땠는지 아랫목이 따끈따끈해서 깜빡 졸음이 밀려들었다. 갑자기 부엌과 통하는 장지문이 열리더니 사냥꾼댁이 작은 밥상을 들고 들어왔다. 자기는 벌써 먹었다고 하면서 어서 드시라고 정성껏 권했다.

시장기가 갑자기 몰려온 입에 흰 쌀밥과 감자와 호박을 썰어 넣은 된장찌개는 달고 맛있었다. 지난 장에 사왔다는 간고등어도 한 토막 상에 올라 있고 작은 뚝배기에 파를 송송 썰어 넣은 계란찜도 있었다.

"간두 안 맞을 낀데 달게 다 잡사주니 그기 고맙제."

숭늉도 떠오며 곁에서 허물없이 시중을 들던 사냥꾼댁은 어두워지자 남포등에 불을 밝히고 이불을 펴준 후 말끔히 설거지까지 해주었다. 식곤증이 온 정주는 대강 씻고 나서 그대로 쓰러져 달게 잤다.

새벽에 두런두런하는 소리에 깨어나 보니 장정들이 여러 명 집 뒤에 모여 장작을 쪼개고 있었다.

"낭구를 잴게 째개야 선상님덜이 불 때기 수월치."

지시를 내리며 진두지휘하던 사친회장이 정주를 마을 사람들에게 인사시켜주었다. 마을 학부형들이라는 장정들은 집 뒤뜰에 쌓여 있던 통나무들을 도끼로 쪼개서 처마 밑에 가지런하게 쌓고 있다가 순박한 웃음을 띠우며 정주를 환영해주었다.

아침 조회시간에는 전교생인 50명이 다 모였다. 6학년 학생들이 일곱 명쯤 되고 그 아래 아이들이 학년마다 비슷한 숫자로 있었다. 남루하지만 깨끗이 손질한 옷을 입은 아이들은 새로 서울서 선생님이 오셨다는 사친회장의 소개에 환호성을 지르고 웃고 박수를 치며 보통 기뻐하는 것이 아니었다. 원래 두 반으로 나누어 한 반씩 맡아서 가르치기로 되어 있는데 곧 한 분 선생님이 또 오실 거라고 사친회장은 말했다.

그날 오후 수업이 끝날 때쯤이 되어서야 학부형들이 장작을 패서 처마 밑에 쌓는 일도 다 끝이 났다. 혼자 저녁을 먹고 벌써 어두워지기 시작하는 방에 남포등을 밝히고 앉자 온갖 상념이 한꺼번에 밀려들어왔다.

그 후 한 달쯤 지난 후에 화진포에 있는 이대별장 관리인의 딸이 보조교사로 와서 일하게 되었다. 밝고 명랑한 처녀가 오자 순식간에 학교와 집에 생기가 넘쳐나는 것 같았다. 눈이 크고 웃기 잘하는 여선생과 함께 지내면서 정주는 고향에 돌아온 듯한 안정감을 느꼈다. 밤이 되면 석유 등잔불의 심지를 돋우어 가며 책을 읽고 가족과 친구들에게 편지를 썼다.

그해 여름방학, 기독교단체 학생들이 그곳으로 농촌 봉사를 나왔다. 열 명 넘는 남녀 학생들은 넘치는 에너지로 아이들을 돌보고 그림을 그리고 교실 대청소를 하고 노랑, 빨강, 보라색 들꽃이 흐드러지게 피어 있는 화단의 흙을 고르고 잡초를 뽑았다. 그 봉사대의 인솔자였던 젊은 목사가 바로 그였다. 독실한 신자인 아내도 함께 봉사대에 참여하고 싶어했지만 아이가 어려 자기만 왔다고 했다. 두 주일이 지나자 노력 봉사하는 학생들 덕에 페인트칠까지 마친 학교는 반짝반짝 빛이 날 지경이었다.

저녁 무렵이 되면 젊은 학생들은 어울려 노래를 하기도 하고 두세 명씩 짝을 지어 시냇가로 나가 열띤 토론을 벌이거나 기도회를 갖기도 했다. 학교 교실 두 개에 침낭을 깔고 남학생, 여학생 따로 숙소로 쓰면서 늦게 잠들고 새벽에 일어나면서도 학생들은 전혀 피곤해 보이지 않았다.

"젊음이라는 게 참 좋군요."

학교 앞 운동장에서 시냇가를 내려다보면서 그들의 활기찬 모습을 보고 있다가 정주가 문득 말하자 곁에서 목사가 한마디를 던졌다.

"선생님, 가끔 아주 오래 산 노인네처럼 말하는 거 아십니까?"

정주는 웃음을 터뜨렸다.

"글쎄요. 아주 오래 산 것 같기도 해요. 이런 산속에 있어보니까……"

"선생님, 그런데 어떤 때는 몹시 외롭고 쓸쓸해 보이십니다."

정주의 표정이 조금 굳어지자 느닷없이 그가 물었다.

"이렇게 어려운 곳에서 좋은 일을 하시면서도 종교에 귀의하실 마음은 없으십니까?"

"전혀 없는데요."

정주의 대답은 자기도 모르게 퉁명스러워졌다. 쓸데없는 간섭을 한다는 생각이 들어서였다.

"저는 선생님이 너무 존경스럽습니다. 이렇게 큰 뜻을 품고 사람들에게 도움을 주고 있다는 사실이요."

"저는 전혀 큰 뜻 같은 건 없어요."

"하나님은 우리가 모르는 곳에서 역사를 하시지요."

"이제 그만하세요. 아무 일에나 하나님을 끌어대는 사람들을 볼 때마다 열이 치밀거든요."

목사는 크게 웃었다.

"그렇다면 미안하게 되었습니다."

그 대화를 나눈 다음부터 정주는 그를 의도적으로 피했다. 마음속 깊이 숨겨두고 사람들에게 감추려고 하는 어두운 부분을 그가 간파해 낸 것 같아 두렵고 싫었다. 가끔씩 그가 정주를 응시하고 있는 것이 느껴졌지만 길 잃은 어린 양을 찾아 전도하려는 사람처럼 느껴지기만 했다. 봉사대원들이 떠나기 전날 저녁 잠깐 동안 정주는 목사와 이야기를 나눌 기회가 있었다.

"선생님, 나하고 이야기할 기회를 일부러 피하시는 것 같은데 그렇습니까?"

정주는 돌려 말하지도 않고 단도직입적으로 묻는 그에게 순간적으로 화가 났다.

"나를 구원할 생각일랑은 마세요. 지금도 충분히 행복하니까요."

"…… 그런 의도가 있는 건 전혀 아닙니다."

잠시 침묵이 흐른 후 그가 말했다.

"사실은 선생님을 보고 있으면 몇 년 전 그 나이의 나를 보는 것 같아서요. 너무나 나하고 비슷한 사람이구나 하는 생각도 들구요."

의외의 말에 놀라 정주는 그를 쳐다보았다. 그는 말없이 시냇가만 바라보고 서 있었다. 정주는 갑자기 말문이 막혀 뭐라고 이야기를 이을 수가 없었다. 송별회를 한다고 마을 사람들이 닭을 잡고 감자를 찌고 부침개를 부쳐서 하나 둘 계곡을 타고 내려오는 모습을 그저 바라보고만 있는데 학생들이 교실 문 밖에 서 있는 두 사람을 소리쳐 불러서 어색한 장면은 그렇게 끝나버렸다.

다음날 아침 일찍 떠나는 봉사대 일행을 배웅하느라고 정주와 여선생, 사친회장과 학부형 몇 사람이 성황당이 보이는 곳까지 나갔다. 성황당 앞에서 정주는 봉사대원 한 사람 한 사람과 악수를 나누었다. 그들의 몸을 사리지 않는 노동이 진심으로 고마웠다. 목사는 학생들에 둘러싸인 채 정주와 악수를 했다.

"많은 이야기를 나누고 싶었는데 그냥 떠나게 되었습니다."

"저는 할 이야기를 다 한 것 같은데요."

정주가 심드렁하게 대꾸하자 학생들 사이에 왁자하게 웃음이 터졌다. 짓궂은 남학생이 농담을 던졌다.

"목사님, 딱지 맞으신 거예요. 그만 단념하시구 빨리 사모님께 돌아가시자구요."

목사는 파안대소를 하고 여선생도 배를 잡고 웃었다. 정주만 웃지 않았다.

사람들을 보내고 돌아서는 길은 몹시 허전했다. 한동안 말없이 걷다가 여선생이 놀리는 어조로 말했다.

"그 목사님이 선생님을 좋아하는 것 같던데요."

정주는 얼굴이 붉어질 정도로 화를 냈다.

"모르는 소리 하지 마. 자기만 영혼의 구원을 받았다고 철석같이 믿고 다른 사람들을 구해주겠다는 사람들이 나는 제일 싫더라."

"목사님이 시냇가에 앉아 있는 선생님을 바라보고 있는 걸 여러 번 봤어요."

"시끄러워. 전도하려는 생각으로 똘똘 뭉친 사람이야. 내가 시냇가의 길 잃은 양으로 보였을 거야.

"얼렐레. 선생님도 수상하네. 왜 그렇게 아무것도 아닌 농담에 화를 내요?"

사실 그 말이 뜨끔하기는 했다. 일행이 떠난 후 그 목사 생각이 문득 나는 적도 있었지만 정주는 고개를 흔들어서 그의 생각을 떨쳐버렸다.

봉사대가 떠난 다음 달부터 낯선 사람과 편지를 주고받게 되면서 그 목사 생각은 조금씩 희미해졌다. 그 사람은 우연히 신문에서 선생님의 사연을 읽고 펜팔을 하고 싶어서 용기를 냈다고 타이프로 단정하게 친 첫 편지를 보냈다. 이화대학 졸업생이 강원도 산골에 와서 학생들을 위해 애쓰고 있다는 이야기는 미담가화에 속했기 때문에 위문편지도 오고 느닷없는 연애편지 비슷한 것이 군인들에게서도 오고는 했지만 답장을 보낸 적은 없었다.

낯선 사람은 계속 편지를 보냈고 정주도 진솔한 글에 호감을 느끼게 되어서 답장으로 그곳에서 일어나는 일들을 적어 보내기 시작했다. 그 사람은 자기가 고시공부를 하고 있는 사람이라고만 하고 신상 이야기는 별로 하지 않았다. 편지 주소는 광화문 사서함으로 되어 있었다.

이곳은 조용하고 고즈넉해서 신선이 와서 놀다 간다고 옛날 사람들이 선유실리(仙遊室里)라고 마을 이름을 지었다는 곳입니다. 바람소리가 나무숲을 뒤흔들고 지나가는 날들도 많지만 수업이 끝나고 아이들이 다 돌아가면 정적이 온 천지를 감싸는 것 같아요. 가끔 드나드는 산판 트럭이 어쩌다 지나가는 소리만 들려요. 비와 바람에 패어나는 돌밭길들이 많은 곳이라 승용차는 들어올 엄두도 내지 못하거든요. 가끔 토종 조랑말들이 미처 닦지 못한 산골에 길을 트기 위해 무거운 자재들을 싣고 시냇가 옆을 타박타박 걸어가는 모습이 보이기도 해요.

편지를 받고 그는 아름다운 그곳의 정경이 눈앞에 보이는 것 같다는 답장을 보내왔다. 그의 편지 속에는 자기가 읽은 책 이야기, 좋아하는 음악 이야기, 그 당시에 일어나는 일들에 대한 자신의 생각, 이런 이야기들이 세세하게 담겨 있었다.

간성읍으로 들어가는 길목 큰 장터에서는 닷새마다 장이 서는데요, 봄에는 산나물, 가을에는 싸리버섯, 도토리묵 등을 담은 함지를 머리에 인 아낙네들이 산길에 줄을 서듯 늘어서고는 해요. 가끔 급히 돈이 필요하면 곡식 포대들을 이고 산길로 나서고 남자들은 겨울이 되면 나무 한 짐을 팔러 30여 리 길을 왕복하기도 하지요. 밭농사로 겨우 연명하지만 생필품을 사려면 돈이 필요하기 때문입니다. 자연 속에서 사는 단순한 삶은 거의 수도자의 생활 같습니다. 새벽이면 일어나 샘에서 물을 긷고 장작불을 때서 아침, 저녁을 짓구요. 낮에는 아이들을 가르쳐요. 오전에는 공부를 가르치고 오후에는 시냇가에 있는 큰 바위 위에 앉아 성경 이야기며 옛날이야기들을 들려주기도 해요. 오늘도 그

큰 바위에 둘러앉아 형들에게 팔려 이집트로 가게 된 요셉의 이야기를 들려주었지요. 아이들은 왁자지껄하게 떠들면서 형들을 성토하기도 하고 너무 잘난 척한 요셉이 문제라는 둥, 막내만 예뻐한 아버지가 잘못했다는 둥 아주 놀랄 만한 혜안이 있는 이야기들을 주고받고는 해요. 다윗과 골리앗의 이야기를 들은 다음에는 키 작은 애들이 키 큰 애들한테 너는 골리앗이지만 나는 너를 이긴 다윗이다, 이렇게 말하면서 덤벼들기도 하구요.

그 편지를 받은 다음에 혹시 기독교 신자냐는 질문을 하는 그에게 그런지 안 그런지 자기도 잘 모르겠다고 정주는 답장에 썼다. 굽이굽이 돌아드는 산길을 자전거를 타다 끌다 하면서 올라온 우체부가 편지나 묵은 신문들을 며칠에 한 번씩 전해주고는 했다. 정주는 우체부가 나타나는 저쪽 언덕길을 교실에서 하루에도 몇 번씩 내다보며 편지를, 특히 그의 편지를 기다리고는 했다. 어떻게 생긴 사람일지 상상해보기도 하고 만나보지도 않은 사람과 깊은 교감을 나눌 수 있다는 게 놀랍기도 했다.

그 시절, 자연 속에서 숨 쉬고 아이들을 가르치고 그 순박한 마음에 감동을 받으면서 세상과 사람들을 향해 닫혀 있던 마음의 문이 서서히 열리기 시작했던 것 같았다. 편지로 마음을 터놓고 소통할 사람이 있다는 사실도 삶의 빈 부분을 채워주는 것 같은 마음의 평화를 가져다주었다.

가난하지만 눈빛이 맑은 아이들은 내게 새로운 삶의 모습을 보여줍니다. 그러나 아이들에게 나는 과연 어떤 모습일지 가끔 궁금해요. 나는 상록수도 구도자도 아니기 때문입니다. 나는 이곳에서 그저 소박하게 일하며 단순하게 살고 있고 신기하게도 삶은 그것으로 충분하다는 생각이 이제는 들어요.

얼마 전에는 학부형 한 사람이 갑자기 신이 내렸다고 무당이 되어서 굿을 했어요. 구경을 가보았는데 거의 문맹으로 알려져 있고 말수도 없던 사람이 그 긴 사설을 다 하는데 너무나 신기했어요. 어제는 우리 반 아이 엄마가 산에 나물을 뜯으러 갔다가 뱀에 물렸어요. 다행히 독사가 아니라서 옆집 사친회장님이 피를 빼고 조치를 해서 괜찮아졌지만요. 학교에 해열제나 소화제, 빨간약 같은 기본 약들이 있어서 거의 의사 행세를 할 때도 많아요. 상당히 근엄하게 약을 주고 엄숙하게 설명해야 병도 금방 낫더라구요. 그러고 보니 의사가 불친절하다고 전에는 불평도 많이 했는데 왜 그렇게 폼을 잡고 사는지 이곳에 와서 의사 비슷한 노릇을 해보니까 대강 알 것 같기도 해요.

그는 사람들에게 실질적인 도움을 주면서 살 수 있는 정주가 부럽고 그런 사람이 와서 도움을 받는 마을 사람들이 부럽다는 답장을 보냈다. 정주는 사냥꾼댁의 이야기도 시시콜콜 써보냈다.

옆집에 사는 사냥꾼댁은 활달하고 경우가 밝은 사람입니다. 웃을 때마다 빠진 앞니가 드러나고는 하지만 개의치도 않는 것 같아요. 사냥꾼 남편은 옛날이야기나 전설에 나오는 장수처럼 기골이 장대하고 인물이 출중한 사람인데 해마다 겨울철이 되면 눈밭을 헤치고 곰 사냥을 떠난다고 해요. 장정 몇 명이 모여서 인제며 원통이며 태백 등지로 안 가는 곳이 없이 돌아다니며 산속에서 곰처럼 뒹굴면서 곰 사냥을 한다는군요. 곰을 한 마리 잡으면 떼돈을 벌게 되는데 이 남자는 그 돈을 들고 예쁜 각시가 있는 술집에 파묻혀서 세월아 네월아 놀다가 온다는 거예요. 처음 그 이야기를 듣고 흥분한 나는 그런 남편을 그냥 두느냐고 했지만 사냥꾼댁은 화통하게 웃기만 하더라구요. "사나가 인물이 그만할 제는 여자들이 따르는 것이사 당연한 일이제." 이런 대답을 하면서요. 올 초봄에도 남편이 언제 돌아온다는 편지를 받고는 제일 좋은 옷을 차려입고 한쪽 다리를 조금씩 절며 읍으로 나가는 중간 시냇가에 큰 느티나무가 서 있는 곳까지 마중을 나가 하루 종일 기다렸어요. 그러고는 해가 질 무렵 쓸쓸히 혼자 돌아오길래 도대체 정신이 있는 사람이냐, 왜 그런 대접을 받고 사느냐, 그렇게 살아서는 안 된다고 종주먹을 대고는 했어요. 무언가 몹시 부당해 보였거든요. 그랬더니 "내가 지둘리는 집으로 돌아오기만 하는 것두 고맙제 무어." 이러더라구요.

그렇게 남편을 위하고 좋아하는 사람을 그 후에도 별로 본 적이 없는 것 같았다. 남편 이야기를 할 때면 얼굴이 환한 꽃처럼 피어나던 여자였다. 나중에 생각해보니 어떤 의미에서는 가장 행복한 아내의 모습이 아닌가 싶기도 했다. 교육을 받지 못해 거의 문맹에 가까운 수준이었지만 경우가 밝고 인생에 대해 혜안을 지닌 사람이었다. 그 마을에서 그 사람과 가장 마음을 털어놓고 친구처럼 지냈던 것 같았다.

지난주에는 장에 내려가는 길에 군청 공보실에 부탁해서 어제 학교 앞마당에서 영화를 상영했어요. 김지미도 나오고 허장강도 나오는 그런 영화예요. 영화 신청을 하고 기다리면 두 달에 한 번 정도 군 홍보실에서 나와 옛날 배우들이 나오는 오래된 영화를 틀어주거든요. 마을 사람들은 아이들에게서 영화 상영이 있다는 소식을 들으면 이른 저녁을 먹은 후에 삶은 감자며 부침개들을 베수건에 싸들고 잔칫날을 받은 것처럼 홍겨워하며 학원 마당으로 몰려들어요. 멀리서 이웃 마을 사람들까지 원정을 오구요. 어스름한 기운이 학교 운동장에 깔려들고 영사기 돌아가는 소리가 들리기 시작하면 사람들의 얼굴에 홍분과 즐거움의 기색이 가득 넘쳐요. 장난치며 떠드는 아이들의 웃음소리와 돌돌거리며 흐르는 시냇물 소리에 둘러싸여 밤의 산속은 훈훈해요.

산속의 정적을 견디지 못했던 정주는 그에게 많은 편지를 띄워 보냈다. 순진무구한 아이들 이야기, 시시각각으로 변하는 숲의 빛깔과 시냇물에 비치는 하늘과 구름의 이야기, 누에를 치고 뽕잎을 따러 다니던 이야기, 그리고 정주가 읽던 책 속의 주인공들, 산속을 서성거리는 바람소리, 가을에 아이들이 꺾어와 온 교실을 장식하던 단풍나무 잎들, 아이들이 고무신에 시냇물과 함께 담아오던 물고기들, 오후 내내 기다리던 자전거 탄 우체부, 집 앞 텃밭에서 가꾸던 오이며 감자, 호박들…… 숨이 막히도록 아름다운 생명의 빛으로 숲과 시내를 비추며 떠오르던 보름달, 그믐이 가까워지면 깜깜한 하늘에 청청하게 빛나던 별들의 이야기를……

어제는 학원을 떠나기 전 작별 기념으로 교실에 병풍과 담요를 둘러치고 춘향전을 공연했어요. 나는 월매 역할을 맡았고 눈매가 고운 여선생은 춘향이 역을 맡았지요. 윗마을에 사는 허우대 좋은 총각이 군대에서 휴가 나온 참에 이 도령이 되고 마을 사람들이 변학도며 향단이가 되었지요. 아이들은 입은 옷 그대로 아무 때나 남원 마을 사람이나 잔치 손님으로 뛰쳐나오는 즐거운 단역 배우들이었구요. 얼마나 많이 공연을 보러 몰려들었는지 교실 안이 송곳도 못 꽂을 정도로 꽉 차서 밖에서 교실이 들여다보이는 유리창마다 사람들이 까치발을 하고 서서 울고 웃으며 공연을 보았어요.

그 모든 장면들이 어느 꿈속에서 보았던 일처럼 아련하고 그립기만 했다. 그곳을 떠나기 일주일 전쯤 그에게 편지를 띄웠다. 산속에서 보낸 시간들의 추억을 더듬는 편지였다. 정주는 편지 말미에 서울에 올라가면 한번 만나보고 싶다고 썼다. 그는 그럴 필요는 없을 것 같다고 서로 받은 편지를 간직하고 마음의 친구로 기억하자는 답장을 보내왔다. 그는 차이코프스키와 그의 후원자였던 귀족부인은 생전에 단 한 번도 만난 적이 없으나 다른 어느 누구보다도 정신적으로 제일 가까운 사이였다고 썼다. 이제 공부에 몰두해야 하기 때문에 다시 연락할 때까지 한동안 편지하기 어렵다고도 했다. 언제 어디를 가든 지금처럼 씩씩하고 다정하게 어려운 사람들을 돕는 마음을 잃지 않고 살아가리라고 자기는 믿는다는 말이 말미에 적혀 있었다.

정주가 이곳을 떠나면 어디로 가는지도 모르면서 어떻게 다시 연락하겠다는 말인지 알 수가 없었다. 서운한 마음을 표시하지도 못한 채 다시는 그의 편지를 받지 못했다. 서울에 올라와 광화문 우체국에 알아본 그 사서함 번호는 다른 사람이 사용하고 있었다. 그러고 보니까 그가 어디에 사는 누구인지에 대해서 정주는 별로 알고 있는 바가 없었다. 그렇게 모든 이야기를 다 나누고 마음속 깊이 가깝다고 생각했던 사람이 어디에 사는 누구인지, 어떻게 생긴 사람인지도 모른다는 사실은 황당한 일이었다. 한동안은 자신이 산속에서 망상에 사로잡혀 꿈을 꾸고 있었던 게 아닌가 하는 생각도 들었다.

그 후 직장에 다니다가 결혼한 후 미국에서 10년 넘어 살다가 귀국했을 때 정주가 가장 먼저 찾아보고 싶었던 곳이 선유실리였다. 오랜 세월 후에 찾아갔던 산골은 옛 모습이 사라지고 간성학교의 분교라는 새 건물이 세워져 있었다. 시냇가에는 그 위에서 편지를 쓰고 아이들하고 놀며 이야기를 나누던 큰 바위가 여전히 자리 잡고 있었다. 그러나 철조망이 시냇가에 쳐지고 군인들이 경계근무를 서고 있어서 건너편 산속으로 올라가볼 수는 없었다. 학교 옆, 곰 잡는 사냥꾼의 집도 퇴락한 빈 집이 되어 있었다. 우리 선상님 오셨냐며 하나 빠진 앞니를 드러내고 거침없이 웃던 사냥꾼댁도 거기 살고 있지 않았다. 근처 어느 집에도 낯익은 사람들은 남아 있지 않았다.

'선상님, 선상님, 어서 오시요.'

시냇가가 보이는 언덕에 서자 그때 나이 그대로인 아이들이 저쪽에서 아우성을 치며 이쪽으로 뛰어오는 모습이 눈에 보이는 것 같았다.

'아이구, 이거 우리 김 신싱이 이기 웬일이나……'

다리를 조금 절며 서둘러 달려오는 사냥꾼댁의 활달한 웃음소리도 들리는 듯했다. 젊은 시절은 꿈과 기억만 남기고 모든 것의 실체는 사라져버린 것만 같았다. 참으로 오래 산 것 같은 아득한 느낌이 그때 온몸을 흔들고 지나갔다. 시냇가를 돌아서 걸어 나올 때 전송하듯 뒤를 따라 불던 바람소리만 태고의 주인처럼 낯익었다.

* * *

한동안 회상에 젖어 있던 정주에게 그가 차분한 어조로 말했다.

"사실은 몸이 좀 안 좋은 것 같아서 병원에 들르려고 혼자 귀국했습니다."

"사모님하고 아이들은……"

"다 잘 지내고 있지요. 아들은 의사가 되었고 딸은 결혼해서 잘살고 있습니다."

"이민 가신 보람이 있으시겠어요. 그렇지 않아도 늘 궁금했었어요. 언뜻 이민 가셨다는 소리를 듣기도 했구요."

"선생님은……?"

"저는 아들 하난데 유학 가 있어요. 제가 결혼이 늦었거든요."

"그러셨습니까? 작가가 되셨다는 소식은 들었습니다. 하긴 그때 선유실리에 계실 때도 글을 참 잘 쓰셨지요."

"그때 제가 쓴 글을 보신 적이 없잖아요."

"아니, 뭐…… 말하자면 그렇다는 거지요."

뜻밖에 당황해하며 한동안 침묵을 지키고 있는 그에게 정주는 물었다.

"병원에는 가셨었어요?"

"그랬지요."

"어떻다고 그래요?"

그는 애매하게 고개를 끄덕였다.

"그런 건 중요한 이야기가 아니라 괜찮습니다. 캐나다에 돌아가서 좀 요양을 하면 좋아지리라고 생각합니다."

그의 어조는 담담했지만 혹시 중한 병이 아닌가 하는 느낌이 들었다. 그러고 보니 눈빛은 여전히 형형하지만 안색이 썩 좋아 보이지는 않았다. 하지만 더 캐묻는 것도 불편한 일일 것 같아 잠자코 있다가 정주가 문득 말했다.

"예전 선유실리 같은 곳이 있으면 좋은 요양처가 될 텐데……"

그는 고개를 끄덕였다. 추억에 젖어드는 눈빛이었다.

"정말 내 생각도 그렇습니다."

"그 시냇가며 계곡들이 이즈음엔 너무나 그리워요."

"사실은 어제 그곳에 다녀왔습니다."

정주는 깜짝 놀랐다. 짧은 일정이었다면서 어떻게 그곳까지……

"많이 변했지요?"

"그렇기도 하고…… 그대로 있는 부분도 있구요."

그는 무슨 이야기를 더 하려고 망설이는 것 같았지만 하지 않기로 마음먹은 듯했다.

"내일 떠나신다니까 정말 섭섭하네요. 좋은 여행이 되시기 바라요."

그는 고맙다고 대답했다. 악수를 청하러 정주가 내미는 손을 꼭 잡으며 이렇게 다시 만나볼 수 있어 너무 좋았다고 말하는 그의 눈에 언뜻 물기가 스쳐가는 것처럼 보였다.

그 다음날은 그가 떠난다는 생각에 이상하게 마음이 어수선하고 일이 손에 잡히지 않았다. 그날 밤 안개 속에서 누군가 자기를 부르는데 어디로 가는지도 모르면서 산속을 헤매고 다니는 꿈을 다시 꾸었다.

며칠 후 정주는 공항 근처 우체국의 소인이 찍힌 작은 상자를 소포로 받았다. 포장을 뜯자 상자 위에 편지가 놓여 있었다.

'몇 번이나 말하려고 했지만 용기가 나지 않았습니다. 선생님이 어떻게 받아들일지도 두려웠구요.'

그의 편지는 이어졌다.

'캐나다에서도 진단을 받았지만 한국에서 다시 간암 말기라는 최종 진단을 받았습니다. 해볼 수 있는 일이 별로 없다고 합니다. 아들이 의사니까 통증 조절을 할 수 있도록 잘 도와주겠지요.'

그 다음 구절을 읽고 정주는 잠시 숨이 멎는 듯했다.

'선생님께 선유실리로 편지를 보냈던 사람은 바로 나였습니다.'

너무 놀란 정주는 편지를 움켜쥐었다. 충격 때문에 잠시 눈을 감고 있다가 정주는 떨리는 손으로 다시 편지지를 폈다.

> 사실은 선생님께 하나님과 그 사랑을 전도하고 싶어 가명으로 시작한 편지였습니다. 내 이름으로 쓰면 답장을 주실 것 같지 않아서요. 그런데 편지를 주고받으면서 내 마음에 사랑의 감정이 담겨 있다는 걸 깨닫게 되었습니다. 선생님이 서울로 돌아오기 전에 밝히려고 했지만 그때는 이미 고백할 기회를 놓쳤을 때지요. 편지를 쓴 사람이 나라는 것도, 내 마음속에 자리 잡고 들어온 놀라운 감정에 대해서도…… 그

후 마침 기회가 생겨 캐나다로 이민을 왔고 내내 여기서 목회를 하면서 살아왔습니다.

그의 이야기는 자기 손으로 없앨 수 없어 간직하고 있던 편지들을 돌려드린다는 말로 끝을 맺었다. 그 시절이 자신의 인생에서 가장 행복한 때였다는 말과 함께……

정주는 편지를 손에 든 채 한동안 우두커니 앉아 있었다. 문득 편지를 보내던 사람이 그라는 사실을 어쩌면 알고 있었는지도 모른다는 생각이 들었다. 무의식의 한구석에서 누군가 그 이야기를 들려주려고 하는 것을 스스로 억누르고 있었던 것일까.

상자 뚜껑을 열자 서울 사서함 번호가 적힌 낡은 편지봉투들이 차곡차곡 쌓여 있었다. 정주는 제일 위에 놓인 봉투에서 편지를 꺼냈다. 30여 년 전 자신이 보냈던 편지를 다시 보는 기분은 무어라고 형언하기 어려웠다. 그 편지는 기형도의 시로 시작되고 있었다.

아주 오랜 세월이 흐른 뒤에
힘없는 책갈피는 이 종이를 떨어뜨리리
그때 내 마음은 너무나 많은 공장을 세웠으니
어리석게도 그토록 기록할 것이 많았구나
구름 밑을 천천히 쏘다니는 개처럼
지칠 줄 모르고 공중에서 머뭇거렸구나
나 가진 것 탄식밖에 없어
저녁 거리마다 물끄러미 청춘을 세워두고

살아온 날들을 신기하게 세어보았으니
그 누구도 나를 두려워하지 않았으니
내 희망의 내용은 질투뿐이었구나
그리하여 나는 우선 여기에 짧은 글을 남겨둔다
나의 생은 미친 듯이 사랑을 찾아 헤매었으나
단 한번도 스스로를 사랑하지 않았노라

이 시가 적힌 편지를 읽고 그가 보냈던 답장을 정주는 기억하고 있었다. 자기를 사랑하는 법을 배우지 않고는 다른 사람을 사랑할 수 없다던 그의 글…… 정주의 편지들은 전부 다 그에게 쓰는 편지가 아니라 자기 자신에게 쓰는 편지처럼 느껴진다는 다른 글도……

정주는 편지를 내려놓고 상자의 뚜껑을 닫았다. 두 손을 상자 위에 얹은 채 오랫동안 움직이지 않고 그녀는 앉아 있었다. 자신과 그를 위해 기도하고 싶었지만 가슴속 가득 불이 붙어 오르는 것 같아 한마디 말도 생각해낼 수 없었다.

창밖으로는 어둠 속에 갇히기 시작하는 건너편 아파트의 윤곽이 꿈속인 것처럼 흐릿하게 떠오르고 있었다.

밤을 건너는 사람들

이청해

1

모로 누웠다. 빨강 초록 파랑의 불빛들이 어둠 속에서 찰랑거렸다. 단전에 의식을 모으고 눈을 감았다. 날숨을 쉴 때마다 몸을 이완시키려 애썼다. 좀체 잠이 오지 않았다. 결국 높다란 이케아 침대에서 내려가 거실로 나갔다.

TV를 켜고 소파에 누웠다. 리모컨을 쥔 채 눈을 감았다. 엄지손가락으로 수십 번 채널 버튼을 눌렀다. 그저 소리에 집중했다. 모든 채널의 소리가 마음에 들지 않았다. 나른함과 혼미함 속에 밤이 흘러갔다. 전화 받겠습니다. 무엇이 궁금하시죠? 저…… 남편한테 여자가 있는데요…… 어떻게 될까요? 목소리가 슬픔에 잠겨 바르르 떨렸다. 나는 눈을 떴다. 화면에는 오락 프로에서 자주 보았던 달변의 사회자와 세 명의 여자가 유령처럼 떠 있었다. 자, 1번은 타로점, 2번은 사주명리학, 3번은 심리학 박사와의 상담입니다. 원하시는 버튼을 눌러주세요. 1번을 누르셨습니다. 어떨까요, 이분은? 사회자가 쇼트커트를 한 타로점 담당 여자에게 물었다. 타로점 담당이 손에 쥐고 있는 카드를 부드럽게 치면서 한 장씩 탁자에 깔았다. 파스텔톤 그림이 그려진 카드들이 옆으로 석 장 놓였다. 방패와 화살 비슷한 게 그려진 것, 망토를 입은 마녀의 모습, 어린왕자가 막 자기 별에 도착한 듯한 그림…… 남편에게 여자가 있으시다구요? 쇼트커트가 입귀를 살짝 올렸다. 염려 마세요. 지금 금방은 아니지만 돌아오시겠네요. 또 궁금한 건 없으세요? 타로점 담당은 이 질문자에게 우호적이었다. 뭔가 서비스를 더 하고 싶은 모양이었다. 남편 사업은 잘될까요? 전화 속의 여자가 물었다. 애처로운 목소리가 다소 밝아져 있었다. 타로점 담당이 카드를 또 석 장 깔았다. 그러고는 대답했다. 올해에는 더 나아지지는 않겠습니다. 그렇지만 좋은 운으로 접어들고 있어요. 그녀는 올해가 세계적인 불경기라는 사실을 염두에 두고 있는 것 같았다. 아셨죠? 사회자가 끼어들며 타로점 담당과 가엾은 여자와의 연결을 뚝 끊었다. 다음 질문 받겠습니다. 여보세요? 딸이 집을 나갔는데요…… 결혼한 시누이가 딴 남자 아이를 낳았어요…… 아빠가 이모와 살아요…… 질문들도 놀라웠지만 사람들은 이상하게도 타로점을 선호하고 있었다. 열 명에 대여섯은 타로점을, 서넛은 사주명리학을, 고작 한 사람 정도가 심리학 박사와의 상담을 택했다. 이름도 들어본 적이 없는 어느 대학의 교수라는 명패를 단 심리학 박사는 옛 여배우처럼 뒷머리를 올리고 나와서 자신이 선택받지 못한 시간 동안 머쓱한 표정으로 상황을 견뎠다. 유명해지고 싶어서, 그래야 출세하고 돈도 버니까, 그러자면 방송 출연이 최고의 방법이니까 온갖 수단을 동원해 섭외를 한 뒤 미장원에 가서 머리를 올리고 배우화장까지 하고 나왔을 그녀가 보기 딱했다. 사람들은 이제 무거운 것, 진지한 접근, 제대로 된 문제 해결을 원하지 않았다. 타로점이야말로 내가 보기에 거의 전혀 근거가 없었다. 그건 질문해온 사람과 전파를 통해 한두 마디 주고받는 순간의 타로점쟁이의 직감, 직감이 든 순간에 카드를 내려놓는 동작, 그때 우연히 선택된 카드가 의미하는, 이미 정해진 상징과 이미지를 통해 임의로 운명을 해석하는 방식이었다. 운명을 저래도 되는 것일까 웃음이 나왔다. 질문과 해답이 도합 10초 정도밖에 안 걸렸다. 사람들은 상큼한 바람 한 줄기를 원하는지도 몰랐다. 어떻게 해야 할지 도무지 알 수 없을 때, 이렇게 돼도 저렇게 돼도 그만일 때 한밤중 잠 못 들어 하다가 주사위를 획 던지는 심정일까. 하긴 미래란 아무도 알 수 없으니까. 잠깐 허공에 몸을 던져 하느님의 입김을 느끼고 싶은 것이리라.

잠이 완전히 달아났다. 밤의 숨결이 깊게 거실에 내려앉았다. 나는 소파에서 일어났다. TV에서는 타로점이 이어졌다. 이혼한 아내한테서 연락이 올까요? 저는 사기 당해 신을 받은 무녀인데요, 아무것도 보이지가 않아요. 이 일을 계속할 수 있을까요? 시어머니가 치매예요. 언제쯤 죽을까요? 마지막 여자는 사주명리학을 눌렀다. 얼굴이 긴 사주 담당자가 의자 등받이에서 상체를 떼고는 생년월일을 물었다. 그리고 책을 들추며 무언가 적었다. 이건 좀 시간이 걸렸다. 그동안 사회자가 사기네 프로의 성격을 생각나는 내로 시껄었나. 서침없었고 날변이었다. 항상 본인의 현실을 직시하셔야 합니다. 저희가 무엇을 결정짓거나 전적으로 도와드릴 수는 없어요. 본인의 의지대로 하시되

힘을 실어드리는 정도입니다. 상처를 받으실 수도 있어요. 항상 현실을 직시하시고 현명한 선택을 하시기 바랍니다. 항의와 뒤탈을 막는 사설이었다. 사주 담당이 고개를 들었다. 사회자가 입을 다무는 것과 동시에 말상의 여자가 붕어처럼 입술을 움직였다. 올해까지는 대운이 좋으시군요. 그렇지만 추석이 지나면서부터 심장, 위장이 안 좋아지시네요. 그걸로 시작해 내년 내후년에는 위험해지시겠어요. 특히 여름에, 4, 5, 6월경에요. 내후년 봄이 고비군요! 사회자가 잽싸게 끼어들며 끝막음했다. 이미 전화는 끊어졌고, 잠 못 드는 다른 사람들의 전화가 계속되었다. 나도 잠 못 드는 사람 중의 하나라는 사실이 유대감을 형성하며 강물처럼 흘러들어왔다. 순간 울컥하며, 조금 슬펐다. 무엇이 슬픈지 정확히 알 수 없었지만 그들 모두의 절실함이 내 안의 건반을 건드린 것 같았다. 아니, 나도 그들 중의 하나이므로 내 자신이 슬픈 것 같기도 했다. 나는 화면 밑에 씌어 있는 전화번호를 웅얼거렸다. 여보세요? 어떤 점이 어려우세요? 나는 깜짝 놀랐다. 내 전화가 걸려든 것이다. 내가 손가락으로 무슨 짓을 했는지 의식하지 못했다. 말씀하세요. 1번은 타로점, 2번은 사주명리학, 3번은 심리학 박사와의 상담입니다. 무슨 고민이시죠? 사회자가 나를 다그쳤다. 저, 저, 잠이 안 와서요. 나는 얼떨결에 대답했다. 어떤 분과 상담을 원하세요? 나는 아무 버튼이나 눌렀다. 사주명리학을 누르셨네요. TV 볼륨 좀 줄여주세요. 나는 시키는 대로 했다. 네, 네, 됐습니다. 선생님, 말씀하시죠. 잠이 안 오신다고 했나요? 사주 담당이 나를 향해 전파로 물었다. 네. 나는 수화기로 대답했다. 그녀가 내 사주를 물었다. 나는 당황하면서 생년월일을 댔다. 그녀가 시를 물었고, 나는 어머니에게서 들은 내 출산 순간을 떠올렸다. 돼지 밥 줄 때요, 라는 말이 나왔고, 화면의 네 사람이 깔깔깔 웃는 게 보였다. 아침이요, 저녁이요? 웃음을 그친 사주 담당이 되물었다. 저녁이요. 나는 바보처럼 대답했다. 그럼 저녁 7시 정도로 잡겠습니다. 밤의 기류에 떠밀려 나는 미지의 섬으로 가고 있었다. 자기네 상담을 너무 믿고 의지하지 말라는 사회자의 사설이 또 이어졌고, 사주 담당이 붕어처럼 입을 오물거렸다. 아버지나 남자형제, 그리고 돈이 화두인 사주로군요. 세 가지에 대해 잘 연구해보세요. 불면의 뿌리가 있을 겁니다. 네? 아버지나 남자형제, 돈이라는 해답입니다. 문제에 직면해야 그것으로부터 벗어날 수 있지요. 사회자가 빠른 말로 밑동을 뚝 자르고 끝을 냈다. 다음 질문 받겠습니다……

나는 어안이 벙벙했다. 야구방망이에 얻어맞은 것 같았다. 아버지나 남자형제라니? 아버지는 돌아가셨고 오빠들은 연로해 있었다. 근래 아버지나 오빠들을 생각한 적이 없었다. 돈이라면 생활 속에서 늘 헤아리고 계산했을 터였다. 그게 화두인지는 의문이지만. 그렇게 말한다면 돈이 화두가 아닌 사람이 어디 있겠는가?

2

아버지가 내 인생이 화두인가? 불현듯 던져진 질문이 등덜미를 오소소하게 했다. 어찌 보면 그런 것도 같았다.

아니 그랬다. 화누라는 단어가 한밤중 사수쟁이의 입에서 튀어나와 생경하긴 하지만. 그렇다고 해도 내 불면증이 아버지와 연관이 있단 말인가?

그럴 리가 없었다.

요즘의 내 불면증은 오늘도 잠이 안 올 거라는, 오늘 또 자지 못하면 내일 일과가 다시 엉망이 될 거라는 단순한 불안에서 온다는 것을 내 자신 잘 알고 있었다. 다른 이유라곤 없었다. 대부분의 문제들은 나이가 들면서 나로부터 떠나갔고, 혹은 마모되었다. 프랑스에선지 사람들의 행복도를 조사한 적이 있는데, 53세부터 70세 사이의 여성들이 가장 행복지수가 높았다고 했다. 그 다음이 이십대였고, 사십대, 삼십대 순이었다. 이십대에는 꿈을 이루기 전이어서 그것에 대한 기대가 아직 건재하기 때문이고, 삼사십대에는 현실이 여의치 않다는 것, 꿈이 제대로 이루어지지 않는다는 것, 나로부터 멀리 떠나가고 있다는 것을 차츰 느껴 아는 시기이므로 불행감이 높을 수밖에 없다는 해석이었다. 남자의 경우도 별로 다르지 않았다. 나는 행복지수가 가장 높은 나이대에 있었다. 주위를 둘러보아도 그 말은 사실인 것 같았다. 삼십대에 직장에 다니며 아이를 키우느라고 얼마나 힘들었던지 아무도 삼십대로 돌아가고 싶어하지 않았다. 신체적인 시듦과는 별개로 마음자리는 자연을 받아들여 오히려 홀홀했다. 따라서 내게 잠이 안 오는 것은 단지 하루하루를 충실하게 살지 못한다는 자책 때문이지 근간 생각해본 적도 없는 아버지 때문이 아니었다. 아버지 돌아가신 지 올해로 19년째였고, 살아생전에도 나는 아버지의 존재를 그다지 중요하게 여기지 않았다.

3

아버지의 여러 모습이 뒤섞여 떠올랐다. 트럭에 신혼 짐을 싣고 마포 아파트로 갈 때 조수석에서 우시던 모습, 중학교 때, 친구 집에서 시험공부를 하며 밤새우겠다고 엄마에게만 말하고 갔을 때 한밤중 읍내까지 나를 찾으러 오셨던 모습, 이화대학에 붙었다고 좋아하시던 모습…… 일제 시대와 해방과 6 · 25를 몸으로 치받고 서민으로 전락해 살아온 아버지에게 이화대학은 어떤 의미였을까?

C관 지하였던가? 아버지와 함께 첫 등록금을 내러 갔던 때가 어렴풋이 떠오른다. 그때는 은행에 가서 내는 제도가 없었고, 그렇게 모두들 학교에 직접 가서 돈을 냈다. 수많은 사람들이 북적거리는 속에서 서울이라는 곳과 이화대학이라는 이미지를 절감하던 때, 그때 아버지는 젊었던가 늙었던가?

정확한 모습은 기억나지 않는다. 희미한 어떤 남성, 볼품없는 옷을 입고 마르고 왜소한, 속안에 의식은 좀 있지만 외모가 촌스러운, 현실에 시달린 장년의 남자가 뇌 갈피에 막연하게 끼어 있다.

새삼 아버지 나이를 계산해본다. 아버지는 1910년생이시니 나와는 38년 차이다. 당시 내 나이를 갓 스물 정도로 치면 아버지는 쉰여덟쯤 되셨을 것이다. 쉰여덟이라면 회갑을 눈앞에 둔 시기다. 그러나 인생의 완성은커녕 만화경처럼 펼쳐지는 현실에 깜짝깜짝 놀라며 가족의 안녕을 매일매일 빌었을 아버지. 집도 없었고, 이렇다 할 직업도, 재산도, 예금도 없었던 아버지. C관 지하에서 사람들과 부대끼며 당시에도 나는 '아, 내가 이런 곳에 잘못 왔구나, 아버지는 이화대학에 딸을 보내는 학부형으로는 정말 걸맞지 않은데' 라는 생각을 했었다.

당시 우리 집은 경기도 화성의 오산 면소재지에서 서쪽으로 5리쯤 들어가는 농촌에 있었다. 벼농사와 보리, 밀, 콩, 팥 등의 곡식 농사를 주로 짓는 마을이었다. 동네가 커서 큰말, 잿말, 늠말로 나뉘어 있었는데, 어림짐작해도 50가구가 넘었다. 그중에서 부잣집이라고 일컬어지는 집이 두세 집 있었고, 중농이 대여섯 집 정도, 나머지는 모두 가난했다. 부잣집이라고 알려진 집들은 논농사만도 5~60마지기 이상이나 되었다. 처가가 있는 마을에도 또 그만큼의 논을 사서 남에게 맡겼다는 풍문이 나돌았다. 그들 집만큼은 못해도 2~30마지기의 논에 충실히 농사를 지어 해마다 농토를 재미나게 불려가는 집들이 있었고, 마을 사람들은 부잣집보다도 이 집들을 더 부러워했다. 이유인즉 부잣집의 안주인들은 너무도 탐욕스럽고 교만했기 때문이었다. 마을의 원지주는 토지개혁과 더불어 아들의 방탕으로 모든 것을 잃고 떠난 뒤였고, 난리통에 어부지리를 얻은 이들이 엎어치고 메치고 떼부자가 된 모양이었다. 가장들은 부잣집이나 중농이나 하나같이 똑같았는데, 말없이 소처럼 일만 했고, 인색하고 음울했으며, 사람들과 어울리거나 노는 재미를 아예 몰랐다. 그들은 재산을 불리는 한 가지 목표만을 향하여 나아갈 뿐이었다. 그래서 그런지 어린 내 눈에 비친 부잣집들은 이상하게도 어둡고 폐쇄적이었다. 아이들도 어른들과 마찬가지였다. 동네 사람들은 부자들을 싫어했다. 공연히 시샘이 나서 싫어하는 게 아니라 직접적인 이유들이 있었다. 당시 농촌에서 치부하는 방법은 단 한 가지뿐이었다. 그해 농사를 지어 소출을 내 그 쌀을 마을사람들에게 '장래쌀'이라는 이름으로 빌려주고 다음해에 이자를 붙여 받는 방식이었다. 그건 일종의 고리대금업이었다. 보릿고개가 도래하면 가난한 사람들은 굶다굶다 창자가 등에 달라붙기 직전 부잣집으로 달려가지 않을 수 없었다. 더 가난한 사람들은 담보가 없어서 장래쌀을 얻을 수조차 없었다. 장래쌀을 얻은 이들은 그해 농사를 지어 얼마 되지도 않는 쌀을 송두리째 가져다 갚아야 했고, 그 울분을 삭이지 못했다. 어쩔 수 없는 현실이었지만 감정은 남아 곪아가게 마련이었다. 자기 농사라고는 밭 한 뙈기도 없는 더 가난한 이들은 겨우내 봄내 무를 삶아먹고 나물을 캐먹고 맹물을 마셨고, 누렇게 퉁퉁 부은 얼굴로 기운이 없어서 이불 속에 누워 있었다. 이불 등이 완전히 까만 무명이었고, 호청은 흥부네처럼 더덕더덕 기워져 있었다. 그렇게 누워 있다가 더러 죽기도 했고 뇌에 영향이 갔는지 바보 멍청이가 되기도 했다. 그 마을은 전주 이씨 종씨마을로 마을 사람들 모두가 가깝고 먼 친척들이었지만 아무도 누가 누구를 돕지 않았다. 6 · 25 때 끔찍한 참변들로 얽혀 있기 때문이었다. 마을은 서울 부산간 1번 국도를 지나다 보면 빤히 보이는 위치였다. 전쟁의 마수가 그곳을 피해갈 리 없어서 인민군이 쳐내려 오고 국군이 반격해 올라가고 일사후퇴하고 또 국군이 올라가는 와중에 네 번 다 엎치락뒤치락 수난을 당한 터였다. 마을 남자들은 누구의 어떤 말 한마디에 대여섯 명씩 끌려가 몰살당했고, 제삿날이 같은 집들이 수두룩했다. 그들에게는 나 아닌 모두가 적이었다. 그렇게 살벌하고 인심 까칠한 곳에 우리 가족은 들어가 살게 되었다. 아버지가 가족을 이끌고 서해안 쪽으로 피난 갔다가 돌아 나오던 중 우연히 정착한 곳이었다. 당시에 나는 사실을 몰랐지만 아버지는 고향에 갈 수도, 서울에 올라가 무엇을 도모할 수도 없는 처지였다. 그저 살아 있는 목숨을 견디며 아이들을 키울 수밖에 없었다.

아버지는 한의사 자격증도 상실한 채 사람들한테 한약 화재를 써주는 것으로 연명했다. 그 화재가 잘 들어 나중에는 장날 읍내 약국에 나가 한약을 지어주게 되었다.

대여섯 살 무렵 작은오빠를 따라 읍내에 간 적이 있다. 장날이었고, 어찌된 셈인지 기억 속에는 만장 같은 것이 가득 펄럭이고 있다. 사방이 울긋불긋하고, 공기가 술렁이고, 둑 아래에 사람들과 소들이 가득 차 있다. 우시장 근처였는지도 모른다. 어떤 소리들이, 서커스의 팡파르 비슷한 소리들이 여기저기서 터지고 있다. 어지럽고 산만하다. 들뜬 공기가 장안을 가득 채우고 있다. 어린 나는 어찌할 줄을 모르고 사방을 둘러본다……

그건 딴 세상이었다. 흥분과 들뜸과 소비와 향락이 활력이라는 이름으로 살아 숨 쉬는 곳. 작은오빠와 나는 아버지가 근무하는 약국을 찾아가 바깥에서 기웃거렸다. 아버지가 알아차리고 나오시고, 지금 돈으로 2, 3천 원 정도를 주머니에서 꺼내주셨다. 작은오빠와 나는 그것으로 돌아오는 길에 아이스케이크를 사먹었다. 시원하고 달콤한 맛이 후텁지근한 여름날 요란한 장터의 소란함 속에 상큼하게 배어 있다.

작은오빠는 내가 중학교에 붙었을 때 또 한 번 나를 읍내로 데리고 나가 자장면을 사주었다. 중국집 주인의 이상스런 발음이 잊혀지지 않고, 이 세상에 태어나서 이렇게 맛있는 음식은 처음이라는 느낌이 지금까지도 남아 있다.

우리 가족은 가난했지만 굶는 축에 속하지는 않았다. 금순이라는 이름을 가진 초등학교 동창이 수십 년 만에 만난 자리에서 '그래도 니네는 잘 살았었잖니'라고 말해서 나는 아연했었다. 그 말 속에는 굶지는 않았다는 뜻이 포함되어 있다고 나는 생각한다. 그 애네 집은 아버지가 돌아가시고 없었는데, 홀어머니와 어린 금순이, 그리고 오빠들이 죽어라 일을 했지만 영 살림이 피지 않았고, 내가 그곳을 떠나오던 때까지 때꺼리를 걱정하는 가난을 면치 못했었다. 지금 수원에 산다는 그녀는 아들이 의과대학에 갔다며 그것으로 자기 인생은 성공한 듯 우리 형제들이 공부 잘하던 것을 떠올려주었다.

농사도 안 짓고 노동도 하지 않으면서 농촌 마을에 살았던 우리는 그 마을에서 유일하게 타성받이였기 때문에 유다 취급을 받았다. 그러나 금순이의 말대로 우리에게도 프라이드가 있었으니 그것은 우리 형제들이 공부를 잘한다는 사실이었다. 내 얘기가 아니라 내 손위 형제들의 경우였다. 사람은 도무지 비빌 언덕이 없을 때 사정없이 비상하는 것 같았다.

큰오빠는 중학교 1학년 때 6·25를 만나 학교생활이 결딴났다. 그 뒤 생활이 어려워 아예 학교를 다니지 못했다. 해방 전후부터 6·25 뒤까지 아버지가 사상 때문에 고초를 겪는 것을 어린 눈으로 모두 보았고, 여덟 살 때에는 극우 인사에게 끌려가 죽도록 폭행당한 적도 있어서 세상인심을 잘 알았다. 그래서 가족을 일신이 불안하기 짝이 없는 아버지에게 맡기기보다 차라리 자기가 부양하기로 어린 나이에 결심한 것 같았다. 큰오빠는 언니를 데리고 길에서 껌도 팔고 주먹밥도 팔았다. 나중에는 미군부대에 들어가 슈산보이, 하우스보이 등을 하며 소년기를 보냈다. 어린 소년의 영렵함과 총명함을 눈여겨본 미군 소령이 양자로 삼아 본국에 데리고 들어가려 했지만 큰오빠 쪽에서 가족 때문에 포기했다. 나이는 들어가고 큰오빠는 배움에 대한 열망을 포기할 수 없었다. 어느 날 밤부터 국방색 텐트를 친 야학에 다니기 시작했다. 야학 수료로는 학력 인정이 되지 않았다. 대학에 가려면 정식 고등학교에 편입해야 했다. 고등학교 3학년에 편입하는 날, 마침 그 학교에서는 중간고사를 치르고 있었다. 큰오빠는 재학생들과 함께 앉아서 시험을 치렀다. 그 결과 놀랍게도 수석을 차지했다. 2등과의 격차가 심해서 모두들 경악을 금치 못했다. 지금까지 수석을 도맡아 하고 있던 학생은 그 학교 교장 조카에다 독일어 선생의 동생이었고, 중학교 1학년부터 고등학교 3학년까지 내리 수석을 차지해오고 있었다. 그는 장차 수석 졸업생에게 주어질 특전, 즉 무시험으로 유명 대학에 입학하는 카드를 쥐고 있었다. 기말고사에서도 2학기 전 시험들에서도 계속 큰오빠가 수석을 차지하자 졸업생 성적사정 전에 직원회의가 열렸다. 교장의 눈치를 보지 않을 수 없는 대부분의 교사들은 고등학교 2학년까지의 성적 없이 느닷없이 3학년에 편입해 들어온 한 학생에게 최고상인 도지사상을 줄 수 없다는 의견에 찬성표를 던졌다. 직원회의 결과가 학생들에게 알려졌고, 동급생들이 스트라이크를 일으켰다. 결국 큰오빠는 유명 대학 무시험입학 특전을 포기하는 대신 도지사상을 받았다. 곧바로 큰오빠는 직접 시험을 치러 서울대학에 합격

했다. 이로써 큰오빠는 그 고장에서 신화가 되었다.

나는 가끔 큰오빠가 정말 수재인가, 수재를 넘어 천재인가 생각해보곤 한다. 천재는 물론 아닐 것이다. 그럼 수재라는 것은 무엇인가 정의해보려고 하지만 잘 알 수가 없다. 가까이에서 본 큰오빠는 그저 매사에 철저하고, 틀림이 없고, 집중력이 뛰어났다. 내가 아는 것은 그것뿐이다. 집중력이 뛰어났다고 열두 살이나 어린 내가 말할 수 있는 것은 유년 시절의 어떤 기억 때문이다.

대여섯 살 무렵이었던 것 같다. 나는 동생을 보았고, 심심함을 알아가고 있었다. 얼마 전에야 나는 조카네 집에 가서 그녀가 낳은 아이들을 보며 어린 아기들에게도 무료함과 권태로움이 존재한다는 것을 알았다. 무료하고 권태로워서 보채기도 한다는 것을. 내가 아이를 키울 적에는 아이와 상대적 입장이어서 그렇게 생각하지 못했다. 그 전에는 아이들에 대해 특별한 관심이 없었다. 아니 누구의 인생을 관조자의 시점에서 바라보지 못했다고나 할까. 아무튼 그날 나는 심심했고, 봉당에서 혼자 놀고 있었다. 어찌된 셈인지 그 장면에는 어머니도 동생도 없다. 아마도 어머니가 동생을 업고 마을 가지 않았나 싶다. 집 안에는 아무도 없었고, 오후였고, 조용했다. 봉당 쪽은 어두웠고, 나는 할 일이 없었다. 나는 방 안으로 들어갔다. 쌀을 한 움큼 집어먹기 위해서였다. 방문을 열면 바로 문 뒤에 쌀바구니가 놓여 있었다. 왕골로 촘촘히 짠 하얀 바구니에 어머니는 귀하디귀한 쌀을 보관하고 있었다. 내가 방문을 열었을 때, 검은 실루엣이 눈에 들어왔다. 뒤란 쪽으로 난 문을 배경으로 큰오빠가 앉은뱅이책상에 앉아 미동도 없이 공부를 하고 있었다. 아 참, 큰오빠가 있었지! 나는 비로소 큰오빠가 집에 있다는 사실을 깨달았다. 내가 쌀을 한 움큼 집어 입에 넣고 까치발로 봉당으로 나와 오래오래 씹어 삼키고, 다시 들어가 한 움큼 집어먹고 나와 삼키고, 또다시 들어가 집어먹어도 오빠는 아무것도 모르고 조각상처럼 앉아서 공부를 했다. 한 번도 나를 돌아본 적이 없었다. 그날만 그런 게 아니었다. 늘 큰오빠는 요동 없이 책에 빠져 있었다. 나중에, 오빠가 대학에 붙었을 때, 읍내 여학생들이 찾아와 오빠의 방을 보여달라고 했다. 우리 집에는 오빠의 방이 따로 없었다. 혼자 봉당에서 놀던 나는 아무것도 모르고 안방 문을 열고 그 앉은뱅이책상을 보여주었다. 여학생들이 너무도 놀라서 입을 다물지 못하고 돌아가던 것이 생각난다. 저녁에 어머니가 돌아와서 그 얘기를 듣고 왜 남한테 방을 보여주었느냐고 야단을 쳤다. 시간이 많이 흐르고 내가 대학생이 된 뒤 그 집에 가보고 나서야 나는 당시 우리 집이 얼마나 조그맣고 초라했었나를 깨닫고 속으로 웃었었다. 방 두 칸짜리 그 초가집은 그때까지 쓰러지지 않고 기우듬하게 서 있었다. 뒤꼍으로 가보았다. 우리가 살 때 집이 쓰러질까 봐 받쳐놓은 작대기가 두 개 그대로 받쳐져 있었다. 피사의 사탑처럼 어떤 알지 못할 비례 균형이 맞아서일까. 그런 자세로 집은 오래도 견디고 있었다. 앉은뱅이책상은 사라진 지 오래였지만.

그 책상이 어디로 갔을까? 가로세로 세 뼘 두 뼘 정도의 매스코트 같은 책상이 읍내 여학생들에게 주었을 충격이 지금 생각하면 신선하기만 하다.

큰오빠는 살아오면서 그 뒤에도 목표를 정하면 그렇게 집중적으로 빠져들었다. 낚시에서도, 사진에서도, 골프에서도 아주 끝장을 봐야 했다. 골프는 지금까지도 끝을 보지 못해서 일흔이 넘은 나이로 전 세계 골프장 투어를 계속하느라 가족들의 원성을 사고 있다.

언니에 대해서도 이야기를 하지 않을 수 없다. 언니도 큰오빠와 함께 우리 가정의 기둥이었다. 어머니 아버지 대신 큰오빠와 언니가 내가 성장하는 동안 가장 노릇을 했다.

언니가 초등학교에 들어가던 해에 6 · 25가 터졌다. 가족이 피난지에 정착해 사는 동안 언니는 학교에 다니지 못하고 산에 땔나무를 하러 다녔다. 고사리 같은 손이 고목의 뿌리처럼 되었다. 아버지가 가장 노릇을 못하는 바람에 3학년 4학년 5학년 나이가 그냥 흘러갔다. 어떤 날은 큰오빠와 함께 철길에 나가 주먹밥과 껌을 팔았다. 그러다가 책보를 멘 아이들이 학교에서 돌아오면 부럽고 창피해서 둑 밑에 숨었다. 언니는 늘 아버지가 험상궂은 사람들한테 쫓기는 꿈을 꾸었고, 평생 불안에 쫓겼다. 열세 살이 되었을 때 운이 돌아와서 6학년 반으로 들어갔다. 공부를 해본 적이 없어서 진도를 따라잡을지 모두들 걱정이었다. 그러나 둑 밑에 숨어서 와신상담했던 언니가 기회를 놓칠 리 없었다. 또한 큰오빠가 고등학교 3학년을 거쳐 서울대학에 가는 것을 보고 무척 고무되었다. 그러나 중학교에 간다는 건 집안 형편상 어불성설이었다. 건넛마을에 사는 최 선생이 마침 언니의 6학년 담임이었는데, 교사로서 사명감이 있었던 그는 단시간에 모든 과정을 해치운 놀라운 제자를 그냥 흘려보낼 수 없었다. 그는 아버지를 찾아와 일단 중학교에 시험만 치르게 하자고 졸랐다. 아버지가 한약 화재를 업으로 삼기 전이었고, 무능한 노동자로 막품을 팔러 다닐 때였다. 노동을 해보지 않은 몸이라 온종일 핀잔만 들었고 품삯은커녕 밥이나 한 덩이씩 얻어와 가족한테 내미는 형편이었으므로 아버지의 대답은 뻔했다. 당시 농촌에서는 딸들을 거의 중학교에 보내지 않았다. 돈이 많이 들어 아들들도 꽤 사는 집이나 중학교 시험을 치르게 했다. 아버지 자신은 한일합방 후 일제가 우리나라에서 처음 시행한 한의사 시험에 합격한 할아버지 밑에서 유복하게 자랐다. 일제는 한의사를 한 군에 한 명씩 임명한 모양이었고, 할아버지가 그 군의 공인의로 임명되어 약국이 크고 유명했다. 약국집 아들이었던 아버지는 어려서 한문에 영특해 신동으로 소문났고, 서당선생의 사랑을 독차지했다. 재미가 난 서당선생이 대여섯 살 된 아이를 매일매일 밤까지 공부시켜서는 등에 업고 재를 넘어 집으로 데려왔다. 초등학교를 두 학년 월반해 어린 나이에 광주서중에 갔다. 거기서 1929년 광주학생운동의 소용돌이에 휘말리게 되었고, 주동 인물인 외삼촌을 만나 젊은 혈기로 의기투합했고, 도합 7년간 옥살이를 했다. 대개 그렇듯이 사회주의의 일원이 되었으며, 일제에 찍힌 몸이 되어 고난의 길을 걷게 되었다. 아버지는 나중에 언니가 어려운 인간관계에 부딪혀 고민할 때마다 '재승박덕'이라고 뒤에서 혀를 찼다. 미욱하고 둔하게 참지 못하고 초라니처럼 포르르 바른말을 해버려 복을 턴다는 얘기였고, 자기 자신을 닮은 성정과 재주를 걱정함이었다. 겉으로 드러난 아버지의 이런 이력들 외에 당신이 가졌던 사상의 궤적을 지금의 내가 알 수는 없다. 분명한 것은 아버지는 요즘 식으로 말해 운동권 출신이었고, 의식이 투철해서 내가 기억하는 한 남녀차별 사상 같은 게 전혀 없었다. 자기보다 배우지 못한 어머니에게나 우리 딸들에게 단 한 번도, 아무리 조그마한 일에서도 차별을 하지 않았다. 그런 아버지였던 만큼 자기를 닮은 언니의 영특함을 저버릴 수 없었으리라. 언니는 결국 중학교 시험을 치렀고, 남녀공학인 그 학교가 생긴 이래 처음으로 여자가 수석을 차지했다. 단 한 문제를 틀렸는데, 1파운드가 몇 온스냐는 문제였다. 파운드라는 단위를 언니는 생전 처음 본 것이다. 우리는 자라는 내내 언니가 중학교 시험에서 틀린 문제, 즉 1파운드가 450그램이고 16온스라는 사실을 잊지 않고 기억했다. 털실을 살 때마다 언니가 이 온스 단위를 모르고 틀렸구나 하고 생각하곤 했다. 언니는 특별장학금을 받고 중학교에 입학했고, 학교에 다니는 동안에도 여러 장학금을 도맡아 타서 우리의 기성회비도 내주고 어머니 생일에 옥색 치마저고리도 해드리고 내 옷도 사주었다. 언니는 서울사범학교로 진학했고, 그 고장에서 또 하나의 신화가 되었다.

작은오빠와 나와 동생으로 내려오면서는 살림이 조금 피면서 거기 비례해 수재의 전통은 희미해졌다.

작은오빠는 큰오빠와 언니의 그림자 때문인지 늘 반장을 했고 일등을 도맡아했지만 어느 순간 꼬여버렸다. 그는 그림에 특별한 재능이 있었지만 수재에 대한 압박감 때문에 재능을 장래와 연결시키지 못했다.

나는 손위 형제들과는 아주 달랐고, 예외적이었다. 나는 체구가 작았고, 현실이 뭔지 몰랐고, 꿈속에 살았다. 나는 늘 혼자 말도 안 되는 상상을 했으며, 그 상상 속에서 모든 걸 해결했다. 학교가 불에 타서 뒷산에 가서 공부할 때에도 남들이 열심히 받아쓰기를 할 때 나는 커다란 밤나무 가지를 올려다보며 밤나무벌레가 흐물흐물 기어 다니는 것을 의식 없이 바라보았다. 하교 시에도 나는 동무들과 좀 떨어져 빗줄기가 오소소하게 구멍 낸 흙더미를 바라보거나 옥수수 잎들이 사삭사삭 스치는 소리를 들으며 혼자 걸었다. 나는 내가 학교에 다니고 있고 학생이며 공부를 잘해야 한다는 사실 같은 걸 몰랐다. 나는 이름도 쓸 줄 몰랐고, 선생님 말을 잘 들어야 한다는 것도, 학교생활에는 규칙이 있다는 것도 몰랐다. 나는 오줌이 마려우면 그냥 집으로 갔다. 책가방도 그대로 둔 채 산을 하나 넘어서. 군용담요로 지은 멜빵바지를 혼자 내릴 수 없어서였다. 집에 가서 어떻게 했는지는 기억나지 않지만 어머니 회상으로는 학교에 데려다 놓으면 뽀르르 집으로 오고 또 데려다 놓으면 뽀르르 오곤 했다는 것이다. 입학한 첫 달에, 학부형들이 뒤에서 참관을 할 때 앞에서 선생님이 무슨 얘기를 하면 다른 아이들은 다 고개를 들고 열중해서 듣고 있는데 나만 딴청을 피워서 애가 탔다고 했다. 나의 이 부적응은 산만함과는 약간 다른 것으로 학교생활을 하기에 실제 너무 어린 탓이었다. 나는 타고나기를 부실하게 타고난 데다 호적마저 한 살 일찍 되어 있어 준비되지 않은 때에 학교에 간 것이다. 아버지가 긴 옥살이를 끝내고 집으로 돌아왔을 때, 불현듯 다시 잡혀가기 직전 내가 생겼다니까. 나는 잉태 순간부터 아버지의 불안을 생래적으로 물려받았고, 평생 체질처럼 그것을 안고 살아왔다. 점지된 순간만 불안했던 게 아니었다. 해방 뒤의 시국 사건들에 쫓겨 아버지가 없어진 뒤 어머니 혼자 아이들을 데리고 아버지를 찾아 서울로 올라오다 낯선 동네 어귀에서 나를 쏟은 것이다. 생사를 가늠할 수 없는 순간이었다. 어머니는 내 잉태 날짜를 정확히 알았다. 손가락을 꼽아보니 팔삭둥이도 아니고 칠삭둥이였다. 어머니는 영양실조에다 황달에 걸려 온몸이 퉁퉁 붓고 젖도 나오지 않았다. 요즘 같으면 인큐베이터에 들어가야 부지될 아기였지만 천지신명의 뜻으로 요행히 살아남았다. 나는 암죽도 제대로 얻어먹지 못하고 비실비실 자라났다. 다섯 살이 되고 여섯 살이 되어도 서너 살 모습밖에 되지 않았다. 게다가 막 일곱 살이 되었을 때 취학통지서가 나온 것이다. 그렇게 해서 나는 뜻하지 않게 학교에 갔고, 언니뻘 되는 동무들 뒤를 쫓아 쫄랑쫄랑 학교에 다녔다. 우리는 지금도 원호적이 따로 있다. 그것을 얼마 전 알게 되었다. 말하자면 우리 모두 가호적으로 살아온 셈이다. 당시 아버지가 어떤 사건에 휘말려 감옥에 가고 없을 때, 시국이 하도 어수선해서 앞길을 헤량할 수 없을 때 민적이 탔다고 가족 상황을 다시 적어내라는 행정 명령이 있었다고 했다. 사실대로 적어내면 필경 아버지에게 화가 그치지 않을 것을 염려한 이모부가 좀 다르게 적어내라고 어머니를 부추겼던 모양이었다. 두 사람이 이마를 맞대고 식구들의 이름과 나이를 조금씩 다르게 적어냈는데, 그것이 실제 호적이 되었다. 다른 형제들은 나이가 한두 살 적게 되어 있고 어머니 아버지와 큰오빠는 이름도 달라져 있었지만 나는 한 살 많게 올라 있었다. 우연이 무의식중에 만들어놓은 내 인생의 각본이었다. 그래서 일곱 살에 취학통지서가 나왔고, 나는 부실하게 학교에 다니기 시작했다.

얼마 전, 광복회의 어느 할아버지가 우리 집 사정을 알아내 원호적으로 복귀할 것을 권했다. 그렇게 하면 아버지를 독립유공자로 올릴 수 있다고. 그러나 이미 세월이 많이 흘러 우리는 달라진 나이와 이름으로 살아왔고 이제 와서 그걸 고치면 수위에 혼란만을 조래할 뿐이었다. 큰오빠 나이 벌써 칠십 중반이었다. 새삼스럽게 아버지가 독립유공자가 된다 해도 우리가 누릴 수 있는 혜택은 없었다. 호적이나 주민

등록이란 게 무엇인지, 그 기계적인 이력이란 게 실제 그 사람의 삶과는 전혀 연관이 없다는 생각이 들었다.

학년이 올라가도 나는 늘 동무들의 동생 동생뻘이었고, 아버지도 내게서는 언니 오빠들에게서와 같은 성적을 기대하지 않았다.

어떤 오후의 한 장면이 떠오른다.

초등학교 1학년 때였을 것이다.

내가 성적표를 가지고 집으로 왔을 때, 아버지가 기가 막혀 웃으시던 장면. 기가 막힌다고 했지만 거기에는 신통함, 신기함, 대견함, 우스움 같은 것들이 두루 섞여 있었다. 나는 성적표가 뭔지도 몰랐고, 그냥 가져다 내밀었을 것이다. 오후였고, 해가 쏟아지고 있었다. 그리 덥지는 않았다. 아버지는 안마당의 평상 위에 이웃 아저씨들과 함께 앉아 있었다. 내가 쑥 내미는 성적표를 받아 펴보고는, 신기하게 봐 내려가다가 "보건이 양이네" 하고 웃음을 가득 띠우던 얼굴. 동네 아저씨들을 쳐다보며, 이 애가 이 성적표란 물건을 받아왔다고, 너무도 기뻐서 어찌할 수 없는 표정을 짓고 아버지는 나를 하늘 높이 들어 올렸다. 다른 형제들은 결코 받아오지 않았을 수우미양가의 양을 내가 받아온 것이 그렇게 좋으셨던 것이다. 아버지의 사랑 덕분이었을까. 나는 3, 4학년부터는 무언가를 조금씩 깨닫기 시작했고, 4학년 때는 짧은 글짓기를 제일 잘했고, 졸업할 때는 우등상을 받았다. 유전인자가 있긴 있는 것인지 고등학생이 되자 키도 훌쩍 커졌고, 결국 이화대학에 가게 되었다.

당시 우리 집 형편은 넷째인 내가 사립대학에 갈 처지가 아니었다. 아버지는 여전히 무직자였고, 집안에 공식적인 수입이라곤 없었다.

한약 화재를 써주다가 장날 읍내 약국에 나가 첩약을 지어주던 아버지의 직업이 오래전에 끝장나 있었던 것이다. 사회가 기강이 잡혀감에 따라 무면허라는 것이 문제된 탓이었다. 아버지는 청년 시절 전문학교를 그만두고 집으로 돌아가 있을 때 할아버지 밑에서 한의학을 익혔고 한의사 자격을 땄다. 곧 한의서들에도 통달, 책을 쓰기도 했고, 한의과대학에 강의까지 나갔다. 그러나 호적상 다른 인물이 되어 있었기 때문에 모든 것이 허사였다. 자격을 다시 따는 것을 생각해봤지만 추적당해 원 인물이 드러나면 목숨을 잃을 터라 포기했다. 난리통의 세정을 거치면서 아버지는 용기와 조심성을 바꾸어버렸다. 하긴 그 덕에 살아남았지만.

가장이 수입이 없는데도 나는 고집스럽게 이화대학에 원서를 냈다. 왜 그랬는지는 설명할 도리가 없다. 아마도 오빠 언니들이 좋은 학교에 다녔는데 왜 나만 교육대학 같은 데 가야 하느냐는 생각 때문이었을 것이다. 합격자 발표 뒤에, C관 지하에 첫 등록금을 내러 가던 날, 아버지가 그 돈을 어떻게 마련했는지 지금도 알 수가 없다. 내 기억이 정확하다면 2만7천 원인가 하는 액수였고, 당시로서는, 특히 우리에게는 어마어마한 금액이었다. 그 돈을 조마조마하게 주머니에 넣고 사람들과 부대끼며 아버지는 어떤 생각을 했을까? 박마리아가 다니고 김수임이 다닌 이화대학. 유복하고 화려해 보이는 사람들. 환갑을 바라보는 나이에 극서민으로 전락한 아버지가 그런 사람들을 바라보며 느꼈을 감정이 그의 인생이 끝나고 시간이 많이 흐른 지금 다시 생각해보니 초겨울 꽃잎처럼 애처롭다.

나는 아버지의 과거를 당신이 돌아가신 뒤에야 내 나이 마흔이 넘어 알았다. 80년대를 거치면서 과거의 문제들을 얘기할 수 있는 분위기가 된데다 동구권이 무너지고 소련이 해체된 1990년에 아버지가 돌아가셨기 때문이다. 이제 좌우익의 이데올로기 따위는 의미가 없어진 것으로 느껴졌다. 세계는 새로운 가치로 새롭게 편성되는 것 같았다. 지금도 좌익이니 우익이니 하는 말들이 위세를 떨치는 것을 보면 내가 그해에 느꼈던 자유스러움이 무색해진다. 큰오빠는 아버지가 이 세상에서 사라져버리자 평생 가슴에 담아두었던 얘기들을 풀어놓았다. 이제 장본인이 가고 없으니까. 어떤 위협이 닥쳐도 겁날 게 없다는 투로. 나는 충격을 받았다. 나는 성장하는 내내 아버지를 무능한 사람으로, 무식쟁이로 취급했고, 부딪칠 때마다 마구 덤볐다. 무식하다고 생각한 것은 가정환경조사서에 늘 아버지 학력을 국졸이라고 썼기 때문이다. 아버지가 그렇게 쓰라고 했다. 나는 아버지를 국졸 이하로 무시하고 살았다. 고등학교 땐가 카프카를 처음 읽었을 때, 내 지적인 수준을 아버지에게 뽐낸 적이 있었다. 나는 주인공이 어느 날 아침 벌레로 변한 것을, 아무리 소리쳐도 사람들이 벌레의 얘기를 알아듣지 못하는 상황을, 그러다가 소외되어 어느 날 아침 죽고 만다는 얘기를 제대로 이해도 하지 못하면서 잘난 척 늘어놓았다. 아버지는 내 얘기를 다 듣고 나서, "그 사람 작품에 『성』이란 것도 있지" 하고 대답했다. 국졸이 별 걸 다 아네, 하고 나는 생각했고, 뭐 아주 무식쟁이는 아닌가 보다, 여겼다. 나는 카뮈와 카프카와 칸트를 제대로 구별조차 못 하고 떠들어대곤 했다. 어느 날 아버지는 칸트의 『순수이성비판』과 『실천이성비판』의 차이를 조근조근 얘기했다. 그러나 나는 주의해 듣지 않았다. 나는 기분으로 마구 공박했고, 오랫동안 아버지와 말씨름을 벌였다.

방에서 나오는 나를 어머니가 부엌으로 끌고 가서 네가 아버지에 대해 뭘 아느냐고, 아버지가 과거에 공부를 얼마나 많이 한 사람인 줄 아느냐고 야단쳤던 기억이 있다. 그때 어머니는 눈물을 글썽이고 있었다. 그 뒤에도 아버지는 고골리의 『어머니』나 도스토예프스키의 『가난한 사람들』에 대해 얘기하곤 했다. 자기 시대엔 이태준과 한설야라는 사람이 소설을 아주 잘 썼다는 얘기도.

나는 아버지가 돌아가신 뒤 당신의 고향에 처음으로 가보았다. 기차를 타고 또 버스를 갈아타고 한나절 걸려서. 별것도 없는 오목한 동네였다. 뒤에는 대숲이 우거져 있고 누런 들판에는 염소가 엠메헤헤 울고 있었다. 아버지가 오언절구의 자작시로, 또 남의 시들을 인용하여 평생 그리워한 곳이었다. 그랬다는 것도 그가 남기고 간 수첩에서 나는 처음 알았다. 장례 후 아버지가 쓰던 머릿장을 정리하다가, 맨 밑바닥에서 수첩과 함께 무엇이 그려진 도화지 한 장을 발견했는데, 거기에는 '선영 묘 소재'라 씌어 있었다. 철길과 국도가 제법 규격지도를 흉내 내 그려져 있고, 시냇물과 마을, 집들이 아이들의 그림처럼 색연필로 칠해져 있었다. 남바우산, 돌것봉, 강정이들, 뱃골 저수지 같은 처음 들어보는 이름들이 여기저기에 붙어 있었고, 지리부도의 산 표시처럼 작은 삼각형으로 할아버지, 할머니, 조상들의 묘가 표시돼 있었다. 그걸 손수 그려 자신이 쓰던 머릿장 밑에 말없이 놓아두고 갈 수밖에 없었던 아버지. 한국 남자, 뿌리라는 것…… 아버지는 어떤 시인의 시를 인용하여 "구름도 먼 마을도 삼빛으로 익어가고/ 방황의 끝사리에 돌아와서 앉은 산아/ 빈 하늘 저녁 새 한 마리 영을 넘어가고 있다"고 자기 자신을 고향마을 위에 놓아보았는가 하면, "고향엔 무슨 뜨거운 연정이 있는 것이 아니었다/ 산을 두르고 돌아앉아서/ 산과 더불어 나이를 먹어가는 마을/ 고향엔 고향엔 무슨 뜨거운 연정이 있는 것이 아니었다"고 반어적으로 고향을 그리워하셨다.

아버지의 일생을 생각하노라면 하늘 아래 아무에게서도 자신의 처지를 이해받지 못하고 벌판에 홀로 서서 겨울을 나는 갈대가 떠오른다. 지성과 현실이 일치하지 않았던 삶. 자신의 존재를 당당히 드러내지 못하고 무능하게 좌초했던 삶. 그것이 내게 미친 영향, 그 선상에서 연결된 결혼…… 그 메마른 갈대가 내 일생에 드리운 그림자를 부인하기 어렵다.

우리 형제들은 하나같이 몸을 낮추고 배우자들에게마저 잡혀 산다. 내실이 있든 없든. 잘났든 못났든. 그것이 체질화되어 불평도 하지 않는다. 아버지가 사망했거나 납북된 경우와는 아주 다르다. 차라리 아버지가 없었더라면 우리는 어느 순간 바닥을 짚고 나름대로 헤엄쳐 비상했을 것 같다.

문학에 대한 내 태도도 여기에서 벗어나지 않았다. 가슴속의 열정이 아무리 넘쳐도 나는 남들처럼 춤을 추지 않았다. 늘 후회를 하지만 저절로 그렇게 되었다. 턱없이 자신만만해하는 동료들을 보며, 아, 이런 정도로도 이렇게 설치는구나, 설치니까 또 결과도 생겨나는구나, 하고 느낀 적이 많다. 내가 소리 없는 아우성 속에 잠겨 있는 것은 타고난 유전자에다 아버지의 영향일 터이니 아버지가 내 인생의 화두인 것만은 틀림없다.

호르륵 소리가 들린다. 먼 시간을 가르고. 티스푼으로 커피를 떠 마시는 모습.

서울의 시내의 다방.

어디쯤이었을까? 서린동? 광교? 종로?

종로가 아닌가 싶다. 4가나 5가쯤의 어른들이 잘 가는 다방.

내 결혼이 확정된 뒤였다. 서울에 출장을 자주 오는 시아버지가 아버지를 만나고자 했다. 시아버지는 당시 지방 신문사의 경영자였다. 많은 사람들을 매일 만나고 대접하는, 사교활동에 유연한 분이었다. 나는 아버지와 함께 약속된 다방에 가서 기다렸다. 아버지와 시내 다방에 가는 것은 처음이었다. 아버지와는 서울 시내를 같이 돌아다닌 적도 없었던 것 같다. 우리는 긴장된 자세로 앉아 있었다. 커피가 나왔고, 홀연 아버지가 스푼을 들어 커피를 호르륵 떠 마셨다. 뜨거운지 차가운지 맛을 보는 동작이었다. 창피했다. 커피를 스푼으로 떠 마시는 사람이 어디 있단 말인가.

곧 시아버지가 왔고…… 다음은 기억나지 않는다. 특별한 일은 일어나지 않았다. 나는 다만 아버지가 스푼으로 커피를 떠 마시는 것을 시아버지가 보지 않아서 천만다행이라고 생각하고 있었다. 아버지가 다방에서 커피도 한 잔 제대로 마실 줄 모른다는 사실이, 그런 사람이 내 부모라는 사실이 부끄러워 같이 앉아 있기 싫었다. 세련된 양복에 세련된 매너로 활달하게 사람을 대하는 시아버지 앞에서 아버지는 너무도 초라하고 볼품없었다.

많은 시간이 흐른 뒤 아버지의 진보적 주관과 시아버시의 봉건적 가치를 대비해보게 되었을 때, 나는 당시의 순간을 떠올려보곤 했다. 젊은 시절에는 어땠는지 모르지만 아버지는 오랜 기간 동안 도시의 다

방에 다녀보지 않은 것이다. 아예 그런 삶을 살지 않았다. 집에서도 커피를 타 마신다거나 하는 일이 거의 없었다. 지금처럼 커피가 생활화되지 않은 때였다. 아버지는 현실에서 남들이 누리는 것을 누려보지 못했다. 아버지가 돌아가신 뒤 당신의 수첩에서 '극기, 성실, 역행'이라는 세 단어를 발견하고서, 그 단어들을 수도승이 수행하듯 목표로 삼고 살았다는 것을 알고 나서 나는 아버지를 다시 생각하게 되었다. 아버지는 차 문화에 익숙하지 않았던 것뿐이다. 무엇보다도 그런 문화 따위를 그다지 중히 여기지 않는 사람이었다. 여건이 되었더라도 아버지는 기호품 같은 걸 몸에 붙이지 않았을지도 모른다.

4월의 봄날이 떠오른다.

나는 아버지와 정다운 편이 못 되어서 아버지와 함께 어디엘 다닌 기억이 별로 없다. 그러나 4월의 그 봄날, 트럭 조수석에 앉아 마포 아파트로 가던 장면을 잊을 수 없다. 나는 분홍색 치마저고리를 입고 있었고, 그러니까 새색시였고, 아버지는 중절모자를 쓰고 있었다. 신혼여행에서 돌아온 직후였다. 신혼 짐을 싣고 시부모님이 마련해놓은 마포 아파트로 가던 중이었다. 우리는 큰오빠가 사놓은 커다란 집을 관리하느라 서대문구 역촌동에 임시로 살고 있었고, 아버지가 동네 복덕방에 나가 더러 수입을 올리기도 할 때였다. 서울시내는 지하철 공사로 여기저기 파헤쳐져 있었다. 차가 막혀서 상당 시간 지체를 했고, 점심도 먹지 못한 우리는 지쳐 있었다. 차가 아파트 정문으로 들어서서 널따란 단지의 중앙로를 달려갔다. 저 앞에 내가 살게 될 동이 보였다. 그때 아버지가 우셨다. 소리는 나지 않았다. 그러나 눈물이 났고 그것을 손으로 닦는 것을 내가 보았다. 내 결혼생활이 여의치 않을 것임을 짐작하셨던 것일까. 뭐라고, 아마도 잘살라고 말했던 것 같지만 지금은 기억나지 않는다.

나는 당시 잡지사 기자였다. 지금은 잡지들도 많고 잡지 기자도 수없이 많아 특별한 직업이 아닐 것이다. 그러나 당시에는 여성지가 두 개밖에 없었다. 요즘처럼 판매부수에 치중하기보다는 뜻있는 자산가가 문화사업차 발간하는 교양지 형태였다. 나라의 모든 산업이 활성화되기 전이어서 취직이 하늘의 별 따기처럼 어려웠다. 나는 500대 1의 경쟁률을 뚫고 단 한 명 뽑는 데 들어간 행운아였다. 직업에 자부심을 가질 만했고, 더구나 나는 이화대학을 나온 재원이었다. 그 당시 이화대학은 모든 사람들이 부러워하는, 여자들이 다닐 수 있는 최고 대학이었다. 종로에 나가면 구두닦이들이 이화대학 배지를 대여섯 개씩 가지고 있었다. 그만큼 이대 배지가 인기가 있었고, 가짜 이대생들이 많다는 얘기였다. 좀 잘난 척하는 여자들은 어떻게든 이대 배지를 구해 보란 듯이 옷깃에 달고 다녔다. 문리대 배지는 흰색이고 사대 배지는 하늘색이고 음대 배지는 분홍이라는 둥 색깔까지 화제가 되곤 했다. 때문에 학교에서도 학생증을 제시해야 겨우 배지를 살 수 있었다. 나는 이화대학에 다니면서도 이화대학의 명성을 보란 듯이 누리지 못한 편이었는데, 그건 아버지의 삶과 닮아 있었다. 그러나 교수들에게서 영향받은 진보적, 진취적 성향만은 아버지에게서 은연중 물려받은 의식 위에 중요한 뼈대를 이루었다. 구태의연하고 경직된 의식을 가진 남녀공학 출신 친구들과 확연히 구별되는 요소였고, 기자 경력만큼이나 이후의 내 삶을 지배했다.

당시 내가 강의를 들었던 교수들은 거의가 미국 유학을 한 분들이었다. 나는 국문과였지만 선택과목과 교직과목 등에서 진보적이고 자유로운 사고를 숱하게 만날 수 있었다. 시몬느 보봐르와 베티 프리단을 정독했으며, 제인 폰다와 존 바에즈, 비틀즈를 열모했다. 게다가 잡지사에 들어가서 남들의 의식을 앞질러가는 책을 4년간 만들었다. 알게 모르게 나는 너무 튀어나와 있었다. 하필 내가 결혼해 간 시집은 영남의 보수 성향 집안이었다. 나는 시어머니와 부딪칠 수밖에 없었고, 겉으로 유약했지만 뜻을 거두지 않았다. 나의 결혼생활은 설득과 투쟁과 반목과 포용의 대장정이었다.

나는 소리 없이 흠흠 웃었다.

아버지와 남자형제가 내 인생의 화두라고? 내 불면의 뿌리가 거기에 있다고?

한밤중 느닷없이 던져진 신탁에 타임머신을 타고 내 인생을 한 바퀴 뺑 돈 것 같았다.

이런 것들이 의미가 있을까?

모든 전제가 맞는 건 아닐까?

내게 어머니와 여동생이 화두였다고 해도 나는 역시 그에 맞는 반추를 하지 않았을까?

아무렇게나 주사위를 던져도 결국은 완전이라는 하나의 몸체로 통하는 게 아닐까?

4

TV 화면을 바라보았다. 말 빠른 사회자와 세 명의 여자가 여전히 유령처럼 떠 있었다. 상념에서 벗어나자 귀가 열렸다. 저는 토끼농장을 하는데요, 아내가 죽었어요. 계속해도 될까요? 남자의 목소리는 허탈감에 젖어 있었다. 그는 알 수 없는 운명을 신에게 묻고 있었다. 신의 사자라고 우기는 이들이 되물었다. 언제 돌아가셨는데요? 현재 토끼농장은 잘됩니까? 그런데 카드가 이렇게 나오네요. 토끼 말고 뭐 다른 거 생각하시는 건 없나요? 네, 그럼 개를 해보세요. 그건 잘될 겁니다……

그 맑고 환한 밤

한정희

이해할 수 없고 혼란스러운 말이 건너왔다. 자신은 정선 카지노에서 자동차로 30여 분 떨어진 곳의 경찰서에 근무하는 경관이라는 상대방의 음성은 매우 자연스러웠다.

내가 이화여대 도서관에 20년째 근무하고 있는 이영주다. 이름도 모르는 어떤 여자가 강원도에서 나를 찾고 있다니 무슨 소리냐. 당신 말대로 당신이 경찰관이라면 어떻게든 그쪽에서 그 여자의 신원을 알아내야 하는 거 아니냐. 무조건 내게 전화해서 강원도 정선 경찰서라면서 그런 말을 하면 나더러 어쩌란 말이냐.

나는 잠시 숨을 고르느라고 말을 멈추고 전화기에서 들려오는 기계음이 있는가 신경을 집중시킨다. 바로 얼마 전에 전화로 사기를 치는 보이스피싱에 걸려들었던 경험이 있었던지라 나는 일단 방어자세로 한껏 불친절하게 응수한다. 전화사기 수법이 갈수록 교묘해지고 있다는데, 접근수법을 달리한 전화사기가 아닌가 의심스러워서였다.

"아, 그렇군요. 먼저 그 여자분의 지문을 조회해봐야 되겠군요. 아, 미처 그 생각을 못했네요."

자칭 경관이라는 사람은 뭐든 알게 되는 대로 바로 전화를 해주겠다고 말하며 나의 핸드폰 번호를 묻는다. 나는 핸드폰 번호는 알려줄 수 없다고 냉정하게 잘라 말한다. 상대방은 나의 그런 태도에 별로 유감스런 기색이 없다. 이 사람이 정말 사기꾼이라면 아주 지능적인 사람일 거라는 느낌이 든다.

전화기를 내려놓자 한쪽 눈꺼풀이 가볍게 수축하며 미세한 경련을 일으키는 것이 느껴진다. 내 책상 맞은편에 앉아 있는 사서 주임이 고개를 쳐들어 무슨 말인가 할 듯이 나를 쳐다보다가 눈길을 돌린다. 내 언성이 너무 높아서 사무실 동료들이 다 들었을 테니까 무슨 말로 설명을 해야 될 텐데 싫어서 턱을 들어 눈길을 한 바퀴 돌려본다. 직원들 중에서 두어 명이 고개를 들어 나를 쳐다보고 있다. 그러나 나 자신부터 지금 내가 받은 전화의 정체를 알 수 없어서 무어라고 말할 수가 없다.

"요새는 이상한 전화가 많이 걸려오지요."

창 옆에 앉아 있는 강 과장이 불쑥 입을 연다.

"그러게 말예요."

나는 얼른 맞장구를 친다. 바로 얼마 전에 전화사기에 걸려든 적이 있었던 나로서는 또 이상한 전화가 걸려 왔다는 사실만으로도 새삼 불쾌하다. 그때 금전상의 손해를 좀 보았던 것을 사무실 직원들이 모두 알고 있는 터이다. 한번 미끼를 물어서 혼났던 물고기가 또다시 미끼 앞에 내몰려 있는 것처럼 자괴감까지 인다. 괜히 창피해진다.

주변의 동료들이 나를 좀 어수룩한 사람이라고 생각하고 있다고 나는 느낀다. 나이가 들었어도 우리 이 선생님은 정말 소녀 같으세요. 두어 달 전에 새로 부임한 관장도 부임한 직후부터 그런 말을 하기 시작했다. 새로 오는 직원들마다 그랬다. 한동안 그런 말을 하다가 좀 더 시간이 지나면 그런 말은 아예 할 필요조차 없다는 듯 입 밖에 내지 않는다. 그러나 그런 말은 곧 당신은 결혼도 해보지 못했고 아이도 낳아보지 못해서 그런지 어린애 같은 면이 있다는 뜻으로 새길 정도의 눈치는 나도 있고, 속으로는 그에 심한 반발을 느끼고 있었다. 그런데 어수룩하게 전화사기에 걸려들어서 그들의 생각이 옳음을 증명해주었던 셈이다. 너무 창피했다.

그날 점심시간이 막 지난 때에 그 경찰관이라는 사람이 또 사무실로 전화를 걸어왔다.

이영주 씨가 말한 대로 지문 조회를 해서 여자의 신원을 파악했는데 이름은 강희주이고 서울 서초동에 거주하며 나이는 41세로 나왔다고 했다.

강희주?

나는 왠지 마음이 서늘해졌다. 내가 아는 이름이었고, 내가 아는 강희주와 같은 나이였다. 그래서 오전과 달리 이번에는 상대방의 이야기를 좀 더 들어보았다.

내가 묵묵히 듣고 있자, 상대방은 좀 더 상세한 이야기를 했다. 어제 늦은 저녁에 정선 골짜기에서 큰 산 쪽으로 넘어가는 배우 외진 국도 위에서 그 여자를 발견했다고 했다. 날은 저물어가는데 일대에 인가가 전혀 없는 곳을 여자 혼자서 아주 천천히 걸어가고 있기에 그 옆에 차를 세웠다고 했다. 그 경관이 옆에다 차를 세우자 그 여자는 그를 쳐다보았는데 한눈에 정상으로 보이지 않더라는 이야기였다. 그 여자는 그저 멍한 눈길로 그를 바라보고 있었다. 어디를 가느냐고 물었더니 그저 말없이 머리를 흔들더라고 했다. 여자는 짐 같은 것도 전혀 없는 맨몸에 빈손이었다.

그가 여자에게 주소 이름 등 몇 가지 기본적인 질문을 던졌지만 여자는 대답을 전혀 하지 못했다. 혹시 지갑이 있냐고 물으니 코트 주머니를 까뒤집어 만 원짜리 지폐 열두 장과 동전 조금에다 원주에서 거기까지 타고 온 듯한 구겨진 버스표 한 장을 보여주었다고 했다. 여자가 입고 있는 코트는 노숙한 것처럼 구겨지고 더러웠다.

날은 저물어가는데 정신상태가 온전하지 않아 보이는 사람을 인가도 없는 곳에 버려두고 갈 수가 없어서 경찰차에 타라고 하니 순순히 차에 오르더라고 했다. 여자는 차에 탄 뒤 뒷좌석에서 앞쪽으로 몸을 내민 채 말없이 도로만 뚫어지게 쳐다보았다. 경찰서에 도착해서 따뜻한 차를 마시게 하고 또다시 신상에 관해 차근차근 물어보았으나 전혀 대답하지 못했다. 그런데 어디에 가려고 한 거냐고 거듭해서 묻자 처음으로 조금 다른 반응이 나왔다고 했다. 영주 언니하고 같이 가려고 했다고 말하더라는 거였다. 그래서 영주 언니가 누구냐고 거듭 캐묻자 한참만에야 이화여대 도서관에 있는 영주 언니라고 말하더라는 거였다. 어젯밤에 알아낸 것은 그것이 전부였다. 그래서 오늘 오전 출근시간이 되자마자 이화여대로 전화를 걸어보니 도서관 직원 중에서 영주라는 분은 당신 이영주 한 사람뿐이어서 전화 연결이 되었던 것이라고 했다.

상대방의 이야기를 들으면서 내가 아는 사람인 강희주, 우리 대학 병원 산부인과 의사 강희주를 머리에 연신 떠올려보았으나 두 사람이 전혀 겹쳐지지가 않았다.

나는 경관에게 내가 아는 사람 중에 강희주라는 사람이 있기는 한데, 일단 그 사람에게 연락을 해보겠다고 말하고 전화를 끊었다. 전화를 끊기 직전에 혹시 모르니 전화번호를 알려달라고 말하려다가 얼핏 연락할 일이 생긴다면 114에 물어보아서 연락하는 게 확실하겠다는 생각이 들어서 얼른 입을 다물었다.

긴가민가한 마음 반, 그럴 리가 없다는 마음 반으로 이대 목동병원 산부인과에 전화를 걸어 강희주 교수를 찾았더니 연구실에 안 계시다는 답이 돌아왔다. 병원 진료실로 연결해보았더니 오늘은 휴진이라고 했다. 문득 무언가 이상하게 돌아가는구나 싶어서, 내일은 진료가 가능하냐고 물으니, 아마 내일도 휴진이 될 듯하다는 대답이었다. 강희주 선생이 언제부터 휴진상태냐고 물었더니 전화를 받는 쪽에서 잠시 망설이다가 닷새 전부터라고 대답했다.

어쩌면 정선의 그 여자가 정말 내가 아는 강희주일 수가 있겠구나. 그런 생각이 강렬하게 스쳤다.

급히 병원의 원무과장을 찾아 내 신분을 밝힌 다음 정선 경찰서의 그 경관과 통화한 내용을 말해주었다. 원무과장은 강희주 선생의 집이 서초동이 맞다고 확인해주었다. 그리고 잠시 망설이다가 강희주 선생은 아무런 연락도 없이 5일째 실종 상태이며, 마지막으로 사람들 눈에 띈 것은 지난 화창한 목요일 오후에 목동병원의 화단 벤치에 혼자 앉아서 커피를 마시고 있던 모습이었다고 말했다.

정말 지금 정선 경찰서에서 보호받고 있다는 여자가 그 강희주일까.

나는 원무과장에게 연락해서 거기 있는 사람이 정말 강희주 선생인지 확인해보라고 이야기하고 전화를 끊었다.

나는 오후 내내 일손이 잡히지 않았다. 시간이 흐를수록 마음 한쪽에서 정선 경찰서에 있다는 여자가 내가 아는 강희주일 거라는 생각이 점점 크게 자리를 잡아갔다. 내 마음속에 있는 무언가가 자꾸 그렇게 속삭이고 있었다.

늦은 오후가 되자 너무 궁금하여 도저히 더 이상 참을 수가 없었다. 114에 전화를 걸어 번호를 알아서 전화해보니 정말로 그 경관에게 연결이 되었다. 나는 이상하게도 무언가 낭패를 당한 것 같은 기분이었다. 전화를 받은 그 경관은 지금 이대 병원에서 내려온다는 사람들을 기다리고 있다고 했다. 나는 그 여자의 입에서 내 이름이 어떻게 나왔던 것인지 그게 궁금하다고 말했다.

아, 지난번에 말한 대로 영주 언니하고 같이 가려고 했다는 말만 거듭 하더라고요. 그 말 이외에는 특별한 것이 없었습니다. 지금 이대 병원 관계자 분들이 오고 계시니까, 그분들이 확인해서 맞다는 것이 밝혀지면 선생님께 연락드리겠습니다.

그 경관은 열심이고 친절했다. 나는 그에게 나의 핸드폰 번호를 가르쳐주었다. 그날 오후 늦게 그 경관에게서 연락이 왔다. 이대 목동병원의 원무과장과 산부인과의 레지던트가 강희주 선생이 맞다고 확인했다고 했다. 강희주는 심각한 기억장애에다 약간의 탈수 증세까지 보여 바로 응급처치를 하고 앰뷸런스에 실려서 목동병원으로 가고 있다고 했다.

다음날 출근하자마자 이대 목동병원의 원무과장에게서 전화가 왔다. 원무과장의 이야기로는 강희주 선생은 어제 정선에서 올라오는 즉시 신경과에 입원하여 각종 검사를 받기 시작했다고 했다. 그런데 강희주 선생을 담당하고 있는 정신과 의사와 신경과 의사가 나와 면담하고 싶어하니까 곧 병원으로 와주셨으면 좋겠다는 이야기였다. 강희주 선생의 친정어머니와 동생이 와서 그녀를 만났는데도 알아보지 못한다고 했다. 그래서 이영주 선생을 만나면 어떨지 확인하고 싶다는 이야기였다. 원무과장은 내가 강희주의 가족관계에 대해서 전혀 모르는 것을 알고서, 내과 의사인 강희주의 남편은 올봄에 안식년을 맞아 미국에 연수 가서 머물고 있고, 딸이 하나 있는데 아빠와 같이 가서 유학 중이라고 설명했다.

나는 병원에 도착하여 담당 신경과 전문의의 방으로 먼저 갔다. 그는 나를 반기면서 강희주의 상태에 대해서 설명하기 시작했다. 강희주는 어제 병원에 도착한 즉시 검사를 받았는데 뇌에 대한 MRI 촬영에서 뇌에 있는 새끼손톱만한 종양을 발견했다고 했다. 무엇이 원인인지는 모르나 갑자기 그처럼 커진 종양이 뇌를 심하게 압박했을 거라는 진단이 나왔다는 이야기였다.

신경과 전문의는 의학용어를 섞어가면서 설명을 계속했다. 그러나 이야기를 들으면서도 내가 그것을 모두 의학적으로 제대로 알아들은 것은 아니다. 머릿속으로 종양과 강희주의 관계를 내 나름의 언어와 생각으로 이해하면서 그의 말을 듣고 있었다. 강희주의 뇌에 갑자기 생긴 종양 때문에 아마도 작은 움찔함이 있었고, 그것이 그녀의 기억을 암흑 속으로 밀어 넣었다가 순식간에 과거의 어딘가로 그녀를 데려갔던 것이라고 나는 생각했다. 돌아보니, 강희주라는 이름과 정선이라는 지명이 겹쳐져서 내 앞에 놓였을 때, 내 무의식 속에서는 이미 그녀가 내가 아는 강희주일 거라고 확신하고 있었던 듯했다.

신경과 전문의는 MRI 촬영사진을 보여주면서 볼펜으로 강희주의 뇌의 모습을 따라갔다.

"일단 수술을 해서 종양을 떼어내는 것이 급합니다. 더 이상 신경을 압박하게 된다면 금세 상태가 크게 악화될 거예요. 저만한 크기의 종양이 있는데 지금 그 정도로 몸을 움직이고 있는 것이 놀라울 정도거든요. 강 선생은 지금 아무것도 기억하지 못합니다. 종양이 뇌의 측두엽을 압박하고 있기 때문이지요. 그런데 별로 연락도 없이 지냈다는 이영주 선생을 기억했다는 것이 참으로 뜻밖이네요."

"그러게 말예요. 그나저나 만약에 종양을 제거하고 나면 강 선생님은 완벽하게 원상회복이 가능한가요?"

전문의는 잠시 고개를 갸웃했다가 짐짓 시원스럽게 대꾸했다.

"그러길 바라야지요."

그의 손가락들은 강희주의 뇌 사진 위에 무심히 놓여 있었다. 강희주 선생을 만나러 가보자는 그의 말에 따라 자리에서 일어서면서 문득 가슴 한쪽이 매우 아렸다.

입원실은 독방이었다. 환자복을 입고 있는 강희주는 나를 알아보지 못했다. 그저 멍한 눈길로 바라보기만 했다. 담당의가 우정 내 이름을 크게 강조하면서 나를 소개했지만 멍한 눈길은 전혀 바뀌지 않았다.

"희주 씨, 날 알겠어?"

"정선에는 왜 갔던 거야?"

내가 거듭 물었으나, 아무런 대답도 없었다. 병원에서 나와서 도서관으로 돌아오는 길에 문득 가슴이 먹먹해져 왔다.

삶이란 이래도 되는 건가.

강희주와 나의 인연은 오래되었다. 무척 오래되었다. 내가 이대 국문학과를 졸업하고 모교 도서관에 취직한 지 3년째 되던 해에 처음 만나서 알게 되었다. 그해 겨울방학 때 우연하게 학교 내의 봉사서클인 '횃불회'의 봉사활동에 함께 참가한 것이 계기였다. 물론 봉사 일정이 끝난 후에도 몇 번 그녀를 만난 적은 있었다. 그러나 지난 20여 년 동안 겨우 일고여덟 번 만났을까…… 그것도 일부러 약속을 정한 것도 아니었다. 학교 행사 때 보거나 혹은 병원에 갔다가 우연히 마주친 것 정도였다. 물론 마주칠 때마다 약속을 잡아서 정식으로 한번 만나야 하는데, 라는 말을 매번 잊지 않고 했다.

강희주와 내가 처음 만났던 날이 떠오른다. 그날로부터 20년도 더 되는 세월이 흘렀지만 아직도 뇌리에 생생하다. 그건 참으로 특별했던 추억이었다.

그해 12월 크리스마스 무렵이었다. 우리는 강원도로 봉사활동을 떠났다. 그때 단원 중에 강희주가 있었다. 단원 중에 의료봉사 담당으로 의대 의학과 졸업반인 그녀가 참가했던 것이다. 우리가 가기로 예정되어 있던 곳은 강원도 정선군에 있는 어떤 산골 마을이있다. 이젠 그곳의 공식 지명은 생각나지 않는다. 당시 원주까지는 기차를 타고 가고 원주에서 내려서 꼬불꼬불한 비포장도로로 버스를 타고 들어가

다가 삿갓봉이라는 곳에서 내렸다. 그때만 해도 매우 오지였던 곳이라서 하루에 한 번 지나가는 버스가 외부로 통하는 유일한 교통수단이었다.

당시 '횃불회'의 회원들은 겨울 농한기에 산골 지역 아이들에게 중학과정을 지도하고 의료봉사를 하기 위해서 봉사활동단을 꾸려서 그곳을 찾아간 것이었다. 나는 대학 재학 중은 물론 졸업한 뒤에도 '횃불회'와는 아무런 관련이 없었다. 그래서 그 봉사단에 낄 이유가 전혀 없었다. 그런데 당시 도서관장이 '횃불회'의 지도교수였는데 마침 봉사활동 출발 시기에 도서관에 관련된 중요한 학술세미나 일정과 겹쳐졌었다. 관장은 그 세미나에 꼭 참석해야 했기에 생각해낸 것이 내가 관장 대신 일단 먼저 학생들과 출발하는 것이었다. 그래서 나는 졸지에 열다섯 명의 단원을 책임지는 캡틴이 되어 삿갓봉으로 출발했던 것이다.

공교롭게도 우리 일행이 도착한 금요일 오후에 중서부 지역에 굉장한 눈보라가 몰아쳐왔고 토요일 아침이 되자 4, 50센티미터로 쌓인 눈이 온 산을 뒤덮었었다. 봉사단원의 숙소는 이장 집과 그 마을의 유일한 구멍가게로 정해졌다. 두 집은 바로 이웃해 있어서 한 집에 머무는 효과를 기대할 수 있었다. 그러나 토요일 아침이 되었는데도 눈 때문에 길이 막혀서 사람들이 찾아오지 않았다. 오전 한때 조금 그치는가 싶던 눈은 다시 내리기 시작했다. 할 일이 없는 우리는 이장 부인이 쪄내온 밤과 고구마를 먹으며 눈사람도 만들고 한쪽에서는 눈싸움을 했다. 봉사활동을 나온 것이 아니라 캠프에 참가한 학생들처럼 기분을 내고 있었다.

그 다음날도 마찬가지였다. 눈은 그치지 않고 계속 내렸다. 그제야 우리도 사태의 심각성을 깨달았다. 무엇보다도 지붕이 무너질지도 모른다고 걱정을 하며 이장과 구멍가게 주인이 자꾸 지붕에 올라가서 쌓이는 눈을 쓸어내리는 것을 보고서였다. 밤에도 자지 못하고 지붕에 올라가서 눈을 쓸어내리는 그들을 보면서 눈싸움을 즐기던 신명이 저절로 사라졌다. 눈은 사흘 동안 계속 내렸다. 우리들은 방에 옹기종기 모여앉아 각자의 연애담 같은 것을 털어놓으며 가끔씩 하늘을 올려다보았다.

셋째 날이었던가, 조금 이르다 싶게 저녁식사를 마친 뒤였다. 이장 집에서 키우는 개 두 마리가 마구 짖어댔다. 저녁밥을 먹고 난 뒤 따로 할 일도 없어 방 안에서 무료하게 뒹굴고 있던 우리는 얼른 창호지 문을 밀었다. 문만 밀면 바로 앞마당이었다. 앞마당에는 어깨에 눈을 실은 채 어떤 늙은 남자가 서 있었다.

그 늙은 남자는 잠시 아무 말도 않고 서서 두 손을 주머니 속에 푹 찌른 채 우리들을 멍하니 낯설게 바라보았다. 개들은 계속 짖어댔지만 그에게 가까이 다가가지는 않았다. 이장과 그의 식구들이 다른 방에서 나오자 그가 연필로 찍찍 긁는 것 같은 소리로 말을 시작했다.

소가 새끼를 낳으려고 하는데 뭔가 잘못되었다는 것이었다. 어제 저녁부터 새끼를 낳으려고 진통을 계속하고 있는데 새끼는 나오지 않고 이젠 소가 지쳐서 죽어가는 것 같다고 했다. 확실히 무언가 잘못된 것 같은데, 자기로서는 무엇이 어떻게 잘못된 것인지도 모르겠고, 혼자서는 도저히 어떻게 해볼 수가 없어서 이리로 왔다고 했다. 자기가 여기로 오는 동안에 어쩌면 이미 소가 죽었을지도 모른다는 말도 했다. 그의 목소리는 그가 말하는 내용에 상관없이 경첩이 뒤틀린 문이 여닫히는 소리나, 깨진 유리창 사이를 지나는 거친 바람소리 같은 것을 연상시켰다. 사람의 몸이 술이나 담배에 찌들어서 평생을 보내고 나면 내는 소리가 저렇지 않을까 하는 생각이 들 정도였다.

그 남자가 말을 채 마치기도 전에 이장이 서둘러 옷을 걸쳐 입고 나왔다. 대문을 나서려다가 이장은 갑자기 우리 쪽을 바라보더니 강희주에게도 같이 가자고 말했다. 어쩌면 소에게 주사가 필요할지도 모른다고 했다. 이제 의과대학 본과 재학생에 불과한 강희주가 소가 새끼 낳는 것에 얼마큼이나 제대로 대응할 수 있을 거라고 강희주에게 같이 가자는 건가, 하고 생각하는데 의외로 강희주가 같이 가겠다고 즉각 대꾸하고는 서둘러서 방한복을 챙겨 입고 의료가방을 찾아들었다. 강희주가 가겠다고 나서니까 인솔자 입장인 나도 가만있을 수가 없게 되었다. 그래서 나도 같이 가기로 했다.

우리는 서둘러 길을 떠났다. 계속 퍼붓고 있던 눈이 우리가 길을 나설 때부터 점차 개기 시작하더니 이내 눈발이 아주 그쳤다. 이장 집의 북쪽으로 난 외줄기 길을 따라 늙은 남자가 걷기 시작했다. 우리는 그 늙은 남자가 앞서가면서 눈 속에 그어놓는 발자국의 줄을 따라 걸었다.

우리가 걷기 시작한 지 얼마 지나지 않아 해가 졌다. 산속의 어둠은 순식간에 몰려왔다. 걱정부터 먼저 들었으나 생각과는 달리 일단 어둠이 눈에 익자 눈빛에 반사된 밤길은 별로 어둡지 않았다. 오히려 걸어갈수록 사위가 은은하게 빛이 나기 시작했다. 들고 가던 랜턴 불빛이 무색할 정도였다. 밤은 점차 맑고 환하게 빛나기 시작했다. 앞서서 걸어가는 늙은 남자의 눈밭을 딛는 발자국 소리가 흡사 이명처럼 귓전을 울렸다.

외줄기 길을 얼마나 걸었을까. 동네와 매우 떨어진 어느 높은 산의 기슭에 이르러서야 드디어 저만치 전방에 꺼무레하게 엎드려 있는 외딴 작은 집의 형체가 어슴푸레 보였다. 우리는 발걸음을 더욱 재촉했다.

집에 도착하자 늙은 남자는 우리를 외양간으로 인도했다. 외양간에 들어서자 이상한 비린내 같은 것이 훅 끼쳐왔다. 외양간 안을 한 바퀴 휙 돌려 비추는 이장의 랜턴 불빛 속에 커다란 소 한 마리가 보였다. 늙은 남자가 서둘러서 석유등을 찾아 불을 켜자 외양간 구석에 서 있는 커다란 누렁 소의 모습이 좀 더 확실하게 보였다. 누렁 소는 꼬리를 반쯤 치켜들고 서 있었는데 숨소리가 매우 거칠고 힘들고 불규칙했다. 늙은 남자는 소가 아직 살아 있어서 안도했다는 듯이 긴 숨을 내쉬면서 소의 등을 툭툭 두드렸다. 힘내라고 격려하는 듯했다. 늙은 남자가 석유등불을 들고 소의 뒤쪽으로 돌아가서 불을 비추었다. 우리도 그리로 다가갔다. 소의 늘어난 음문으로 번뜩이는 점액이 길게 늘어진 고리장식처럼 드리워져 있었다. 이장이 소의 뒤쪽으로 바짝 다가가 허리를 굽혀서 랜턴을 소의 음문 가까이에 대고 세심하게 살펴보았다. 그러더니 랜턴 불빛을 배에 비추면서 이리저리 살펴보기 시작했다. 나와 강희주는 저도 모르게 서로 손을 꼭 잡고 말없이 눈앞에서 벌어지고 있는 광경을 지켜보았다.

"어떻소?"

랜턴 불빛으로 소를 꼼꼼하게 살펴보고 있는 이장에게 늙은 남자가 물었다.

"아무래도 새끼의 머리 방향이 잘못 놓인 것 같은데유."

이장이 심각한 어조로 대꾸했다.

"머리 방향이 잘못 됐다구라?"

"야. 머리 방향이 잘못된 거라믄, 손을 안에 넣어서 방향을 돌려주면 의외로 수월하게 낳기도 하는구만이라."

그때 누렁 소가 더 이상 고통을 못 참겠다는 듯이 고개를 마구 흔들었다. 그러자 종소리가 요란하게 울려서 우리는 깜짝 놀랐다. 알고 보니 소의 턱에 매달려 있는 워낭소리였다. 기이한 요령소리 같은 워낭소리와 매우 고통스럽고 불규칙하고 거친 소의 숨소리가 뒤섞여서 어쩐지 비현실적인 이상한 곳에 와 있는 듯한 느낌이 들었다.

"새끼 머리 방향이 잘못 놓인 거, 손을 넣어서 바로잡아본 적이 있는감유?"

이장이 묻자, 늙은 남자는 고개를 크게 내둘렀다.

"아니, 그런 일은 전혀 해본 적이 없구만이라."

"그렇담 헐수읎이 내가 해봐야겄구만유. 전에 한 번 해본 적이 있으니깐드루."

이장이 황급하게 겉옷을 벗었다. 그는 안에 입은 옷들의 소매를 잔뜩 위로 걷어올리면서 말했다.

"소고삐를 바싹 기둥에 맨 뒤, 소를 꽉 잡고 있어야 해유."

늙은 남자가 소고삐를 바싹 조여 맨 뒤 소를 힘주어 부여잡자, 이장은 오른팔을 암소의 음문 안으로 밀어 넣었다.

"소 좀 똑바로 잡어유!"

소가 몸을 꿈틀거리며 요동치자 이장은 늙은 남자에게 거듭거듭 소리쳤다.

"제발 소를 똑바로 잡고 있어유! 내 팔뚝 부러지는 거 볼 거예유?"

이장은 계속 소리치면서 팔을 놀렸다. 한참 만에 이장이 팔을 밖으로 빼내기 시작했다. 밖으로 나온 이장의 손에 무언가가 잡혀 있었다.

"됐어유! 머리를 잡았구만유!"

이장은 손에 잡혀 있는 것을 밖으로 빼내려고 애썼다.

"됐어! 나오고 있어! 나오고 있어!"

이윽고 새끼 소의 머리가 나오더니 이내 어깨가 쑥 빠져나왔다. 그러고는 어린 송아지의 몸 전체가 빠져나오기 시작했다. 점액과 소 냄새와 땀 냄새가 이루는 혼돈 속에서 쇳가루 같은 냄새가 흘러나왔다. 새로운 출생을 알리는 피 냄새였다. 송아지가 다 나오자 어미 소의 숨소리가 금세 편안해졌다. 나와 강희주는 처음 보는 소의 분만 광경에 너무 놀라서 그저 묵묵히 바라보고만 있었다.

"어이구! 증말 애썼구만이라!"

늙은 남자가 신음하듯 말했다. 소에게 한 것인지 이장에게 한 것인지 확실치 않았다. 어쩜 그 둘 모두에게 한 말 같았다. 태어난 새끼 송아지는 물에 빠져 죽은 강아지처럼 축 늘어져 있었다. 늙은 남자가 송아지를 안아다가 어미 앞에 갖다놓고 황급하게 고삐를 풀어주었다. 어미 소는 혓바닥으로 새끼를 이리저리 핥기 시작했다. 그런데도 새끼는 꼼짝도 하지 않았다. 어미 소가 이상한 울음소리를 냈다. 그러면서 자꾸 새끼를 핥았다. 이윽고 송아지가 몸을 조금 움직였다. 어미 소가 더 바삐 새끼를 핥았다.

"어이쿠! 이제 됐구만이라! 이제 살았구만이라!"

이장이 반갑게 소리쳤다. 이장이 팔을 닦아야겠다고 늙은 남자와 함께 집 안으로 들어간 뒤에도 나와 강희주는 외양간에 남아서 어미 소와 어린 새끼 송아지를 지켜보고 있었다. 어미 소는 연신 혓바닥으로 새끼의 몸을 이리저리 핥아주고 있었다. 어미의 혀가 몸에 닿을 때마다 어린 새끼는 몸을 조금씩 옴죽거렸다.

그 집을 나서면서 쳐다본 하늘에는 별이 가득 떠 있었다. 별들은 그동안 내가 보았던 별들보다 수십 배는 더 밝아 보였다. 별들 하나하나가 만월의 달처럼 모두 제각각 빛나는 듯했다. 나와 강희주는 그처럼 밝은 별빛이 가득 내리고 있는 눈길을 말없이 걸었다. 방금 목격한 모든 것들이 비현실적으로 느껴졌다.

"저 집과 우리 집 사이는 보통 때는 30분이면 되는 곳인데, 눈길이 돼놓으니깐 4, 50분은 족히 걸리는구만!"

이장이 불쑥 말했다. 그리곤 방금 떠나온 집의 늙은 남자에 대해서 이야기했다.

그 남자는 산속에서 태어나 지금까지 산속에서만 살고 있는 사람이라고 했다. 젊어서 한때 사당패들을 따라 북을 들쳐메고 길을 나선 적이 있었다는데 이장 자신도 아주 어릴 때 들은 이야기인지라 자세하게 알지 못한다고 했다. 그 늙은 남자는 어려서 아버지를 여의고 늙은 홀어머니마저 여러 해 전에 죽은 뒤로는 산속에서 계속 혼자 살고 있다고 했다. 한때 어떤 여자가 와서 그 집에서 같이 살다가 떠났다는 이야기도 있기는 했으나 동네 사람들 중에서 그 여자를 본 사람은 아무도 없다고 했다. 어쨌든 오랜 세월을 혼자서 사는 게 익숙해져서인지 사람들과 잘 어울리지 못하고 어딘가 성격이 아주 괴팍하고 이상하다고 했다.

"소를 그렇게 길러봐야 별로 남지도 않을 텐데, 그냥 소 시중이나 드는 거지. 소를 길러 내다 파는 것도 아니고, 뭐, 그 노인네, 그런 식으로 소를 기르는 것을 보믄 그렇게라도 소를 기르는 일에다가 살아가는 의미를 거는 게 아닌가 싶기도 허구. 아무튼 뭐가 뭔지 모르겠더구만."

그것이 이장이 결론처럼 내린 이야기였다.

우리를 배려해서 천천히 걷고 있는 이장의 뒤를 따라 걷는데, 눈길은 걸음을 내딛을 때마다 장딴지까지 푹푹 묻히게 험했다. 그런 눈길을 헤치고 내려가려니까 좀 전에 그 늙은 남자의 집에서 본 것과 들은 것 모두 현실 같지가 않았다. 허둥지둥 걷고 있는 눈길의 좌우에 서 있는 소나무들에 쌓인 눈이 달빛과 별빛 아래서 마냥 희게 빛나고 있는 것이 그런 비현실적인 인상을 더욱 부추겼다.

다음날이 되자 '횃불회'의 봉사활동이 드디어 시작되었다. 산속 마을은 기온이 많이 올라가면서 빠른 속도로 눈이 녹기 시작했다. 치료를 받으려는 사람들이 드문드문 구멍가게에 나타나더니 제법 줄을 설 정도가 되었다. 눈 속을 헤치고 새빨개진 볼 위로 바람 기운을 달고 나타난 사람들이 가게 안을 채웠다. 그들이 난롯가에서 언 몸을 녹이려고 서 있으면 발밑의 시멘트 바닥의 젖은 부위가 꺼멓게 점점 넓어져 갔다. 처음에는 어설프던 봉사단원들의 사명감도 시간이 흐를수록 한층 또렷하고 다부지게 변했다. 밤에는 늦게까지 아이들의 영어 알파벳 읽는 소리가 언덕 등성이 너머까지 번졌고 며칠 동안 끊어졌던 버스가 다시 마을 앞길 위로 지나갔으며 지도교수인 도서관장도 찾아왔다. 도서관장이 왔기 때문에 나는 서울로 돌아가도 되었으나 봉사단원들과 같이 행동하기로 했다. 그러려면 남아 있는 휴가를 모조리 돌려 써야 했는데도 불구하고 왠지 그러고 싶었다.

우리가 그 마을에 있는 동안 그 늙은 남자는 다시는 마을에 내려오지 않았다. 나는 가끔 너무도 연약해 보였던 어린 송아지가 마음에 걸렸다. 그 어린 게 무사하게 살아 있는지 자꾸 궁금했다. 그런 이야기를 했더니, 이장은 대범하게 웃으면서 "살아 있지 않으면 죽었겠지 뭐"라고 말했다. 웃으면서 한 말이기는 했으나 그 말에 들어 있는 진심이 느껴졌다. 자연 속에 묻혀서 살아가는 사람들의 초탈함이랄까 무신경이랄까, 그런 게 어떤 것인지를 처음으로 알아본 느낌이었다.

드디어 봉사기간의 마지막 날 저녁에 우리는 동네 주민들과 저녁밥을 함께 먹었다. 주인인 이장 댁에서 준비한 저녁식사 외에 동네 주민들 여러 집에서 간식을 마련해왔다. 더러는 옥수수, 밤고구마 같은 것을 쪄왔고 어떤 분은 감자가루로 만든 부침개를 만들어 왔다. 아주 맛이 있었다. 뜨거울 때 바로 먹어서 그런지 뭐든지 맛이 있었다.

모두들 시끌벅적하게 떠들면서 음식을 먹고 있을 때, 강희주가 내 귀에 대고 속삭였다. 그 아기 송아지가 궁금하지 않느냐고. 나는 고개를 끄덕였고 우리는 잠시 뒤에 살짝 이장 집을 빠져나왔다. 내일 아침이면 이곳을 떠난다는 점, 그리고 그 늙은 남자가 사는 집으로 가려면 이장 집에서 북쪽으로 난 외줄기 길을 마냥 따라가면 된다는 점, 그런 것들이 우리들의 모험심을 부추긴 셈이었다.

우리는 부지런히 외줄기 길을 따라 걸었다. 저번에 갔던 날보다 달빛이 훨씬 밝아져 있어서 걷는 데 크게 도움이 되었다. 달은 이미 보름에 가까워지고 있었다. 그간 날씨가 많이 풀려서 눈이 꽤 녹았다고는 하지만, 아직도 길은 눈으로 깊이 뒤덮여 있었다. 단지 먼젓번에 갔을 때 장딴지까지 푹푹 빠져 들어가던 것보다는 훨씬 발을 디디기가 나았다.

눈길 걷는 데 서툴러서 이번에도 역시 거기까지 가는 데 4, 50분은 족히 걸렸다. 드디어 높은 산자락 밑에 나지막하게 엎드린 집이 보였다. 이미 어두워진 뒤인데도 집에는 불빛이 일체 없었다. 전혀 사람 사는 집 같지가 않았다. 혹시 그 사이에 소도 송아지도 모두 죽어서 그 남자가 집을 떠난 걸까. 그런 생각이 불쑥 들었다. 강희주에게 그런 이야기를 하니까, 그녀도 말없이 고개를 끄덕였다. 하지만 설혹 그렇다고 해도 그 어린 송아지가 힘들게 태어났던 외양간은 꼭 다시 들여다보고 싶었다. 그래서 계속 집을 향해 걸었다.

"이게 무슨 소리야?"

집 근처에 이르렀을 때, 우리는 저도 모르게 서로 얼굴을 마주 보았다. 낮게 웅얼거리는 소리가 들렸던 것이다. 우리는 잠시 걸음을 멈추고 소리에 귀를 기울였다. 그건 분명 노랫소리였다. 노랫소리는 노랫소리이되, 타령 같기도 하고 판소리 같기도 했다. 그 늙은 남자의 목소리였다. 우리는 소리가 들리는 곳을 가늠해보았다. 확실히 외양간 쪽에서 소리가 나고 있었다.

우리는 외양간 옆쪽으로 소리 죽여 다가가서 사방으로 둘러쳐 놓은 가마니 틈새로 안을 들여다보았다. 처음엔 캄캄할 뿐 아무것도 보이지 않았다. 다만 늙은 남자의 웅얼거리는 노랫소리가 꽤 분명하게 들렸다. 좀 더 안을 들여다보고 있자 여기저기 나 있는 가마니의 틈새로 새어 들어간 달빛에 외양간 안쪽의 모습이 어슴푸레하게 보이기 시작했다.

어미 소가 외양간 바닥에 앉아 있는데, 어린 새끼 송아지가 그 품 안에 들어 있는 게 보였다. 그런데 늙은 남자가 어미 소 등 뒤에서 어미 소 등에 팔을 올려놓은 형태로 몸을 모두 싣고 있는 자세로 앉아서 노래를 부르고 있는 중이었다. 외양간 안의 어둠이 좀 더 눈에 익자, 소 등에 헝겊 같은 것이 두루 덮여 있는 걸 알아볼 수 있었다. 추위를 막으려고 덮어준 것 같았다.

늙은 남자의 노랫소리는 입 안에서 웅얼거리고 있는 거라서 무슨 말인지 제대로 알아들을 수 없었다. 그저 곡조가 제멋대로 풀어놓는 타령조 또는 판소리 같은 거라는 것만은 확실하게 알 수 있었다.

우리는 가마니 틈새에서 눈을 떼고 외양간 옆에 묵묵히 선 채 안에서 흘러나오는 노랫소리에 귀를 기울였다. 노래 가사도 그리고 곡조도 제대로 알아들을 수 없었지만, 다만 한 가지 알 수 있는 게 있었다. 그것은 그 늙은 남자의 노랫소리가 한없는 평화를 느끼게 한다는 사실이었다. 노래 부르고 있는 사람이 느끼고 있는 가없는 편안함, 그리고 아주 편안한 평화, 그런 것이 그 늙은 남자의 노랫소리 안에 있었다.

사람의 음성에서 그처럼 깊은 평화의 감정을 느껴보기는 생전 처음이었다. 늙은 남자의 노랫소리는 계속 이어졌다. 그는 매우 느리고 평안한 음성으로 비슷한 가락, 비슷한 곡조의 알 수 없는 노래들을 계속 웅얼거리고 있었다. 너무도 평안하고 편해서 왠지 마음이 아릴 정도였다.

우리는 조심스럽게 외양간 옆을 물러났다. 그리고 방향을 바꾸어 이장 집으로 가는 길을 걷기 시작했다. 내가 앞장을 섰다. 얼마 걷지 않아서 늙은 남자의 집은 밤의 어둠 속에 묻혀들었고, 이내 아물아물 보이지 않게 되었다. 좀 더 걸으니까 노랫소리가 더 이상 들리지 않았다.

나는 불쑥 강희주에게 말을 걸었다.

"이상한 밤이야."

이상한 남자야, 라고 말하려고 했는데 말이 그렇게 나왔다. 실은 이상한 노래야, 라고 말하고 싶었다.

"…… 예."

좀 사이를 두었다가 거의 들리지 않을 정도로 낮은 대답이 강희주에게서 건너왔다. 그런데 음성이 어딘가 이상했다. 그래서 돌아다보았다. 달빛을 정면으로 받고 있는 강희주의 얼굴에서 눈물이 흘러내리고 있는 게 보였다. 눈물은 달빛을 받아 반짝이고 있었다. 억지로 소리 죽여 울고 있었던 것이었다. 강희주는 내가 돌아보자 움칫 몸을 떨더니 황급하게 두 손을 들어 눈물을 닦았다.

나는 고개를 돌리고 묵묵히 걷기 시작했다. 등 뒤에서 강희주가 흐느끼면서 우는 소리가 들려왔다. 흐느끼는 소리는 점점 커졌다. 나한테 들키지 않으려고 애써서 소리를 죽여서 울다가, 내가 알아차린 뒤로는 울음소리를 억제하지 못하는 듯했다.

이장 댁까지 가는 동안 내내 강희주는 소리 내어 흐느껴 울었다. 그러나 나는 왜 그렇게 우는 거냐고 묻지 못했다. 그저 앞에서 묵묵히 눈길을 헤쳐나가면서 왠지 마음이 매우 쓰라리고 아팠다. 그러나 솔직히 고백하건대, 그 마음 쓰라림과 아픔 속에는 그 늙은 남자의 노랫소리에 담겨 있던 것과 같은 유연하고 편안한 평화 같은 것이 들어 있었다.

그리고 생각난다. 내가 등 뒤에서 계속 들려오는 강희주가 흐느끼는 소리를 들으면서 강희주를 얼마나 부러워했는지가. 그 늙은 남자의 노랫소리가 내 귀에도 특별하고 신기하게 느껴졌던 것은 사실이었다. 그 노랫소리에 담긴 깊은 평화를 나 자신이 실감하기도 했다. 그러나 그뿐, 강희주처럼 울고 싶은 정도는 아니었다. 그래서 그처럼 깊이 울고 있는 강희주가 부러웠다. 자신의 삶의 어느 부분이 거기 걸려서 그렇게 우는 것인지 모르겠지만, 그래도 다만 그 장면 때문에 그처럼 울 수 있다는 것은 내가 모르는 어떤 보화를 지닌 듯이 느껴졌기 때문이었다.

그래, 좋은 울음은 그런 울음을 울 수 있다는 것만으로도 힘이야.

등 뒤에서 들려오는 강희주의 흐느낌을 들으면서 나는 속으로 그런 생각도 했었다. 그날 밤 그 늙은 남자의 노랫소리 못지않게 강희주의 울음소리도 내게 매우 강렬한 인상을 주었다.

그런 특이한 경험을 나누면 그 뒤 매우 친해지든지 아니면 서로 멀어지게 마련이다. 강희주와 나는 후자였다. 봉사활동에서 돌아온 뒤 서로 전혀 연락이 없었다. 강희주가 대학을 졸업하고 의과대학에 남았기 때문에 대학의 인사철에 학교의 공고판에서 때로 그녀에 관한 기록을 보게 되곤 했다. 전임강사가 되었다든지 조교수가 되었다든지 그런 일로였다. 그리고 매우 드물기는 하지만 대학 교직원들 건강검진 때문에 대학부속병원에 갔다가 우연히 강희주와 마주친 적이 몇 번 있기도 했다. 그럴 때마다 우리는 과도하게 반가워하면서 곧 한번 자리를 마련해서 만나자고 말하고는 서둘러 헤어지곤 했다. 그런 식으로 그렇게 더러 마주쳤을 뿐, 그 겨울에 정선에서 서울로 돌아온 이래 지난 20여 년간 서로 약속하고 제대로 만났던 적은 단 한 번도 없었다.

나는 그런 생각들을 두서없이 하면서 학교로 돌아왔다. 정문을 통과해서 언덕길을 따라 도서관을 향해 천천히 걸었다. 저만치 도서관이 보였다. 그러나 그대로 사무실에 들어가기가 싫었다. 나는 도서관 아래쪽에 있는 작은 숲으로 발걸음을 돌렸다. 숲 속에 놓여 있는 나무 벤치로 가서 앉았다. 오늘따라 숲에는 학생들이 보이지 않았다. 우거진 녹음 아래 작은 숲 안은 그저 고요했다. 벤치에 앉아서 심호흡을 하는데, 머릿속에는 강희주의 이름이 이정표처럼 여전히 굳게 박혀 있었다.

강희주, 그녀가 돌연 뇌종양 때문에 기억을 죄다 잃은 상태로 하필 정선에 갔었고, 거기서 내 이름을 떠올렸다……

병원에서 본 강희주의 모습이 눈앞에 있는 듯 생생했다. 솔직히 그런 상태의 강희주를 본 것은 매우 당혹스러웠다. 그리고 왠지 두렵기도 했다. 나는 내 마음을 찬찬히 정리해보았다. 그런데, 두렵다거나 당혹스럽다는 감정을 넘어서는 것이 있음을 이내 깨달았다.

그렇다. 솔직히 고백하건대, 마음 한편으로는, 무어랄까, 마음속 깊은 곳에서 조용히 떠오르는 낯선 무언가가 있다. 그걸 무어라고 표현해야 할까. 무언가 꽤 부러운 것과 같은 느낌? 생각건대 아마도 확실히 그럴 것이다. 아무래도 그건 부러운 느낌이라고 표현해야 마땅할 것이다. 그런 무언가가 아까부터 내 마음 한쪽에서 솔솔 피어오르고 있었음을 이제 확실하게 느낀다. 그렇다. 이제 알겠다. 돌아보면 그건

20여 년 전 그날 밤에 강희주가 마냥 흐느껴 우는 소리를 들으면서 느꼈던 부러움과 같은 형태의 감정이었다.

희주의 수술은 잘되겠지. 그런데 뇌의 종양이 잘 제거되어 평상시 모습대로 돌아온 뒤에 희주는 자신이 아파서 정신이 없을 때 정선에 가서 헤매고 다녔던 일을 어떻게 받아들일까?

그런 생각이 문득 스쳤다. 그리고 뒤이어서 한 가지 생각이 불쑥 떠올랐다.

만약 나한테 그런 일이 일어났더라면, 그렇다면, 나는 도대체 어떤 데를 찾아가서 헤매고 다닐까?

아무래도 정선은 아닐 것이고, 그렇다고 달리 떠오르는 곳도 없다. 내 마음에 사무치는 장소나 사물이 전혀 없다는 이야기다. 얼마나 외롭고 팍팍한 삶이었던 것일까.

생각하면, 20여 년 전의 그 맑고 환했던 밤을 무의식 어딘가에 내내 담아두고 있었던 강희주는 마음의 부자였다. 나는 그녀가 마음에 그토록 깊이 안고 있는 그 밤이 부러웠다. 그리고 그 밤을 그토록 오래 마음 깊은 곳에 간직하고 있던 그녀가 부러웠다. 그러자 나날의 일상적 삶과 직결된 것들 외에는 내가 마음속 깊이 따로 지닌 것이 아무것도 없음이, 내 삶이란 것은 그저 텅 빈 채 그 안에 아무것도 없다는 사실이 너무도 마음 아팠다. 어제 아침에만 해도 또다시 전화사기에 걸려들까 봐 신경을 잔뜩 곤두세우고 전전긍긍했던 내 모습이 한 장면의 영상처럼 떠올랐다. 그걸 생각하자 새삼 마음이 아프고 황량했다.

사람은 마음속에 간직한 것으로써 자신이 누구인지를 말하는 거라던데……

그런 생각도 떠올랐다. 갑자기 눈물이 흘러내렸다. 나는 마치 무슨 궤양이나 내상을 입은 듯 그 순간 가슴이 얼얼해지면서 찌르는 듯한 통증을 느꼈다. 나의 두 눈은 눈물에 젖었고 낮은 웃음소리와도 흡사한 흐느낌이 터져 나오는 것을 억제할 수가 없었다. 나는 눈물이 흘러내리도록 그냥 내버려두었다. 눈물은 소리 없이 자꾸 흘러내렸다.

숲 안에 작은 바람이 이는 게 느껴졌다. 바람이 머리카락을 가볍게 날리는 것을 느끼면서 나는 계속 울었다. 그렇게 소리 죽인 채 울고 있노라니 20여 년 전의 그 맑고 환한 밤이 새삼 눈앞에 선하게 떠올랐다. 그 밤이 떠오르자 눈물이 더욱 세게 흘러내렸다. 그렇게 울고 있노라니 문득 내가 다시 그 밤 속으로 되돌아가서 그 안에 들어가 있는 듯이 느껴졌다.

강희주가 흐느끼던 울음소리가 다시 등 뒤에서 들리기 시작했다. 전과 달리 그녀의 울음소리가 마음 깊숙이 파고들었다. 나는 이제 그녀와 함께 울고 있는 듯했다. 그 느낌은 편안했고, 그리고 평화로웠다. 그리고, 무엇보다도 행복했다.

그곳은 어떤가요?

김향숙

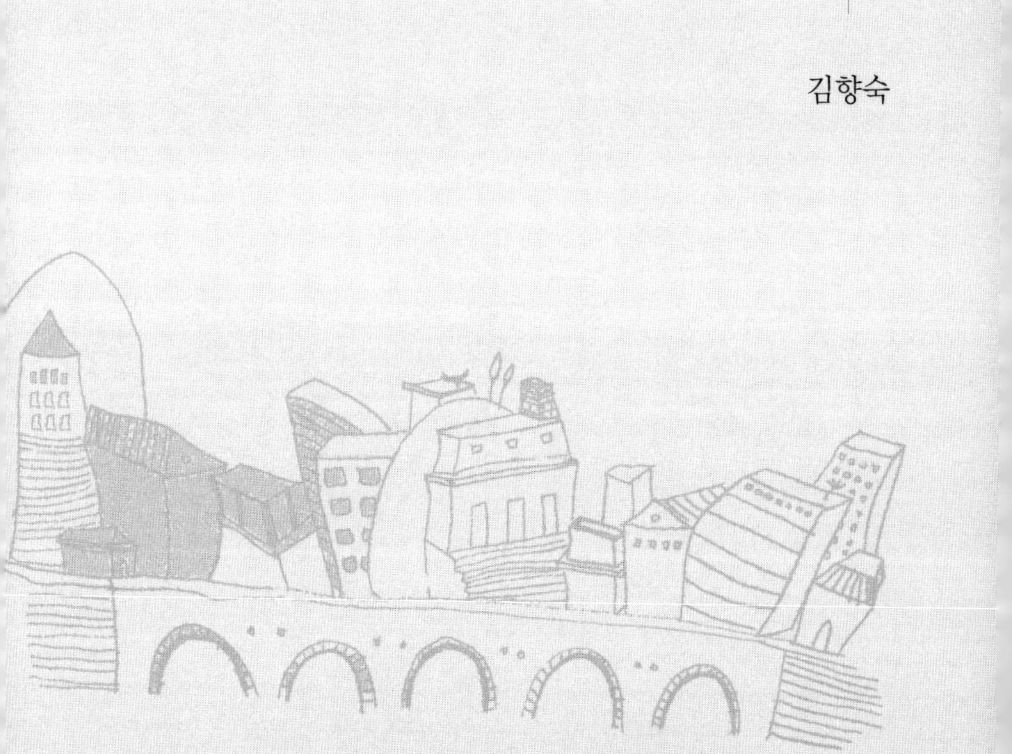

우하하하하. 웬일이고.

우하하하하. 동호는 한 번 더 웃었다. 과장이 섞인 유쾌함을 퍼뜨리는 웃음소리는 지난여름의 그것과 다르지 않았다. 기차바퀴가 선로를 짓누르는 금속성의 소리가 제인의 귀를 스쳐 지났다. 먼지 낀 유리창이 둔중하면서 날카로운 마찰음에 공명이라도 하듯 드르륵 소리를 냈다. 선로 옆 동네의 집에서는 일상적인 일이었다. 선로 옆 동네에 산다는 걸 잊고 싶을 때, 누구의 노래를 듣고 싶은지 알 수 없을 때 제인은 라디오를 필요로 했다. 제인이 태어나기 전부터 할머니의 친구였다는 라디오는 소리를 낼 수 없을 것 같았지만 그렇지 않았다.

갑자기 네 목소리를 듣고 싶었다고나 할까.

제인은 생각했다. 동호에게 전화를 한 건 잘한 일이라고. 입을 나물면 이십대의 '김C'나 '믹 재거' 같기도 하지만 '강호동'처럼 말하는 동호의 목소리를 듣자 벽돌이 가득 찬 것 같은 머리가 조금은 가벼워진 듯했다. 누군가의 선행을 전하는 남자의 목소리가 라디오에서 들려왔다. 제인은 투명한 손이 저의 입을 벌려 삼킬 수 없는 뭔가를 가득 들이민 느낌이었다. 목젖까지 가득 찬 그 뭔가의 질감은 고체인 양 단단했다. 제인은 모르지 않았다. 입 안에 아무것도 없다는 걸. 책임이나 도리 혹은 선행을 강조하는 무거운 어조의 말을 들을 때. 무엇 때문인지 알 수 없지만 쏟아내지 못한 분노가 가슴속에서 소용돌이치는 어느 때. 제인은 목젖이 아파오곤 했다.

그럴 줄 알았다. 내한테 한번 꽂힌 여식아들은 쉽게 나를 잊지 못한다 하더라.

우하하하하. 지난여름에도 동호는 웃음 바이러스에 감염이나 된 듯 곧잘 웃었다.

일찍부터 혀의 움직임에 대한 연구를 거듭한 키스의 달인이다. 이 몸이. 유 양도 경험했으니 사실증명이 필요치 않겠지.

키스의 달인? 태클을 걸고 싶었지만 제인은 그렇게 하지 않았다. 몇 시간 후 동호를 보게 될 거였다. 이정자 교수를 모르는 누군가와 말하고 싶었다. 그래서였다. 동호한테 전화를 한 건. "이정자 교수가 네 엄마라며. 어쩌면 좋으니?" 오래 만나지 않았던 친구들. 많이 부딪치곤 했던 2년 전 담임선생도 전화를 해주었다. 제인이 방에 갇힌 건, 위로의 말, 눈빛에서 멀어지고 싶어서였다. 위로의 말이 솜 거즈가 되었던 건 얼마 동안이었다. 스스로 죽음을 택하다니. 그것이 이정자 교수의 마지막 선물이라니. 제인은 누군가 강남역 사거리에 폭탄을 던져주었으면 했다. 이정자 교수의 죽음을 헛되이 해서는 안 된다는 생각이 들어요. 핸드폰에 남겨진 문자들. 모르는 전화번호와 이름들. 날카롭게 빛나는 부엉이 눈들이 저를 에워싼 느낌이 제인을 떠나지 않았다. 제인은 검정 배낭에 청바지와 검정 스웨터를 넣었다.

침묵 모드인 건 전화를 먼저 한 게 자존심을 긁어서인가?

자존심? 너무 어려운 말인걸.

제인은 서랍에서 꺼낸 속옷들을 배낭에 넣었다. 작은 꽃들을 수놓은 속옷들은 홈쇼핑 방송에서 가슴과 다리가 예쁜 가수가 입은 걸 보고 산 거였다. 빨래건조대에서 그 속옷들을 봤을 때 표정이 변했던 이정자 교수. 제인은 보고 싶었다. 세상의 모든 유리창들이 가루가 되어 사람들 머리로 쏟아져 내리는 걸. 사람들의 심장에서 흐르는 피를. 눈물을.

아, 참. 유 양께서는 중졸이라고 했던가?

기억이 안 나네. 변신이 취미잖아.

동호에게 전화를 한 건 잘한 일이라고 제인은 생각했다.

이 몸이 유 양의 변신술을 짐작 못 한 건 아니지만…… 거쳐 간 여식아들 면면을 다 기억할 수 없다 보니. 미안타, 유 양아. 우하하하하.

미안타라니. 동호 나름의 거부의사? 제인은 새끼 뱀들이 발목으로 기어드는 것 같았다.

미안해할 것까지야.

제인은 색색의 털모자를 배낭에 넣었다. 역시 홈쇼핑 방송에서 산 구찌, 캘빈 클라인, 샤넬 로고가 선명한 선글라스도. 제인은 원하지 않았다. 누군가 저를 알아보는 걸. 바보짓이었다. 피디의 꼬임에 넘어가 텔레비전에 얼굴을 보였던 건.

유학 준비로 바쁘신가?

동호가 약간 톤을 가라앉힌 어조로 물었다. 지난여름 바닷가 동네 호프집을 드나들던 알바생의 반은 유학 준비 중이라고 했었다. 제인도 그중의 하나였다. 나머지 알바생들은 대입편입 학원에 다닌다거나 대학생이라고 했었다.

동부와 서부를 마음이 오가는 중이거든.

유 양이 추위에 약하면 서부로 갈 것이고 과거지향적인 풍경의 일부가 되길 원하면 동부를 택하면 좋겠지.

지난여름. 바닷가 동네의 호프집엔 밤새도록 사람이 들끓었다. 젊은이인 척하려는 아이들. 아이들처럼 말했던 젊은이들. 삼십대 피부를 태도와 표정으로 감추려 한 사람들이 쏟아내었던 그 많은 말들. 엄청난 소음들 속에서 들려온 말들은 거의 대부분 동호의 머리에 담겼던 것 같았다. 소음엔 귀를 닫고 싶었던 제인도 동호와 말을 하다 보면 알게 되곤 했다. 소음들 중의 어떤 말들은 저의 머리에도 남아 있음을. 동호는 모르는 것이 없다. 천재다. 동호 친구 중의 하나가 엄지를 쳐들곤 했었다. 어두운 밤바다와 모래사장이 거대한 사진 속의 풍경처럼 보였던 어느 날. 통유리창 안쪽에 앉아 생맥주를 마시며 서로를 삼킬 것 같은 눈으로 바라보던 남자아이와 여자아이가 제인의 기억창고에서 튀어나왔다. 갭 모자를 쓴 채 난 남자라고 소리치고 싶어하는 듯한 포즈를 취했던 남자아이. 그리고 '한예슬' 닮기가 소원일 것 같은 여자아이. 그 애들은 그날 밤 서로를 블랙홀로 여기는 열정에 빠져든 것 같았다. 귀여운 물건들이다. 그날 밤 동호가 한 말이었다. 저 애들 오늘 밤이 그날이 되려나. 주방으로 들어서며 제인은 그렇게 말했다. 굴소스와 토마토소스, 식용유 냄새, 수챗구멍에서 솟아나는 시큼한 냄새, 락스 냄새, 야채와 과일 껍질이 썩어가는 냄새, 주방 사람들의 땀 냄새가 제인의 코로 훅 스며드는 듯했다.

몸은 서부에 있어야 하거든. 여름에도 감기가 떨어지질 않으니까. 고약한 건 마음이 복고 풍경에 이끌린다는 거야.

제인은 갭 모자를 쓴 남자아이가 삼킬 것 같은 눈으로 봤던 여자아이가 한 말을 했다. 동호가 갭 모자를 쓴 남자아이의 말을 입에 올렸듯.

마음이 끌리는 대로 하는 거다.

그날 밤. 갭 모자를 쓴 남자아이가 지금 동호가 한 말을 했었나? 제인이 아는 건 동호가 마음 끌리는 대로 가는 거다, 라는 말을 즐겨 했다는 거였다.

넌 그곳에 주저앉은 거니?

제인은 동호가 바닷가 동네에 머물고 있는지 알고 싶었다. 어쩌면 처음부터 그걸 묻고 싶었는지 몰랐다.

한 바퀴 돌다가 막 컴백 홈하셨다. 이 몸은 짭조름한 바다냄새가 없으면 머리통이 쇳덩어리로 변하는 통에 외유도 오래 못 하겠다 싶다.

오존에도 중독성이 있나?

배낭을 꾸린 제인은 창 너머를 보았다. 길 건너 2층 건물의 뒷벽을 덮은 전선들, 뒤엉킨 배관들이 스모그에 가려져 흐릿해 보였다. 집 안 공기는 눅눅하고 차가웠다. 옆방에선 아무런 기척도 들려오지 않았다.

바다를 보던 눈은 다른 것들을 오래 못 본다.

지난여름 동호한테서 들었던 말이었다. 배낭을 멘 제인은 옆방 문 앞에 섰다. 며칠 집을 떠나 있을 거라는 말을 할머니가 알아듣도록 하려면 할머니 귀에 대고 말해야 했다. 이모가 우격다짐으로 마시게 하는 미음이 할머니가 삼키는 전부였다. 겨우 움직이는 미라처럼 변한 할머니를 보지 않으면 이정자 교수를 떠올리지 않을 수 있을 것 같았다. 이정자 교수를 그리워하는 건 아니었다. 제인에게 엄마는 할머니였다. 아니 꼭 그렇지는 않았다.

유 양아. 네 제인이란 이름 대외용이지?

동호가 우하하하 웃었다. 제인도 웃고 싶었다.

할머니는 날 지숙이라고 부른다.

작명가가 지어준 이름이라고 제인이 말했다.

날 그렇게 부르는 이는 이 세상에서 한 사람. 할머니야. 엄마는 그 이름으로 부르는 걸 거절했거든.

제인이니? 제인. 제인아, 라고 부를 때 이정자 교수의 목소리는 단단했다. 할머니가 버리지 않은 빨래 다듬이용 방망이를 떠오르게 하는 목소리였다.

할머니와 엄마는 내 이름의 소유권을 주장하느라 투닥거렸어.

제인은 여전히 할머니 방으로 들어가지 못했다. 이름이라는 것은 듣기에 편해야 된다. 할머니는 딸이 좋아한 손녀딸 이름이 죄인으로 들릴 수 있다는 주장을 꺾지 않았다.

끊는다.

제인은 동호가 무슨 말을 할 겨를을 주지 않았다. 창틀 사이로 뭔가가 휘익 지나간 듯했다. 고양이였나? 제인은 등으로 차가운 바람이 스친 느낌이었다. 케이블 방송의 고스트 프로그램을 많이 본 때문일까. 제인은 저도 모르게 당신이에요? 라고 말했다. 할머니 방에서 무슨 소리가 들려온 듯했다. 무……우……물…… 같은 소리? 아무 소리도 아닌 듯했다. 아…… 아……아…… 신음소리? 아닌 듯했다. 기차바퀴가 선로를 짓누르는 소리가 들려왔다. 화창한 봄날엔 어딘가로 떠나는 이들의 마음이 담긴 듯했던 소리가 지금은 바퀴 아래의 것들을 망가뜨리며 내는 신음소리처럼 들렸다. 먼지 낀 유리창이 드르륵 소리를 냈다. 라디오를 끄려던 제인은 잠시 멈칫했다. 땅과 물이 병들어가고 있음을 알리는 일을 하는 단체의 대표가 자신의 통장에 넣지 말아야 하는 돈을 딸의 유학 비용으로 썼다는 뉴스를 전하는 목소리는 기계음인 듯했다.

방에 갇혀 있을 누군가는 지금…… 제인은 가슴이 두근거렸다. 남의 말 사흘이다. 이모의 말이었다. 이모는 틀렸어. 제인의 혼잣말이었다. 이정자 교수의 죽음이 알려진 건 사흘도 훨씬 전이었다. 이정자 교수의 죽음을 헛되이 해서는…… 모르는 이가 보내온 문자들. 핸드폰에서 사라진 그것들은 제인의 머리에 남아 있었다. 헛됨과 헛되지 않은 것. 그런 것은 중요하지 않았다. 무엇이 이정자 교수를…… 알 수 없는 그 무엇에서 도망이라도 치듯 현관으로 간 제인은 신발장 안의 수집품들을 살폈다. 제인의 수집품인 스무 켤레의 신발을 이정자 교수는 좋아하지 않았다. 구두든 운동화든 물이 샐 때까지 신었다는 이정자 교수. 잿빛 점퍼와 검정 배낭 차림에 악센트가 되어줄 것 같은 초록 컨버스 신발에 제인의 눈이 머물렀다.

당신은…… 제인이 입을 앙다문 건 이정자 교수가 이 세상에 있지 않아서였다. 나무아미타불. 저의 중얼거림이 제인을 놀라게 했다. 할머니는 이모에게 당부를 하곤 했다. 세치 혀 간수를 잘 못했구나 싶으면 나무아미타불 관세음보살을 외우라고. 꾸중 들을 일이 생기면 나무아미타불을 말해 할머니를 웃게 만들었던 어린 날의 저에게 웃어준 제인은 초록 컨버스 신발을 신었다. 초록 컨버스 신발은 얼룩 한 점 없이 깨끗했다. 제인은 저의 마음도 그랬으면 했지만 이정자 교수는 제인의 마음에 남아 있었다. 이상한 일이었다. 세상을 떠나기 전 제인의 마음에 들어오는 시간이 많지 않았던 이정자 교수가 볼 수 없게 된 뒤에야 제인을 놓아주려 하지 않는 건. 제인은 초록 컨버스 신발을 벗었다. 5월의 나뭇잎 빛깔인 초록색이 문득 싫어진 거였다. 제인은 검정 가죽 스니커즈를 신었다. 클럽에 갈 때 신는 스니커즈는 제인이 가진 신발 중에서 가장 비싼 거였다. 바닷가 모래가 스니커즈를 상하게 할까? 잠시 머뭇대었던 제인은 괜찮아, 라고 혼잣말을 하며 현관문을 열었다.

3층으로 내려가는 층계참에서 제인은 섰다. 할머니에게 친구 집에 간다는 말을 해야 한다는 생각, 아무 말도 하고 싶지 않다는 생각의 줄다리기가 끝나길 기다리느라. 2, 3일씩 집을 비우는 건 가끔 있는 일이었다. 마음에 드는 선글라스와 운동화가 생기면 제인은 알바를 위해 집을 떠났다. 할머니는 제인이 집을 떠나는 걸 싫어했지만 무어라 말하지는 않았다. 그 나이에 탐나는 것이 오죽 많겠나. 할머니가 한 말은 그게 고작이었다.

층계를 빠른 걸음으로 내려간 제인은 폐타이어가 쌓인 공터를 지나 역사 쪽으로 걸어갔다. 30분 남짓 걷는 건 일도 아니었다. 아낄 수 있는 건 아끼는 게 좋았다. 제인은 점퍼 주머니에서 마스크를 꺼냈다. 흐린 날. 습하면 매연냄새가 심했다. 제인은 생각했다. 30분을 걷기에 좋지 않은 날이라고. 걷기에 좋은 날만 걸을 수는 없었다. 제인은 버스 정류장을 지났다. 전철역 팻말 쪽으로는 눈길조차 주지 않았다. 관절염이 심해지기 전까지 어디든 걷고 또 걸었던 할머니. 차비를 아낀 돈으로 호빵을, 붕어빵을 사주었던 할머니. 이정자 교수도 걷기가 취미, 특기라고 했던가?

호텔이나 콘도 모텔에 가려져 바다를 볼 수 없는 포장마차들. 제인이 그곳들 중의 한 곳인 이모네로 들어선 건 30여 분 전쯤이었다. 혼자 소주를 마시는 제인의 뺨은 발그레했다. 추위를 느끼지 못한 건 소주 때문만은 아니었다. 이곳의 대기는 청량했다. 그리고 따사로웠다. 마치 초봄이 끝나갈 즈음인 듯. 제인은 온몸이 바다의 숨결에 젖어든 것 같았다. 마음속에선 낯선 동네에 버려진 것 같은 쓸쓸함이 바다 저편의 부표처럼 떠올랐다 사라지곤 했다.

낮에는 봄이 온 줄 알았다. 세상살이만 뒤죽박죽이 아니고 날씨도 널뛰기를 하는 통에 정신 헷갈리기 딱 좋은 날이다.

눈을 감았다면 개그맨 '김영철'이 말한 걸로 착각할 것 같은 목소리였다. 포장마차 출입구 쪽으로 고개를 돌린 제인은 누군가를 기다리는 표정이었다. 누군가는 오지 않았다. 소주 한 병을 비운 제인은 한 병을 더 달라고 했다. 우동도 주문했다. 동호 너…… 제인의 입술이 보일 듯 말 듯 움직였다.

그 바람에 손님들이 다 바낫가노 샀다. 서녁 상사 허탕이시 머쇼. 안 그래도 목구멍에 풀칠하기 힘들어 죽겠는데 날씨도 안 도와준다.

털모자를 쓴 아주머니가 삶은 우동 면발을 국물에 넣었다 꺼내기를 여러 번 했다. 제인의 눈은 핸드폰으로 향했다. 이곳 날씨가 의외였듯 두 시간 전, 역사에서 전화를 했을 때 동호가 한 말도 그랬다. 나 내려왔어. 제인은 그 말을 선심이나 베풀 듯 말했다. 유 양께서 이 미천한 몸을 보러 와주다니. 어젯밤에 무슨 꿈을 꾸었더라. 동호가 그렇게 말할 걸로 기대했지만 동호는 그렇게 말하지 않았다.

그거야 이모집 오뎅 국물이 끝내주는 걸 모르는 뜨내기손님들이나 그런 것 아니겠어요.

밤색 점퍼가 소리치듯 말했다. 낮에는 봄이 온 줄 알았다, 라고 말한 목소리와 같은 목소리인 듯했고 아닌 듯도 했다. 지난여름. 바닷가 호프집에서 알바를 하는 동안 제인은 알바생들의 얼굴을 잘 구분하지 못했다. 생김새, 목소리, 말하는 투가 엇비슷했다. 동호와 친하게 된 건 동호가 그들과 달라 보인 때문이었을까? 두 시간 전. 제인의 전화를 받은 동호는 역이라? 라는 말을 하고는 입을 다물었다. 제인은 그때 처음 알았다. 어떤 침묵은 한순간 세상을 어둠으로 몰아넣는 암전으로 여겨진다는 걸.

천천히 마시는 게 좋을 건데. 나중에 고생 안 하고 싶으면 그리 해요.

털모자를 쓴 아주머니가 우동과 소주를 가져다주었다.

고생하고 싶은데요.

제인이 어리광부리듯 말하며 웃었다.

요 앞 호텔에 묵는 쪽발이들도 이모네 단골인 거 보면 말 다 한 거 아니겠어요. 여기 이모가 국물의 대가라요, 대가.

밤색 점퍼가 말을 건넬 타이밍을 기다린 듯 엄지를 세웠다.

아, 그런데 이모가 서울말도 잘하네요.

밤색 점퍼 건너편의 감색 점퍼가 말했다.

일본말, 중국말도 할 줄 안다.

털모자를 쓴 아주머니는 자신의 말이 틀리지 않음을 보여주려는 듯 일본어, 중국어 몇 단어를 들먹였다.

음식 솜씨로나 머리로나 여기 이모 당할 자 있으면 나오라 해보소.

이 자석아, 고만해라. 다른 손님들이 니 여기 바람잽인 줄 알겠다.

그런 황당한 오해를? 그건 아니고요. 내가 지금 아부를 하는 건데요. 여기 국물맛 노하우만 배우면 등록금 만들 수 있겠다 싶어서요. 오뎅하고 떡볶이가 좋겠다 싶은데 젊은 놈 형편 좀 봐주이소.

밤색 점퍼가 일어나 털모자를 쓴 아주머니에게 절을 했다.

20년 영업 노하우를 맨입으로? 완전 무경우다.

털모자를 쓴 아주머니가 문자를 치며 말했다.

그라면 안 되지에. 몸으로 때우겠다고 말 하이소.

시원한 우동 국물을 반 넘게 들이킨 제인이 나섰다. 지난여름 바닷가 호프집에서 일하는 동안 자주 들렀던 포장마차에서 본 풍경을 다시 본다는 게 재미있었다. 그때 "그라믄 안 되지. 형씨 몸으로 때운다꼬 말하소"라고 추임새를 넣었던 동호는 "안주를 얻어먹고 싶다, 내지 옆 테이블과 합석을 하고 싶을 때 벌리는 수작이다"라는 말도 했었다. 그 말을 하며 웃었던 동호는 지금 어디에 있을까. 병원에 입원한 모친을 만나러 가는 중이라던 동호. "수짜노, 유 양아. 내려올 요량이었으면 아까 전화할 때 말을 했어야지. 미안타, 유 양아. 이번에는 못 보겠다." 동호가 그렇게까지 말할 줄은. 널 보자고 온 거 아니니까 미안해할 필요는 없거든. 제인은 그때 동호의 턱을 날려주고 싶었다.

들었제. 생각이 있으면 1년만 노력봉사를 해보던가.

아예 내 발목에 족쇄를 채울 심산인갑네요.

밤색 점퍼가 킬킬대며 웃었다. 제인은 잔을 내려놓는 시늉만 하곤 다음 잔을 들이켰다. "유 양 그거 아는지 모르겠다. 혼자 있을 때 유 양 페이스는 입을 꽉 다문 조개 같아서 밀고 들어갈 틈을 안 준다. 나도 숱하게 많은 얼굴들 봐왔지만 유 양처럼 냉탕 온탕을 오가는 얼굴은 처음이다." 냉탕 온탕이란 말 때문이었을까. 목욕탕 앞을 지날 때면 떠올리게 되었던 동호의 말.

그런데 그쪽요. 여기 말 흉내 내본 거지요?

밤색 점퍼가 다시 제인을 보며 말을 던졌다.

어느 쪽일까요?

제인은 소주잔을 만지작거리며 말했다.

여기 출신이 아닌 쪽에 맥주 한 병.

한 번도 져본 적이 없다며 자신만만한 표정인 밤색 점퍼를 보며 제인은 웃었다. 와 전화는 꺼놓노. 털모자를 쓴 아주머니가 누군가에게 주먹을 날리고 싶은 듯했다. 어쩌면 할퀴고 싶은지도. 제인은 털모자를 쓴 아주머니한테서 눈을 떼지 못했다. 이 가시나가. 니 눈에는 내가…… 털모자를 쓴 아주머니 핸드폰이 앞치마 주머니로 들어갔다. 새 손님 일행이 들어선 순간이었다. 의자에 앉기도 전에 꼼장어와 소주를 주문한 새 손님들에게 털모자를 쓴 아주머니는 오뎅 국물과 소주를 가져다주었다.

콜 안 받아요?

바닷가 동네의 억양을 좀체 떨칠 수 없을 것 같은 밤색 점퍼였다. 제인은 고개를 끄덕였다. 밤색 점퍼가 웃자 입술이 얼굴의 반을 차지했다. 웃어주는 누군가를 본다는 게 제인은 좋았다. 점퍼들이 말을 건네지 않았으면 실망했을 거였다. 바닷가 동네 말을 흉내 내듯 말한 것도 어쩌면 점퍼들의 관심을 끌려고 그랬는지 몰랐다. 마음만 먹으면 외지인이 아닌 것처럼 말할 수 있었으니까. 제인이 원한 건 로컬 브랜드가 아닌 수입 브랜드로 여겨지는 거였다. 일상의 남루함을 잊게 하는 수입 브랜드 전문매장. 그곳을 지날 때 제인은 꿈꾸었다. 누군가 저를 진열장 안의 명품처럼 봐주길. 제인의 테이블에 맥주 한 병이 놓였다.

세상인심이 와 이래 팍팍하노.

부모 자식 간에도 돈이 안 돌면 냉기가 장난이 아닌데 거친 황야에 칼바람이 부는 거는 당연지사다.

제인의 뒷테이블을 차지한 남자들의 목소리는 밤색 점퍼들의 것처럼 컸다. 바람을 이기고 싶어서였나. 바닷가 동네 사람들은 낮게 말하는 걸 배우지 못한 것 같았다. 너…… 이렇게…… 제인의 혼잣말을 삼킨 건 파도소리였다. 제인은 눈을 감았다. 주위의 소음들이 잦아든 것 같았다. 파도의 숨소리는 커졌다 작아졌다 했다. 지난여름. 호프집의 온갖 소음을 견디기 힘들어지면 제인은 해변으로 갔었다. 사람들 그리고 불빛에서 멀어져 파도소리에 귀 기울이면 호프집이 먼 세상의 어느 곳인 듯했다. 세상의 모든 것들이 한순간에 사라질 수 있는 작고 가벼운 것으로 여겨졌다. 밤 바닷가에서 듣는 파도소리는 "누워"라는 속삭임 같기도 했다. 밤. 술기운. 그리고 그 속삭임이 어우러진 무언가에 취하면 검은 바다 위에 누운 저의 모습이 보이기도 했다. 그때쯤이면 제인의 핸드폰이 울렸다. 10분 이상 제인이 보이지 않는 걸 동호는 참으려 하지 않았으니까. 지숙아. 할머니가 저를 부르는 소리가 들려온 듯했다. 제인은 눈을 떴다. 집을 떠나 있을 때 제인은 때로 할머니가 부르는 소리를 듣곤 했다. 노친네가 널 몹시 보고 싶어할 때다. 그때가. 제인처럼 고스트 프로그램을 즐겨 보는 이모의 말이었다. 할머니. 보고 싶다. 눈물이 날 만큼. 제인은 핸드폰에 문자를 쳤다. 제인은 모르지 않았다. 나중에 저가 들려주는 문자가 할머니에게 행복한 웃음을 안겨준다는 걸. 그곳은 어떤가요? 제인이 친 문자였다. 할머니에게 보낸 건가? 아니면…… 문자를 지우는 제인의 입술 사이로 신음 같은 낮은 소리가 새어나왔다. 소용돌이처럼 다가온 슬픔은 마춰제인양 제인의 온몸으로 스몄다.

여기가 초행이신지?

밤색 점퍼와 함께 움직인 감색 점퍼가 입을 열었다. 메기 입과 고양이 눈을 가진 감색 점퍼는 바닷가 동네의 주민임을 드러내지 않으려고 조심하는 어조로 말했다. 제인은 처음이라고 했다. 처음, 첫 같은 말을 하면 사람의 발길이 닿지 않은 어느 곳에 가보고 싶어지곤 했다.

그쪽이 초행이다, 아니다로 둘이 내기를 했다 아입니까? 오늘 밤 스폰하기로. 초행이신 덕에 스폰이 이 친구한테 넘어갔네요.

밤색 점퍼가 벙글대며 웃었다. 감색 점퍼가 무슨 말을 하려다 입을 다물었다. 털모자를 쓴 아주머니가 꼼장어 접시를 제인의 뒷테이블에 가져다주었다. 출입구 쪽에서 혼자 소주를 마시던 잿빛 점퍼가 같은 걸 달라는 말을 손짓으로 했다. 밤색 점퍼가 "여기도요"라고 말했다.

여기 와서 꼼장어 맛을 안 보면 서울 가서 남대문을 안 본 거나 같지요.

밤색 점퍼는 자신의 비유가 마음에 든 표정이었다. 동호한테서 들었던 말이었다. 복지리탕 집에 갔을 때. 횟집 골목 구석진 곳의 죽집에서 새알팥죽을 사주면서 동호는 그렇게 말했다. "가시나야. 퍼뜩 와서 말을 하란 말이다. 카드빚을 우짤 긴지. 좋은 말로 할 때 안 오면 내 손에 죽는다." 털모자를 쓴 아주머니는 굵은 목소리로 한 번 더 말했다. "내 손에 죽을 줄 알아라." 제인은 밤색 점퍼가 따라준 맥주를 마셨다. 이정자 교수는 털모자를 쓴 아주머니처럼 말하지 않았다. "무슨 책을 읽고 있니? 독서 리스트를 줄 거니까 거기에 있는 책들을 읽고 독후감을 써서 보여줘." 독서지도 교사처럼 말했던 이정자 교수. 집에서도 늘 책상에 앉아 있던 이정자 교수. 제인은 이정자 교수의 좁고 여윈 어깨를 보는 데 익숙했다.

남자친구 만나러 왔다가 허탕친 거 같은데요.

감색 점퍼는 제인한테서 눈을 떼지 않았다.

버스는 지나갔다. 헛발질 그만해라. 속 보인다.

팔짱을 낀 밤색 점퍼가 어깨를 뒤로 젖혔다.

어디서 본 것 같아서.

감색 점퍼의 머리가 왼쪽으로 기울었다.

고만해라. 저쪽이 아니라는데 와 깨작거리노.

밤색 점퍼가 감색 점퍼 등을 두드렸다. 털모자를 쓴 아주머니가 시무룩한 얼굴로 고추장 양념을 한 꼼장어를 가져왔다.

꼼장어는 말이지요. 짚불에 얹어야 제맛이 나거등요.

밤색 점퍼는 찹찹찹 소리를 내며 꼼장어를 오래 씹었다. 찹찹찹. 첩

첩첩. 쩝접쩝. 제인이 싫어하는 소리였다. 가수 '김장훈'을 닮은 남자 친구와 헤어진 것도 커피를 마실 때 후루룩 소리를 내는 걸 참을 수 없어서였다. 춤추러 가자고 할까. 제인은 맥주병에 남은 맥주를 비웠다. 얼마나 더 마셔야 마음의 얼음물이 사라질까. 춤추러 가자는 말을 꺼내지 못한 건 점퍼들보다 멋진 파트너를 만나고 싶어서였다.

마주 보고 앉아 이쪽 그쪽 하기가 뭐한데 통성명 어떻겠어요?

밤색 점퍼의 말에 제인은 웃으며 고개를 끄덕였다. 지난여름. 호프집에서 같이 일했던 남자아이들은 말끝에 '어요'를 붙이기 좋아했다. "밥 묵었어요? 저 가시나 찍었는데 오늘 밤 자빠뜨릴 수 있겠어요?" 그렇게 말하며 의기양양해했던 남자아이들.

나는 장재국이고 이 친구는 이훈아인데요, 이 친구 이름이 훈아가 된 거는 훈아 모친께서 아가씨 적에 나훈아를 무지 좋아해서……

니는 그 말 하는 것이 지겹지도 않나.

밤색 점퍼 말이 달갑지 않은 듯 감색 점퍼가 밤색 점퍼 말을 잘랐다.

이게 다 너를 홍보해주고 싶은 차원에서 하는 말이다.

입 좀 다물어라. 그래야 저쪽 이름을 알 거 아이겠나.

제인. 제니. 유나. 세라. 명숙. 지숙. 미연. 지연. 서연. 제인이 고른 건 일곱 번 째 이름이었다.

예쁜 이름이네요.

밤색 점퍼는 "그라고 보이 이미연 누님을 닮은 거 같은데 그런 말 많이 듣지요?"라고 말했다. 밤색 점퍼는 이미연 동생과 어울렸다고 떠벌릴까? 바닷가 호프집의 알바생들은 손님들 중에서 연예인이나 운동

선수를 닮은 얼굴을 본 날이면 연예인이나 운동선수가 왔다고 했었다.

포장마차 안으로 누군가 들어섰다. “해도 정말 너무한다. 핸드폰에 대고 그래 무작시럽게 말하는 엄마가 이 세상 천지에 어데 있겠노. 부탁한다, 최 여사. 제발 교양 있게 말 좀 해도. 내가 밖에서 우아한 척 폼 잡다가도 최 여사 고함 때문에 쪽박 깨고 만다.” 입술에 주사를 맞은 것 같은 젊은 여자가 털모자를 쓴 아주머니 어깨를 주무르며 말했다. 털모자를 쓴 아주머니는 말의 회초리를 날리던 때와 다르게 입을 비죽이기만 했다. 당신들은…… 당신은…… 제인은 눈앞의 모녀가 부러웠다. 파도소리가 높아졌다. 파도소리, 바람소리는 이 세상 저 세상 어디에도 속하지 않는 어느 세상의 것인 듯했다. 제인은 눈을 감았다. 점퍼들은 의식 밖으로 밀려났다. 털모자 모녀도. 흰 이빨을 드러낸 파도가 해변으로 달려와 사람들이 만든 것들을 삼켰다. 길이 사라지고 차들이 사라지고 나무들이 사라졌다. 눈을 감으면 눈을 뜨고 있는 동안에 볼 수 없었던 것들을 볼 수 있었다. 간단한 마술과 같았다. 눈감기는. 아쉬운 건 마술의 시간이 길지 않다는 것.

웬일이고. 우하하하하.

제인은 온몸이 청진기인 듯했다. 한순간 귀만 살아 있는 것 같았다. 동호의 웃음소리가 지난여름의 그것과 같은지는 알 수 없었다. 기차 바퀴가 선로를 짓누르는 소리가 제인의 귀를 스쳤다. 어디선가 고양이 울음소리가 들려왔다. 제인은 라디오 볼륨을 높였다. 버림받은 것들이 내는 신음소리 같은 고양이 울음소리. 제인은 그 소리를 좋아하지 않았다.

네 목소리를 듣고 싶었다고 해줄게.

제인은 오징어다리를 씹었다. 간장에 담근 것 같은 오징어다리를 던지려다 제인은 한순간 무엇엔가 묶인 듯 옴짝할 수 없었다. 모닥불 피워놓고 모여 앉아서……라는 노래를 듣게 될 줄은. 그 노래는 투명한 올가미나 같았다. 이정자 교수가 박사학위를 받았던 날. 할머니, 이모와 같이 갔던 노래방에서 이정자 교수가 불렀던 노래였다. 5년 전 늦여름이었다. 그날 이정자 교수는 그 노래를 세 번 불렀다. 제인이 재미없다며 투덜대었어도 부를 줄 아는 노래가 그것뿐이라며. 아주 무더웠던 날이었다. 솜씨 좋은 이모가 만들어준 연보랏빛 한복을 입은 할머니는 그날 온종일 입을 다물지 못했다. 이정자 교수한테서 박사가운과 모자, 학위증을 빼앗듯 받아들고 혼자 사진을 찍으며 웃었던 이모 얼굴은 기름을 바른 듯 번들거렸다. 이정자 교수가 웃으면 눈 주위에 주름이 부챗살처럼 퍼진다는 걸 알게 된 날이기도 했다, 그날은. 제인은 라디오 볼륨을 죽였다.

여기는 날씨가 기가 막히다. 푸른 하늘에 흰 구름이 두둥실…… 새파란 수평선 흰 구름 떠가고, 라는 노래를 흥얼거릴 정도다. 그 노래 우리 모친 애창곡이라서. 고만해야겠다. 더 하면 유 양께서 웬 날씨 타령 할 거 아이겠나.

동호는 잠에서 깨어난 강호동처럼 말했다. 방 안의 고요함이 투명한 손으로 변해 제인의 목을 누르는 듯했다. 간단한 일이었다. 라디오 볼륨을 높이거나 듣고 싶지 않은 노래로부터 멀어져 퀴즈 대결 방송을 들을 수 있다는 건. 제인은 가끔 팩스를 보내거나 핸드폰으로 수다를 떨거나 텔레비전을 보다 저도 모르게 중얼거리곤 했다. 이토록 놀라운 일이 이토록 쉽다니, 라고. 아쉬운데요. 어려운 문제는 아니었습니다. 두 분 긴장 푸시구요. 먼저 신당동에서 전화 주신 분. 목소리가 어린데 학생이세요? 진행자의 물음에 청취자가 말했다. 대학생이에요, 라고. 동호는 몇 년생일까. 대학을 한 학기 다니다 쉬고 있다는 건 픽션일까 논픽션일까. 어느 쪽이든 중요하지 않았다. 중요한 건…… 제인은 머리를 흔들었다. 중요한 건 네가 누구인지 알아야 한다는 거다. 말이 없던 이정자 교수가 여러 번 한 말이었다.

거는 어떻노?

동호는 눈곱을 떼는 중인가? 끊임없이 말을 건네던 동호를 수다꾼으로만 여겼던 지난여름의 날들. 제인은 그리웠다. 지난여름의 날들이.

가을비가 추적추적.

제인은 밝은 목소리로 말했다. 제인은 원하지 않았다. 비를 스펀지처럼 빨아들이는 저의 마음을 동호가 알아차리길. 내일도 비가 올까? 그러면 이사를 미룰 수 있겠지만 어쨌든 짐을 꾸리긴 해야 했다. 할머니를 모셔가며 이모는 셋이 살아야 한다고 했다. 작은 방, 아주 작은 방에서 살게 될 거였다. 꼭 필요한 것. 꼭 필요하지 않지만 버리고 싶지 않은 것들. 그것들 중에서 가져가야 할 걸 골라야 했다. 동호에게 전화를 한 건 그 일을 미루고 싶어서였나? 아니 꼭 그렇지는 않았다. 바닷가 동네를 떠나면서부터 제인은 동호의 전화를 기다렸다. 나쁜 자식들. 제인은 맥주를 들이켰다. 점퍼들 때문에 동호의 전화를 기다린 건 아니었다. 바닷가 동네에 머물렀던 마지막 날. 바다가 보이는 카페 창 너머로 유모차를 밀고 가는 동호를 보았다. 동호 옆엔 청바지에 녹색 점퍼를 입고 초록 털모자를 쓴 누군가가 있었다. 누군가는? 동호는 웃고 있었나? 제인은 누군가가 동호의 누나이거나 친척일 수 있을 거라고 생각했었다. 아니 그렇지 않았다. 정말 그렇게 생각했다면 핸드폰을 만지작거렸다가 커피잔 옆에 놓지 않았을 것이었다. 마음의 손이 핸드폰을 망가뜨렸던 건 이번에는 널 못 보겠다고 한 동호의 말 때문이었는지도 몰랐다. 어쩌면.

쿨한 유 양. 나는 이 날까지 가을비가 추적추적을 봄 나비가 훨훨같이 말하는 또래를 본 적이 없다. 감추기 선수인지 민폐를 끼치지 않으려는 배려심의 프로인지는 모르겠다만.

감추기 선수나 배려심의 프로라는 말도 지난여름에 들었던 말이었다. 말의 되풀이든 몸짓의 되풀이든 되풀이는 식은 수프 들이키기 같았다. 제인은 생각했다. 동호가 저하고의 통화를 마지못해 하는 눈 치우기로 여긴다고. 통화중일 때 제인은 상대 목소리의 온도에 민감했다. 제인은 생각했다. 지난여름 내내 바닷가 호프집에서 일할 수 있었던 건 동호의 말, 눈빛 때문이었다고. 제인의 머릿속 전광판에 붉은색의 유모차라는 글자가 떠올랐다 사라졌다.

동호 군도 만만치 않거든.

제인은 파의 음정으로 말했다. 제인이 바라는 건 동호의 웃음소리였다. 아니 동호의 것이 아니어도 좋았다. 누군가의 것이든 웃음소리를 듣고 싶었다. 퀴즈 프로그램 진행자의 목소리가 사라졌다. 가수 같은 개그맨, 개그맨 같은 가수가 누가 크게 웃는지 내기라도 하듯 큰 소리로 쏟아내는 웃음소리가 이어졌다.

유 양의 깜찍함엔 미치지 못한다.

우하하하. 동호가 웃었다. 동호가 웃었어. 제인은 혼잣말을 했다. 웃음을 원하는 걸인인 것 같은 느낌은 사라지지 않았다. 드세어진 빗줄기가 띠이익, 소리를 내며 창을 두드렸다. 물에 젖은 종이를 붙여놓은 듯 창 너머는 아무것도 보이지 않았다. 거리로 나가면 누군가를 만날 수 있을까? 친밀감을 담은 눈으로 저를 봐줄 누군가를. 제인의 팔에 오스스 소름이 돋았다. 거리에서 만날 누군가와 스스럼없이 술을 마실 수 있을까? 입들이 제인을 향해 달려드는 것 같았다. 그것들은 곧 망치로 변해 몸 여러 곳을 두드려댔다.

그거 아는지 모르겠다. 유 양이 본인의 코드를 강요하려는 욕심을 가지고 있다는 거. 거의 폭군 수준이다.

제인의 눈은 흩어진 과자봉지로 향했다. 먹다 만 혹은 먹어치워 부스러기만 남은 과자봉지들. 지난 며칠. 제인은 온갖 종류의 과자, 라면을 먹고 또 먹었다. 맥주, 소주도 엄청 마셔댔다. 라디오에서 여장 차림으로 인기를 얻은 개그맨이 애니메이션 영화 속 공주님의 어조로 사랑을 고백하는 말이 들려왔다. 몇 사람이 한꺼번에 터뜨린 폭소가 이어졌다.

폭군이라니.

제인은 소리 높여 웃었다.

유 양의 본질을 꿰뚫고 있다고 본다, 나는.

동호는 미의 음정으로 말했다. 동호 입에서 본질 같은 말이 튀어나오다니. 동호하고 좀 더 오래 이야기할 수 있을 것 같다고 제인은 생각했다. 제인은 잔액이 0인 통장에 얼마간의 돈이 입금된 걸 본 듯했다. 축하. 축하. 축하. 제인은 맥주캔을 들어 올렸다. 내일부터 달리기와

속보를 할 수 있을 것 같았다. 그러면 곧 원하는 사이즈의 옷을 입게 될 것이다.

내가 와 유 양을 좋아했는데.

과자봉지를 발치께로 던진 제인은 면 셔츠 안으로 손을 넣어 갈비뼈 부근을 긁었다. 가려움증은 전염병균을 퍼뜨리는 좀비 같았다. 언제 어느 순간에 시작될지 알 수 없는 가려움증. 긁다 보면 온몸이 독버섯에 덮인 것처럼 보이곤 했다.

유 양 마음엔 공주님이 살고 있다고나 할까. 이 동네 처자들은 지정학적, 언어학적 이유로 공주님 행세를 하고 싶어도 할 수 없다 아이가. 태생학적 운명이라고 해야겠지.

공주님? 내가?

제인의 품에 어디선가 꽃다발이 던져진 듯했다. 옆방에서 이상한 비명소리 같은 게 들려왔다. 찢긴 심장이 토해내는 신음소리 같은 남자의 울음소리. 복도에서 간혹 마주칠 때면 가지런한 이를 보이며 웃었던 남자 옆엔 이모를 닮은 키 작은 여자가 서 있었다. 이모는 백인 외모의 남자가 우크라이나에서 왔다고 했다. 키 작은 여자는 대가 많이 나는 남쪽 지방 출신이라고 했던가. 남자의 울음소리는 커졌다 작아졌다 했다. 흙벽의 작은 방 거적에 웅크리고 누운 채 지붕을 무너뜨릴 것처럼 쏟아지는 비를 온몸으로 맞던 작은 여자아이. 어젯밤 텔레비전 방송에서 본 것도 같고 아닌 것도 같은 작은 여자아이가 제인의 품에 안긴 듯했다. 제인은 뜨거운 덩어리 같은 울음을 삼켰다.

소리로 나와야만 말은 아닌 거지. 혀는 거짓말 전문이니 믿을 수 없는 거고.

동호는 안 그렇나 하고 되묻지 않았다. 양말을 벗어던진 제인은 발가락을 꼬집었다. 다행이었다. 가려움증 때문에 목젖에 무언가가 걸린 것 같은 아픔을 잊은 건.

안 묻는구나. 안 그렇나 하고.

제인은 좋아하는 디저트인 블랙베리 샤벳을 누군가에게 빼앗긴 것 같았다.

그걸 물어야 되나?

동호는 다시 도의 음정으로 말했다.

그런 건 아니지만.

제인은 목을 긁으며 말했다. 지난여름. 제인이 "너는 꼭 안 그렇나 하고 되묻길 좋아하더라." 그렇게 말하면 동호는 시치미를 떼듯 말했다. "몰랐다" 라고.

촌놈들은 원래 공주님을 잘 알아본다.

공주님이 홀에서 서빙해?

일종의 취미활동?

제인은 생각했다. 너무 많이 마셨다고. 세상 사람들이 난장이로 여겨진다거나 난장이들 속에서 우뚝 솟은 전봇대인 양 서 있는 무표정한 남자들이 눈앞을 오가는 걸 보면. 너무 뚱뚱해 통 같은 여자들이 다가왔다 멀어졌다. 남편 잃은 아내들. 자식을 잃은 할머니들. 빈 방에 홀로 남겨진 할아버지들. 부모로부터 버림받은 아이들이 외로운 눈으로 서를 바라보는 것 같았다. 아무 일 없는 것 같은 얼굴을 하고 있지만 저마다 뜨거운 감자를 숨기고 있을 친구들도. 제인은 말하고 싶었다. 산다는 건 바벨을 드는 일이라고.

척하면 삼천리다.

삼천리 밖을 본 적이 있다는 투로 동호가 말했다. 제인은 던져버리고 싶었다. 동호가 가게 문을 닫고 싶어하는 종업원 마음일 거라는 생각을. 알고 싶었다. 왜 그 생각이 떠나지 않는지를. 알잖아. 제인은 입속말을 했다. 모르지 않았다. 동호에게 전화를 한 순간부터 유모차가 저의 주위를 맴돌았다는 걸. 어디선가 날아든 돌이 유모차를…… 나쁜 상상을 하지 않으려면 동호의 목소리를 듣지 않아야 했다. 간단한 일이었다. 간단한 일이 꼭 쉬운 건 아니었다. 알고 싶었다. 지금도 동호가 알바 중인지를. 일하는 틈틈이 자동차 잡지의 갈피를 넘겼던 동호. 페라리, 람보르기니를 말할 때면 우승 트로피를 흔들어대는 자동차 레이서처럼 보였던 동호가 자동차 레이서의 꿈을 던져버리지 않았는지를.

신분 노출이 반갑지 않소?

……

제인은 눈을 깜박였다.

굳이 비밀로 하고 싶다면야.

동호가 한 걸음 물러섰다. 호동이 형처럼 말하는 건 이 험한 세상을 덜 다치며 살아가려는 생존법 중의 하나라고 했던 동호. 동호는 "수컷들은 약해 보인다 싶으면 밟힌다"라는 말도 했다. "에릭 클랩튼을 좋아하지만도 운도 형의 〈사랑의 트위스트〉를 애창곡으로 하는 건 대중하고 화합하고 싶어서다." 비밀을 알려주듯 말했던 동호. 피아니스트의 손을 가졌던 동호. 그리고 바라보는 동안 때로 바지를 벗기고 싶은 충동이 들게 했던 동호의 뒤태. 지난여름을 그전의 여름들로 여겼던

거나 동호를 수많은 알바 친구들 중의 하나로 여겼던 게 잘못이었나? 지난 시간의 문 앞에서 서성인 걸 숨기려는 듯 제인은 밝은 어조로 입을 열었다. 어렵지 않았다. 감정을 숨기는 건.

어느 버전을 원하시는지.

교수 딸인 재수생. 할머니와 살아온 영화감독 지망생. 파슨스로 유학 준비 중인 패션디자이너 지망생. 그리고 몇 개의 다른 그림이 그려진 카드들. 제인은 알 수 없었다. 어느 카드를 보여줘야 하는지.

뼛속 깊이 촌놈인 이 몸이야 귀하게 자란 공주님 버전을 원한다고 말할 수 있겠지.

대학교수 딸이면 공주님과에 속한다고 할 수 있나?

제인은 입을 꼬집고 싶었다. 감기가 시작되려는지 속옷 차림으로 베란다에 서 있는 것 같은 제인은 침대의 이불을 끌어내려 몸을 감쌌다.

내 짐작이 틀리지 않는구만.

지난여름. 동호한테 많이 들었던 말이었다. 그 말을 할 때 동호는 엄지와 약지를 부딪쳐 경쾌한 소리를 냈었다.

그거 알고 있니? 대학교수 사이에도 여러 계단이 있다는 거.

물론입니다. 2년제 대학 조리학과 교수님이 우리 옆집에 살았단 말입니다.

엄마가 박사학위를 한 곳은……

머리까지 두드러기가 돋은 제인은 온몸이 울긋불긋했다. 두피를 긁다 보면 등, 허벅지가 가려웠다. 두드러기를 사라지게 하려면 약국에 가야 했다. 제인은 비가 쏟아져 내리는 거리로 나가고 싶지 않았다. 거리는 밤의 짐승들이 숨어 있는 곳인 듯했다.

그곳은?

동호는 미의 음정으로 말했다.

그곳은…… 일리노이…… 텍사스…… 뉴욕……

멈춰. 제인의 혼잣말이었다. 산을 태우는 건 아주 작은 불쏘시개였다. 이정자 교수의 죽음을 모르는 한 사람을 남겨둬야 했다. 작은 피난처 한 곳은 있어야 했다. 멍청한…… 제인은 울고 싶었다. 피디를 집에 들인 건, 남루한 집 안을 카메라에 담게 한 건 미친 짓이었다. 피디는 말했다. 어려운 여건 속에서도 학문에 대한 열정을 접지 않았던 이정자 교수가 성추행에 관대한 우리 사회와 교수로 상징되는 권력 구조의 희생자가 된 건 안타까운 일이라고. 이정자 교수의 죽음을 공론화해야 할 필요성에 대해 열정적인 어조로 말했던 피디. 피디는 알지 못했을 거였다. 이정자 교수의 죽음이 방송에 나가면서 제인의 비밀이 드러나게 될 것을. 친구들에게 집을 보여준 적이 없었던 제인은 위로의 말과 쑥덕거림의 무덤에 갇혔다. 당신은…… 붉은 실금이 퍼진 제인의 흰자위는 젖은 것 같았다.

엄마는 뉴욕에서 공부하고 싶었다나 봐.

……

정말은 옥스퍼드가 꿈이었다고 했어.

꿈. 네가 꾸는 꿈이 너의 미래가 된다. 그대 아직도 꿈꾸고 있는가. 제인이 떠올린 구절들. 이정자 교수한테서 들었던 것? 아니면 이정자 교수 책들 사이에서 본 것? 가세요. 입속말을 한 제인은 촛불을 밝혔다. 촛농을 두드러기에 쏟고 싶었다. 압정을 목덜미에 박고 싶었다.

아니 목덜미를 짓눌렀던 입술들에 그러고 싶었다. 포장마차에서 선한 눈으로 웃던 점퍼들은 구석진 골목길에서 갑자기 제인을 벽으로 밀어붙였다. 놈들의 손은 제인의 속살을 더듬었다. 쓰레기들. 제인은 문득 왼팔에 장미를 심었던 L을 떠올렸다. L이 타투를 한 곳에 가고 싶어졌다. 아파. 당연히. 이상한 건 머리가 맑아진다는 거다. 장미를 보면 타투를 하던 때의 통증이 되살아날 때도 있어. 그러면 또 마음이 투명해져. 지우고 싶으면? 제인의 물음에 L은 저의 몸을 꽃과 새들의 놀이터로 만들 거라고 했다. 제인은 창, 화살, 사자의 눈을 몸에 새기고 싶었다. 죽음을 택하는 대신…… 당신은…… 제인은 눈을 깜박였다.

엄마는 영국에 꽂혔대. 제인 에어를 좋아해서 딸 이름을 제인으로 했다니까.

제인 에어가 누구신가? 항공회사 대표신가?

동호는 버진 에어의 대표를 아느냐고 물었다. 제인은 제인 에어도 몰라? 버진 에어 대표를 어떻게 알겠어, 같은 말을 하지 않았다.

그쪽에서 받아주지 않았거든. 작은 나라의 지방 국립대 출신에게 줄 자리가 남아 있지 않았겠지.

이해할 수 없는 사람이야. 제인은 입속말을 했다. 당신에게 나는…… 제인은 머리를 흔들었다. 옛날부터 정상이라고 할 수는 없었다. 너거 엄마. 선생 계속했으면 많지도 않은 세 식구 오순도순 살았을 건데. 유학자금 모은다고 노친네 고생시킨 것도 그렇지만 박사공부 한다고 4년씩 떨어져 지내는 동안 한 번도 안 나온 길 보면 독종 중에 독종이다. 에미라는 생각을 하며 살았는지. 그 고생을 하고도 미국에서는 수료가 뭔가 그것만 하고 여기서 또 학위증을 딴다고 진을 다 뺏으면 무슨 수를 써서라도 정식 교수가 되었어야지. 다 된 밥에 지 손으로 재 뿌린 걸로 모자라…… 이모가 되풀이한 그 말을 제인은 외울 수 있었다. 불쌍한 언니. 자갈밭을 걷는 것같이 고달프게 살아온 언니. 이혼한 것도 모자라 마지막도 그런 꼴로. 이혼도 여우 겉은 학생년이 끼어든 바람에 그랬던 건데. 무슨 팔자가 그렇노. 어젯밤. 술에 취한 이모는 한 번도 하지 않았던 말을 했다. 그게 무슨 말이냐는 제인의 물음에 입을 다물었던 이모. 이정자 교수의 이혼에 대해 제인은 아는 게 없었다. 이정자 교수, 할머니, 이모. 누구도 제인에게 아버지가 없는 연유에 대해 말해주지 않았다. 맥주를 그만 마셔야 한다고 제인은 생각했다. 머릿속은 할머니가 장사를 하는 시장의 쓰레기통 같았다.

지방 출신은 예전부터 변방의 거주민으로 취급받아 왔다지만 서울 시민도 뉴욕, 런던, 파리에서는 변방 시민이 되고 만다. 산골 노인들이 동남아 며느리를 식민지 출신으로 여기는 거 보면 알 수 있는 일이 아니겠나. 인간이란 종은 어디서나 누군가를 차별하고 차별받으며 살아가는 거다.

낯선 동호가 어디선가 튀어나온 듯했다.

칼 같은 말을 해서 놀란 모양이네. 지방 출신이라 이 문제에 일찍 직면하다 보니 거시적 시각을 얻게 된 거다.

우하하하하. 동호가 익숙한 웃음소리를 냈다.

솔직히 말하자면 옥스퍼드, 제인 에어 같은 말을 듣고 본즉 심술을 부리고 싶어진 거다. 우리 모친은 평생을 생선 배 갈라가며 살아오신 분이라서 말이다.

할머니는……

제인은 훅, 숨을 들이켰다. 누워 있는 것 말고는 아무것도 하지 않으려는 할머니. 제인의 눈에서 눈물이 흘렀다. 이정자 교수를 떠나보내며 이 세상의 모든 슬픔을 삼킨 것처럼 울었던 할머니. 이정자 교수도 어느 순간 할머니가 울었던 것처럼 그렇게 울었을까? 다시는 가족 누구도, 이 세상의 어느 것도 볼 수 없는 이정자 교수. 제인은 검은 상자 속에 갇힌 듯했다. 눈물은 턱으로 가슴으로 흘렀다.

엄마는 희생자였어.

울지 않으려고 한 말에 희생자, 라는 단어가 섞일 줄은. 턱의 눈물을 손등으로 닦으며 제인은 생각했다. 아니 그렇지 않았어. 지독하게 이기적이었어, 라고 말해야 한다고. 제인은 아니 그렇지 않았어, 라고 말하지 못했다. 지독하게 이기적이었어, 라고 말하지도 못했다. 제인은 또 한 번 희생자였어, 라고 말했다. 심장에 꽂힌 화살을 뽑지도 못한 채 눈물 흘리는 여자가 제인에게 무슨 말을 건넨 듯했다. 전시회 포스터, 아니면 거리의 담장 벽화에서 보았는지 알 수 없는 여자의 고통스런 눈을 보지 않으려고 제인은 눈을 깜박였다. 피 냄새. 여자의 심장에서 흘러내린 피 냄새가 제인의 코로 스몄다.

희생자는 다른 희생자를 만들어.

피 냄새를 떨치려는 듯 제인은 밍밍한 맛의 맥주를 들이켰다. 이정자 교수는 알았을까? 학생을 성추행한 교수의 제자들이 인터넷에 이정자 교수를 비난하는 글들을 올린 것을. 학교 명예를 더럽혔다는 격한 내용의 글들. 제인이 친구들에게 엄마로서의 이정자 교수를 뭉갠 말들도 있었다. 바닷가 동네의 포장마차에서 술에 취해 쏟아낸 말들도. 제인은 빈 맥주캔을 던졌다. 저의 혀도 던져버릴 수 있다면 그렇게 하고 싶었다.

악몽의 포장마차였어.

제인이 중얼거리듯 말했다. 이모네 포장마차로 갔던 건 우연이었다. 그곳에서 만난 점퍼들과 술을 마셨던 건 그들의 눈빛, 목소리를 믿어서였다. 제인은 저를 안전지대의 사람과 아닌 사람을 알아내는 감별사로 여겼다. 알바를 하는 동안 연마된 감각에 타고난 자질이 합쳐졌다고. 어두운 골목길에서 제인을 벽으로 밀어붙였던 점퍼들의 더러운 입과 손의 감촉이라니. 점퍼들도 재앙이었지만 포장마차에서 했던 말들을 인터넷에서 보았을 때의 놀라움이란. 세상이 남의 말을 엿듣는 귀로 가득한 무서운 공간인 것 같았다.

두 번 죽은 이정자 교수.

제인은 잠깐 동안 동호와 통화중인 걸 잊었다. 취했구나, 라는 동호의 말을 듣기 전까지. 거리엔 등불이 하나 둘씩 켜지고…… 라디오에서 흘러나오는 저음의 노래가 제인을 지난 시간의 어느 곳으로 데려갔다. 1년 전 가을날이었나 지난 봄 어느 저녁이었나. 허밍으로 그 노래를 부르던 이정자 교수의 뒷모습이 떠올랐다. 제인은 그때 무슨 말인가를 하고 싶었다. 하지만 입을 열지 못했다. 제인은 늘 이정자 교수가 미안하다는 말을 한 번은 해야 한다고 생각했었다. 하지만 이정자 교수는 그 말을 하지 않았다. 자주 보지 못하는 이정자 교수에게 제인이 먼저 다가가지 않았던 건 그래서였다. 그럴 필요가 있었을까? 제인은 저의 몸속에서 왜 왜 왜라고 악을 써대는 검은 새가 날아다니는 듯했다.

이 노래 좋아하나?

동호의 말투를 흉내 낸 제인은 라디오에 핸드폰을 가져다 댔다.

좋아하지는 않지만 이 노래가 흘러나오면 어디서나 발에 지남철이 붙은 것처럼 서서 듣는다.

몇 초인가가 지났다. 동호가 한 번 더 말했다. 좋아하지는 않는다, 라고.

그렇구나.

제인이 혼잣말처럼 낮게 말했다.

너하고 나는……

제인은 숨이 가빴다. 너무 많이 들이킨 맥주 때문임이 분명했다. 동호와 저가 반대 방향으로 달리는 기차 안에서 손을 흔드는 모습을 제인은 보았다. 제인은 묻고 싶었다. "유모차를 밀고 가면서 웃었니?" 라고. "자동차 레이서가 되고 싶은 꿈은 아직 유효한 거니?" 라고.

지난여름엔 널 안다고 생각했는데.

제인의 중얼거림이었다.

그런 착각이? 나도 이 몸을 알지 못하거든. 우하하하.

제인은 허전했다. 동호의 웃음소리가 가을의 마지막 날, 세찬 바람에 우수수 쏟아지는 낙엽인 것 같았다.

너도 나쁜 놈이니?

나쁜 놈들이 너무 많아, 라고 제인은 빠른 어조로 말했다.

나쁜 놈 하고 싶은 놈은 없다고 본다. 동호가 우하하하, 웃었다.

나쁜 놈들은 하늘의 하사품?

제인은 저에게 말했다. 웃어야 해, 라고. 한 번도 딸을 찾지 않은 이정자 교수의 전남편도 나쁜 부류에 속하나? 존재하지 않는 사람으로 여겨졌던 이정자 교수의 첫 남편은…… 제인은 웃으려 했다. 뭉게구름처럼 커져가는 화를 물리치려면 그래야 했다.

이야기가 샛길로 흘렀다.

동호가 통화의 마지막 지점에 왔음을 알리고 싶은 듯했다. 기차바퀴가 선로를 지나는 소리가 들려왔다. 쏟아져 내리는 비 때문일까. 유리창은 몸을 떨지 않았고 기차는 먼 곳의 선로를 달리는 듯했다. 다시 동호에게 전화를 하게 될까? 지금이라도 역사로 가서 기차를 탈까. 제인은 만나야 할 사람을 만나지 않았다는 생각을 했다. 만나야 할 사람의 얼굴은 떠오르지 않았다.

핸드폰을 던진 제인은 할머니 방으로 갔다. 할머니 짐을 정리한 이모가 남겨둔 가방이 창 쪽 벽 구석에 있었다. 지금껏 본 척도 하지 않았던 이정자 교수가 남긴 가방. 제인이 이모에게 버리라고 했던 가방이었다. 크지도 작지도 않은 크기의 검정가방 쪽으로 제인은 걸음을 떼어놓았다. 모닥불 피워놓고 모여 앉아서…… 제인은 주위를 둘러보았다. 노래방에서 그 노래를 불렀던 이정자 교수의 얼굴이 제인 쪽으로 다가왔다.

그날 당신은.

제인은 눈을 감았다. 그렇게 하면 이정자 교수 모습을 좀 더 오래 볼 수 있기라도 하듯. 모닥불 피워놓고…… 귓가를 맴도는 이정자 교수의 노래. 제인은 주저앉았다. 가방에서 두 손이 나온 듯했다. 제인은 저를 껴안으려는 어떤 기운을 느꼈다. 고마워, 이모. 제인은 혼잣말을 했다. 검정가방이 몸 안으로 들어오기라도 한 듯 제인은 숨을 쉴 수 없었다.

번지점프를 하다

정미경

로드킬

아흐.

물컹하고 둔중한, 동시에 꺼질 듯 연약한 느낌이 단숨에 피부를 뚫고 들어와 꼬리뼈까지 찌르르 달려간다. 눈을 꾹 감았다 떴다. 박은 핸들을 붙든 채 탄식도 경악도 없다. 시간이 멈춘 듯 세상이 고요하다. 차창을 내리자 달구어진 뻥튀기통을 열어젖힌 것처럼 적막은 단숨에 찢어진다. 고통의 파편이 거리를 메우고 있다. 눈을 뜨고 꾸는 한낮의 악몽 같다. 잠긴 듯 느린 박의 목소리가 끈적한 무력감 속에서 날 끄집어낸다.

"내려서 택시 타고 가야겠네."

박은 침착하게 지갑을 꺼내 지폐 몇 장을 빼서 내게 건네고는, 비상등 버튼을 누르고 나서 차문을 열었다. 이 상황에서 내가 할 수 있는 일은 아무것도 없겠지. 나는 가방을 챙겨들고 차에서 내렸다. 막 신호가 바뀌었고 뒤에 서 있던 차들이 차선을 변경하여 움직이기 시작했다.

잿빛 여름점퍼 차림으로 쓰러져 있는 청년의 귀 옆에서 턱으로 이어지는 피부가 비리도록 팽팽하다. 채 벗지 못한 소년기의 허물 같은 그 살갗 위로 한낮의 뙤약볕이 내려꽂힌다. 경련을 일으키는 왼쪽 다리를 움켜쥐고 그는 구긴 종이처럼 낯을 찌푸린 채 가쁜 숨을 몰아쉬었다. 웅크린 잿빛 덩어리는 아픈 짐승처럼 보인다. 그러니까, 신호가 막 붉은 등으로 바뀌려는 참이었다. 박은 충분히 지나갈 수 있다고 생각했겠지. 아마도 보행신호는 들어오지 않았을 것이다. 무슨 뭉치 같은 것이 휙 던져지듯 차 앞으로 다가왔었다. 순식간의 일이었다.

하릴없는 사람 서넛이 박의 차 앞에 서서 무어라 참견을 하며 엎드린 박의 등을 내려다보고 있었다. 몇 사람이 부축하여 일으키자 청년은 무릎관절 없는 사람처럼 다리를 뻗은 채 뻣뻣이 일어섰다. 서 있던 사람 중 하나가 박의 차 뒷문을 열었다. 다시 보행신호가 들어왔을 때 나는 인도 쪽으로 걸어나왔다. 차문을 닫고, 운전석에 앉아 안전벨트를 하고 출발할 때까지 박은 나를 한 번도 쳐다보지 않는다.

어제, 첫 장맛비가 내렸지. 길에 팬 작은 웅덩이마다 물이 고여 있다. 무심한 거리 풍경에 나는 이상한 안도감을 느낀다. 빈 택시가 내 앞에 섰을 땐, 교통사고의 흔적은 거리 어디에도 없었다. 사고는 예정에 없던 일이다. 아저씨, 조금만 빨리 가주시겠어요? 하고는 등을 기대고 눈을 감았다. 박도 나와 점심 먹은 걸 후회하고 있겠지.

하필 수업은 5층 강의실이었다. 택시에서 내려서부터 달리기 시작했지만 헉헉대며 달려 올라간 보람도 없이 교수님은 벌써 와 있었다.

막 내 앞에서 강의실로 들어가던 보라를 향해 교수님이 낭랑한 목소리로 외쳤다. 거기 학생, 서 있어요. 지각이야. 나는 뒤로 물러나 얼른 가방에서 볼펜 하나만 꺼냈다. 이미 지각 마일리지가 만만찮았다. 마침 강이 헐떡이며 계단을 올라오고 있었다. 강의 손에 내 가방을 쥐어주었다. 넌 기왕 지각이다. 이거 갖고 들어와서 나 전해줘. 강이 무슨 말인지 몰라서 입을 헤 벌렸다. 너 지각이라구, 하고는 강의실로 쑥 들어섰다. 교수님이 얜 또 뭐야, 하는 눈으로 쳐다보았다. 나는 최대한 추레한 표정을 지었다. 선생님, 저 아까 왔는데 설사가 나서 화장실 좀 다녀왔어요. 교수님이 뭐라고 하시기 전에 얼른 빈자리로 가서 앉았다. 앞에 서서 들어가지도 나가지도 못하고 엉거주춤 서 있던 보라가 기가 막힌다는 표정으로 쳐다보았다.

뒤늦게 지각 처리하고 들어온 강이 슬그머니 가방을 내려놓고 지나갔다. 수업 내용은 귀 옆으로 흘러갔다. 잿빛 덩어리와 차가 부딪치는 순간의 그 느낌이 무디어지지 않은 채로 툭, 툭, 맥박처럼 되살아났다. 보라가 문자를 보냈다.

너 어쩌면 그럴 수 있니?

혐오와 매혹

"간장을 찍지 말고 드세요."

자부심으로 가득 찬 쇼헤이의 눈이 나를 보고 있다. 그가 시키는 대로, 젓가락으로 스시를 집어 입에 넣는다. 생선의 차가움이 밥알의 온기를 빼앗기 전, 쇼헤이의 손바닥에서 막 놓여난 그것. 맛을 가장 먼저 읽는 건 코다. 고등어의 고소하고 기름진 향이 뇌로 전달되면 맛의 파장이 온몸으로 번져나간다. 밀물의 마지막 순간 같다고 할 수 있을까. 무언가 가득 밀려오지만, 그러나 곧 사라져버릴 것을 알고 있는 오른쪽에 앉은 박이 시식자의 탄성을 기다리는 요리 프로그램의 진행자처럼 내 얼굴을 바라보고 있다. 나는 박의 눈빛을 모른 체하고 쇼헤이를 쳐다보며 얘기한다.

"자잘한 맛의 조각들이 모여, 입 안에 푸른 대양을 펼쳐놓은 것 같아요."

푸릇하도록 희게 빛나는 모자 아래 무사처럼 날카로운 쇼헤이의 눈이 살풋 가늘어진다. 열여섯 소녀의 엉덩이처럼 보얗고 보드라운 히노키 스시대를 손바닥으로 천천히 문지르고 있던 박이 자만심 가득한 눈빛으로 날 바라본다. 여기 올 때마다 박은 내가 탄식하며 들려주는 소감을 듣기 좋아하지만, 한 번도 내가 맛있다, 고 말하지 않은 건 모르고 있을 것이다. 박과 같이 쇼헤이의 스시바에 와서 저녁을 먹고 품평을 하는 것, 그의 얘기를 들어주는 것, 돌아서면 그를 지워버리는 것. 그것들은 어려운 일은 아니다. 막 내 목구멍을 넘어간 한 조각의 스시를 맛보려면 편의점 계산대 앞에서 세 시간을 서 있어야 한다는 단순한 산술을 떠올린다면, 날생선을 좋아하지 않는 식성 정도는 잠시 접어놓을 수 있다. 그럼에도, 박과 시간을 보내다 보면 매번 밀물의 마지막 순간처럼 내 안에서 무언가가 쓸려나가는 것 같은 순간이 꼭 오고야 만다. 그리고 그건 대체로 내 배가 포만감을 호소할 즈음이다.

지난 가을, 보라가 아무래도 제 수업시간과는 맞추기가 힘들다며 내게 넘겨준 알바는 열흘짜리 아트페어 도우미였다. 보라의 언니 친구의 사촌오빠 소개라는데, 정작 사촌오빠란 사람이 누군지는 아트페어가 끝날 때까지 알 수 없었다. 일은 단순했다. 검은색 구두와 정장을 입고 내가 속한 구역에서 안내를 하면 되는 일이었다. 전시 작품의 개별적인 해설을 숙지하고 전시장 곳곳에 서 있어야 하는 업무 자체는 단순했지만, 고용주 측에서 원하는 것은 안내나 해설만은 아니었다. 작품 가격은 물론이고 보험료만도 천문학적인 액수를 지불했다니, 작품의 도난이나 훼손을 감시하는 게 가장 신경 써야 할 일이었다. 난 처음 들어보는 이름이었지만, 미술계에선 보통명사처럼 불리는 작가라 했다. 전시 기간 내내 관람객이 끊이지 않았다. 판매보다는, 국제적인 예술품 거래의 큰손인 사장이 시장에서의 자신의 위상을 높이려고 기획한 전시라고, 다른 부스의 큐레이터들이 아는 척하며 말해주었다. 일이 끝나면 종아리가 퉁퉁 부어올랐지만 딱 열흘로 끝나는 게 아쉬울 만큼 시급은 꽤 높은 편이었다.

손님이 뜸할 때는 실내를 돌며 전시 작품들을 구경하기도 했다. 평면과 입체가 뒤섞인 데다 작품마다 독특하고 기이해서 이것들이 한 사람의 작업인가 새삼 이름을 확인해보곤 했다. 부스의 안쪽에는, 이번 전시에서 가장 주목을 받고 있는 작품이 특별히 설치된 조명을 받으며 놓여 있었다. 〈신의 사랑을 위하여〉라니. 장난스러운 제목이라고 생각했다. 신과 사랑. 방점을 찍는다면 어느 쪽일까.

저음 보면 활싹 웃고 있는, 그러나 옆모습을 보면 살짝 비웃음을 띤 것 같기도 한, 제가 죽은 줄도 모르는 듯 천진난만하게 웃고 있는 빛나는 두개골. 살아 있을 때의 남자는 낙천적이고 웃는 모습이 귀여웠을 것 같다. 두개골을 백금으로 주형을 뜬 후, 그 표면을 8,601개의 다이아몬드로 빼곡히 덮어놓은, 실물대의 형상. 그 두개골은 공존할 수 없는 두 가지 정서를 불러일으켰다. 혐오와 매혹.

밀려드는 사람들로 정신없었던 주말이 지난 월요일 오전이었다. 사람들이 가장 많이, 가장 오래 머무는 그 작품 앞도 모처럼 한산했다. 작품에 대한 해설은 외워놓았지만, 물어보는 관람객은 거의 없었다. 사람들은 그 앞에 서서 이마에 박힌 52.5캐럿짜리 물방울 다이아몬드를 뚫어지게 바라보거나, 탄식 같은 한숨을 쉬거나, 혹은 하염없이 생각에 잠기기도 했는데, 대체로 그 작품에 대해 이미 잘 알고 온 듯한 표정들이었다. 5천 파운드라니. 천억이 아닌가. 처음 도록으로 봤을 땐, 어머 웬 돈지랄이야 싶었지만, 전시된 실물을 보았던 첫 순간 뇌의 주름이 촘촘히 오그라드는 기분이었다. 왜 이 작가를 천재라고 부르는지 알 것 같았다. 그 앞에 서면 삶의 허무와 욕망의 허무가 퀭하니 나를 바라보았다. 허무와 욕망이 서로를 비웃다니. 세계의 본질을 이보다 잘 표현할 수가 있을까. 죽음과 삶이 촘촘히 맞물려 있는, 공존할 수 없는 것들이 함께 뒤엉킨, 추상의 물질적 현현.

그때 내가 홀린 듯 바라보고 있던 건 무엇이었을까? 잠긴 듯 느린 목소리가 귀에 들려왔을 때.

이 사람이 누구라고 생각해요?

크지 않은 키에 마른 몸을 가진 남자였다. 그는 살짝 허리를 굽혀 두개골과 눈을 맞추며 물었다. 작품에 관해 질문을 한 첫 관람객이었다. 나는 약간 가식적인 목소리로 설명을 늘어놓기 시작했다.

이 사람은, 18세기 유럽에서 살았던 백인 남자입니다. 죽음의 궁극적 상징인 두개골을 사치와 욕망, 퇴폐의 상징인 다이아몬드로 덮어놓음으로써……

아니, 이 작가 말이에요.

마흔다섯 살이나 되었을까. 어쩌면 그보다 훨씬 더 어릴지도, 혹은 더 나이 들었을지도 모르겠다. 흰 셔츠에 싱글의 블랙 수트를 입은 남자는 내 말을 그렇게 잘랐다. 잘난 척하긴. 나는 다시 작가에 대한 설명을 하기 시작했다. 현대미술에서 그가 차지하고 있는 대단한 위상에 대해. 그는 내 이름표를 들여다보며 고개를 저었다.

그런 거 말고, 하은 씨 자신의 생각을 말해봐요.

작품에 대한 단상이라면 몰라도, 정작 작가에 대한 관심은 별로였다. 나는 좀 머뭇거렸고 월요일 오전에 이런 곳에서 어슬렁거리는 이 사람 정체가 뭐야 싶었다. 남자는 명함을 하나 꺼내 건네주며 말했다.

이 작가는, 메타포의 비밀을 알아요. 이를테면, 해골이 칼슘과 석회질의 덩어리만은 아니라는 것, 그게 다이아몬드를 만났을 때 어떤 화학반응을 일으키는지 안다는 거지.

명함을 들여다본 나는 헉, 놀랐다. 그러니까 그는 내 고용주였다. 하필이면 그는 감시의 임무를 소홀히 하고 있는 불성실한 근로자를 목격한 셈이다. 아, 예. 나는 일단 고개를 끄덕였다. 하긴, 세계에 대해 이보다 더 강렬하고도 결정적인 메타포는 다시없겠지. 안전유리에 코를 박듯 가까이하고 두개골과 눈을 맞춘 자세로 그가 다시 물었다.

하은 씨라면, 천억이 있으면 뭘 하겠어요?

가상의 돈에 관한 질문이라면 얼마든지 가상으로 대답해줄 수 있지. 나는 손가락으로 두개골을 가리켰다.

이걸 사겠어요. 그 정도 가격이면, 신의 사랑을 구입하기엔 적절하다고 생각하는데요.

내 말에 박이 입꼬리를 살짝 올리며 웃었다. 안전유리 안에서, 불멸을 획득한 두개골이 더할 나위 없이 활짝 웃고 있었다. 나는 너의 거짓말이 마음에 들어, 하듯.

아트페어가 끝난 후에도 박의 사무실에서 계속 알바를 하게 됐지만, 보라의 짐작과 달리 박과 나의 관계는 담백하기 그지없다. 국책사업의 독점운영권을 통해 주체할 수 없는 돈을 벌게 된 박은 새로 시작한 이 사업에 아낌없이 돈을 쏟아붓는 눈치였다. 그 전시도, 한 군데 사설미술관에서 비교적 낮은 가격의 작품을 구입한 게 전부였다. 손익분기점에 다다르기엔 어림없는 매출이었지만 박은 개의치 않았다. 처음 시작하면서, 이만큼 이슈가 되었다면 투자에 대한 보상은 충분하다고 봐. 심미안을 가진 사람들은 노골적인 광고를 불신하거든.

일상적인 사무나 자료 발송 같은 잡무를 맡아서 하는 여직원은 따로 있었다. 기획하고 있는 전시의 자료 수집이나 정리 정도가 부정기적으로 그가 맡기는 일의 전부였다. 일이 끝나면 같이 밥을 먹거나, 와인바에서 술을 한 잔씩 할 때도 있지만, 그 외에 박이 내게 원하는 건 없었다. 아, 다만 나는 그에게 부채가 있다. 겨울방학을 앞두고 내 아르바이트 시간표를 듣더니, 그는 등록금을 빌려주겠다 했다. 그렇게 시간을 뺏겨버리면 공부는 언제 하나? 그거 어리석은 계산법이야. 졸업하고 돈 벌면 갚아. 박의 재력으로 보자면 그 돈은 아주 사소한 액수였지만, 그걸 갚지 않겠다는 생각은 하지 않는다. 그냥 주겠다 했으면, 받지 않았을 거라고 생각한다. 박을 보면서, 사람들의 너그러움이 어디서 기원하는지 알게 되었다. 박은, 내게 친구들과 쇼헤이의 가게에 와서 자기 이름으로 저녁을 먹고 가도 좋다고 말했다. 박이 겉모습과는 달리 키다리 아저씨처럼 따뜻한 사람이라는 생각을 했지만, 강이나 보라와 저녁을 먹으러 온 적은 없다. 어쩐지 그러고 싶지는 않았다.

손가락에 잡히는 느낌이 좋은 나무젓가락을 내려놓으며, 나는 이제 막 생각났다는 듯 물어보았다.

"그 사람은 어떻게 됐어요?"

"누구?"

나도 어른들의 어법에 대해선 좀 안다. 박이 누구? 하고 되묻는 건 화제에 올리고 싶지 않다는 뜻이다. 범퍼에 물컹한 살이 와 닿던 느낌이 내겐 여전히 생생한데. 근육과 신경이 일그러지는 충격이 내 몸에 고스란히 전해져왔던 그 순간 이후로 나는 하루에도 몇 번씩 시도때도 없이 그 느낌에 턱 부딪히곤 했다. 아니다. 그 느낌은 바깥에서 오는 게 아니라 내 아랫배에 똘똘 뭉쳐 있었다. 박이라고 다를 리 없을 것이다. 미지근한 녹차를 마시며 나는 대답을 기다렸다. 그의 양복 주머니에서 휴대폰이 진동하고 있었다. 전화 왔어요. 그는 내가 말하고 나서야 천천히 휴대폰을 꺼내서는 화면을 들여다보았다. 그러더니 그대로 주머니에 넣어버리며 말했다.

"잘 처리했어."

"얼마나 다친 거예요?"

"뭐, 많이 다치기야 했겠어."

"병원엔 가봤어요?"

"그럴 필요 없어. 보험처리 했으니까. 내가 보기엔 고의였어. 보행

신호가 들어오기 전인데 말야. 어쩔 수 없지. 그런 소리 해봤자 입 아프고, 바보 되는 거 순간이니."

"그래도 병원에 한 번은 가봐야 하는 거 아니에요?"

"이런 일은 감정적으로 얽히면 피곤해져."

"어느 병원이에요?"

"어디더라? 그건 왜?"

대답하지 않고 있었더니 박이 내 귓불을 살짝 당겼다. 박이 내게 원하는 게 아무것도 없다는 건, 거짓말이다. 박은 내게 아무것도 원하지 않음으로써 나를 움켜쥐고 있다.

두 남자

살이 으깨지는 고통에 대한 위로보다는, 나는 어쩌면 낭만적인 문병의 장면을 상상하고 있었을까. 단순하게도. 영등포 로터리 근처의 교통사고 전문병원은 지하철 출구에서 아주 가깝다는 것 말고는 보잘 것이 없었다. 계단의 모서리가 닳도록 낡아버린 4층짜리 건물에 들어서자 숨 막힐 듯 독한 크레졸 냄새가 밀려왔다. 원무과에서 그의 이름을 대고 병실을 물어보고 나서 나는 곧장 바깥으로 걸어나와 지하철을 타고 돌아가 버리고 싶어졌다. 학교 근처 꽃집에서 사온 파스텔톤의 꽃다발은 이 장소와 너무도 어울리지 않았다. 등뼈를 따라 땀이 조르르 흘러내려갔다. 명도 높은 프리지어나 장미가 그나마 나았을까. 조금도 아파 보이지 않는 입원환자들이 추레한 환자복을 입고 높이 매달린 TV

화면을 바라보고 있었다. 병실로 올라가지도 못하고 엉거주춤 서 있는데 호주머니 속 휴대폰이 부르르 떨었다. 잘못 온 문자인 줄 알았다.

이제 그만 만나자. 나는 나 하나도 감당하지 못하는 인간이다.

강이었다. 내가 미쳐. 앤 왜 갑자기 예민해진 거야. 내가 또 A형하고 사귀면 사람이 아니다. 골뱅이 창자처럼 배배 꼬여서는 뒤끝은 구만리. 흥, 왜 그러냐고 당장에 물어볼 줄 알았지? 휴대폰을 집어넣어 버렸다. 요 며칠 내 문자 씹을 때 삐친 줄은 알고 있었다. 그리고, 왜인줄도 짐작하고 있었다. 바보 같은 놈. 군대 가고 휴학하고 스무 명도 채 안 남은 과에서 어떻게 쫑낼 수 있어. 겨우 한 학기 남겨놓고. 끝내더라도 졸업까진 버티다 끝내야지. 화를 풀풀 내며 홧기운으로 계단을 씩씩하게 올라갔다.

지린내와 음식냄새 뒤섞인 계단을 오르며 나는 이상한 친밀감으로 박을 떠올리고 있었다. 박은 늘 이성적이다. 지나고 보면 대체로 그의 판단이 옳았다. 마지못해 알려주긴 했지만, 가보았는지 물어보지 않을 게 뻔했다. 문을 열었을 때 그곳은, 병실이라기보다는 갑작스런 자연재해 끝에 마련된 임시구호소처럼 보였다. 벽을 따라 침상이 죽 늘어서 있었고 환자들은 아프다기보다는 무료하고 지쳐 보였다.

그는 병실 안에서 가장 신선한 환자였다. 깁스를 한 왼쪽 다리를 시트 위에 올려놓고 병실 내에선 유일하게 링거를 맞고 있었다. 점퍼를 입고 있을 때보다 훨씬 왜소해 보였지만 못 알아볼 지경은 아니었다. 오른손으로 스낵을 집어먹으며 떠들썩한 식당 소개 프로그램을 보느라 내가 들어오는 것도 알지 못했다. 침상 옆에 서자 그때서야 입을 우물거리며 날 올려다보았다. 그 눈빛이 참 해맑아 나는 좀 놀랐다. 차에

같이 타고 있던 사람이라고 얘길 하자 아, 예 하며 뜻밖이라는 듯 올려다보았다. 눈동자에 어떤 적의나 분노도 보이지 않았다.

이렇게 할 말이 없을 줄은 몰랐다. 좀 어떠세요, 라고 묻자, 뼈가 부러진 건 아니지만 인대가 늘어나서 깁스를 했다 하고는 그만이었다. 많이 아프셨죠, 그러고 나니 나 역시 할 말이 하나도 없었다. 이 입이 사람 가리네. 머리맡에 적힌 그의 이름을 보며, 저런 이름을 가진다면 불운할 수밖에 없겠다는 생각을 했다. 진상이라니. 빛나는 이름을 가져도 하루하루가 찌질하기 짝이 없는데. 옆 침상의 남자가 우울한 얼굴로 아이스크림을 떠먹고 있었다. 나는 또 박을 떠올렸다. 막상 진상을 보자 나 역시, 어쩌면 고의였을지도 몰라, 하는 마음이 드는 것이었다. 미안하다고, 빨리 회복되길 바란다고 어색하게 말하고는 꽃다발을 침대에 내려놓았다. 과자가루가 묻은 입술로 진상이 무어라 중얼거렸지만 잘 알아들을 수가 없었다. 수업이 있어서 가보겠다 했지만, 수업이 없어도 더 머무르진 않았을 것이다. 병원 바깥으로 나오자, 들어가기 전보다 거리는 훨씬 환하게 느껴졌다.

작년엔 도대체 뭘 입고 다녔는지 모르겠어. 분명 벗고 돌아다니진 않았을 텐데. 수업을 마치고 보라가 입을 만한 여름옷이 하나도 없다며 옷 사는 데 같이 가자 했지만, 알바 핑계를 대고 헤어졌다. 집 근처 마트에서 슬라이스 햄과 양상추, 오이를 사고 식빵도 한 봉지 사들고 들어왔다. 햄을 바싹 구워 양겨자를 듬뿍 바르고 가늘게 채 썬 양상추와 오이까지 올려 샌드위치를 만들었다. 제철 오이향이 아찔하도록 상쾌하다. 아무래도 난 전공을 잘못 선택한 것 같다. 뭘 만들어도 이렇게 맛있으니. 허기가 확 몰려왔다. 병원에서 돌아와 바로 수업 들어가느라 점심도 못 먹었다는 생각이 그제야 들었다. 혼자 먹고 가면 얘 또 삐치겠지. 차곡차곡 도시락에 담고 커피믹스 두 개와 보온병도 챙겼다.

버스에서 내려 남산 중턱에 있는 빌딩을 향해 걸어가면서 그새 강이 내려오지는 않나 살피면서 올라갔다. 가겠단 얘길 안 했으니 일이 끝나면 바로 돌아가 버릴 것이다. 여름 저녁은 기분 좋게 환하다. 가로수 아래를 지날 때면 초록의 기체가 샤워처럼 쏟아져 내렸다. 어두워지는 대신 하늘은 핑크빛으로 아스라이 물든다. 저 묘하게 외로운 빛깔이라니. 등이 온통 땀에 젖어서, 뭐가 예쁘다고 도시락까지 싸서 달려왔는지. 마음에 드는 구석이라곤 하나도 없는데. 속으로 툴툴거릴 즈음에야 빌딩의 모퉁이가 보였다.

강보다, 입고 있는 옷이 먼저 보인다. 그 자리에 멈추어 서서 강을 바라보았다. 내가 이렇게 숨어서 쳐다보는 걸 좋아하지 않을 거라는 생각이 들었다. 그게 강이니까. 가진 것 없이 자존심은 하늘을 찌르고 세상의 모든 번쩍이는 것들이 싫다는 강이, 하필 번쩍이는 형광연두빛 조끼를 입고 야광봉을 흔들며 주차안내를 하고 있다. 알바를 못 구해서 쩔쩔 매던 주제에, 그나마 내가 박에게 특별히 부탁해서 낙하산으로 넣어준 자린데도, 여기 일을 하면서 강은 못 봐줄 만큼 까칠해졌다. 내가 지 애인이야? 박하고 퇴근하는 꼴을 보기 싫으면 그만두든지. 사는 게 힘들다고 목을 꺾지나 말든지.

알바 사리 하나 없을까요? 부탁했을 때 박은 웃으면서 히은 씨 남친? 하고 물었다. 아니라고, 그냥 친구라고 얘기했지만, 강에겐 남자친구라 했다고 거짓말을 했다. 그런 게 거짓말 축에나 드는지 이제 모르겠다. 8시를 지났지만 드나드는 차들이 대충 정리가 되어야 일을 끝낼 것이다. 형광빛만이 도드라져 강은 이제 걸어 다니는 X자처럼 보인다. 세수하듯 얼굴을 쓱쓱 문지르며 관리실 쪽으로 걸어가는 걸 보며 그쪽으로 천천히 걸어갔다.

"뭐 하러 왔어?"

말은 뚱하게 해도 강은 그만 만나자 문자 보낸 건 까맣게 잊었다는 듯 맛있게 샌드위치를 먹는다.

"네가 이렇게 먹는 걸 보고 싶어서."

강은 걷기 귀찮다 했지만, 끌다시피 걸어가서 도서관 근처의 높다란 계단에 앉은 참이었다. 아, 맛있다 탄식처럼 흘리는 말이 어째 아, 힘들다 하는 소리로 들린다. 커피를 타려고 보니 종이컵 챙기는 걸 깜빡했다. 카푸치노로 만들어줄게. 강이 보온병에 커피믹스를 쏟아넣고 힘차게 흔들었다. 바람이 불어왔다. 하늘은 흐렸고 별은 아래쪽 도심에서 총총히 올라왔다. 커피는 너무 묽었다. 그래도 뜨겁고 달았다. 보온병에 든 커피를 나누어 마시면서, 도시의 불빛을 내려다보았다. 불빛들은, 모래 속에 묻혀 있다 막 발굴된 유적 같다. 그 얘기를 하자, 강이 노인처럼 한숨을 길게 내쉰다.

"하은아. 난 저 불빛들이 무서워. 주차관리, 우유배달, 자판기관리, 말이 좋아 근로장학생. …… 여기서 이렇게 바스러지지 말고 떠나자, 그러다가도 그 마음이 진심이 아니란 걸 알아. 서울은, 무서우면서도 지독하게 유혹적인 괴물이야. 알바 뛰다 보니 성적은 엉망. 이 성적으로 취직은 난망. 멀리서 볼 땐 이 도시가 화려한 선망의 덩어리였는데,

들어와 보니, 첨단의 수퍼컴처럼 내 견적서를 뽑아주네. 내가 뭘 하는지, 어디서 온 촌놈인지, 나란 인간의 값은 얼마인지. …… 꿈은 꿈에 불과한 것이라고, 부유한 자의 아들은 권세 있는 자가 되고, 권세 있는 자의 아들은 명예로운 자가 되는 거라고. 가난한 자의 자식은 더 가난하게 되어 먼지처럼 이 도시를 떠돌게 될 거라고 자상하게 가르쳐주네."

나는 강의 머리를 쥐어박았다.

"랩을 해라. 비극적인 대사를 읊으면 더 예뻐해줄 줄 알았니? 너만 힘든 거 아니야. 아! 낮에 꼭 너하고 말투가 같은 사람을 만났어."

강은 학교에서는 고향 말을 쓰지 않는다.

"왜 걔랑 있을 땐 너 생각이 안 났을까? 나이도 비슷했는데. 다쳐서 누워 있는 사람이었어. 문병을 갔었거든."

"그래?"

"거기서 문자도 하나 받았지. 헤어지자는 말을 문자로 보내는 인간이 있다니."

강이 고개를 숙이며 항의했다.

"네가 나한테 얼마나 잔인한지 아냐? 넌 눈앞에 안 보이면 내 생각 안 하잖아."

"낮에 그 문자 받고 얼마나 네 생각 많이 했는데. 말해줘? 이제 식당 가서 두 가지 메뉴 시켜서 나눠 먹는 즐거움은 끝이구나. 물냉면과 비빔냉면 주문해서 매운 것 먼저 먹고 시원한 육수 마실 때의 그 행복감, 짜장면과 짬뽕을 나눠 먹던 즐거움, 치즈김밥과 떡볶이, 라떼와 프라푸치노…… 둘이 나누어 먹었던 그 맛있는 것들. 결국 이 인간하고 헤어지는 건 하나도 슬프지 않다는, 존재론적인 인식에 도달하게 된 거지.”

으, 흐흐. 강의 웃음은 잘게 토막 난다. 유리잔 바닥에 가라앉은 설탕을 휘저어놓은 것처럼, 웃음 끝에 강의 쓸쓸함이 떠올랐다가 얼마간 녹아들고는 다시 가만히 가라앉는다. 그 느낌이 나쁘지 않다.

밤의 꽃냄새가 요염하다. 밤이 깊어가는 게 아니라, 눈이 조금씩 멀어가는 것 같다. 청각은 섬세해지고, 나는 강의 목소리에서 언젠가 방학 때 과친구들이랑 단체로 몰려가서 놀았던 그의 고향 바닷가 냄새를 떠올린다. 할머니랑 강, 단둘이 사는 그 집에서 우리는 얼마나 많이 퍼먹고 뭉개다 돌아왔는지. 불과 1년 전 일인데 그때의 우린 철이라고는 없었던 어린아이들처럼 여겨진다.

강이 손가락 끝으로 내 샌들을 쓰다듬었다. 샌들에 박힌 큐빅을 만지며, 예쁘다, 말하고는 엄지발가락을 어루만진다.

“반짝이는 건 다 싫다며.”

“넌 특별하니까.”

말을 꾸며 할 줄 모르는 대신 강의 말은 투박한 대로 마음을 건드린다. 친구와 연인. 수평선 위 두 개의 점 사이에 강과 내가 있다. 강의 손길이 간지러우면서도 마음이 아련해진다. 원래, 너 발이 예쁘구나. 진심으로 그렇게 말하는 강은 사춘기 소년 같다. 여름 저녁은 왜 이렇게 아름다운 걸까.

강의 얼굴이 다가올 때 눈을 감았다. 똑같은 걸 먹었지만, 그래도 나는 강의 입술에서 오이맛도, 양상추맛도 구별할 수 있다. 그리고 오이와 양상추 뒤로, 젊은 남자의 육체가 얼마나 부드러운지 나는 깜짝 놀란다. 입맞추는 동안, 강은 나를 다른 세계로 데려간다. 어쩌면 나는 이 녀석을 살짝 사랑하고 있는 걸까. 밤공기가 효모처럼 감정을 부풀렸는지도 몰라. 입술을 떼고 말없이 눈 아래 펼쳐진 불빛들을 바라보았다.

도시락을 담았던 가방은 손가락으로 들 만큼 가벼워졌다. 남은 샌드위치 한 쪽은 강의 가방에 넣어주었다. 이마에 닿는 바람이 시원하다. 계단을 걸어 내려오는데 짧은 플레어스커트가 자꾸 부풀어올랐다. 손으로 누르자 다른 쪽이 뒤집힐 듯 부풀어오른다. 강이 제가 선 쪽의 옷자락을 손바닥으로 열심히 누르며 툴툴거렸다.

"바람 부는 날 이런 걸 입고 나오면 어떡해."

"네가 좋아하잖아. 이 스커트."

계속 화를 내야 하는데 화가 나지 않아 쩔쩔매는 강이 귀엽다. 나는 강의 이름을 다정하게 부른다. 시험 끝나면 새터 놀러가자. 강은 말이 없다. 네 마음 내가 알지. 강은 박 때문에 화가 났는데, 나는 그걸 모른 체한다. 박을 만나지 말라고 제 입으로 말하긴 싫고, 자꾸만 어깃장을 놓는다. 갈 거지? 화가 난 강은 손을 떼버리고 스커트는 순간 애드벌룬처럼 부풀어올랐다.

우린 모두 아프다

"병원에 갔었나?"

쇼헤이가 잠시 주방으로 들어간 틈에 박이 물었다. 오늘의 마지막 스시는 숙성시킨 성게알이었다. 날생선은 참을 수 있지만, 이건 좀 무리였다. 녹차를 물 삼아 삼켜버릴까 하다 그러면 온 입 안에 맛이 퍼질 것 같아, 꿀꺽 삼키고 나서 초미역을 입에 막 넣은 참이었다. 그는 오늘, 맛있어? 하고 묻는 걸 빼먹었다. 거짓말을 하지 않아도 되는 건 다행이지만, 이 질문은 약간 복잡하군. 추궁하는 목소리는 아니었다. 오히려 의도적인 다정함이 엿보인다. 이럴 때의 박은 아버지와 똑같다.

내가 아버지를 아버지라 부르지 않는 것처럼, 아버지도 내게 결코 화를 내지 않는다. 반항과 너그러움의 대비로 본다면 틀렸다. 화가 없는 관계가 좋은 것일까. 그건 평화가 아니라 결핍에 가까운 풍경이다. 정상적인 가족이란, 너무 많은 감정들이 원형을 찾을 수 없이 촘촘히 얽힌, 낡은 담요 같은 게 아닐까. 화를 내고 미워하다 후회하는, 상처주고 후련해하다 후회하는, 그런 것들이 없다면 그 담요란 차가운 유리섬유처럼 몸에 감겨들지 않을 것 같다. 뭐랄까. 나는 아버지의 화를 원하는 게 아니라, 결코 깨지지 않는 감정의 균형이 영 불편하다. 차라리 소리를 지르거나 뺨을 때렸다면 지금쯤은 지친 다리를 얼기설기 뻗을 수 있는 담요 같은 관계가 되어 있을지도 모르겠다. 이젠 세 사람이 담요를 만들기엔 너무 늦었지. 필요한 게 있을 때만 어쩔 수 없이 엄마를 찾아가지만, 그나마 나는 아버지가 없는 시간을 택해서 용건만 해결하고 오곤 했다. 필요한 건 거의 돈이 전부였지만.

보라는 그랬지. 네가 박을 만나는 건 진짜 아버지에 대한 갈망의 표현이야. 나는 부정했다. 진짜 아버지 같은 건 없어. 먹어보지 않은 요리를 갈망하는 사람은 없잖아. 지금 내 곁에 함께 있지 않는다면, 내게 유전자 한 조각을 주었다 해서 그를 갈망하진 않아. 그 아버지에게 등록금을 받는 것이나 박에게 받는 것이나 다르지 않다고 생각한다는 말은 보라에게 하지 않았다.

그나저나 물어봤을 때 알려줘 놓고는 새삼스레 병원에 갔냐니, 이건 또 무슨 특이하게 갈구는 스타일이야?

"문제가 생겼어요?"

"그래. 억지를 쓴다는군."

그렇게만 말했을 뿐, 그가 어떤 억지를 쓰는지 박은 말하지 않는다. 그쪽에서 터무니없을 정도의 보상을 요구한 것일까. 병원을 찾아간 게 잘못한 일이란 생각은 들지 않았지만, 그 일이 내 일상을 꼬이게 만드는 것도 원하지 않는다.

"저라는 사람은 그래요. 누가 잘못했건 한 사람을 그렇게 고통스럽게 했다면 찾아가서 미안하다는 말은 해야 하는 거라고 생각했어요."

내 말에 박은 고개를 끄덕였다. 이 어긋남이 어디서 비롯되었는지 알았다는 듯.

"하은아 인간은 말이다, 다 자랐다고 스스로 믿게 되는 그 지점부터 비로소 성장하는 거다. 진짜 인생 공부는 그때 시작되는 거야. 사람은 다 다르지. 넌 아직 세상을 몰라. 사람을 몰라."

박은 항상 옳은 말만 한다. 옳은 말이 늘 듣기 좋은 것은 아니다.

날 내려주고 박의 차가 사라졌을 때, 구역질을 겨우 참고 있던 나는 쪼그리고 앉아 조금 토했다. 발효된 성게알 냄새가 먹을 때보다 진하게 비위를 긁어댔다.

살찌는데, 하면서도 보라는 더블컵 아이스크림을 골랐다. 친구란

때로 아픈 말도 해줄 줄 알아야 한다. 최근에 보라의 온몸은 구석구석 원의 형상을 추구하고 있었다. 보라의 옆구리살을 꽉 잡았다. 너 여기 허리 맞니? 외로워서 그래. 좀 성실하게 변명해봐. 보라는 그제야 살짝 침울해진다. 이게 다 애정결핍 때문이야. 인문관 앞 벤치엔 초여름 햇살이 고스란히 쏟아진다. 백양나무 숲이 있는 화단을 넘어가 그늘에 앉았다.

"맛있어?"

응. 천연덕스럽게 대답하며 먹는 걸 보니, 은근히 오기가 생긴다.

"너, 아침마다 천을 몸에 댄 후에 박는 거지? 어떻게 이 옷에다 그 몸을 밀어 넣을 수 있었어?"

보라는 드디어 컵을 탁 내려놓는다. 아, 진짜.

"성재가 너 좋아한다고 동네방네 떠들고 다니는데, 너 되게 쌀쌀맞게 대하더라? 연하남은 능력의 상징 아냐? 귀엽던데."

"얘는. 트렌드를 통 모르네. 철없는 인간 먹여 살리느라 곁늙을 일 있니? 졸업하면 뭘 할지 생각이란 것 자체가 없는 앤데. 게다가 은근 선수야. 나이 좀 지긋해도 조그만 아파트라도 하나 가진 사람이 낫지."

"너 지금 애인을 구하는 거야, 신랑감을 구하는 거야? 졸업하자마자 결혼하려구? 어째 결혼정보회사 실장님 분위기다. 차라리 이봉구는 어때?"

흥. 보라는 콧방귀를 뀐다. 이봉구는 지난해 보라가 부전공수업을 들었던 불문학과 시간강사다. 말이 강사지 마흔이 훌쩍 넘은데다 머리숱도 듬성듬성해서 실제 나이보다 다섯 살은 위로 보였다. 그나마 흰 머리가 절반이었다. 그래도 테스토스테론은 제대로 분비가 되는지 보라에게 필이 꽂혀서 언제부턴가 편지를 보내기 시작했다. 문자메시지도 아니고 이메일도 아닌, 만년필로 휘갈긴 핸드메이드 러브레터를.

편지는 늘 보들레르나 랭보, 혹은 엘뤼아르로 추정되는! 시인들의 시로 시작되었다. 문제는 보라가 독해 불가라는 것이었다. 명색이 부전공인데 너무한다. 면박을 주어도 제 할 소리는 다 있다. 난, 인쇄체 소문자까지는 알겠는데 필기체로 가면 통. 사실 프랑스 사람들도 필기체는 잘 못 읽는다는 둥 근거 없는 소리까지 해댔다. 보라가 가방을 뒤져 새로 받은 편지라며 봉투째 내게 건넨다. 만년필로 휘갈겨 쓴 편지는 문자추상화처럼 보인다.

"무슨 소린지 모르니 더 낭만적으로 보인다, 얘. 잘 생각해봐. 아빠 닮은 애를 낳으면, 서울대 갈지도 모르지."

"흥. 서울대 갈 애를 낳으려면 이봉구가 아니라 이봉구 아버지 정자를 받아야지. 대머리에다 수업 듣는 여학생한테 편지나 쓰는 자식이 나오면 어떡해."

"네가 아주 생각 없이 사는 건 아니구나."

이봉구는 보라에게 지치지도 않고 편지를 보내왔지만 보라는 그림 감상하듯 잠시 들여다보고는 그만이었다. 그래도 버리진 않고 서랍에 차곡차곡 모아두곤 했다.

"너, 아주 싫은 건 아니지?"

"뭐라고 썼는지 모르는데 버리기까지 할 순 없잖아. 바다, 운명, 지옥, 당신, 갈망…… 그런 명사는 밥에 섞인 콩처럼 좀 일겠는데, 시술어는 리딩도 안 돼. 답장 없는 편지 쓰기에 지쳐버렸다고, 자살하겠다 써놓아도 모를 거야."

"너 때문에 자살이야 하겠니. 네 이상형은 뭐야? 내가 한번 알아볼게."

"난 남자 보는 눈은 그리 까다롭지 않아. 그저 부유한 아버지를 가진, 키 180 정도에 유머감각 있고 성격 좋고 건강하면 돼. 더 이상은 바라지 않아."

"그래. 아마 그 남자도 여자는 까다롭게 고르지 않겠지. 예쁘고 착하고 순결하고 섹시하면 그만이라고 하겠지."

우리는 모처럼, 동시에 긴 한숨을 내쉬었다.

"이봉구는 싱글이긴 한 거야?"

"나야 모르지."

이빨 사이로 스며드는 차가운 아이스크림만한 존재감도 없이 이봉구는 다시 보라의 가방 속으로 처박힌다. 아, 사랑의 비동시성이란 얼마나 비참한 것인지.

"그 녀석, 진짜 진상이네."

막 태어난 그가 진상이라는 이름을 얻었을 땐, 밥맛없고 재수 없는 인간이라는 의미의 그 단어가 없었겠지. 진상도 참 억울하겠구나, 나는 그 생각을 했다. 치료비 외에 따로 합의금을 원한다고만 할 뿐 박은 액수에 대해서는 말하지 않는다. 상해 정도에 따른 합당한 금액이 있지 않아요? 그렇게 말하는 날 보며 박은 조금 웃었다. 내가 진상을 찾아가지 않았다면, 진상이 못 먹어도 찔러나 보겠다는 식으로 어거지를 부리는 일은 없었으리라고 생각하는 걸까. 치사하게 시달리면서도 박은 끝내 화를 내지 않는다. 이럴 때의 박은 꼭 아버지 같다. 무슨 상관이에요? 마음대로 하라고 그래요. 내가 박과 무슨 상관인가. 같이 점심을 먹었고 마침 그의 차를 타고 있었을 뿐인데. 수업에 늦을 것 같다고 하긴 했지만, 교통법규를 위반하라고 한 말은 아니었다. 내가 찾아간 건 잘못했다는 것이 아니라, 그가 겪은 고통에 대한 내 몫의 위로를 하고 싶어서였다. 선의를 이용하려 들다니. 그런데, 박과 나는 아무 사이도 아닌 걸까.

"제가 가서 얘길 해볼까요?"

"잃을 게 하나도 없는 인간은 건드리는 게 아니야."

박은 내가 개입할 틈을 더 이상 주지 않는다. 나는 또 하나의 빚을 막 지고 나선 기분이 들었다. 박의 등 뒤, 액자 없이 붙여놓은 포스터 속의 두개골이 더할 나위 없이 활짝 웃고 있다. 숨을 쉬는 동안은 누구도 이렇게 웃을 수 없다는 듯. 살의 마지막 한 점까지 털어내기 전엔 결코 이렇게 웃을 순 없다는 듯. 그래 그렇겠지.

전시를 기획 중인 작가와 몇 차례 이메일을 주고받았지만, 세부적인 사항을 의논하고 계약을 하기 위해 박은 북경을 다녀오겠다 했다. 선정과정에서 요즘 뜨고 있는 작가 몇 명의 도록을 구해서 검토를 했는데, 박의 취향인지 트렌드인지, 사람 얼굴이 대세였다. 넓적한 얼굴에 이빨이 금방이라도 튀어나올 듯 웃고 있는 얼굴 시리즈도 있었고, 다 그린 후 마르기도 전에 실수로 화면을 슥 문지른 듯 이목구비가 죄다 한 방향으로 뭉개진 것도 있었다. 박이 최종적으로 원한 작가의 얼굴도 만만찮게 독특했다. 심성을 읽을 수 없는 기이한 무표정들만이 도록에 가득했다. 권위적인 느낌이 물씬한 교복차림이었지만 나이를 짐작할 수는 없었다. 거기다 하나같이 창백한 낯빛에 활짝 핀 복사꽃을 한 장씩 붙여놓은 듯한 연분홍 뺨을 갖고 있었다. 박은 왜 얼굴에 집착하는 걸까.

도록을 한 장씩 넘겨보는 내게 박이 물었다.

"어때? 무슨 생각이 드나?"

"교복 입은 게이?"

박이 크게 웃었다.

"왜 얼굴 시리즈만 컬렉션하는 거예요?"

"그랬나?"

미처 몰랐다는 듯 박은 고개를 돌려 포스터들이 붙어 있는 벽을 새삼스레 바라보았다. 언젠가 박이 하나하나 설명해준 적이 있었지만 대부분의 작가들은 처음 들어본 이름이었다. 그리고 그 얼굴들은 하나같이 사랑스럽지 않았다. 르누아르나 마리 로랑생의 인물들과는 종이 다른 생물 같았다.

"사람의 얼굴이란 타인을 속이기 위한 안간힘의 가면, 같은 거지. 저것들을 바라보고 있으면 안쓰럽기도 하고 재미있기도 하고 두렵다가도, 다 그런가 보다 위로가 되는 순간이 찾아오거든. 관람객들은 처음에 이 얼굴들을 아주 낯설게 쳐다보다가, 거울을 들여다보는 것처럼 자기 얼굴을 찾아내게 되는 거야."

나는 벽을 다시 바라보았다. 그 가면들 뒤에 가려져 있을 불안한 얼굴들을 떠올려보았다. 맨 얼굴은 연약한 것일까. 육탈된 두개골마저 일천 캐럿의 번쩍임으로 덮어씌우고 싶을 만큼. 박이 뜬금없이 묻는다.

"중국 같이 갈까? 중국어 전공이라면서. 북경 가봤나?"

"아뇨."

박은 쉽게 대답할 수 있는 질문 하나와 그렇지 않은 질문을 묶어서 했다. 하나는 관계에 대한 질문이었고 하나는 사실에 대한 질문이다. 나로선 북경을 가보지 않았기 때문에 아니라고 쉽게 대답할 수 있었다. 그것을 빨리 대답해버림으로써 대답하기 어려운 질문을 그냥 지나가고 싶었다. 중국을 같이 가는 것은 쇼헤이의 가게에서 스시를 먹는 것과는 다른 것이다. 박은 다시 묻지 않는다. 그래도 그 질문의 꼬리는 그와 나 사이에 남아 있다.

나가자. 박이 재킷에 팔을 끼우며 말했다. 작업이 안 끝났다고, 마저 하고 나가겠다고 하자 박은 내일 해, 내일. 밥은 먹어야지, 하며 가방을 들고 먼저 나선다. 대충 정리를 하고 자리에서 일어나자 문 앞에서 기다리고 있던 박이 입구의 스위치를 내렸다. 여름 저녁의 어둠은 묽다. 입체감을 잃었을 뿐, 실내의 모든 것은 그대로 희미하게 보였다. 광채를 잃었지만 포스터 속의 두개골은 여전히 웃고 있다. 문 앞으로 다가갔을 때 박이 내 어깨를 끌어당겼다. 나는 밀쳐낼 수도 안겨 있을 수도 없었다. 이 어색함이라니. 몸을 뒤로 빼려 하자, 박은 거의 말을 더듬으며 중얼거렸다. 아니야. 조금만, 조금만 이대로…… 그냥, 이러고만 있을게. 목소리는 터무니없이 간절하여서 나는 힘이 빠진다.

키가 작은 박의 어깨 너머로 남산의 숲은 검은 덩어리로 보인다. 박은, 의외로 외로운 사람일지 모르겠다. 누군가를 안는 일에 이토록 서투르다니. 어색한 포옹의 틈으로 서늘한 기운이 흐른다. 그건 그와 나, 둘 사이의 것이 아니라 박의 안에 있는 추위처럼 느껴졌다. 언젠가, 사모님은 어떤 분이세요? 물어보았을 때 박은 말했지. 그 사람은 외로운 걸 좋아하는 사람이야. 외로움을 무척 좋아하지. 그녀를 본 적은 없지만 외로움을 누가 좋아하겠는가. 외로움이란 사람과 사람 사이에 고이는 느낌일 텐데. 강과 나란히 앉아 있던 계단이 저 검은 숲 가운데 있을 것이다. 반짝이는 등을 단 비행기 하나가 창을 가로질러 날아간다. 박이 팔을 풀었을 때 비행기 불빛이 마지막으로 반짝이곤 사라져 갔다.

건물 밖으로 나오는데, 야광봉을 흔들고 있던 강과 눈이 마주쳤다. 관리실로 달려가 키를 받아와 박에게 건네는 동안에도 강은 내 얼굴을 쳐다보지 않는다. 하은이, 학교 친구라고 했지? 같이 밥이나 먹으러 갈까? 아닙니다. 아직 한 시간 남았습니다. 박은 더 권하지 않고 차문을 열고 서 있는 강을 지나 차에 오른다. 박의 옆자리에 앉아, 차가 좌회전할 때 고개를 돌려보았다. 뒤돌아서 있는 강이 커다란 X자에 묶여 있는 것처럼 보인다.

박과 저녁을 먹고 헤어져, 전화를 했다. 강은 받지 않았다. 다시 전화를 해오지도 않는다. 피를 뽑아서 팔든 말든 주차장 자리는 해주지 말 걸 그랬다. 저녁을 먹고 강의 집으로 가보았으나 강은 돌아오지 않았다. 낯익은 총무아저씨가 들어가서 기다리라며 문을 열어주었다. 학교 앞이다 보니 친구들과 몰려와서 놀다 간 적은 있었지만, 혼자 와 본 건 처음이다. 아침에 몸만 쏙 빠져나간 침대 위에 후줄근한 옷가지 몇 개가 걸쳐져 있다. 앉을 데라고는 의자뿐이다. 켜져 있는 컴퓨터의 마우스를 만지자 작성 중이던 문서가 나타났다. 나랑 같이 듣는, 〈영상예술의 이해〉 리포트였다. 내일 마감인데, 아직까지 이게 뭐야. 열 줄 남짓이 전부다. 몇 줄 읽다 보니 한숨이 다 나왔다.

……이 영화의 감독인 워쇼스키 형제의 친구들 중에 한국인이 한 명 있었다. 소재 빈곤에 시달리고 있던 워쇼스키는 그에게 어느 날 반만년 역사를 자랑하는 한국의 신화나 전설을 들려달라고 부탁을 했다. 쑥과 마늘을 먹고 사람이 된 곰 이야기보다는, 그가 들려주는 다른 납량 스토리에 깊은 감명을 받고 구상한 작품이 바로 〈매트릭스〉다. 어릴 적 모기향을 피워놓고 내 할머니가 들려주던 이야기 말이다. …… 혼자 화장실에 간 철수의 귀에 목소리가 들려왔다. 파란 종이 줄까, 빨간 종이 줄까. 운명의 색깔을 비주얼로 나타내는 그 이야기는 네오가 자신의 운명을 선택하는 순간에 차용된다. 모피어스의 손바닥에 놓인 알약. 파란색과 빨간색 중 어느 약을 먹을 것인지 선택하라. 문제는 어떤 색을 선택해도, 가장 고통스러운 미래가 준비되어 있다는 것이다……

얘가 휴학도 하기 전에 자폭하겠다는 거야, 뭐야. 문서의 끝에 이어서 몇 줄 적어놓고 방을 나왔다.

강아. 사람들은 인생을 통계 내기 좋아하지. 일생 동안 웃는 시간 얼마, 잠자는 시간 얼마, 먹는 시간 얼마. 그런데 진짜 중요한 통계를 알려주는 사람은 없어. 일생 동안 행복한 순간, 사랑한 순간, 혼자 눈물 흘렸던 시간, 그런 거. 강아. 그러고 보면 내가 나인 순간이 얼마나 될까. 그런 순간이 오기는 하는 걸까. 지금 내가 널 좋아한다는 것, 네가 날 좋아한다는 것, 그것마저 놓쳐버린다면, 지금의 우리에게 도대체 뭐가 남을까. …… 그리고 지금 네게 가장 중요한 건, 이 리포트를 제대로 작성하는 일이야. 이 바보야.

마지막 시험은 전공과목이었다. 밤을 꼬박 새웠는데, 각성이 지나쳤는지 시험이 끝나고 나왔는데도 졸리지도 않고 몸이 살짝 뜨는 기분마저 들었다. 내가 고등학교 때 이렇게 공부했으면, 스카이 다니고 있다, 지금. 보라가 퀭한 눈으로 푸념을 했다. 시베리아 기류를 일으키며 내 옆을 휙 스쳐 지나는 강을 보며 보라가 눈을 동그랗게 뜬다. 그래, 골뱅이가 창자 풀리면 그때부터 골뱅이 아니지. 휴게실 가서 잠부터 좀 자자는 보라에게 약속이 있다 하고는 학교 밖으로 나왔다. 지하철에서 내려 근처 편의점에서 아이스크림과 음료수를 몇 개 사서 병원으로 들어갔다.

등받이에 기대앉아서 새우깡을 먹으며 만화책을 보고 있던 진상이 책을 덮으며 어색하게 눈을 피한다.

"어때요? 좀 좋아졌어요?"

"뭐, 그냥."

어떻게 대답해야 하나 싶은지 눈치를 보면서 머리를 긁는다.

"다행이네. 아주 더워지기 전에 깁스도 풀고."

"아침에 풀었어요."

진상은, 교활하게 생기지도 않았고 눈이 유리알처럼 불안정하게 반짝이지도 않는다. 처음 보았을 때부터 그랬다. 눈빛이 사악하거나 야비하게 생겼다면 내가 모른 척하겠는데.

"빨리 나았으면 좋겠어요. 좋아졌나, 궁금해서 와봤어요."

"네에."

"언제쯤 퇴원해요?"

"모르겠어요."

박이 옳을지 모른다. 난 가난한 자들의 낙천성이 싫어. 나쁜 건 재들이라고 우기면 다 되는 줄 알거든. 평생 제 똥 싼 자리에 주저앉아 뭉개며 일생을 그렇게 사는 거지. 박이 말할 때 듣고만 있었지만 그걸 낙천성이라고 말할 수 있을까. 내가 여기 온 것에 대해 박이 화를 낸다 해도 어쩔 수 없다. 이건 내가 세상과 관계를 맺는 방식이다. 박과의 관계도 마찬가지다. 강이 화를 낸다 해서 박의 사무실을 그만두지는 않을 것이다. 나는 여전히 박에게 배울 것이 많다. 그게 무엇인지는 모르겠다. 적어도, 기댈 수 있는 상상의 아버지는 아니다.

"아이스크림이 녹을 텐데…… 그만 가볼게요."

그제야 진상이 날 빤히 올려다보았다. 내게 얘가 닿는 느낌이 물컹하고도 무거운 것이었다면, 이 아이에게 난, 자신을 부술 만큼 단단하고 아주 강한 어떤 것이었겠지. 그 느낌을 내가 털고 싶어하듯 이 아이에게서도 지워지길 바라는 것, 그것뿐이다.

밤에 강의 집으로 찾아갔을 때 강은 짐을 싸고 있었다.

"집에 다녀오려고?"

"돌아오긴 할 텐데. 언제가 될진 모르겠어. 부탁이 있는데, 이것들 좀 맡아줄래?"

이불은 버리겠다 했고, 크고 작은 박스 네 개가 선부였나. 한 학기 남겨두고 휴학하겠다는 거야, 뭐야. 대답하지 않는 내 얼굴을 쳐다보더니, 강은 갑자기 격정적으로 말했다.

"할 수도 있어. 버티겠다 하면 버틸 수도 있어. 노래하고 춤추며 재롱을 피우면서, 이 잔인한 서커스에 합류하는 것이 현명한 선택일 수도 있어. 하은아 나 힘들었어. 그런데, 그래서는 아니야."

강이 장갑을 벗어 박스 위에 던지고는 내 옆에 앉는다.

"할머니가 내가 만든 카레가 먹고 싶대. 할머닌 카레를 만들 줄 모르거든. 방학 때 내려가서 당근, 양파, 감자를 썰어서 카레를 만들면, 할머니는 매번 처음 맛보는 사람처럼 물어봐. 이게 뭐이냐, 아가. 할머니 카레예요, 하면 뭐시라, 가래? 아이고 더러버라, 하면서도 그렇게 맛있게 드시거든. …… 할머니가 너무 쇠약해져서, 혼자 지내시기가 힘들어. 진행성 치맨 거 같아. 똑같은 얘기를 하루저녁에 일곱 번도 더 하지. 제대로 된 벌이가 한 번도 없었는데, 어떻게 버텼는지를 돌아보면, 내겐 물이 포도주 된 것보다 그게 더 기적으로 여겨졌어. 그렇게 일곱 살 때부터 혼자서 날 키워주셨는데, 이젠 내가 할머니를 키워야 할 거 같아."

"내가 모자 벗어서 가방에 넣어두라고 그랬잖아."

제 모자도 날린 주제에 보라는 화를 풀풀 냈지만 보트에 오르기 전에 맹세코 보라가 그런 말을 한 기억은 없다. 보트를 타기 전에 우리는 모두 모양이 제각각인 모자를 하나씩 쓰고 있었다. 보트가 기슭에 닿았을 땐 모자를 쓰고 있는 사람은 하나도 없었다. 내장까지 까슬까슬하게 말려줄 듯한 바람의 손가락이 모자를 벗겨갔고 여름 강이 소리 없이 모자들을 삼켰다. 강은 맨유의 로고가 새겨진 캡을 쓰고 있었고, 진상은 아이비리그 모자를 쓰고 있었다. 보라는 꽃까지 달린 챙 넓은

밀짚모자를 쓰고 와서 우우 하는 야유까지 받았다. 이봉구가 왜 널 좋아하는지 알겠다, 그런 놀림에도 굴하지 않고 쓰고 온 모자였다. 내 것은 챙이 느슨한 사파리모자였다. 남의 모자가 하나씩 날아가 버릴 때마다 우린 미친 듯이 함성을 질러댔다. 우린 모두 바람에 시달려 떡진 머리를 하고 보트에서 내렸다. 장마가 막 끝난 후의 강물이 기슭으로 기어오를 기세로 넘실거렸다.

강은 여기 오느라 알바 세 개를 제꼈다고 우겼지만, 적어도 주차정리는 지난주에 그만두었다는 걸 알고 있다. 진상은 딱 하루만 바람 쐬러 가자고 꼬시자 기다렸다는 듯 따라나섰다. 강도, 보라도, 진상도 다른 일행이 있다는 걸 모르고 왔지만, 셋은 금세 친해졌다. 아이구, 못난 것들은 서로 얼굴만 봐도 즐겁다더니. 강과 진상은 둘이서 얘기할 땐 심한 사투리를 썼다. 니 이렇게 땡땡이쳐도 되나? 보험사에서 암행돌 낀데. 강이 묻자 진상이 태평스럽게 눈을 껌벅였다. 어제 담당 아저씨 왔다 갔거든예. 고마 오늘은 안 올 끼라고 믿을랍니더. 너, 처음 아니지? 돈 떨어지면 한 번씩 뛰어드는 거 전문이지? 아까 보니 나보다 더 잘 건던데? 에이 형, 그건 아이라예.

강변의 느티나무 아래 자리를 펼쳐놓고 늦은 점심을 먹었다. 김밥과 참치샌드위치를 차리고 과일도 꺼내놓았다. 모두들 입에 뭘 잔뜩 밀어 넣고도 잘도 떠들어댔다. 풀밭 위의 식사네. 그게 누구 그림이더라. 학교 다닐 때도 늘 헷갈렸는데. 마네 아니면 모네지 뭐. 이름도 참 이상하게 지었지예? 네 이름도 만만찮아. 근데 김밥 맛이 이상하지 않니? 난 모르겠는데예? 새벽에 일어나서 싸온 거야. 아무 말 말고 먹어. 진상이 김밥을 가만히 들여다보더니 말했다. 단무지가 없어예. 어쩐지 뭔가 허전하더라니. 나만 빼고 다들 에이 하고는 나무젓가락을 집어던졌다. 새벽에 잠 안 자고 싸온 거니 암말 말고 먹어. 난 그래도 하은이표 김밥이 세상에서 제일 맛있더라. 강이 말하자 보라가 놀렸다. 골뱅이 창자, 뒤끝 구만리가 어쩐 일이니? 강이 느끼한 목소리로 말했다. 하은아, 내가 너 아닌 다른 사람한테 삐치는 거 봤냐? 단무지 없는 김밥은 목을 메게 한다고, 농담을 하려다 말았다. 진짜로 코가 시큰했기 때문이다. 이렇게 소란스럽게 이별을 기념하고 싶었다고, 그래서 이 번잡한 유원지로 온 거라는 말도 삼킨다.

유원지의 끝에서 아득한 비명소리가 들려왔다. 번지점프를 하는 사람들이 내지르는 비명소리와 바라보는 사람들의 함성이 뒤섞인다. 진상이 꼭 한번 해보고 싶다고 했다가 보라의 구박을 받았다. 너 지금 교통사고 환자거든?

4시가 넘어서자 햇살은 꽃잎을 오므리듯 접혀갔다. 새벽부터 일어나 도시락 싸느라 난리를 친 나는 가방을 베고 누웠다. 초록 이파리 사이로 보이는 하늘빛이라니. 눈을 감자 만화경에 눈을 댄 듯 검은색 화면에 색색의 조각들이 흩어진다. 박은 오늘 중국으로 갔다. 그 뒤로도 박은 중국 가자는 말을 한 번 더 했다. 나는 웃으며 거절했다. 음악을 듣고 있는 진상의 귀에서 이어폰 하나를 빼 제 귀에 꽂은 보라가 얼굴을 찌푸리며 도로 빼냈다. 너, 이렇게 볼륨 높여서 들으니 사고가 나지. 진상이 화를 버럭 냈다. 그때는 안 듣고 있었거든예?

강이 내 손을 잡았다. 저기 가보자. 밑에서 구경만 하겠다더니 강은 내 손목을 잡고 계단을 오르기 시작했다. 난, 바이킹도 못 타. 올라만 가보자. 번지점프대는 아래서 올려다보는 것과 달랐다. 한 줌 던진 동전처럼 흩어져 있는 사람들을 보자 다리가 후들거렸다. 철골 구조가 서서히 기울어지는 느낌이 들었다. 뒤돌아서서 도망치는데 강이 팔목을 잡아당겼다. 난 심장이 약해. 강이 내 눈을 들여다보며 말했다. 은아. 우리가 우리였던 순간이 얼마나 될까. 나는 달아나기를 포기했다. 살다 보면 죽기를 각오해야 하는 순간도 오는 거겠지.

바람이 세차게 불었다. 눈을 꾹 감았다 떴다. 안전요원이 강의 허리에 내 팔을 둘렀다. 강의 팔이 내 등을 감싸 안는다. 무릎과 무릎, 가슴과 가슴이 맞닿는다. 얇은 티셔츠 아래로 섬세한 근육이 느껴진다. 청년이 마지막으로 벨트를 점검하고는 뒤로 물러난다. 카운트다운이 시작되었다. 심장이 몸 밖으로 튀어나올 듯 툭툭 뛴다. 그 박동이 강의 것인지 내 것인지 알 수 없다.

…… 넷, 셋, 둘.

두렵지 않아.

하나.

순간 몸이 허공 쪽으로 솟구친다. 발판이 사라지자 몸이 사라진다. 세상도 지워진다. 녹아내리는 시간이 끈적하게 몸을 감쌌다. 강과 나, 두 개의 심장만이 남는다. 발목을 묶은 끈이 중력에 저항하며 온몸을 잡아채기 전, 나는 강의 등을 더 세게 끌어안았다. 잔뜩 찌푸린 얼굴이겠지만 우린 똑같은 표정을 하고 있을 거라고, 똑같은 걸 느끼고 있는 거라고 말하는 대신.

딥 블루 블랙

권지예

겨울 바다에서 바람이 곡(哭)하는 소리가 들린다. 그러나 창밖으로 보이는 바다는 비단결처럼 평온하고 화사해 보인다. 갈매기만 오락가락하지 않는다면 마치 한 장의 사진처럼 고요한 겨울 바다다. 귀신 울음 같은 음산한 바람소리만 울음의 꼬리를 길게 끌며 배회하고 있다.

현은 모텔에 입실한 지 한 시간이 지나도록 외투도 벗지 않은 채 망연히 바다만 바라보고 있다. 외투 주머니에는 열쇠보다 작은 USB가 들어 있다. 그는 그것을 그녀가 남긴 유골조각인 양 만지작거리고 있다.

오후에 헤어진 젊은 남자는 자신을 유조선 블루마린 호의 2항사라고 소개했다. 복무규정상 하선을 하지 못해 현을 배로 불러들인 것에 대해 미안해했다. 그는 배를 탄 지 5개월 만에 육지에 내리지도 못한 채 엔진 점검과 오일 공급을 받은 후 이틀 만에 다시 또 출항해야 한다고 했다. 통선(通船)을 타고 다다른 28만 톤급 유조선은 거대한 성채처럼 보였다. 워낙 거대한 배라 항구에 접안하는 것이 힘들어 해상에 정박해야 한다고 했다. 통선을 함께 타고 왔던 몇몇 사람들은 선원들의 가족이라고 했다. 10층 아파트 높이의 유조선에 오르기 위해 내려온 철제 사다리는 아무리 작은 배가 근접한다 해도 간격이 생겼다. 흔들리는 통선에서 가장 가까이 다가간 순간을 포착해서 사다리로 뛰어올라야 했다. 발이라도 잘못 헛디디면 바로 바다로 빠지게 생겼다. 겁이 많은 그녀도 이렇게 승선을 했을까.

블루마린 호에서 만난 2항사는 아주 앳되어 보였다. 이제 스물 중반이나 되었을까. 해사한 얼굴에 결이 좋은 긴 머리가 보기 좋았다. 그가 현을 보자 애매한 표정을 지었다.

"뭐라 드릴 말씀이 없네요. 그 일이 있고 난 한참 후에 이게 생각났어요."

그가 건네준 것은 USB 메모리칩이었다.

"제가 시 습작을 하거든요. 그래서 한 작가님이 한번 봐주겠다고 하셨어요. 그날 제 방에서 작가님 USB에 제 시 파일들을 담아드리고, 함께 얘길 나누다 가셨는데 나중에 보니까 USB를 책상에 놓고 가셨더라고요. 갖다드려야지 하다가 잊어버리고 있었는데 다음날 갑자기 그 일이 터진 거예요. 정신이 없었죠 뭐. 참 이상하게도 한참 동안 이 작은 물건은 제 뇌리에서 사라졌어요. 그런데 얼마 전에 말레이 반도 근처에서 책상 서랍 속에 든 이 물건이 눈에 들어왔어요. 호기심에 열어봤더니 제게 짤막한 당부를 남기셨더군요. 거기에 선생님 핸드폰 번호가 적혀 있었죠. 귀항하면 선생님께 전화를 드리고 이걸 전해드리라고요. 그걸 읽는 순간, 머리가 멍해졌어요."

2항사는 현에게 물건을 전해주면서 주위를 한번 휘둘러보았다.

"아마 한 작가님은 자신이 그렇게 될 줄 미리 알았나 봐요. 그러니까 미리 이렇게……"

그의 얼굴에는 모종의 확신이 배어 나왔다. 그러다가 불안한 얼굴이 되었다.

"이미 모든 게 다 처리된 줄로 압니다. 이 물건이 다시 문제를 일으키는 건 아니겠죠? 저로서도 그런 건 정말 원치 않으니까요. 바다로 던져버릴까 하다가 한 작가님이 저를 통해 마지막 당부를 한 거라 생각하니 양심상 그럴 수 없었어요. 건드리지 않고 그대로 갖고 왔어요. 제게 왜 이걸 남겨놓으셨는지…… 저도 너무 힘들었답니다."

뱃사람답지 않게 희고 여린 그의 얼굴이 잠깐 붉어졌다. 현은 그가 안쓰러운 생각이 들어 아무 말 없이 그의 어깨를 토닥여주었다. 잠시 후, 그가 입술을 꽉 깨물며 말했다.

"한 작가님…… 배에서는 그렇게 행복하고 즐거워 보이셨는데…… 정말 이해할 수 없는 일이었어요. 제가 만약 이걸 좀 더 일찍 봤다면 무언가 달라졌을까요…… 한동안 그 생각 때문에 괴로웠습니다."

현은 유조선에서 내려와 다시 통선을 타고 항구로 돌아왔다. 항구에서 택시를 타고 터미널로 향하다가 해수욕장 근처를 지나게 되었다. 예전에 그녀와 한 번인가 왔었던 해수욕장이었다. 이대로 서울로는 도저히 돌아갈 수 없는 기분이었다. 그녀가 사라졌단다…… 망망대해에서…… 막막한 느낌이있다. 해수욕장 입구에서 택시를 내린 그는 해변에서 가장 가까운 모텔에 방을 잡았다. 겨울 해수욕장은 적막했다. 모텔방 안에는 인터넷이 설치된 PC가 있었다. 그는 컴퓨터를 노려보았다. 식은땀을 흘리며 주머니 속의 작은 열쇠 같은 물건을 만지작거리고 있다. 이 작은 물건을 열쇠처럼 PC에 꽂으면 무언가 그녀의 내면의 비밀이 열릴 것이다. 통유리창 바깥은 석양이 마지막 잔광을 뿌리는 시각. 바다가 사양(斜陽)을 받아 몽환적으로 환하다. 몇 쌍의 연인들이 사진을 찍는 모습이 눈에 들어온다. 주로 여자를 세워놓고 남자가 사진을 찍는다. 모든 이미지가 느릿느릿 흐르고 있는 느낌이다. 파도도 천천히 밀려오고 있는 것 같다.

현은 결심한 듯 컴퓨터에 USB를 꽂는다. 모니터에는 다섯 개의 파일이 나타난다. 급한 마음에 '현에게'라는 파일을 열었다. 그러나 잠겨 있다. 암호를 눌러야 문서의 내용이 열리게 되어 있다. 그녀는 이 문서를 비밀리에 전하고 싶었나 보다. 그러나 비밀번호를 모르니 난감해졌다. '항해일지' 역시 잠겨 있었다. '바다사진'을 여니 그녀가 찍은 디지털 이미지가 저장되어 있었다. 시시각각 찍은 바다의 모습과 하늘의 모습, 일몰과 일출, 갑판에 가지런히 뻗은 초록색 파이프라인이 청죽(青竹)처럼 보이는 유조선의 모습, 낯모르는 선원들과 일행들, 간간이 그녀의 독사진들이 나왔다. 바람결에 머리칼을 흩날리며 웃고 있는 그녀의 모습들이 너무 생생하게 느껴져서 그만 파일을 닫아버렸다. 남아 있는 것은 '2항사님께'와 '습작시'라는 파일이다. 그중 '습작시'라는 파일을 열었다. 스무 편 정도의 시가 나왔다. 아마도 2항사의 시들을 복사해놓은 파일인 것 같다. 마지막으로 '2항사님께'라는 파일을 열었다.

"2항사님께.

3주 가까운 항해 동안 2항사님을 알게 되어 정말 행복했어요. 순수하고 젊은 저의 예전 모습을 보는 것 같았어요. 그동안 우리가 시에 대해, 문학에 대해 나누었던 이야기들은 어디로 갈까요? 별이 될까요? 아니면 항사님의 가슴에 꽃씨가 될까요? 바다의 품에서 멋진 시를 꿈꾸고 다듬는 항사님의 모습 잊지 못할 거예요. 2항사님의 시들은, 제가 뭐라고 평할 주제가 되나요, 뭐. 제가 봐드린다고 해놓고 약속을 못 지킬지도 모르겠어요. 아마도 안 봐도 멋진 시들일 거라 생각해요. 저는 알아요. 그러니 멋진 시인이 되어주세요.

참 그리고 부탁이 하나 있는데 들어주실래요? 혹시 이 USB를 한국으로 귀항하게 될 때, 아마 두 달 후에나 귀항 예정이라 그러셨던 거 같은데요, 암튼 제가 이걸 잊었을 경우, 또는 어떤 문제가 생길 경우(하나의 은유로 받아주세요. 사람의 앞일은 알 수 없잖아요. 특히 이런 망망대해에서는……), 이걸 아래의 사람에게 좀 전해주세요. 꼭 그 사람에게 전해주세요. 이름과 연락처를 아래에 적어둡니다……"

그녀는 2항사의 습작시를 옮겨 받기 전에 이미 2항사에게 글을 남겨 앞일을 부탁했던 것이다. 2항사의 방에다 자신의 USB를 놔두고 간 것은 실수나 건망증이 아니었을 것이다. 그녀가 배에서 사라졌던 것은 다음날 밤이었다고 한다.

그런데 이미 헤어진 지 5년이 넘은 현에게 그녀는 무엇을 남기고 싶었던 것일까. 일주일 전에 현은 남지나해의 선상으로부터 한 통의 위성전화를 받았다. 앳된 목소리의 남자는 좀 떨리는 음성으로 그녀가 한 날 선에 아라비아 해상에서 실종된 사실을 아느냐고 물었다. 현은 처음 듣는 사실이었다. 자신이 그녀의 유품을 전해줄 의무를 방금 깨달았으며, 일주일 후에 잠깐 한국에 배가 기항(寄港)할 때 해상에서라도 만나 그걸 전해주면 좋겠다고 말했다. 현은 머릿속이 혼란스런 와중에도 약속을 잡았다.

그 전화를 받고는 곧 인터넷을 뒤져보았다. 그녀의 기사는 몇몇 신문에서 다루었다. 마침 그가 미국에 보름 동안 출장 가 있던 시점이었다. 그녀는 두 달 전에 우리나라 최대의 상선회사에서 작가들에게 지원하는 대양체험 프로그램에 참가하느라 유조선을 탔다. 페르시아 만까지 원유를 사러 가는 유조선에 승선하여 3주 가까이 항해한 후, 아랍에미리트연방의 코르파칸 항에서 내릴 예정이었다고 한다. 거기서 사막의 도시들을 거쳐 두바이에서 일행들과 비행기로 귀국을 하는 여정이었다. 그런데 코르파칸 하선을 하루 앞두고 아라비아 해에서 그녀는 홀연 사라졌다고 한다. 그게 이미 한 달도 넘었다. 자살과 실족사의 가능성을 열어두고 있었지만, 어떤 의혹도 쉽게 풀리지 않는다고 했다. 결국 실족사로 결론이 난 것으로 더 이상 기사화되지 않았다. 그녀는 몇 권의 소설책이 출간된 장래가 촉망되는 실력 있는 젊은 작가이긴 했지만, 그녀의 실종이 몇 달간 화제를 뿌릴 정도로 유명한 작가는 아니었다.

그리고 약속대로 오늘 앳된 목소리의 남자를 만나 그녀의 유품인 USB를 전해 받은 것이다. 그러나 지금 그녀가 그에게 남긴 메시지는 〈알리바바와 40인의 도적〉에서처럼 암호를 풀어야 한다. 열려라 참깨든 뭐든, 마법의 주문을 걸어야 한다. 아라비아 해에서 사라졌다는 그녀나 그의 손에 들어온 암호를 알 수 없는 이 작은 물건이나, 그는 도무지 현실로 느껴지지가 않았다. '항해일지'와 '현에게'를 열어보려 하니 더욱더 아득했다. '항해일지'는 일기의 성격이 강할 것이다. 어쩌면 그녀가 사라진 이유를 알 수 있을 것이다.

해변에서 바람이 곡하는 소리가 멈췄나 했더니 간혹 폭죽소리가 터져 나왔다. 해변에는 이제 어스름하게 저녁 어네가 스며들고 있다. 그런데 폭죽처럼 무언가 머릿속에서 번쩍하는 생각이 떠올랐다. 그녀가 굳이 이 문서를 그에게 은밀하게 전하고 싶었다면, 그가 풀어낼 수 있는 비밀번호를 걸어두었을 것이다. 갑자기 그런 확신이 들었다. 크리스마스이브였던 그녀의 생일이 떠올랐다. '항해일지' 파일의 암호란에 그녀의 생일을 넣어보았다. 그러나 문서는 열리지 않았다. 그는 담배에 불을 붙여 물고는 창밖을 바라보았다. 이미 하늘과 바다의 경계는 없어지고 연달아 터지는 폭죽소리와 유성처럼 떨어지는 불꽃이 보였다. 그 순간 그녀와 처음 만났던 봄날이 떠올랐다. 둘은 그날을 기념일로 삼아 이벤트를 만들곤 했었다. 언젠가 그녀가 그날을 이메일의 패스워드로 쓴다고 말했던 것도 생각났다. 날짜를 적어넣었으나 열리지 않았다. 이번에는 연도까지 넣어보았다. 아, 현은 저도 모르게 탄성을 터뜨렸다. 마법처럼 문서가 열렸다.

* * *

2008. 12. 2. 화. 맑음

새벽 동틀 무렵, 드디어 유조선에 올랐다. 아! 거대한 푸른 공룡 같다. 여기저기 설치된 파이프들이 뼈처럼 보였다. 선원의 안내를 받아 데크 쪽으로 들어가려는데 캡틴이 나와 우리 일행을 맞아주었다. 체구는 작지만 눈빛이 보통이 아닌 사내다. 식당에서 아침식사를 마치고 몇 가지 안전교육을 받고 드디어 출항! 가족과 친구들에게 전화했다. 아직까지 영해(領海)상이라 핸드폰이 잘 터졌다.

점심식사 후 태안에서 윤활유를 공급받기 위해 유조선은 정박해야 한다. 캡틴이 브리지에 가서 닻을 내리는 걸 구경하라고 한다. 카메라를 들고 갔다. 브리지란 당직 항해사들의 사무실이며 배의 관제탑이라 할 수 있다. 갑판 후미에 위치한 높은 브리지에서 내려다보면 각종 파이프가 있는 유조선의 갑판과 선수(船首)가 한눈에 보인다. 사무실 안엔 '견시철저(見視徹底)'라는 표어가 붙어 있었다. 항해사들이 하루에 두 번, 네 시간씩 당직을 서는데 지금 시간은 2항사가 당직을 선다고 했다. 긴 머리에 얼굴이 희고 골격이 섬세한 남자가 베이지색 제복을 입고 있다. 그런데 갑자기 나이 든 남자 두 사람이 브리지로 들어왔다. 캡틴이 반갑게 악수했다.

그 사람들은 파일로트(pilot, 導船士)라는 신분의 사람들이며, 파일로트 선을 타고 와서 이처럼 큰 배가 안전하게 정박하는 것을 관장한다. 육지 식으로 말하면, 차를 잘 빼거나 대주는 주차 전문요원 같은 사람이랄까. 그러나 우습게 볼 게 아니라 한다. 베테랑 선장 출신도 많은 이 직종은 연봉도 수억대라 한다. 은퇴 후 경험을 살려 할 수 있는 고도의 전문직이라는데 시험이 무척 어렵다 한다. 망원렌즈로 보니 선수(船首) 쪽에는 오렌지색 작업복을 입은 몇몇 갑판원들이 닻에 연결된 체인을 잡고 명령을 기다리고 있다. 체인이 어마어마하게 굵다. 닻의 무게만도 27톤이라고 한다. 파일로트가 정박할 유조선의 속도와 방향을 명령하기 시작했다. 데쓸로우 데쓸로우 데쓸로우…… 그 명령에 따라 2항사가 텔레그라프 조종간을 잡고 조종하고 있다. 그동안 카리스마를 보이며 지시를 내리던 캡틴도 슬슬 우리 일행 쪽으로 왔다. 데쓸로우가 뭐죠? 내가 묻자 선장이 딱딱한 영어로 간단히 대답했다. 데드 슬로우 어헤드(dead slow ahead). 최저속으로 엔진을 다운시켜 앞으로 가란 뜻이죠. 나는 입속으로 되뇌어보았다. 데드 슬로우 어헤드. 죽을 만큼 천천히? 죽은 듯 천천히? 죽을 만큼 천천히 가면 어디에 닿을까. 배는 움직이는 것 같지 않았다. 그러나 자세히 보니 숨이 아직 멎지 않은 듯 가늘게 흔들리고 있었다. 운명의 시간을 다 산 자의 마지막 숨결이 이렇게 천천히 흐르다 멈추는 걸까. 드디어 배가 멈추었다.

5시 30분경, 윤활유 공급을 위해 잠시 정박했던 배가 다시 닻을 올리고 출항 준비를 서둘렀다. 파일로트가 항로를 방해하는 주변의 작은 배들에게 경고 통신을 보내어 우리 배를 피하게 한다. 멸치가 다치지 않으려면 고래 옆을 피해가야겠지. 파일로트는 한동안 우리 배를 이리저리 조종하게 하여 안전하게 항로를 잡아주었다. 그리고 그들은 갑판으로 내려가서 아슬아슬하게 대고 있는, 이 배에 비하면 일엽편주(一葉片舟) 같은 파일로트 선으로 줄사다리를 타고 타잔처럼 훌쩍 뛰어 내려갔다. 늙수그레한 남자들의, 묘기에 가까운 착지였다. 그걸 보던 나는 오금이 저렸다. 새벽에 타고 온 흔들리는 종선(從船)에서 유조선으로부터 내려온 높은 사다리로 첫 발을 올릴 때 얼마나 두려웠던가. 밑은 바닥을 알 수 없는 시커먼 바다였다. 그 순간, 죽음은 바로 한 치 아래에서 입을 딱 벌리고 있었다.

배는 제 속도를 찾아 안정감 있게 운행하고 있다. 일몰이 장관이었다. 태안 바다에 떠 있는 섬들이 점점이 멀어진다. 붉고 단단해 보이는 해가 신도라는 섬 뒤로 서서히 숨었다. 그 뒤로 번지는 노을이 곱다. 마스트에 불이 켜졌다. 뱃고동이 먼 바다로 울려 퍼졌다. 아아, 드디어 떠나는구나. 일몰의 멋진 풍경을 망원카메라에 담았다.

사진을 찍는 내 옆으로 와서 캡틴이 이것저것 설명을 해준다. 어둠이 내리니 부표에 붉은 등과 녹색 등이 켜진다. 배의 항로 표시란다. 배는 홍등과 녹등 사이로 나가야 한다. 우리 배는 태안에서 홍도 흑산도 방면으로 간다고 한다. 그리고 대만과 일본 사이의 센카주 열도를 지난다 한다. 그러고 나면 날씨가 더워진다고 한다.

보통 배의 왼쪽은 항구에 대느라 포트라 부르고, 오른쪽은 별을 볼 수 있는 곳이라 해서 스타보드라고 한단다. 일몰 후의 바다는 서서히 어둠에 잠겼다. 해가 지는 동시에 동쪽에서 초사흗달이 떠올랐다. 그 옆에 별 두 개가 나란히 따라나왔는데 엄마별과 아기별처럼 보였다. 그중 밝은 큰 별은 무얼까? 누군가 개밥바라기별이라 했다.

저녁식사 후 선장이 일행들을 불러 환영의 의미로 기관장과 함께 술을 냈다.

2008. 12. 3. 수. 맑음

항해는 순조롭다. 아침에 7시에 일어났지만 혼자 아침 먹으러 가는 게 쑥스러워 브리지에 들렀다. 해는 어느새 떠서 바다 위에 둥실 떠올라 있다. 육지를 떠나 물 위에 떠 있은 지 만 하루가 지났다. 3항사가 있기에 작가들 방의 인터폰 번호를 적어달라고 했다. 내 방은 늘 비상근무를 서는 브리지 옆방이라 안전하다. 미모 때문에 배에서 폭동이 일어나면 어떡하느냐던 남편의 농담이 떠올라 혼자 웃었다. 원래 군대와 배에서는 꼬부랑 할머니도 예뻐 보이는 법이란다. 오십대인 선장과 기관장을 제외하고는, 해양대학을 졸업한 사관급의 선원들은 거의 이십대다. 한창 혈기왕성한 남자들이다. 예전부터 배는 금녀구역이다. 이 배에는 서른 명가량의 남자들과 두 명의 여자가 타고 있다. 나와 P 선배. 그래서일까. 선원들의 분위기가 좀 묘해진 거 같다고 선장은 말했다. 요즘엔 여자 항해사도 배출된다고 하니 그 금기는 깨졌지만, 나와 선배 여성작가인 P를 바라보는 선원들은 어색한 표정을 지었다.

브리지에서 커피 한 잔을 타 마시며 담배 한 대를 피웠다. 남성작가인 N과 J는 어젯밤 늦게까지 술을 마시더니 아직 자고 있나 보다. 유조선에는 제약이 많다. 폭발 방지를 위해 담배는 몇 군데를 제외하고는 엄격히 금지되어 있다. 카메라 플래시 사용과 핸드폰 사용도 제한되고 있다. 방에 돌아와 머리를 감고 샤워하고 P 선배 방에 가서 드라이를 빌려왔다. 이미 제주도는 지나 있는지 핸드폰도 터지지 않았다.

점심식사 후에는 수항사와 1기사에게 사인한 내 책을 선물로 주었다. 쿡과 조리보조사인 연변 소년 장에게도 한 권씩 주었다. 갑판 위에서 산책을 하고 싶어도 허락받고 나가는 게 신경 쓰여서 참았다. 일행인 우리 네 작가들은 심심한 나머지 운동실에 가서 탁구를 쳤다.

저녁식사 후에는 P 선배 방에 모여서 맥주와 소주 파티를 열었다.

2008. 12. 4. 목. 맑음

오전 7시. 배는 대만을 향해 가고 있다. 오키나와와 대만 사이의 동지나해. 바다색이 잉크빛이다. 뭐라 설명할까. 푸른색과 검은색의 중간? 검푸른? 푸른색이 너무 깊어 검푸른 어둠 같은 딥 블루 블랙…… 방에서 노트북의 소설 원고를 읽어보고 있는데 갑자기 휘익, 멀미가 느껴지고 기분이 안 좋아진다. 난 원래 버스에서도 기차에서도 책을 못 보는데…… 흔들리는 배에서 노트북 모니터의 글자를 보니 더욱 그런가 보다. 배의 롤링이 더 심해진 거 같다.

11시경 바닷바람이라도 쐴 겸 브리지로 가니 N도 멀미가 나는지 윙 브리지로 나가 대자로 누워 있다. 고개를 숙여 배 밑을 내려다보니 파도와 흰 포말이 어지럽게 부서지고 있다. 속도감 때문에 더 멀미가 났다. 나는 배의 진행 순방향인 선수를 향하여 바닥에 앉아 하늘을 바라보았다. 하늘은 바닷물과 달리 움직이지 않았다. 그러고 한참 있으니 멀미가 진정이 되었다. 철판 바닥에 아예 드러누웠다. 날씨는 환상적으로 쾌청했다. 구름이 스스로 그림을 그려놓은 하늘은 기가 막혔다. 배에서 누워 하늘을 보니 둥근 돔의 천장화를 보는 기분이 든다.

오늘부터 한 이틀 바다가 잠잠하지 않을 거라 한다. 걱정이다. 멀미가 느껴지니 그만 배를 내리고 싶어진다. 후회가 되기도 한다. 그러나 이미 육지는 멀어졌다. 망망한 태평양에서 보이는 건 푸른 하늘과 푸른 바다뿐이다. 아무것도 없다. 갈매기조차도. 이렇게 넓은 곳에 있으니 내가 살았던 땅의 일상이 정말 아무것도 아닌 것처럼 느껴진다. 무엇 때문에 그 좁은 곳에서 아등바등했을까.

1시에 소방훈련과 퇴선훈련을 받았다. 비상시 잠수복과 구명조끼 등을 입는 훈련인데, 착용이 쉽지 않았다. 내게는 모두 컸다. 훈련을 마치고 34인승 구명보트에 타보니 덜컥 겁이 났다. 미사일처럼 생긴 구명보트는 그야말로 바다에서는 추풍낙엽이라 한다. 성질 급한 사람은 구조되기 전에 보트 안에서 죽을 수 있을 만큼 내부는 좁고 열악했다. 이미 구명보트를 타야 하는 상황이라면 거의 목숨을 포기해야 할 상태라고 한다.

2시에 이왕 작업복, 작업모, 작업화를 신은 김에 기관장의 설명과 진두지휘 아래 기관실 견학을 했다. 지하 네 개 층을 총망라한 거대한 지하세계이다. 7기통의 엔진과 실린더, 이름을 알 수 없는 밸브들, 파이프들, 기기들…… 실리콘으로 귀를 막아도 머리가 아픈 소음과 고열로 가득한 하데스의 왕국 같은 이곳에서 기름때에 전 작업복을 걸친 기사들이 일을 하고 있다. 무엇보다 이 배를 움직이는 건 이런 기계들일 것이다. 어쩌면 위의 브리지에서 배를 조종하는 것보다 더 위대해 보인다. 브리지가 브레인이라면 갑판 아래의 이런 것은 이 배의 내장이 아닐까. 흥미로운 것은 이 배에서는 모든 동력과 물을 자급자족한다는 것이다. 보일러를 돌려 난방은 물론 바닷물로 물을 만들어 쓰는 것이 너무도 신기했다. 물 만드는 기계로 끓였다 냉각시키는 과정을 거치면 신기하게도 생수가 기계에서 퐁퐁퐁, 샘솟았다. 이 배가 표류한다면 이 안에서 얼마나 살 수 있을까. 적어도 물을 만들어 마실 수 있는 한은 목숨이 붙어 있겠지.

오늘 저녁엔 21시를 기해 20시로 시간이 변경된다고 한다. 한 시간 후진하니 밤이 한 시간 더 길어진다. 술을 좋아하는 J 선배는 밤도 길고 멀미도 다스리려면 일찍 자기 방에 모여서 맥주나 한 캔씩 하자고 했다.

2008. 12. 5. 금. 흐림

6시 30분에 눈뜸. 롤링이 심하다.

브리지로 가니 3항사가 근무. 대만 동쪽을 지나는 중이라 한다. 기온과 기압이 낮고 이 부근이 파도가 좀 치는 곳이라 롤링이 제법 심하다고 한다. 오늘은 하루 종일 이럴 거 같다.

그래도 멀미를 극복해보려고 처음으로 아침을 먹으러 갔다. 어젯밤에 멀미약을 얻었으나 먹지 않았다. 식사 후 글자를 보는 게 두려워 침대에 누워 지냈다. 캡틴 왈, 멀미 날 때는 침대에 대각선으로 누워라! 대각선으로 누워 다시 잠이 들었다.

꿈을 꾸었다. 배에서는 참 다양한 꿈을 꾸게 된다. 이번 꿈은 무슨 퍼포먼스 같은 꿈이다. 나는 바다에서 물 위를 경쾌하게 발레를 하듯 걸었다. 마치 푸른색 거울 위를 걷는 것 같았다. 나는 이게 정말 바다일까, 의심스러워 들여다보았다. 푸른 거울이 흐물거리며 녹더니 자잘한 파도가 일었다. 금세 목까지 물이 찼다. 그런데 바닷물을 보니 투명한 물이 아니라 짙은 청색의 페인트였다. 딥 블루 블랙. 다시 들여다보니 짙은 청색의 심연이 블랙홀처럼 나를 잡아끌었다. 두려움 때문에 온몸에 푸른 페인트를 묻힌 채 바다에서 솟구쳐 나왔다. 그런 내가 이상했다. 그때 내 몸이 인간이 아니라 새라는 걸 깨달았다. 무척 큰 새. 알바트로스인 걸까. 팔을 펼치니 날개가 되었다. 그리고 몸이 가볍게 떠올랐다. 내 날개가 바다처럼 푸른색이었다. 하늘을 날고 있는 나의 궤적을 뒤돌아보았다. 배의 선미가 만들어내는 항적(航跡)처럼 연푸른 길이 내 뒤를 따라왔다.

점심식사 후에 탁구를 치니 오히려 덜 어지러웠다. 땀을 식힐 겸 스타보드 뒤편 갑판으로 나갔다. 이곳은 브리지 밑이라 감시의 사각지대다. 바람이 너무 세다. 갑판에 서니 몸이 휘청거린다. 바람에 날아갈 수도 있겠다. 난간을 꼭 잡고 바닷물을 내려다본다. 배는 필리핀 군도를 향해 가고 있다 한다. 유조선이 바다를 가르고 나가면서 파헤쳐진 파도와 포말이 짙푸른 사파이어 결정처럼 부서진다. 아니 옥을 깨면 저럴까? 푸른 유리처럼 깨지고 부서지는 파도. 위에서 보니 하늘에서 비행기 타고 내려다보는 산맥과 강의 모습처럼 포말의 결과 맥이 보인다. 배의 요동 때문일까, 파도의 너울 때문일까. 어질어질 바다로 빨려들 것 같다. 죽을 수 있을까. 심연을 들여다보니 바다의 유혹과 몸의 저항이 동시에 느껴진다. 대신 나는 손가방에서 제법 두툼한 흰 봉지를 꺼내 심연을 향해 던져버린다. 그것은 바다로 빨려 들어가 각설탕처럼 흔적 없이 녹아버렸다.

저녁 식탁에서 선장은 바람을 피하기 위해 기수를 살짝 돌려서 간다고 말했다. 저녁 8시부터는 선장실에서 작가들 승선 환영파티가 열렸다. 선장과 기관장, 수항사와 1기사 그리고 우리 일행인 작가 네 사람이 배의 본드에서 가져온 발렌타인 21년산, 조니워커 스윙 세 병을 비우고 A 데크의 노래방에 가서 새벽 2시까지 놀았다. 배에 여자가 둘이 끼니 술자리 분위기가 광란의 밤이 될 거 같다고 누군가가 낄낄대며 농담했다. 화장실 가는 척하며 방으로 돌아왔다. 잠은 오지 않았으나 다시 내려가지 않았다.

2008. 12. 6. 토. 맑음

8:20 – 눈뜸.

어제 과음한 거 치곤 일찍 일어났다. 의외로 속도 깨끗하다. 배는 필리핀 해상. 수심 1800~2000미터. 자숙 문어회와 조개회, 참치회로 점심식사를 한 후, 한 시간 낮잠. 러닝머신으로 30분 달리고 브리지에 가서 바다를 보았다. 아무 일도 일어나지 않는 바다. 벌써 일상이 되었는가. 윙브리지에 나가 선미에 파도가 부서지는 것을 보았다. 파도가 치면 블루사파이어 같은 바다가 깨지면서 흰 포말이 대리석 무늬로 퍼져 나가는 게 신기하다. 바닷물이 마블 모양이 된다. 누군가 머그잔을 내민다. 2항사가 커피를 만들어왔다.

"그렇게 오래 쳐다보면 지루하지 않으세요?"

"전혀요. 자세히 보면 시시각각, 똑같은 순간이 단 한순간도 없어요. 저 마블 좀 보세요. 꽃등심 같아. 푸른 꽃등심."

"꽃등심요? 역시 작가님 눈이시라……"

"2항사님은 지루해요?"

"지루하지 않으려고 노력해요. 여기는 제 일터고 늘 보니까 바다가 낭만적이진 않아요. 오히려 괴팍한 상사 같죠, 바다는."

"괴팍한 상사라. 표현이 재밌네요."

J 선배의 말을 들으니 2항사는 아마추어 시인이라고 한다. 그래서 일까. 우리 작가들을 선망의 눈초리로 보는 듯하다. 그는 방년 26세. 나보다 열 살이나 어리다. 5개월째 배를 타고 있다고 했다. 그동안 머리칼을 한 번도 자르지 않아서 뒷모습을 보면 자칫 여자인 줄 오해를

할 수도 있겠다. 해양대학을 졸업하고 배를 타면 병역 면제도 받는다. 월급도 연봉 5,000이 넘는다고 한다. 요즘 같은 불황에 군대 면제에 연봉도 높아 좋겠다고 하니, 여자친구가 없다고 어깨를 으쓱, 한다. 여자를 진득하게 만날 시간이 안 되고 몇 달씩 바다에 나가 있으니 붙어 있을 여자가 어디 있냐고 했다. 대학 때부터 오래 만난 여자가 있었지만, 헤어졌다고 한다. 그리고 아직도 잘 잊지 못하겠다고 한다. 자정부터 새벽 4시까지 당직을 설 때면, 검은 바다 위로 달 대신 그녀의 얼굴이 뜬다고 한다. 그 시간이 제일 많이 시를 끄적이게 되는 때라고……

활달한 P 선배가 오늘 밤은 영계들인 주니어 사관들과 어울려 보면 어떠냐고 제안. P 선배의 방에 술과 과일과 과자를 차리고 2항사에게 의견을 전했다. 그러자 마침 자기들끼리 모여서 노래방에서 놀고 있다고 하며 함께 어울리자고 한다. 노래방에 가니 1, 2, 3기관사들, 당직인 3항사를 뺀 1, 2항해사들과 실항사, 실기사들까지 모두 모여 놀고 있었다. 분위기가 무르익어 알딸딸하게 취기에 젖자 작가들은 2차를 J 선배 방에서 했다. 그러다 시인 항해사의 당직근무 시간인 12시 이후가 되자 기다렸다는 듯 모두 브리지로 올라갔다. 그가 사무실 안에 있는 전자레인지를 이용해서 물만두를 기가 막히게 쪄 내왔다. 물만두를 안주 삼아 스타보드 쪽 윙브리지에서 소주를 나눠 마시며 하늘의 별들을 보았다. 몰래 마시는 술이라 더 맛있다. 원칙적으로는 브리지에서의 음주는 금지되어 있다. 별이 많은 밤엔 달이 안 보인다. 촌스럽지만, 이런 묘사가 떠오른다. 비로드 같은 하늘에 수놓은 별이라고. 그런데 딱! 이었다. 누구든 보지 않으면 공감할 수 없다. 어린 날, 내 생일인 크리스마스이브의 교회 무대가 생각났다. 성극(聖劇)을 공연할 때, 무대 위의 나는 동방박사 중의 한 사람이었다. 검은 벨벳의 무대막이 밤하늘이었다. 그 위로 반짝종이로 오려붙인 별들…… 바로 그 별들이 하늘에 떠 있다. 그땐 예수보다 하루 먼저 탄생한 나의 생일날이 무척 맘에 들었었다.

2008. 12. 7. 일. 흐린 듯 맑음

새벽에 잠깐 눈을 떴다 다시 잠들었다. 깨니 10시 반. 샤워하고 머리 감고 브리지에 가니 밖에 N과 J 선배가 바람을 쐬고 있다. 남자 둘이 무슨 얘기가 그리 재미난지 킬킬대고 있었다. 도로 내 방으로 와서 노트북을 켰다. 이상하게 글에 집중이 안 된다. 오늘은 일요일. 식구들이 다 있을 텐데 전화를 하고 싶다. 그런데 전화를 거는 게 왠지 두렵다.

저녁에 미국산 LA 갈비를 먹었는데 꽤 맛있었다. 포도주는 이탈리아산인데 맛이 괜찮았다. J와 N은 드디어 미국산 소고기를 먹었다며 과장되게 입맛을 쩝쩝 다셨다. 선장과 기관장이 미국과 한국의 경제 사태에 심각한 우려를 표명했다. 인터넷도 신문도 없는 배에서 그들은 더욱더 뉴스에 관심이 많다.

갑판에서 족구를 한다고 하는데 난 두 잔 마신 포도주에 취기가 돌아 방에 돌아와 잠깐 잤다. 오늘은 술이 먹고 싶지 않다. 갑자기 서울의 소식이 궁금해졌다. 통신실에 가서 물어보니, 오전에나 위성전화 할인요금을 적용받는다고 한다.

2008. 12. 8. 월. 대체로 흐림

9시에 남편에게 전화하니 받지 않았다. 아이를 봐주러 온 시어머니와 할 수 없이 통화를 하게 되었다. 아이는 어린이집에 가고 혼자 있던 시어머니는 이런 판국에 어미라는 게 연락도 잘 안 되는 곳으로 남편과 자식 팽개치고 도피하면 다냐고 했다. 전화를 끊었다. 음악을 들으며 점심 전까지 침대에 누워 있었다. 내 방 창으로 보이는 바다는 마치 벽에 늘 붙어 있는 액자 속 그림 같다. 변함없는 수평선이 액자를 이등분하고 있다. 그 위로 일주일 넘게 아무것도 지나가지 않는다. 아무것도…… 내 인생도 언제부턴가 아무 일도 일어나지 않는 액자가 되었다.

오후엔 몇 달 전에 쓰기 시작한 장편소설을 다시 읽어보았다. 가능하면 이 배에서 좀 진전이 있으면 좋을 텐데…… 매일 몇 시간씩이라도 작업을 하면 어떨까 싶다. 미친 듯 몰두하고 싶은데……

기온이 점점 높아진다. 바람도 고온다습. 내일 자정쯤이면 싱가포르 항에 입항할 것 같다는 선장님 말씀. 배의 도장공사를 맡았던 도장공 네 사람을 내려줘야 한단다. 그동안 아무것도 보이지 않는 망망대해에서 그 소리를 들으니 반가웠다. 내일은 뭔가 볼거리가 있다는 얘기다. 일몰시간도 점점 늦어진다. 식사 후 저녁 산책. 석양을 받아 파충류의 외피처럼 번들거리는 바다의 피부. 처음으로 그 위로 뜬 배 한 척을 보았다. 어찌나 반갑던지! 모양을 보니 유조선 같았다. 그쪽에서 보이든 말든 손을 마구 흔들어주었다. 로빈슨 크루소가 된 것처럼 내가 외로워진 걸까. 어디나 무인도인데. 아니 배야말로 떠 있는 무인도인데.

샤워를 하고 나와 창의 커튼을 닫으려는데, 언뜻 흰 그림자가 퍼뜩 지나갔다. 어둠 속으로 지나간 게 새였을까. P선배가 어제 갈매기인지 뭔지 이름을 알 수 없는 흰 새 네 마리를 보았다고 했다. 그녀는 말했다. 어찌나 반갑고 예쁘던지, 그런데 왠지 슬프더라. 이런 망망대해에서 보니까 그 흰 새들이 우리 네 작가의 영혼처럼 외로워 보이더라. 창을 열고 창틀에다 먹다 만 비스킷과 오징어를 잘게 찢어 올려놓았다.

2008. 12. 9. 화. 대체로 맑음

오전에 브리지로 가니 해도에 컴퍼스로 항로를 표시하던 3항사가 우리 배는 말레이시아와 아나바스 제도 사이로 지나가고 있다고 한다. 말레이 반도 끝에 싱가포르가 있는데 밤 9시경 싱가포르 해협으로 들어갈 예정이라 한다.

태평양 남지나해를 지나 이쯤 오니 바다 색깔부터 달라진다. 비취빛과 사파이어빛이 군데군데 섞여 있다. 시인 2항사의 말을 빌면 수심이 깊으면 색도 더 깊어진다나. 인도양의 바다색을 보면 푸른빛의 짙기가 아닌 깊이를 느끼게 된다고 했다. 인도양에서 수심이 제일 깊은 곳은 5,000미터 정도라 한다.

낮잠이 들었었나. 이상한 기분에 눈을 뜨니, 내 방 창턱에 새가 앉아 있다! 눈처럼 새하얗고 유선형의 예쁜 몸통을 가진 새다. 새가 비스킷을 쪼아 먹고 있다. 그러나 내가 다가가자 그만 포르르 날아가 버렸다. 창을 열고 내다봤지만, 새는 어디에도 보이지 않았다. 자취마저 놓쳐버린 새…… 아아, 꿈처럼 막막하다.

저녁식사 후 윙에 나와 망원경으로 보니 저 멀리 아스라이 육지가 보이기 시작했다. 수평선에 말레이 반도가 수평선과 맞붙은 띠처럼 길게 늘어져 있었다. 싱가포르가 가까워서인지 오후부터 배들이 드문드문 보였다. 구름 사이로 석양이 비친다. 브리지에는 배들끼리 교신하는 소리가 계속 들리고 오늘 저녁 싱가포르 항에서 임무를 완성해야 하는 선장이 부산하게 지시를 내리고 있다. 대산항에서 함께 탔던 네 명의 도장공들을 싱가포르 항에 내려주면서 동시에 부식 화물을 받는다고 한다. 그는 식사도 브리지에서 했나 보다.

7시 – 육안으로도 말레이 반도가 보인다. 브리지의 선장은 꼿꼿하게 선 채로 지시하고 있다. 멀리 말레이 반도의 지형이 흐릿하게 보이는데 산도 보인다. 불을 켠 배들이 오른쪽으로 여러 척 보인다. 노을빛과 어우러져 배들의 불빛이 아름답다. 갈수록 배들이 점점 늘어간다. 선장의 목소리가 커진다. 앞의 두 배가 우리 배의 진행을 방해하나 보다. 두 배 중 오른쪽 배는 불도 켜지 않아 깜깜하다. 충돌사고가 일어나면 큰일이다. 위험해 보인다. 우리 배는 뱃고동을 울리고 플래시라이트를 쏘아댄다. 오른쪽 배가 드디어 불을 켠다.

7:30 – 기수를 오른쪽으로 틀면서 육지 쪽으로 배가 간다. 거대한 배가 조종을 당해 움직이는 게 신기하다. 아무리 거인 같은 배라도 인간의 조종을 받으니 배가 바보거인 같다. 입항이 어려운지 선장의 신경이 곤두선 멘트가 계속 마이크에서 흘러나온다. 윙에 나와 망원경을 눈에 대니, 싱가포르의 야경과 항구에 입항하려고 빌딩숲처럼 줄지어 서 있는 배들의 등불이 보인다. 화려한 시추선도 보인다. 놀이시설

의 조명이 화려한 센토사도 보이고 빌딩의 야경이 보이는 싱가포르 시내도 육안으로 보인다.

10:20 – 드디어 통선이 와서 지원팀을 실어갔다. 방에 들어와 그동안 찍은 사진을 파일에 담았다. 플래시 사용이 금지되어 있어서 플래시를 사용하지 않고 찍은 사진들은 상태가 좋지 않았다.

2008. 12. 10. 수. 흐리고 비

7시 기상. 말라카 해협. 해적 출몰로 유명한데 요즘은 방어에 신경을 쓰는 탓에 그리 위험하지 않다고 한다. 어제부터 해적 접근 방지책으로 스타보드 쪽 선미 근처, 허수아비 선원을 세워둔 곳에 계속 물대포를 방사하고 있다. 배는 오른쪽으로 말레이 반도를 계속 끼고 북서쪽으로 항진.

브리지에 나가 일출 사진을 찍으려는데 구름이 많아 별로다. 이 부근은 저기압. 중동 부근에나 가야 일출이 좋다 한다. 우리나라 컨테이너선, 대만 선박, 벌크선, 유조선 등 다양한 배들이 제법 눈에 띈다.

아침식사를 하러 내려가니 선장이 혼자 식사하고 있었다. 어제는 선장생활 30년 동안 제일 힘든 경우였다고. 무사히 임무 수행 후에 맥주를 한꺼번에 세 캔이나 마시고 그대로 잤다고 한다. 한 다섯 시간 처음으로 제대로 잤다고. 오늘 저녁은 어제 싱가포르 항에서 올린 생새우로 술 한잔하자고 한다. 한번 말이 터진 선장은 브리지에 가서 커피를 마시면서도 계속 말을 이어간다. 배에서는 캡틴의 말이 곧 명령인 무소불위의 왕이지만, 배를 타면 하루도 편한 날이 없다고 고충을 털어놓는다. 전에 인명사고를 겪은 적이 있어서 그 점이 늘 신경 쓰인다고 한다. 가족들이 배에 올라왔다가 하선할 때조차도 신경이 많이 쓰인다고 한다. 20년 전에 아르헨티나와 포클랜드 사이의 대양에서 갑자기 큰 파도를 만나 열아홉 명이 부상했는데 그중 갑판에서 일하던 두 명은 파도에 휩쓸려 바다로 튕겨졌다가 다시 배로 용수철처럼 돌아왔다고 한다. 그중 한 명이 뇌진탕으로 여섯 시간 동안 사경을 헤매다 사망한 사건을 잊을 수 없다고 했다. 그래서 이번에 자유분방하고 감수성 예민한 작가들이 타서 사실 내심 걱정을 많이 했다고 한다. 또 전에 어떤 컨테이너선에서는 다큐멘터리 영화감독이 탔는데 사라졌다고 했다. 잠깐 선원과 갑판에서 이야기 중에, 선원이 화장실 갔다 온 사이에 없어졌다고 한다. 피우던 담배가 연기를 내며 여전히 꺼지지 않은 채 난간에 걸쳐져 있었다고 한다.

방으로 돌아와서도 실종자가 피우던 담배연기의 영상이 집요하게 머리에 붙었다. 필터에 축축한 침이 묻은 그 담배의 타들어가는 재와 바닷바람에 휘날리는 흰 연기가 머리를 어지럽혔다. 그때 내 방의 작은 유리창에 빗방울이 구슬처럼 돋은 게 보였다. 이슬비가 오고 있다. 창문으로 내다보니 배의 난간에 맺힌 투명한 빗방울들이 완두콩처럼 올망졸망 매달려 있다. 철판에 비 떨어지는 소리가 듣기 좋다. 바다에 비가 떨어지는 소리는 어떨까. 하지만 비 오는 바다는 여전하다. 모든 걸 흔적 없이 삼키는 의뭉스런 바다. 아니 뻔뻔한 바다! 바깥 창턱에 비스킷 소각과 오징어 조각이 젖고 있다. 새는 어디로 갔을까. 다시는 돌아오지 않는 걸까. 이 망망대해에서 비가 오면 새는 어디로 가는 걸까. 새가 그립다. 나의 흰 새. 아, 나의 순결한 영혼……

2008. 12. 11. 목. 맑음

인도양으로 들어섰다고 한다. 그래서일까. 날도 청명하기 그지없고 바다도 비단결처럼 잔잔하다. N이 고래가 나왔다고 흥분하여 내 방문을 노크했다. 뛰어나가 보니 고래떼가 열을 지어 물을 뿜으며 지나고 있었다. 마치 흰 연기를 뿜으며 검은 기관차가 지나는 것 같다.

달 뜨는 시각을 계산해보던 2항사는 오늘 저녁 6시 반경에는 석양도 멋지고 하늘 반대편에서 달도 동시에 뜰 거라 한다. 내일이 보름. 그러니 오늘은 음력 14일.

저녁 먹고 허락을 얻어 갑판으로 나가 선수에 앉아 일몰과 노을의 장관을 바라보았다. 뱃머리 끝에 작은 망루 같은 곳이 있다. 그곳을 몽키즈 데크라 한다. 그곳에서 바다를 내려다보면 불부스 바우(bulbous bow)라는 고래 머리처럼 돌출한 반짝이는 청동 장식물이 보인다. 어찌 보면 남자의 귀두 끝처럼도 보인다. 물의 저항과 배의 충격을 고려한 기관임을 알 수 있다. 바닷물을 제일 먼저 뚫고 전진하는 그 물체 주변은 파도가 무섭게 소용돌이치는 곳이다. 회오리치는 둥근 소(沼)를 들락거리는, 놀랍도록 석양에 반짝이는 그 청동 돌기를 보노라면 미주알이 쫄밋거릴 정도로 에로틱하면서도 공포스럽다. 몽키즈 데크는 그곳에서 오래 아래를 바라보면 바다에 빨려 들어가게 된다고 하여 금지된 위험구역이다.

오늘은 일몰 후의 노을과 구름의 색이 불붙은 듯 아름다웠다. 눈앞이 온통 대형화재 현장처럼 전율스러웠다. 전율과 공포가 이토록 아름다울 수 있다니! 그런데 반대편인 동쪽을 보니 창백한 둥근 달이 오롯이 떠 있다. 어찌나 창백한지 구름 속을 지날 때는 은색 레이스로 만든 것처럼 섬세해 보인다. 그러나 어둠이 내릴수록 달은 청아한 백자빛을 띠었다. 그 후 점점 노란빛으로 변했다. 달이 구름을 지날 때는 베일 속을 수줍게 지나는 여인의 얼굴처럼 보인다. 시간이 흐르고 검은 하늘로 올라오자 달의 주위에 빛이 둥글게 번져 있다. 달무리다. 그리고 달 아래 바다를 보니 달빛에 비친 바닷물이 실버 카펫을 깐 길처럼 보인다. 도심의 어떤 곳, 아니 시골의 어떤 곳에서도 이런 달을 본 적이 없었다. 그러나 어느 곳에서나 달은 또 변함없는 그 달이라는 게 신기하게 여겨졌다. 브리지 장의자에 누워 mp3를 들으며 달을 보았다. 달도 달이지만 달 주변의 구름이 시시각각 변하는 모습이 장관이었다. 달은 구름을 드나들면서 온갖 우주 쇼를 한다. 하늘의 구름은 백댄서처럼 달이나 해를 돋보이게 한다. 물결무늬 구름을 보니 마치 거꾸로 하늘이 바다가 된 거 같다. 하늘이 바다처럼 흔들린다. 하늘과 바다의 경계가 모호하다. 삶과 죽음의 경계도 모호하다. mp3에서 1920년대 최초의 대중가수인 윤심덕의 육성이 흐르고 있다. 그녀의 '사의 찬미'란 곡이었다. 김우진이란 극작가를 사랑하여 현해탄에서 그를 껴안고 바다에 빠져 죽었다는 전설의 여가수. 폐부를 찌르는 애절한 여가수의 소프라노가 잡음 속에서 흘러나오고 있다.

광막한 황야에 달리는 인생아 너에 가는 곳 그 어데이냐

쓸쓸한 세상 험악한 고해에 너는 무엇을 찾으러 가느냐

눈물로 된 이 세상이 나 죽으면 그만일까 행복 찾는 인생들아 너 찾는 것 설움

웃는 저 꽃과 우는 저 새들이 그 운명이 모두 다 같구나
삶에 열중한 가련한 인생아 너는 칼 위에 춤추는 자로다
눈물로 된 이 세상이 나 죽으면 그만일까 행복 찾는 인생들아 너 찾는 것 설움

허영에 빠져 날뛰는 인생아 너 속았음을 네가 아느냐
세상에 것은 너에게 허무니 너 죽으면 모두 다 없도다
눈물로 된 이 세상이 나 죽으면 그만일까 행복 찾는 인생들아 너 찾는 것 설움

노래가사가 너무 신파조라 들을 때마다 폭폭한 한숨이 올라오는 게 싫다. 하지만 이상한 중독성이 있다. 윤심덕과 김우진. 그런데 두 사람이 부둥켜안고 현해탄에 빠져 죽었다는 것은 세상 사람들의 추측일 뿐일지도 모른다. 두 사람은 살아서 이탈리아 어느 도시로 가서 평생을 보냈다는 풍문이 있다. 그걸 증언하는 사람도 있다는 기사를 본 적도 있다.

방으로 들어와 잠을 청했으나 달이 밝아서일까 잠이 오지 않았다. 뒤척이다가 시계를 보니 2시가 넘었다. 브리지로 가니 2항사가 당직을 서고 있다. 밤의 브리지 사무실엔 한 점의 불빛도 없다. 그래야 밖의 바다가 더 잘 보이기 때문일까. 그래도 은은한 달빛 때문에 2항사의 미소를 어렴풋이 볼 수는 있었다. 문을 열고 달을 잘 볼 수 있는 스타보드 쪽 윙으로 나갔다.

달이 하늘 한가운데 가로등처럼 떠 있다. 달을 잘 보기 위해서 바닥

에 드러누웠다. 흐릿하게 수평선이 보일 뿐이다. 눈을 감았다. 차라리 이곳에서는 잠을 좀 이룰 수 있을 거 같다. 눈을 감고 있는데 누군가 불렀다. 2항사였다. 그는 손에 맥주캔을 두 개 들고 있다가 하나를 건네주었다.

"술 마시면 안 되지만, 오늘 밤은 참기 힘드네요. 무슨 생각을 그렇게 하세요?"

"난 수평선이 늘 직선이란 생각을 했어요. 그런데 이곳, 망망대해에 와보고는 둥글다는 걸 알았죠. 지구가 둥글다는 거, 정말 진리네요. 빙 둘러봐도 나를 중심으로 둥글게 펼쳐진 수평선이 신기했어요. 보고 있노라면…… 으음, 내가 마치 둥근 사과를 자른 가운데 씨방 안의 작은 씨앗 같은 생각이 들어요."

"흐음, 씨방 안의 씨앗이라……"

청년의 눈이 별처럼 반짝였다.

"또 이렇게도 느껴져요. 난 아직 태어나지 않은 아기예요. 마치 바다가 나를 품은 둥근 태반처럼 느껴지기도 해요. 다시 태어나고 싶다는 생각도 들고…… 2항사님은 어때요?"

"저는 제가 요람에 든 아기처럼 느껴질 때가 있어요. 살랑살랑 흔들리는 침대에 누우면 잠이 잘 와요. 오히려 육지에 가면 땅멀미가 나고 잠이 잘 안 와요."

"잠이 잘 와요? 좋겠네요. 잠이 잘 안 오는 밤이면 내 존재가 먼지처럼 덧없다는 생각이 들어요."

"하긴 이곳에 있으면 둥근 세숫대야 물에 노는 한 마리 작은 개미 같죠."

"하아, 비유가 참 재밌네요."

"다시 태어나면 뭐가 되고 싶은데요?"

"글쎄…… 그냥 비겁하지 않고 용감한 사람. 아아, 모르겠어요. 어쩌면 다시는, 다시는, 생명으로 태어나지 말았으면 하기도 하고. 그저 완벽하게 소멸되고 싶기도 하고……"

"그래도 글을 쓰시니 영원한 생명을 가진 분이라 할 수 있죠."

어느새 4시가 다 되어 당직 교대할 시간이 되었다. 내 방으로 돌아와 다행히 금세 잠이 들었다.

2008. 12. 12. 금. 무지 맑음

11:30 — 말디브 근처를 지난다. 수심 4,000미터. 물빛은 여고 시절 내가 좋아하던 파이로트 잉크빛. 바다색과 어여쁜 뭉게구름이 떠 있는 인디고블루의 하늘이 조화를 이뤄 아름답다. 브리지에는 조타수 O씨가 당직인가 보다. 잘 생기고 수줍음이 많은 그는 연변 출신. 10개월 계약으로 항해하고 있는데 현재 6개월 12일째. 3월이나 되어야 고향에 간다. 20일 정도 있으면 아내가 아기를 낳는다고. 백일이나 되어야 아빠가 아기를 만날 수 있겠다. 집에 두고 온 민아가 갑자기 보고 싶어졌다. 이상도 하지. 육지에서 멀어질수록 현실감은 물론 감정이나 느낌도 멀어졌다. 그러나 O씨의 이야기를 듣는 순간 그가 애틋해지면서 딸 민아가 이토록이나 보고 싶어지다니. 어린이집에 가지 않는 일요일 오전에 위성전화를 한번 해야겠다.

저녁식사로 꽁치튀김과 반주로 소주 두 잔. 비가 온다고 하여 갑판으로 나가는 것이 금지되었다. 브리지에 올라가 유리창에 맺힌 빗물 방울 너머의 하늘을 보았다. 서쪽 하늘을 덮은 먹구름. 그러나 그 밑 한쪽은 또 노을이 곱게 지고 있다. 회색 먹구름이 만든 농담(濃淡)이 멋진 수묵화 같다. 누가 저런 그림을 그릴 수 있을까. 시시각각 변하는 신의 화폭!

오늘도 21시를 기해 시간이 한 시간 후퇴. 비가 그쳤다. 동쪽 하늘은 너무나 환한 보름달이 그림 같은 조각구름을 뚫으며 지나고 있다. 달이 너무나 밝고 선명하다. 바다엔 보름달이 만든 은은하면서도 확연한 은빛 길이 빛나고 있다. 서쪽 하늘엔 늘 별이 두 개 먼저 뜨는데, 아주 밝은 별 하나가 금성, 그 뒤에 아기별 같은 게 목성이라 한다. 그런데 오늘 밤엔 여기저기 별들이 많이 떴다.

J 선배와 P 선배, 그리고 N이 보름달을 본다고 브리지로 나왔다. 모두 J 선배의 방에서 전작이 있었는지 얼굴이 불그스레했다. P 선배는 바다를 바라보며 음악을 듣느라 정신이 없다. 죽이 맞는 남자작가 두 사람은 여자 이야기에 열을 올렸다. 본인들 말로는 객고가 많이 쌓여서 그런단다. 그럼 이 배에 승선한 서른 명의 남자들은 어떻게 객고를 다스리는 걸까.

2008. 12. 13. 토. 맑음

브리지에 나가니 N의 얼굴이 어두웠다. 어젯밤 브리지에 제일 늦게 남아 캔맥주를 마시던 N과 J는 소주를 몇 병 더 가져와 마셨다 한다. 문제는 취한 J가 맥주캔을 하나씩 자꾸 바다에 던지더라는 것이다. N

이 남은 소주병과 쓰레기를 비닐봉투에 담으면서 자기가 처리하겠다며 말렸지만, J는 너무 취해서 자꾸 말리면 N을 바다로 쥐도 새도 모르게 던져버리겠다고 윽박질렀다 한다. 큰 형님뻘인 선배인데다 술이 취하면 딴사람이 되는 덩치가 큰 J의 광포함이 그 순간 N은 두려웠다고 한다. 잠깐 사이에 J는 쓰레기봉투를 휘두르며 멋지게 바다에 던지는 제스처를 취했으나 그것은 바다에 떨어지지 않았다. N은 술병이 어딘가에 부딪히며 깨지는 소리를 혹시 못 들었냐고 물었다. 내가 고개를 젓자 그는 한숨을 쉬었다.

"그게 바다로 떨어졌으면 문제가 없지만, 갑판 위 어딘가에 부딪혀서 박살 나는 소리가 들리니 미치겠데요. 밤새 전전긍긍, 한잠도 못 잤어요. J 선배는 그것도 모르고 잘 잤는지 모르지만. 기억이 안 난대요, 글쎄. 날이 밝기를 기다려 쥐새끼처럼 갑판을 뒤졌어요. 이 손 좀 보세요. 제가 박살 난 병 조각들을 손으로 다 줍느라 긁힌 상처예요. 하 참! 선장님이 알면…… 전 이 바다가 무서워졌어요. 약육강식의 세계예요. 만약 무법천지의 폭동이 일어난다면 저같이 기운 없는 놈은 흔적도 없이 사라질 거 같더라고요. 산 채로 집어넣으면 누가 알겠어요? 바다가 괴물의 아가리 같더라니까요. 뭐든지 먹고 시침을 뚝 떼는 괴물."

오후에 나의 아지트인 갑판 뒤쪽으로 나가보았다. 족구장으로 내려가는 계단 위에 햇빛에 투명한 하얀 가루가 반짝였다. 다가가 보니 난간에 부딪친 유리병이 깨진 가루였다. 어젯밤 J 선배가 투척한 깨진 병의 잔해다. 바다로 들어가 버렸으면 흔적이 없었을 텐데. 난간에 서서 바다를 내려다보았다. 그런데 파도에 오르락내리락 하는 어떤 물체가 눈길을 끌었다. 자세히 보니 사람의 옷가지인 것 같다. 붉은 빛이 도는 여자용 재킷. 이 망망대해에 이게 왜 떠 있을까. 이 옷의 주인은 어디에 있는 걸까. 서글프면서 잔잔한 소름이 팔뚝에 돋아났다. 선명한 여자의 재킷이 시퍼런 파도에 무심하게 희롱당하고 있다.

그때 선큰데크(sunkendeck)의 출입문이 열리더니 쿡이 나와서 무슨 푸대를 바다로 집어던졌다. 부엌보다 한 층 아래인 그곳에서 그는 무엇을 버리는 걸까? 어쩌면 거기엔 말로만 듣던 물개를 가뒀던 커다란 냉장고가 있을지 모르겠다. 선장이 오래 전 오호츠크 해 근처를 항해할 때, 영문은 모르겠으나 갑판에 물개가 올라와 있었다 한다. 그런데 놀라운 것은 그 수놈을 보고는 배 주변에 수십 마리의 암컷 물개들이 떼로 몰려와 난리를 치더란다. 달리 해구신인가. 힘 좋은 그 수놈이 하도 요동을 치기에 기절시킨 뒤에 선원들이 냉장고에 집어넣었다고 한다. 죽은 그놈의 해구신을 어떻게 먹을까가 며칠 동안 모처럼 식탁의 흥미로운 화제로 떠올랐다. 일주일도 더 지나서 요리사가 냉장고 문을 열었는데, 죽은 줄 알았던 그 물개가 산 채로 튀어나와 요리사가 기절을 한 적이 있었다 한다. 그놈에겐 냉장고도 뜨뜻했을 거야. 선장이 너털웃음을 웃으며 한 말이 농담인지 진담인지 잘 모르겠다.

언젠가 기관장이 한 말도 떠올랐다. 오래전에 한 밀항자를 발견한 적이 있었다 한다. 그는 석 달 동안 따뜻한 기관실의 후미진 곳에서 자며 냉동고의 부식을 야금야금 파먹으며 연명했다고 한다. 이 망망대해에는 피할 곳이 없다. 한 발짝만 앞으로 전진하면 바다에 빠질 수밖에 없다. 그러나 또 배에는 숨을 곳이 많다.

저녁식사 후 바람을 쐴 겸 작가 일행들과 7시에 윙으로 나가 달이 뜨는 모습을 보았다. 8시가 조금 넘었을까…… 희게 발열하는 물체가 내 머리 위를 휙 지나쳤다. 고개를 퍼뜩 든 순간, 휘발유 묻힌 솜뭉치 같은 것이 굵은 꼬리를 끌며 배의 옥상 위로 날아갔다. 말로만 듣던 유성일까? 다른 작가들에게 봤느냐고 물었더니 아무도 못 봤다고 했다. 시간이 지나자 나도 확신할 수 없다는 생각이 들었다.

좀 지나서는 서쪽 바다 끝에서 마른번개가 치는 것을 두 번인가 보았다. 누군가 플래시를 터뜨리며 사진을 찍는 줄 알았다. 그러나 동쪽 바다엔 맑은 하늘에 구름이 순간순간 모였다 흩어지며 온갖 그림을 만든다.

2008. 12. 14. 일. 맑음

알람을 맞추어놓아 8시에 일어났다.

서울 남편에게 전화했다. 서울은 11시가 넘었다. 일요일이라 아이 목소리도 듣고 싶었다.

남편은 상황이 심각하다고 결국 파산신청을 해야겠다고 했다. 집을 내놓아 빚을 처리해야 할 거 같다고 한다. 나는 걱정 마. 하늘이 무너져도 솟아날 구멍이 있다잖아, 하고 위로했다. 무슨 수로? 남편이 신경질적으로 물었다. 그래, 바다에 그렇게 떠서 돌아다니니까 좋냐? 남편이 비아냥거렸다. 네 살짜리 딸의 목소리가 들려왔다. 엄마, 엄마가 인어공주가 됐어? 엄만 바닷속 어디나 다 헤엄쳐서 갈 수 있어? 응. 나는 괜히 목이 메어 대답만 겨우 했다. 민아도 델꼬 가줘. 민아도 바다 갈래. 엄마 등에 업혀서 바다 갈래. 딸이 떼를 쓰며 울기 시작하자 남편이 인사말을 하고 전화를 끊었다.

담배 생각이 나서 브리지로 갔더니 3항사가 어제 유성을 봤냐고 물었다. 아, 그래! 정말 유성이었구나. 3항사는 5개월째 배를 타는데 유성을 여섯 번쯤 봤다고 한다. 그런데 어제 것처럼 큰 것은 처음 봤다고 한다. 그러면서, 소원 비셨어요? 하고 묻는다. 3항사 말이, 유성이 지날 때 소원을 빌면 반드시 이뤄진다고 한다. 글쎄, 내 소원은 무엇일까. 간절한 소원은……? 절대 후회하지 않는 것?

노트북을 바다에 던져버리고 싶다. 이제 18일이면 하선한다. 망연히 눈길을 창에 주는데 새가 보였다. 흰 새였다! 지난번의 그 새일까? 새가 오징어채를 쪼고 있다. 행여 올까 하고 바깥 창틀에 오징어채를 놓아두었었다. 눈물이 나게 고맙고 반가웠다. 2주 가까운 항해 동안 오로지 변함없이 내 곁을 지키는 친구는 해와 달뿐이라고 생각할 만큼 외로웠는데, 새가 내 영혼처럼 내 육체를 좇아 여기까지 왔다고 생각하니 대견하고 감격스러웠다. 그러나 새는 잠시 후에 또다시 날아갔다. 자취도 없이 날아가는 새를 보니 또다시 나는 혼자라는 생각이 든다.

2008. 12. 15. 월. 맑음

점심 후에 갑판에 내려가 보니 어선단이 보였다. 한 떼의 어선들이 지나가고 나니 먼 곳에서 농글농글한 흰 새들이 뛰어노는 모습이 보였다. 그러나 그곳을 지나던 선원 하나가 그게 날치떼가 뛰는 모습이라 말해주었다. 큰 배가 지나가니 혼비백산 놀라서 튀어오르는 거라고.

물빛이 유리구슬처럼 맑고 푸르고 투명했다. 물보라에는 무지갯빛이 서리고 수면의 결은 다이아몬드처럼 반짝인다.

저녁놀을 보러 갑판 산책. 석양은 해수면 위로 낮게 깔린 구름 때문에 보기 어렵고 대신에 하늘의 구름 형상이 웅장했다. 천군만마의 형상? 또는 용이 승천하는 모습? 기기묘묘한 산맥의 형상? 오묘했다. 뱃머리까지 가서 몽키즈 데크에 올라앉았다. 나의 작은 망루. 아마도 브리지에서는 조마조마하게 보고 있겠지? 발밑을 내려다보았다. 현기증이 느껴진다. 불부스 바우를 내려다보려니 몸이 점점 기운다. 두려웠다. 나는 어지러워 난간을 꼭 잡고 제자리에 앉는다.

오늘도 21시를 기해 또 한 시간 후진. 밤이 벌써 네 시간이나 길어졌다. 그럴수록 밤에 잠이 더 오지 않는다. 그러나 왜 이렇게 시간은 빨리 가는지…… 하선할 날이 나흘밖에 안 남았다. 잠이 오지 않아 일어나 앉아서 냉장고에 들어 있는 소주를 마셨다. 시계를 보니 새벽 2시다. 브리지로 갔다. 소등(消燈)한 어두운 브리지 사무실의 흡연코너에서 담배를 피우던 2항사가 반긴다. 빨간 담뱃불만 보이지만, 나는 2항사의 얼굴도 붉어졌다고 느낀다. 등대 불처럼 반갑게 느껴진다. 그 옆으로 가서 담배를 무니 그가 불을 붙여준다. 희미하게 바다가 보인다. 바깥보다 더 어두운 사무실에서 아무 말 없이 그와 담배를 피웠다.

"왜 잠을 그렇게 못 이루세요?"

"그러게요……"

"제가 바다와 밤을 지켜드리고 있잖아요."

"매일 이 시간, 제일 밤이 깊은 이 시간에 무슨 생각을 해요?"

"글쎄요. 그냥 늘 꿈을 꾸는 거 같아요. 그래서 수첩에 끄적이기도 하고요."

"시를 지어요?"

"한 작가님 보시기엔 웃길 거예요. 시라고 하기엔 부끄럽고…… 그런데 용기를 내어 보여드리고 싶어요."

그리고 우린 많은 이야기를 나누었다. 아무것도 보이지 않는 밤바다를 함께 보면서…… 새벽에 방에 돌아와서 겨우 잠을 잠깐 잘 수 있었다. 그러나 아침이 되니 그와 무슨 이야길 나누었는지 기억나지 않았다. 마치 꿈을 꾼 거 같았다.

2008. 12. 16. 화. 맑음

갑판에서 작업이 한창이다. 마스트에 불이 켜지고 계속 경적을 울려댄다. 2항사에게 물어보니 테스트 중이라고 한다. 내릴 때가 되니 이것저것 점검하나 보다. 인도양을 벗어나 이제부터는 아라비아 해라고 한다. 그래 그런지 바다색도 달라졌다. 약간 부예진 거 같고 수평선 부근엔 해무가 낀 것 같다. 선장님 왈, 해무가 아니라 사막의 모래 때문에 부옇게 되는 거라 한다.

2항사가 인터폰을 했다. 어제 말한 대로 자신의 시를 보고 평을 좀 해달란다. 그가 차를 한잔 대접하고 싶다며 방으로 초대했다. USB를 갖고 오면 시를 자신의 컴퓨터에서 다운로드해주겠다고 했다. 그의 방은 의외로 깔끔했다. 책상 위에는 시집이 여러 권 놓여 있었다. 그가 다기를 꺼내어 질 좋은 작설차를 우려내어 잔에 따랐다. 스물여섯의 젊은 남자치고는 좀 고풍스럽고 독특한 취향이다. 차는 맛이 좋았다.

이제 내일 모레면 하선. 젊은 2항사는 말했다. 선생님이 그리울 거예요. 그의 방에서는 일몰이 잘 보였다. 이제는 저녁식사 전에 해가 지기 시작했다. 해가 아주 동그랗고 밝았다. 흰 탁구공 같다가 살구 같다가 홍시로 변했다. 2항사는 끊임없이 무언가를 얘기했고 나는 창밖으로 눈길을 고정한 채 수평선 너머로 아쉬운 듯 미련을 갖고 조금씩 사라지는 해를 바라보았다. 데드 슬로우…… 데드 슬로우…… 숨죽이며 마지막 순간을 응시했다. 드디어, 똑 떨어졌네요. 마침내 내가 고개를 돌려 이 말을 하자마자 그가 다가와 내 입술에 키스했다.

2008. 12. 17. 수. 맑음

새벽에 기침을 좀 했다. 위도가 높아져서인지 아라비아 해라도 밤에는 선선하다.

내일 저녁에 하선한다. 바닷물 빛이 변했다. 카키색이고 좀 탁해 보인다.

* * *

일지는 쓰다 말았는지 여기까지가 끝이다. 아마 예정된 하선 전날인 이 날이 그녀의 생애 마지막 날인 것 같다. 그러나 이 일지를 보면 기침을 가라앉히고 다시 책상에 앉아 앞에서와 같은 일기를 꾸준히 써낼 거 같다. 그만큼 이 글은 내면 고백이 별로 드러나지 않은 생활 기록이다. 현은 담배를 한 대 물고 바다로 향한 베란다 창을 열었다. 바람소리가 곡소리처럼 처연하면서도 집요하게 쳐들어온다. 밖은 칠흑 같은 어둠뿐이다. 희미한 모래사장만 보일 뿐 더 이상 폭죽도 터지지 않았다. 사람이 죽기 위해선 무언가 뚜렷한 이유가 있다고 생각하는 선입견 때문일까? 그녀가 남긴 항해일지를 보면 그녀가 죽을 만한 이유가 뚜렷하게 보이진 않는다. 배에서는 세 가지의 가능성밖에 없다. 자살? 실종? 아니면 타살? 타살로 생각하자 공연히 소름이 돋았다. 하지만 무언가를 처치하려면 시침 떼는 바다만큼 완전범죄의 장이 또 어디 있을까.

담배 한 대를 피우고 냉수를 한 잔 마신 다음에 현은 다시 컴퓨터 앞으로 다가왔다. 이제 마지막 남은 파일, '현에게'를 열 차례다. 현은 자신 있게 암호를 눌렀다. 예상대로 암호는 '항해일지'처럼 그들이 처음 만난 날짜였다. 현은 숨을 깊게 내쉬고 문서를 읽었다. 그건 현에게 남긴 편지였다. 날짜도 적히지 않은 편지는 별로 길지 않았다.

현.

언젠가 내가 꼭 이런 편지를 쓰게 될 줄 알았어. 내가 꼭 현을 떠날 줄 알았듯이. 그런 게 데자뷔 같은 건지, 나도 잘 모르겠어. 예감 같은 건지, 아니면 예정된 운명을 미리 감지한 나의 직관 같은 건지…… 당신은 늘 나를 잘 모르겠다고 했지. 그건 나도 그래. 내가 어떤 사람인지…… 우리는 한 생을 살아도 서로는커녕 자기 자신도 잘 모를 거야. 그냥 어느 날 삶이 어두운 밤바다처럼 막막할 때가 있었어. 한 치도 앞으로 나가지 못할 때가. 두려워서 한 발짝도 못 떼는 그런 때…… 그때 내가 당신을 떠날 때도 그랬을 거야. 그날 이후 너무 미안했어. 당신은 나를 용서 못 할 거야. 나도 나를 용서 못 하니까.

나는 소설을 통해서나 대리인생을 사는 사람 같아. 그저 연기(演技)하는 삶이었는지 모르겠어. 그런데 그런 것도 다 허무하게 느껴져. 당신에게 이 편지를 쓰면서 소설 파일도 다 지웠어. 어떤 식으로든 흔적이 남는 건 싫어. 바다에 있으면 참 이상해. 내가 우주의 중심인 거 같으면서도 또 먼지처럼 하찮은 거 같아. 이 이중적이고 분열적인 느낌을 어떻게 설명하지? 난 지금 바다에 떠 있어. 지금은 밤이야. 달을 보고 있어. 아니 바다에 달빛이 만든 길을 보고 있어. 달이 구름 낀 곳을 지날 때는 바다에 '달의 길'이 보이지 않아. 대신 구름 속에 갇힌 달이 구름을 벗어나면 바다를 비추는 게 마치 스포트라이트처럼 보여. 바다라는 저 광대한 무대. 난 저 길을 걷고 싶어!

이 편지는 당신 손에 닿지 않을지도 몰라. 그건 우연에 달렸어. 나도 확신 못 하겠어. 어떻게 될지…… 내가 떠났던 건 당신을 떠나고 싶어서가 아니었어. 세상에서 사라지고 싶어서였지. 그러나 나는 여러 번 실패했지. 삶은 선택 이전에 늘 본능이었지. 그런데 분명한 건 난 이제 선택하고 싶다는 거야. 쉽지 않을 거야. 그러나 내가 다시 한국으로 돌아가면, 나는 이 편지를 당신에게 전해주지 않을지도 몰라. 그런데 만약 당신이 이 글을 읽게 되면 정혜 알지? 정혜에게 연락해봐. 그 애에게 당신한테 주어야 할 뭔가를 맡겨놨어. 유치하고 우습다는 것도 알아. 어쩌면 당신을 위한 마지막 이벤트인지도 모르지.

우리가 만났던 한때는 수많은 영겁의 시간 속에서 반드시 교차할 수밖에 없었던 운명적인 순간이었다는 생각이 들어. 이 세상에 모든 순간은 한순간도 똑같은 순간이 없는 거 같아. 바다의 파도와 구름을 보면 알 수 있어. 시시각각 변해. 함께했던 순간들, 고마웠어…… 정혜의 연락처를 적어놓을게. 어떤 식의 선택이든 제발 내가 후회하지 않게 되길 바랄 뿐이야.

현은 혼란스러웠다. 이 편지가 그의 손에 들어왔다는 것은 그녀가 삶의 반대쪽을 선택했다는 뜻인가. 그는 시계를 보았다. 저녁 8시 30분이었다. 전화를 걸기에는 그리 늦은 시각은 아니다. 그는 자신이 아직 저녁도 먹지 않았다는 걸 알았다. 그러나 배도 고프지 않았다. 정혜의 전화번호를 바라보았다. 정혜는 그녀와 가장 친한 친구였다. 한때 그녀와 연애할 때 두어 번 만나 술을 함께 마신 적도 있는 사이였다. 현은 결심한 듯 정혜의 전화번호를 꾹꾹 눌렀다. 정혜는 전화를 받지 않았다.

현은 그녀가 남겨놓은 '바다사진'의 파일을 다시 열었다. 그녀의 일기를 읽어서인지 그 화면의 풍경이 바로 눈앞에 펼쳐지는 것 같았다. 그녀의 사진들을 골라서 다시 보았다. 지금 눈앞에 펼쳐지는 그녀의 모습이 너무도 생생해서 그녀가 지금 이 세상에 없다는 것이 실감이 나지 않았다. 그녀는 어딘가에 있을 것이다. 그는 그녀가 또 한 번 자신을 놀리는 거라 생각되었다.

지금은 5년이 넘어 상처도 많이 무뎌진 상태지만, 5년 전 그때도 그랬다. 어느 날 그녀가 자취도 없이 사라져버렸다. 그것이 그녀와 헤어질 수밖에 없었던 이유였다. 어느 날이란 게 평범한 날 중의 하나였으면 상처가 덜 했을까. 그녀는 결혼식 날 오지 않았다. 새벽에 미장원을 가겠다고 해놓고는 사라져버린 것이다. 이틀 후 간단한 이메일이 도착했다. 결혼식에 참석하지 못해서 정말 미안하다고. 마치 신부가 아니라 결혼식에 초청받은 하객이 보낸 이메일처럼 사무적이기조차 한 그 메일을 보고 그는 분노조차 느낄 수 없었다. 그 이후는 연락이 통되지 않았다. 3개월을 기다린 후 현은 그녀에게 결별의 편지를 썼다. 오래도록 답이 없었다. 나중에 어떤 경로를 통해 들으니, 그녀는 천연덕스럽게 태국 북부의 작은 마을에 6개월간 칩거하고 있었다 한다. 그리고 1년 후, 그녀가 사업을 하는 남자와 결혼을 했다는 풍문을 들었고 결혼 5개월 만에 딸을 얻었다는 소식도 덤으로 들을 수 있었을 뿐이다. 그녀는 그런 여자다. 2년간 사랑했고 죽을 때까지 함께 살 거라 믿었던 여자였다. 그러나 그는 그녀를 알 수 없었다. 제멋대로인 여자. 자유분방함과는 또 다른. 하지만 어찌 보면 제멋대로도 못 사는, 자기 자신도 어쩌지 못해 힘들어하는 여자…… 그런 여자란 생각이 시간이 갈수록 어렴풋이 들곤 했다. 아무래도 현은 그녀가 어딘가에 꼭 살아 있을 것만 같다.

시간을 보니 9시 14분. 아직까지 전화를 걸기에는 그리 실례될 시각은 아니다. 정혜에게 다시 전화를 걸었다. 몇 번인가의 신호음 끝에 여자의 음성이 들렸다. 현이라고 인사를 하자 그녀 쪽에서 아! 탄성을 지르더니 한숨 쉬는 소리가 들려왔다. 현이 뭐라고 말하기 전에 정혜가 먼저 말문을 열었다.

"왜 아직까지 전화가 없으신지 궁금했어요. 걔가 바다에서 실종됐다는 소식을 듣고는 소름이 끼쳤어요. 그랬구나. 결국 그랬구나. 그 말만 입속에서 맴돌았어요."

"뭔가 짚이시는 거라도 있나요?"

"그 애가 오래전부터 우울증을 앓고 있었던 건 아시죠?"

"그랬……나요?"

"그 앤 아무도 없는 곳을 죽기 위해 찾아가곤 했어요. 그 앤 언젠가 자기가 그렇게 죽을 걸 아는 거 같았어요. 그런데 최근 얼마간은 전혀 그런 기미가 안 보였어요. 그래서 저도 그런 사실조차 잊고 안심했었는데……"

"그런데 정혜 씨에게 무얼 맡겼나요?"

"모르셨군요. 걔가 현 선생 이름으로 된 통장과 도장을 맡겼어요. 2천만 원이 들어 있더군요. 바다로 떠나기 전에 가진 걸 다 털어 현금을 만들었다더군요. 현 선생에게 전해야 한다고 제게 부탁했어요. 전 그냥 걔가 갚아야 할 빚인가 보다 했어요."

현은 뭐라고 할 말이 생각이 나지 않아 계속 "제가…… 제가……"란 말만 되풀이했다. 자신이 무슨 생각을 하고 있는지조차 모르면서 '제가'라는 주어를 쓰다니. 코미디 같았다. 까칠한 입술을 혀로 핥으면서 겨우 토해낸 말이, "제가 어떻게 그걸……"이었다.

정혜가 다시 말을 이었다.

"그러고 싶었나 보죠. 걔 소설가지만 자신의 감정 표현엔 서툰 애라는 거 잘 아시잖아요. 받아들이세요. 눈물겨운 유산이라고요. 걔가 그렇게 되고 보니 아귀가 딱딱 맞는 느낌이 들었어요. 배를 타기 전에 농담처럼 웃으며 제게 말했어요. 상선회사 측에 보험이 들어 있는지 배에서 사고가 나거나 죽게 되면 보험금이 최고 5억이라구요, 이왕 죽으려면 배에서 죽는 게 낫지 않느냐고. 그러면 남편도 더 좋아하지 않겠냐고. 걔 뜬금없이 농담도 잘하잖아요. 그땐 농담인 줄 알고 맞장구

치며 말했어요. 마누라 없어지고 돈 생기고. 최고의 선물이지. 개 남편 사정이 너무 안 좋았어요. 아마 지금쯤 보험금 지급되었을 거예요."

* * *

그녀가 바다에서 자취를 감췄다는 것을 현은 그녀의 죽음으로 굳이 연결시키고 싶지 않았다. 그녀의 글을 보고도 정혜의 말을 듣고도 현은 인정하고 싶지 않았다. 막말로 그녀의 시신을 보지 못한 상태에서 어떻게 그녀의 죽음을 인정할 수 있단 말인가. 실종자의 가족이나 연인이 이런 심정일까. 오히려 이상하게도 그녀는 현의 일상에서 조금씩 살아나고 있었다. 그녀와 헤어져 5년 동안 그녀를 잊기 위해 가슴에 묻은 것은 오히려 현이었다. 그때야말로 그녀가 무덤에 있는 시간이었다. 그녀가 떠났을 때 그는 그녀를 원망하고 미워했다. 단 한 번도 그녀를 이해하려고 노력하지 않은 것이 몹시 후회된다. 죽기 위해 아무도 없는 곳으로 떠나는 고독한 짐승을 떠올리면 그녀가 애틋하다. 그래도 실감은 나지 않는다. 지금은 그녀가 그의 가슴에 살고 있는 느낌이다. 그녀는 단지 사라졌을 뿐이다. 죽지 않았다. 현은 자신의 키홀더에 그녀가 남긴 USB를 매달고 다니고 있으며, 가끔 컴퓨터에 꽂아 그녀의 사진을 보기도 한다. 서랍 깊은 곳에는 그녀가 남긴 통장과 목도장이 들어 있다. 한 푼도 쓰지 않았다.

그 사이 겨울이 썰물처럼 천천히 물러가고 봄이 왔다. 봄이 무르익은 4월 하순의 어느 날 밤, 현은 전화 한 통을 받았다. 그는 현에게 그녀의 USB를 전해주었던 젊은 항해사였다. 술을 마신 거 같았지만, 이성을 잃을 정도로 취하진 않은 목소리로 그가 말했다.

"한 작가님의 마지막 순간을 알고 싶으세요?"

현은 그 말을 듣고는 그가 술을 마시고 있는 곳으로 달려갔다. 홍대 앞의 작은 바에서 그는 탁자에 엎어져 무슨 노래인가를 계속 흥얼거렸다. 그가 취하기도 했지만, 노랫소리는 바의 음악에 묻혀 잘 들리지 않았다. 현이 그의 어깨를 두드리자 그가 얼굴을 들고 꾸벅 인사를 했다. 그리고 혀가 꼬인 음성으로 뜬금없이 말했다.

"선생님, 윤심덕을 아세요? 전 그 여가수가 누군지 몰랐어요. 그 노래 들어본 적도 없구요. 처음 들었을 땐 뭐 저렇게 재수 없는 노래가 있나 싶었어요. 그런데 그 노래, 한 작가님이 자주 들으시던 노래였어요. 술을 마시면 한 작가님이 흥얼거리는 것도 한두 번 들었어요. 그날, 마지막 그날도 이 노래를 부르셨죠. 노래가…… 좀 처량 맞긴 하지만 중독성이 있어요. 마치 영화 〈글루미 선데이〉에 나오는 음악처럼……"

"마지막 순간에 대해 말해봐요."

현은 질투심인지 분노인지 모를 애매한 감정이 잠깐 북받치는 걸 느끼며 곧바로 물었다. 청년은 앞에 놓인 냉수를 한 잔 다 마시더니 담배를 입에 물었다. 현은 침착한 손짓으로 불을 붙여주었다. 술이 깨는지 그는 연거푸 냉수를 들이켰다. 차분한 목소리로 그가 말문을 열었다.

"저는 오래도록 바다를 동경했어요. 해양대학을 졸업하고 항해사가 되었으니 어쩌면 땅을 밟고 살날보다 바다에 떠서 살날들이 더 많왔을 테죠. 그럴 줄 알았어요. 그런데 얼마 전에 저, 바다를 떠났어요. 바다는 저의 우주인데, 저의 지구이고 땅인데 저는 그곳을 떠났어요. 다시는 배를 타지 않기로 했어요."

그가 긴 머리칼을 쥐어뜯었다.

"사실은 마지막 날 함께 있었어요. 함께 술을 마셨어요. 한 선생님은 당직근무가 끝날 때까지 브리지 바닥에 누워 음악을 듣고 있더군요. 음악을 들으며 달을 보고 있었어요. 다른 작가분들은 다 방으로 올라간 시각이었어요. 제가 당직근무가 끝난 걸 알고는 눈짓을 하더군요. 우리는 그녀가 아지트라고 부르는 뒷갑판으로 몰래 내려갔어요. 거기서 제가 갖고 있던 반쯤 남아 있던 스윙을 나눠 마셨어요. 유쾌했어요. 그녀가 〈타이타닉〉을 찍고 싶다고 하더군요. 저도 술 한잔 했기에…… 우리는 어두운 갑판을 걸어서 뱃머리까지 갔어요. 몽키즈 데크에 올라갔어요. 거기에서 취한 한 작가님이 절더러 〈타이타닉〉처럼 뒤에서 자길 안으라고 그러더군요. 저는 그녀를 뒤에서 안았어요. 바람에 날리는 그녀의 스카프가 제 코를 간질였어요. 그녀가 아주 슬픈 노래를 불렀어요. 그게 바로 이 노래였어요. 그녀가 자기를 떠밀어 달라고 하더군요. 저는 그러는 그녀를 본능적으로 더욱 꽉 껴안았어요. 그녀가 몽키즈 데크 아래를 자꾸 내려다보더라고요. 자칫 빨려들 거 같았어요. 제가 말렸어요. 급기야 제가 그녀를 끌고 내려왔어요. 그녀는 많이 취해 있었어요. 어린애처럼 들어가서 자지 않겠다고 해서 다시 그녀의 아지트로 돌아왔어요. 브리지에서도 잘 안 보이는 사각지대죠. 구명보트를 타는 곳이기도 하구요. 난간에 구명보트를 올려놓은 곳이죠. 그리고 그곳 갑판 바닥에는 구명 순서가 동그랗게 그려져 있죠. 1, 2, 3, 4…… 10번째 자리까지 둥글게 표시가 되어 있죠. 사람들이 마지막 순간에 그 자리에 서서 순서를 기다리는 거죠. 이 배에서 조난당해서 퇴선할 경우에 말이죠, 내가 몇 번째 순서죠? 그녀가 물었어요. 제가 대답했구요. 아마 첫 번째일 걸요. 어린이와 여자가 가장 먼저니까요. 여자분들 중에 가장 나이 어린 분이니까요. 그분이 목이 마르다고 하시더군요. 제가 물을 가지러 안으로 들어갔어요. 그런데 갑자기 이상한 기분이 드는 거예요. 다시 갑판으로 뛰어나왔어요. 그런데 바로 그 순간에 한 작가님이 구명보트를 매단 밧줄을 잡고 난간을 오르고 있었어요. 정말 눈 깜짝할 순간이었죠. 제가 달려가 그녀를 잡았을 때는…… 이미 그녀가 사라져버렸을 때였어요. 그녀 손의 부드럽고 차가운 감촉이 제 손에 순간적으로 느껴졌던 것도 같은데…… 놓친 물고기의 촉감처럼 잠깐 미끈거리던 그 느낌…… 그 느낌 때문에 저는 매일 죽을 거 같았어요."

그가 드디어 오열하기 시작했다. 현은 혼란스러웠다. 산소가 부족한 물고기처럼 숨만 몰아쉬고 있었다. 청년이 주머니에서 무언가를 꺼냈다.

"정신을 차리고 보니 제 손엔 스카프만, 이 스카프만…… 제 손에 남았어요. 믿어지세요? 그녀가 떨어지는 순간, 마지막으로 바람에 날아오르는 이 스카프를 제가 낚아챘는데, 그분은 놓쳐버린 물고기처럼 어느새……"

그가 긴 스카프를 현에게 건넸다. 분홍빛 실크스카프는 살아 있는 꽃뱀처럼 미끄럽고 차가웠다. 현은 2항사, 아니 지금은 한낱 연약한 청년에 불과한 그를 망연히 바라볼 뿐이다.

"저는 그녀의 마지막 순간에 함께 있었다는 사실을 아무에게도 말하지 못했어요. 아니, 안 했어요. 그녀가 바다에 몸을 던진 후, 가끔 그녀처럼 바다에 몸을 던져버리고 싶은 순간이 불쑥불쑥 찾아왔어요. 그러나 그러지 못했어요. 저는 두려웠어요. 그녀와 함께 술을 마신 것도 그렇지만, 그녀의 죽음에 자칫 오해를 받을 수 있거든요. 제가 정말 비겁한 걸까요?"

현은 무언가 가슴속에서 무너지는 느낌이 왔다. 담배를 한 대 피웠다. 그때 청년이 다시 입을 열었다.

"그날, 한 작가님은 제게 시를 암송해주셨어요."

"……?"

그가 시를 암송했다.

"그대들은 둘 다 컴컴하고 조심스럽다.

인간이여, 아무도 그대 심연의 밑바닥 헤아릴 길 없고,

오 바다여, 아무도 네 은밀한 보물 알 길 없다.

그토록 악착같이 그대들은 비밀을 지킨다!"

그가 다시 담배를 물었다.

"보들레르의 '인간과 바다'라는 시죠. 그 시를 읊고 나서 그녀는 아무 말 없이 제 새끼손가락을 걸었어요. 왠지 간절함 같은 게 느껴져서 저도 새끼손가락에 꼭 힘을 주었는데…… 그분이 사라지고 나서 계속 든 생각도 이건 그분과 바다의 비밀로 남겨두어야 한다는 것이었어요. 비밀을 지켜달라는 약속이란 생각이 들었어요. 저는 어떤 경우에도 함구했어요. 하지만 바다를, 그 심연을 들여다보는 것을 더 이상 할 수 없을 거 같았어요. 그러나 이제, 바다를 떠나 땅으로 올라왔는데도

너무 힘드네요. 사람들이 무서워요. 그들이 품고 있는 심연이 바다보다 더 짙고 더 어두워요.”

현은 와인을 한 잔 쉬지 않고 들이켰다. 서서히 자신도 검푸른 늪으로 맥없이 빠져들고 있는 것 같았다. 바다에 뛰어드는 그녀의 모습이 떠올랐다. 그녀가 곁에서 속삭이는 것 같았다. 죽음은 늘 바로 한 발짝 앞, 앞으로 디디기만 하면 돼…… 그때 청년이 다시 말했다.

“그런데, 그런데요. 가장 두려운 건…… 제 안의 깊은 심연을 견딜 수가 없어요. 어떡하죠? 저는 이제 겨우 스물여섯이거든요.”

현은 청년을 바라보며 서서히 고개를 저었다. 아니라는 뜻인지, 모르겠다는 뜻인지 현 자신도 알 수가 없었다. 보들레르의 시처럼 아무도 심연의 밑바닥을 헤아릴 길은 없는 것 아닌가. 어쩌면 사람들은 가슴속에 깊고 검푸른 바다를 품고 사는 게 아닐까.

가장 전망이 좋은 집

김다은

포플러나무 꼭대기 위의 구름 위에 간신히 걸터앉아 있다. 언제 바람에 날려갈지 모르는 구름이 엉덩이 밑에서 뭉실뭉실거린다. 잠깐 휴식이라도 취하지 않으면 지쳐버리고 말 것이다. 약간 절망적인 심정으로 발아래를 내려다본다. 천 미터 아래, 빽빽하게 치솟은 서양식 건물들과 그 사이로 사방팔방 뻗은 도로들과 그 위를 달리는 택시와 버스들과 이를 탄 인간과 타지 않은 인간들이 빠르게 움직이는 것이 보인다. 다행히 햇살이 밝게 비추고 있어 시야가 가리지는 않는다.

몇 차례 정릉동 상공을 헤매었지만, 허사였다. 비스무리한 형체 따위도 눈에 들어오지 않았다. 정릉동뿐만 아니라 이 세상 전체가 너무 달라져 버렸다. 내가 찾고 있는 것도 당연히 변했을 것이다. 아예 없어져 버린 것은 아닐까. 아이들의 반쯤 썩은 어금니를 던져 올리면 도로도르르 굴러 내려오던 검은 기와지붕, 그 검은 기와지붕 위로 바람이 하얀 꽃잎들을 축복처럼 흩날리던, 높은 언덕 위의 전망 좋은 집은 도대체 어디에 있는 것일까.

구름의자가 바람에 약간 흔들거린다. 나는 몸을 날린다. 공기를 가르며, 좀 더 아래쪽으로 내려간다. 지나가던 벌레나 새와도 부딪치지 않는다. 나는 공기 중에 떠도는 꽃향기를 따라, 골수에 박힌 기억의 향기를 따라 천천히 내려간다. 코뿐만 아니라 몸 전체의 감각으로 세상을 만나려고 한다. 향기의 길은 끊길 듯 끊길 듯 너무나 가늘고 꾸불꾸불하지만, 어느 순간 점점 뚜렷해진다. 검은 점을 둘러싼 새하얀 띠! 코와 눈이 동시에 목표물을 포착한다. 예상보다 좀 더 남쪽으로 내려간 곳이다. 마침내 저 아래, 나는 명중시켜야 할 과녁처럼 검은 점을 향해 혼신으로 활강한다. 드디어 지상에 발을 내려놓으려 한다.

바로 이사하는 날이다.

소달구지가 높은 축대 앞에 멈춰 서고 있다. 그 곁에, 난 가뿐히 내려선다. 두 바퀴 위에 넘치듯 실린 짐을 끌며 비탈진 언덕길을 올라온 황소는 두 눈을 치뜨고 입에 하얀 거품까지 물고 있다. 다행히 새 신발로(소도 신발을 갈아 끼우는 것을 본 적이 있다) 단단히 딛고 있다. 살며시 다가가, 그의 지친 얼굴을 가만가만 쓰다듬는다. 손길 때문인지 목적지에 도달한 안도감 때문인지, 황소는 고개를 한껏 치켜들더니 바리톤의 기다란 울음소리를 내지른다.

달구지의 짐을 풀어 내리는 사람들은 조씨 내외이다. 그들은 자신들의 일에 충실한 나머지, 나를 알아채지 못한다. 나는 축대 쪽으로 이동한다. 돌을 쌓아 만든 높다란 축대 위쪽에는 기와집 한 채가 둥실,

하늘을 떠받치고 있다. 기와집까지 길게 이어져 있는 축대 중앙의 납작납작한 돌계단을 오른다. 기쁨으로 계단을 오르는 몸이 날아갈 듯 가볍다. 그때 스치듯 누군가가 내 앞을 가로질러, 뛰어간다. 계단을 오르는 아이들의 치맛자락 안의 작은 버선 발목들이 보인다. 아이들은 영양이 부족해 금방이라도 날아갈 듯하다.

마지막 계단에 올라서자 넓은 앞마당이 보인다. 담장과 대문은 보이지 않는다. 여인들은 높은 담장 안 혹은 꼭꼭 닫힌 문 안에서만 기거한다. 자유롭게 집 밖으로 나다니는 여자는 남자들을 즐겁게 하기 위해 춤을 추거나 악기를 연주하는 기생과 열두 살 이하의 여아들과, 그리고 나 같은 부류뿐이다. 여인들은 드물게 장옷이나 쓰개치마라 부르는 겉옷을 둘러쓰고 집 밖을 나왔다. 그 옷 틈새로 간신히 세상을 훔쳐보는 것 같았지만, 꼼짝달싹 못하기는 마찬가지였다. 여인들이라면 누구나 자유롭게 드나들 수 있도록, 나는 앞으로도 이곳에 담이나 문을 달지 않을 것이다.

붉은 흙마당을 가로지르니, 이 나라에 첫 발을 디딜 때처럼 가슴이 두근거린다. 모닝(morning)과 캄(calm), 이름 그대로 밝고 조용한 아침의 나라를 기대했었다. 하지만 내가 입국할 때쯤 이 나라는 결코 조용하지 않았다. 진보적이고 개혁적인 세력이 갑신정변을 일으켰다고 했다. 때문에 일본에서 가슴 졸이며 입국을 기다려야만 했고, 덕분에 한국말을 조금 더 배울 시간을 가질 수 있었다. 아이들은 드물게 활발한 기운에 휩싸여 꽃향기에 이끌려온 꿀벌들 사이를 팔을 휘저으며 돌아다닌다.

나는 규격 잡힌 아름다운 한옥을 바라본다. 이 그림 같은 한옥 한

채를 만들기 위해 얼마나 팽팽하게 긴장해야 했던가. 땅을 사들일 비용을 마련하기 위해 수차례 미국에 도움을 요청해야 했고, 초가집이 열아홉 채나 들어 있던 땅이라 스물한 통의 계약서를 작성해야만 했다. 한화 7,500원(450달러)의 계산법은 사람마다 얼마나 다르던가. 통역이 제대로 될 리가 없어, 짓던 집이 중간에 기울거나 무너질까 불안감에 휩싸이기도 했다. 잠자리에 들면 알아들을 수 없는 말과 망치의 울림이 잠을 방해하기도 했다. 기도하는 심정으로, 아니 밤마다 기도하며 잠이 들었다. 아이들은 새집 구경에 신이 나 이미 어디론가 사라져버렸다.

한옥 입구의 직사각형 댓돌 위에, 제멋대로 놓인 두 켤레 하이힐이 보인다. 짚으로 삼은 미투리가 일상이고 드물게 가죽신이 거의 전부인데, 저것은 분명 미국식 하이힐이 아닌가. 미국 하이힐보다 뒤축이 가냘프고 높기까지 하다. 누가 저런 신발을 신을 엄두를 냈을까. 실내에 들어갈 땐 반드시 신발을 벗어야 한다. 나는 미끄러지듯 안으로 들어간다. 집 안은 ㅁ자 구조로 설계되어, 가운데가 실린더처럼 비어 있다. ㅁ자를 따라 한 바퀴 복도를 돌면 제자리로 돌아오게 되어 있는 회로 같은 구조이다.

ㅁ자의 앞쪽 중앙, 바로 현관에서 왼쪽으로 이동하기 시작한다. R의 얼굴이 갑자기 떠오른다. 이 나라에 와서 가장 대책이 없기로는 가르치려 해도 배울 학생이 없는 것이었다. 이 나라는 여인들에게 글을 가르치지 않았고, 글은커녕 그녀들에게는 영혼조차 없다고 여기는 듯했다. 그 철갑 같은 편견 속에서도 글을 배우겠다며 한 여성이 자발적으로 찾아왔으니 지금도 그 기쁨을 잊을 수가 없다. 이 한옥교사가 만

1886년에 완공된 이화학당 한옥교사 당시 서울에서 '가장 전망이 좋은 집'이었다.

들어지기 전 정릉동의 내 방에서 처음 만났을 때, 그녀는 영어를 배워 왕후의 통역관이 되고 싶다고 했다. 목적이 뚜렷하고 야심이 큰 여성이어서 글을 아주 잘 배울 수 있으리라 여겼었다.

인포메이션 데스크가 보인다. 인포메이션 데스크에는 한 젊은 여인이 앉아 있다. 내가 다가가는 줄도 모르고 고개를 숙이고 있다. 그녀는 공기 같이 가벼운 내 발자국 소리를 듣지 못한다. 짧은 커트머리 옆으로 드러난 귀가 생쥐머리처럼 자그맣고 귀엽다. 말을 걸어볼까 하는 순간, 꽃님과 별단이 어디선가 튀어나왔다. 이들은 자취를 감추었다가 뭔가에 이끌리듯 내 주변으로 되돌아오곤 한다. 쌍둥이처럼 똑같이 머리를 길게 땋았다. 그들은 인포메이션 데스크 앞에서 장난을 치다가, 기다란 복도와 호기심을 따라 다시 달아나듯 사라졌다.

ㅁ자 왼쪽 복도 끝 모서리에 '당장실'이라는 팻말이 붙은 문이 보인다. 약간 긴장하며 호흡을 길게 몰아쉰다. 들어가니 정면에 커다란 사진이 걸려 있다. 반사적인 두려움이 스치고 나니 가슴 한쪽이 저리다. 사진을 숨겨놓을 수밖에 없었던 것은 오랫동안 학생을 얻지 못했기 때문이다. 사진 찍는 데 필요한 약물을 만들기 위해 내가 여자아이들을 뜨거운 솥에 삶는다는 소문이 돌았기 때문이다. 내가 길에 나타나면 부녀자들은 부리나케 달려가 문을 걸어 잠갔고, 아이들은 기겁한 듯 비명을 질렀다. 사람들이 나를 푸른 눈을 가진 귀신이라고 부른다고 들었다. 헌데, 이제 당장의 사진을 학당에 당당하게 걸 수 있게 된 것이다.

당장실의 창문에 붙은 창호지라는 종이를 거쳐 들어온 부드러운 황금빛 햇살이 방 안과 책상과 의자 위를 어루만지고 있다. 책상 뒤쪽으로 다가가 꼭 닫힌 봉창을 열어젖힌다. 후두둑 놀라 날아오르는 날갯짓 소리와 투명한 원소 같은 공기가 쏟아져 들어오고, 푸른 하늘 아래로 세상 풍경이 깊은 골짜기처럼 펼쳐져 있다. 직사각형의 봉창은 정릉동의 생기를 액자처럼 가두고 있어, 그 풍경화 위로 흰 꽃잎들이 눈처럼 떨어지고 있다. 이 향기의 정체는…… 프랑스 왕가의 수선화를 떠올리게 하던 하얀 꽃, 바로 배꽃이다. 고종 황제께서 학당에 리화라는 명칭을 하사하신 것도 바로 이 언덕을 에워싸고 있는 하얀 배꽃들 때문이다. 이 나라 임금이 공식 인정하고 하사한 '리화학당'이라는 현판 덕분에 아이를 살찌워 잡아먹는다거나 사진의 고약으로 쓴다는 악의에 찬 소문은 점점 사라져 갈 것이다.

당장실을 나와 ㅁ자의 90도가 꺾인, 오른쪽 복도로 접어든다. 당장실 다음에 교무실, 교실, 그리고 기숙사로 쓸 여러 개의 방들이 줄지어 있다. 마치 숨바꼭질이라도 하는 모양, 꽃님과 별단은 사라졌다 나타나기를 반복한다. 둘이서 서로를 찾는 것 같기도 하고, 둘이서 나와 숨바꼭질하듯 얼굴 반쪽 혹은 손 하나를 내밀었다가 순식간에 사라지기도 한다. 이름을 불러도 놀이에 정신이 팔려 올 생각은 없어 보인다. 얼핏 이 방, 설핏 저 방, 혹은 허공 속으로 들어가 버리기도 했다. R에 이어 온 저들은 이 학당을 위해 운명적으로 미리 준비된 아이들이었다.

R이 떠난 이유는 지금 생각해도 명확하지 않다. 그녀에게 하늘을 가리키며 스카이, 혹은 꽃을 보며 플라워라고 하면 곧잘 따라하곤 했다. 꼭 왕후의 통역관이 되고 싶다던 그녀는 웬일인지 3개월 이후에 더 이상 나타나지 않았다. 두 번째 학생 꽃님은 굶어 죽을 수밖에 없는 한 어머니가 마지막으로 낸 용기 덕분에 온 아이였다. 세 번째 학생 별

단은 선교사 의료진이 전염병으로 성 밖에 버려진 한 여인을 치료할 때, 그 여인의 품에 안겨 자지러지게 울던 아이였다. 네 번째 학생 김점동은 같이 입국했던 아펜셀러 목사를 돕던 사람의 딸이고, 다섯 번째 학생 금실은 종으로 팔려가던 것을 돈을 주고 다시 사온 아이였다. 내 첫 번째 학생 R이 떠난 후, 나머지 네 명의 학생과 함께 이 새 학당으로 이사를 온 것이다.

이 한옥은 학당이자 오갈 데 없는 아이들의 기숙사이다. 네 명의 학생뿐만 아니라 앞으로 늘어날 모든 학생들의 먹을 것을 충당해야 할 것이다. 아이들에게 하얀 우유를 공급하면 뼈도 단단해지고 키도 많이 자랄 수 있을 것이다. 이상한 것은 소가 있는 집들을 더러 보았지만 우유를 구할 수가 없었다. 알아보니 이 나라에서 우유는 왕실 사람과 송아지들만 먹는다고 했다. 송아지에게 다른 것을 먹이고 우유를 갓난애들에게 먹이면 훨씬 좋을 것이지만, 송아지가 먹을 우유를 사람이 뺏는 것은 이 나라의 사고방식은 아니었다. 그래서 어린 학생들에게 물에 쌀알 몇 개를 푹 곤 멀건 흰죽을 먹였다. 영양가는 우유에 비해 턱없이 부족했다.

늘어날 학생들의 입을 것도 모두 충당해야 한다. 이 나라 사람들은 한결같이 배꽃 같은 흰색을 좋아했다. 남자들은 양반에서 농민까지 긴 두루마기, 저고리, 바지, 적삼, 그리고 바지를 동여맨 대님이라 부르는 줄이나 머리의 띠까지 흰색을 사용했다. 여자들도 대부분 흰색의 짧은 저고리와 검은색 긴 치마를 입었다. 흰옷은 쉽게 더러워졌고 그것을 빨 세제는 잿물이 거의 전부였다. 빨래는 이 나라 여성들의 노동과 시간을 통째로 잡아먹고 있었다. 어린아이들에게는 색색이 다른 색깔을 이어 붙인 색동이라 부르는 소매가 붙은 옷을 입혔는데, 그나마 여유가 있는 집안의 아이들이었다. 내 네 명의 학생들 중에 그런 축복의 색동옷을 입어본 아이는 없었다.

앞쪽에 복도를 따라 걸어가고 있는 한 여인의 뒷모습이 보인다. 그녀는 가슴을 옥죄는 전통적인 긴 치마를 입지 않았다. 월터 선생이 개량한, 겨드랑이가 드러나는 짧은 저고리와 조끼허리 치마도 아니다. 장딴지가 드러난 치마! 게다가 머리도 땋거나 쪽을 찐 것이 아니라, 길게 풀어헤쳤다. 이 나라에서 머리를 풀어헤치는 일은 상을 당한 여인이 곡을 하기 위해서거나 처녀귀신이 되었을 때나 가능하다. 헌데, 앞서 걷고 있는 여인은 화려한 보라색 스커트까지 거의 닿을락말락한 긴 머리를 풀어헤치고 있다. 걸음을 옮길 때마다 머리끝이 물결처럼 출렁거린다. 발뒤꿈치를 세워 걷는 그녀의 모습을 보며, 나는 댓돌에 놓인 하이힐을 떠올렸다. 그녀는 씩씩한 큰 걸음으로 나를 떼어놓듯 앞서 걸어가 버린다.

복도를 따라 걷다가, 네 번째 방에 들어섰다. 아! 이상한 일이 아닌가. 로드와일러 씨와 한국인 교사 이경숙 씨의 사진이 붙어 있다. 그들은 한옥학당이 완성된 후 1년 혹은 3년 뒤에 이곳에 도착했다. 아, 시간이 갑자기 빠르게 흐르기 시작한다. 이들이 온 것은 학생 수가 계속 늘어나고, 학생들이 늘어나면서 공부할 과목도 늘어났을 때였다. 경숙 씨는 쪽을 찐 한국 여자 교사로 한글과 바느질을 가르쳤고, 로드와일러 씨는 영어를 가르쳤다. 잠깐 복도를 따라왔을 뿐인데…… 시간의 흐름이 심상찮다. 하기야 처음 이 나라에 와서도 유사한 혼란이 있었다. 이 나라 사람들은 대부분 걸어 다녔고, 물항아리를 머리에 이고

등에 무거운 보따리를 지고서도 처음부터 끝까지 재빠르게 걸었다. 방심한 사이에 그들은 어느새 훌쩍 멀리 가 있곤 해서 당황스러웠는데, 이경숙 씨와 로드와일러 씨의 사진을 보자 그때와 비슷한 기분이 들었다.

다시 복도로 나왔다. 다섯 번째 방으로 들어섰을 땐…… 이럴 수가 있을까. 나는 당혹스러워 손으로 얼굴과 눈을 문질렀다. 정신을 차리고 앞을 똑바로 바라보았다. 어떻게 이럴 수가 있을까. 나는 벽에서 눈을 뗄 수가 없었다. 정면에 버젓이 리화학당의 양관 교사 사진이 붙어 있었기 때문이다. 이 서양식 교사는 한옥학당이 세워진 지 10년이 지난 후 그것을 헐어내고 다시 지은 것이 아닌가. 시간의 순서가 뒤바뀔 수는 있지만 헐어내고 다시 지은 새 양관 교사의 사진이 헐어낸 건물 위에 붙어 있을 수는 없는 일이었다. 말도 안 되는 일이다. 무너진 건물 뒤에 세워진 건물의 사진이 무너진 건물에 붙어 있다는 것은, 불가능한 일이다. 하지만 붙어 있다.

매우 오랜 시간이 지나, 나는 이곳에 다시 돌아왔다. 이 같은 혼란은 그 시간적인 간격을 단숨에 줄여서 일어난 부작용일 수도 있겠지만, 현실의 시공간이 이처럼 뒤죽박죽된 꿈처럼 나타날 수는 없었다. 나는 1886년에 완성된 한옥 리화학당에, 마침 이사하는 날에, 잘 도착했다. 그래서 이 새집의 송송한 송진 냄새를 당연하다고 여겼다. 하지만 이 공간은 빠르게 혹은 한꺼번에 흐르고 있다. 한옥은 조금씩 더러워지고, 때가 타고, 균열이 일어나야 할 터인데, 막 지은 것처럼 신선하고 깨끗한 상태 그대로이다. 많은 세월이 흐른 뒤에 찾아온 집이 세월이 흐르기 전과 똑같은 상태로 머물러 있는 것이다.

이곳에 다시 온 이유는 단순한 추억이나 정들었던 사람들과의 재회나 두고 온 소중한 것에 대한 미련 때문이 아니다. 내가 이곳에 온 것은 누군가의 초대를 받았기 때문이다. 그가 누구인지 나는 아직 알지 못한다. 이곳은 당연히 많이 변했다. 한가했던 도시는 부산해지고, 인구도 많아지고, 따라서 이 학당의 학생 수도 늘어나고, 삶의 양태나 머리 모양이나 의복도 달라졌다. 그래서 학당 입구 댓돌 위에 놓여 있던 하이힐, 인포메이션 데스크 앞의 짧은 커트 머리의 여자, 당장실에 걸렸던 사진, 복도에서 걸어가던 보라색 스커트 여성 등도 별 의심 없이 지나쳤다. 하지만 허문 한옥 위에 세워진 양관 교사의 사진이 붙은 한옥으로 내가 돌아왔다는 사실이 아무래도 조금 불안하다. 사라져버린 폐옥 속에 내가 있는 것은 아닐까. 무너진 폐옥을 과거의 내 집인 양 믿고 있는 것일까. 그것은 분명 아닐 것이다. 옹이가 여기저기 박힌 원목으로 새로 지은 산뜻한 한옥 안에, 내가 있는 것이 분명하기 때문이다.

나를 알아보는 누군가를 만나야만 할 것 같다. 문제는 시간이 너무 많이 흘러 나를 알아볼 사람이 있을까 하는 점이다. 나의 초청자를 먼저 찾아야 한다. 마침 복도 맞은편에서 이쪽을 향해 걸어오고 있는 한 여성이 보인다. 그녀는 또각또각 구두굽 소리도 없이 공기처럼 스르르 다가오고 있다. 그녀와 나는 점점 가까워지고 있다. 나는 큰 기대 없이, 아니 전혀 기대할 수 없는 상황에서, 그녀에게 저, 말을 걸었다. 놀랍게도 그녀가 발을 멈추었다. 내 목소리를 알아들은 것이 분명했다. 그녀의 표정으로는 내 얼굴도 알아본 모양이다. 나도 그녀가 누구인지 알 수 있을 것 같았다. 머리 모양은 달라졌지만 가냘픈 몸매나 총명한 눈빛은 예전 그대로이다. 내가 그녀의 이름을 부르기도 전에 그녀가 먼저 나를 불렀다.

"대부인, 대부인?"

"에스터, 박에스터 맞지?"

우리는 서로의 손을 잡았다. 새털보다 가벼운 손이다. 바로 나의 네 번째 학생이었던 김점동이었다. 그녀는 조금 전 열 살 아이로 나를 따라와 새 한옥을 구경하느라고 사라졌는데, 내가 ㅁ자 복도를 따라 칸칸이 방 구경을 하는 동안 어느새 어른이 되어버린 것이다. 그녀는 저고리가 아니라, 얌전한 하얀 블라우스와 검은 치마를 입고 박유산과 결혼한 후의 모습을 하고 있다. 김점동은 결혼하면서 남편의 성을 따라 박으로 바꾸고 세례명 에스터와 함께 박에스터가 되었다.

"얼굴이 창백해 보이는구나."

에스터는 삼십대 여자 정도의 수척한 모습이다. 모자를 깊게 눌러쓰고, 햇살을 피하는 모양, 눈을 가늘게 뜨고 있다. 그녀의 외관이 희미해 보여 걱정이 되었다. 리화학당에서 인연을 맺은 후, 그녀와 내가 헤어진 것은 오래전 일이다. 리화학당에서 당장직을 떠난 후 나는 지방 선교활동을 다녔기에, 의학공부를 위해 미국으로 공부하러 간 그녀와 영영 이별을 할 수밖에 없었던 것이다.

"의사가 되려면 네 몸부터 건강해야 한다."

에스터는 희미하게 웃었다. 에스터는 이전에는 의사였지만 이제는 더 이상 아니라고 했다. 이전? 박에스터의 말이 혼란스러웠으나, 새로운 세계에 왔을 때는 시간과 공간 개념을 너무 따지지 말아야 한다는 생각이 들었다. 저녁 먹고 나서 만나자면, 저녁 먹는 시간이 사람마다 다른데도 이 나라 사람들은 별 탈 없이 잘 만나지 않던가. 어디 그뿐이랴. 길을 물으면 조금만 가면 된다고 했으나, 그 조금이 하루 꼬박 걸어야 하는 거리가 아니던가.

"어떻게 이곳에 오셨어요?"

"누군가의 초대를 받았다. 그런데 너는?"

"저는 이곳에 가끔씩 들러요. 긍지를 되찾고 싶을 때는요. 제가 살아온 수많은 시간 중에 이 학당에 있을 때 내가 나를 가장 확인할 수 있었거든요."

"어떻게 너를 너 자신이라고 확인할 수 있니?"

"피와 살로 이루어진 육신으로만 우리를 확인하는 것은 아니잖아요. 그랬다면 대부인과 저는 서로 못 알아보았을 거예요."

"그래 다시 긍지를 찾았니?"

"네. 당장님을 만나니 더 확신이 섰어요. 이제 이곳을 떠나 그곳이 어느 곳이든 가서, 제가 감당할 수 있는 작은 시골에 가서 머무르고 싶어요. 신에게 인간에게 봉사하면서요. 대부인처럼요. 저를 꼭 한번 껴안아주세요."

우리는 서로를, 긍지가 든 영혼을 안았다. 순간, 나는 이 한옥이 새 건물이건, 곧 무너져 내릴지도 모를 만큼 내구력이 많이 떨어진, 어쩌면 이미 무너져버린 건물이건 상관없다는 생각이 들었다. 사실 오랜 세월이 지났는데도 예전 모습 그대로 멀쩡하다면 도리어 끔찍한 일이다. 그렇다면 우리는 이미 오래전에 무너져버리고 자취도 없는 폐옥 속에서 만난 것인지도 모른다. 눈에 보이는 것이 전부는 아니다. 박에스터와 나의 만남은, 우리의 이 밀회는 눈에 보이지 않는, 시공간을 초월한, 인간을 초월한 만남이었기 때문이다. 창백한 얼굴에 혈색이 도는 듯 살짝 분홍빛이 스치더니, 에스터는 불현듯 사라져갔다. 나는, 새 집인지 옛집인지 알 수 없는, 확실한 ㅁ자 복도를 따라 계속 나아간다.

나를 초대한 자를 어디서 찾을 수 있을까. 이 초대의 목적은 무엇일까. 이 꾸불꾸불한 시공간의 어느 지점에서 나의 초청자를 만날 수 있을까. 시공간이 지금처럼 꾸불꾸불하다면 초대자건 박에스터건 다시 만나게 될 것이다. 직선에서 한번 지나치면 다시 만나기 어렵지만 꾸불꾸불하면 언젠가 다시 조우하지 않겠는가. 이 나라의 꾸불꾸불한 논밭의 경계선처럼 말이다. 이 나라에 처음 와서 이해하기 어려웠던 것들 중의 하나는 시간이나 땅 쓰임에 손해를 보면서도 매우 꾸불꾸불한 경계선을 만드는 것이었다. 그런데 나중에 알게 된 사실은 여름에 한꺼번에 비가 내리기 때문에 둑을 곧게 만들었다가는 논밭이 모두 떠내려 가버리기 때문이었다. 꾸불꾸불함이 바로 삶을 지탱하는 방식이었다.

나는 ㅁ자 복도의 90도를 꺾어, 다시 오른쪽 복도로 접어들었다. 그리고 첫 번째 반쯤 열린 방문 안을 살그머니 들여다보았다. 그 안에서 웅웅거리는 소리 혹은 사람의 말소리가 났기 때문이다. 살펴보니 납작하고 긴 상자에서 사람들의 모습과 목소리가 나왔다. 과거에 내가 이 나라의 관리들에게 리화학당을 소개하기 위하여 사용하던 환등기와는 많이 달라 보였다. 환등기는 한 장 한 장 수동으로 화면이 바뀌었다면, 이 방의 기기는 화면이 자동으로 빠르게 지나갔고 목소리도 자동기기에서 울려나왔다. 골똘하게 영상 상자를 바라보고 있는 여자는, 그렇다! 복도에서 뒷모습만 보았던 보라색 스커트의 여성이다. 비록 머리를 풀어헤치긴 했지만 그녀는 처녀귀신이 아니라 분명 산 사람이다. 호기심에 휩싸여, 나는 그녀 곁에 가만히 앉는다.

아, 나는 너무 놀라 하마터면 의자에서 떨어질 뻔하였다. 내가 어떻게 여기 있는 줄 알고 내 아들의 얼굴을 보여줄 생각을 한 것일까. 그가 리화학당 안에 보구여관을 열어 여성들만을 위한 의료사업을 펼쳤다는 사실과 함께 말이다. 화면에서 아들의 얼굴을 보니 감동과 그리움이 밀물처럼 밀려왔다. 나를 초대한 이는 나를 위해 이렇게 만반의 준비를 한 모양이었다. 그다음 화면에 나타난 것은 방금 만났던 김점동의 얼굴로, 한국 최초의 여의사 박에스터로 소개되고 있었다. 헌데, 사진 밑에는 생몰연도가 1877~1910년으로 적혀 있다. 에스터가 서른을 갓 넘긴 나이에 세상을 떠났다는 이야기다. 조금 전 내가 만난 모습은…… 그 희미한 모습은 어쩌면 이미……

영상화면을 통해 여전히 많은 지인들과 익숙한 풍경들이 지나갔다. 내 머릿속에 들어 있는 기억을 누군가가 고스란히 영상으로 옮겨놓았다 해도 좋을 만큼 생생했다. 리화학당의 교실 칠판에 언문, 영어, 한문을 동시에 쓰고 있는 세 학생의 모습, 최초의 인체생리학 교과서인 '전톄공용문답', 학생들의 수업을 참관하는 학부형들의 모습, 학생들이 방과 후 다듬이질하는 모습, 취침하는 모습도 보였다. 김치를 담그는 김장방학의 사진도 보였다. 리화학당 선생들이 성숙한 처녀학생들에게 신랑을 구해 시집보내는 동시에 졸업을 시키는 사진도 보였다. 1908년에 이화의 창립기념일을 5월 31일로 정하고 공식적인 기념식과 행사를 거행하는 장면도 지나갔다.

그때 방 안으로 누군가 들어섰고, 보라색 치마를 입은 여성과 나는 그쪽으로 고개를 돌렸다. 우뚝, 나는 문 옆에 선 바지에 먼저 시선을 빼앗겼다. 입고 있는 바지는 미국의 광산촌에서 일하는 남자들이 입던 것과 유사했다. 미국에서도 개척시대에 천막으로 사용하던 두꺼운 천, 처음에는 갈색이었으나 나중에 푸른색을 넣어 만든 청바지라는 것이었다. 그런데 그것을 입고 있는 사람은 남성이 아니라 여성이었다. 어떻게 이 나라 여성이 청바지를 입게 되었을까. 그녀는 광부 같지도 막노동을 하는 것 같지도 않았고, 빨간 매니큐어와 함께 매우 발랄하고 아름다워 보였다. 청바지 여성이 내 자리에 앉으려고 하는 것 같아, 나는 얼른 옆자리로 옮겨 앉았다.

"선배, 어디 갔나 했는데, 비디오실에 있었군요."

"응. 저것 봐."

그때 화면에 한 묘비가 잡혔다. 검은 어둠이 내리는 묘비에 마지막 황금빛 햇살이 내려앉고 있었다. 양화진에 있는 스크랜튼 선생의 묘비라는 글자가 지나갔다. 나는 그 묘비를 애잔한 마음으로 바라보았다. 두 여성도 물끄러미 그 묘비를 바라보고 있었다. 실내와 영상에 동시에 침묵이 흘렀다. 스크랜튼 선생은 1909년에 생을 마감했고, 외국인 묘지에 묻혔다는 설명이 나왔다. 나는…… 그녀를 알고 있다. 그녀는 외국인 묘지에 묻혔지만 자신을 외국인으로 느끼지 않았을 것이다. 그녀가 외국인이라고 생각했다면, 그래서 먼 훗날 이 나라에 온 다른 외국인들이 그녀를 잊어버리고 나면 더 이상 아무도 그녀의 묘지를 찾지 않으리라는 두려움이 있었다면, 그녀는 아마 이 나라에 자신을 묻어달라고 유언하지 않았을 것이다.

양화진 묘비 이후에는 기억에 남아 있는 풍경이나 사람이 화면에 지나가지 않았다. 그것은 당연했다. 헌데 4대 프라이 당장과 5대 월터 당장에 이어, 1922년에 아펜셀러가 6대 당장, 아니 이화전문학교 교장에 취임하고 있었다. 인연이란 참 신기할 따름이다. 아기 아펜셀러! 선교활동을 하기 위해 조선에 입국한 아펜셀러 목사의 아내가 임신을 하고 있었고, 이 나라에 들어와서 아이를 낳았다. 그날 밤 날씨가 너무 추워 산모는 벌벌 떨었고, 나는 찬 바닥에 아기를 놓을 수 없어 품에 안고 밤을 새우면서, 이런 끔찍한 환경을 개선하기 위해서는 여성들을 위한 교육시설을 세워야겠다고 마음을 굳혔던 것이다. 세상에 나오면서 터뜨린 첫 울음으로 내 인생의 방향을 바꾸어놓은 그 신생아가 자신의 미래의 방향도 이미 그때 정하고 있었던 셈이다. 인간의 인연과 역사는 이처럼 간절하게 서로에게 영향을 끼치며 이어져 내려가는 모양이었다.

"선배, 도움이 될 것 같아요?"

보라색 치마의 여성은 메모를 간간이 했고, 청바지 여성은 혼잣말처럼 툭툭 던졌다. 아펜셀러 교장이 이화전문학교를 위해 15만 평 교지를 확보하여 신촌으로 이사를 했다는 기록이 지나갔다. 학교가 신촌으로 이사를 했다고? …… 그렇다면 과거와 똑같은 규모와 모양의 이 한옥 리화학당은 어떻게 된 것일까? 청바지 여성은 비디오실이 조금 작다며, 편안하게 기댈 수 있는 소파가 있으면 좋겠다고 했다. 보라색 치마의 여성은 여기는 카페가 아니라며 웃었다. 커피의 유사 색깔 때문인지, 나는 오래전에 까마득하게 잊어버린 숭늉을 떠올렸다. 밥을 짓고 난 무쇠 솥바닥에 달라붙어 적당히 탄 누룽지에 물을 붓고 끓인 것, 블랙 티처럼 씁쓰름하면서도 고소했었다. 이곳에 와서 처음으로 인간의 갈증 같은 것이 느껴졌다.

"선배는 대학교 다니면서 무엇이 가장 힘들었어요?"

"길을 잃어 학교를 잘못 찾아온 느낌이 있었지. 나는 분명 이화여자대학교에 들어갔는데, 그곳에는 여대생들뿐만 아니라 남자들이 수없이 많았거든."

"뭐, 학교 안에 수위 아저씨도 남자고, 교수님도 남자고, 이화사진관 아저씨라고 항상 카메라를 들고 다니며 사진을 찍던 아저씨도 남자였잖아요."

"농담이 아냐. 처음 학교 입학할 때는 분명 여자들만 다니는 듯했지. 그런데 두 달 정도 지나니 교문 앞에 군인들이 서서 지키기 시작하더란 말이지. 내가 모르는, 눈에 보이지 않는 거대한, 눈으로 포착이 되지 않는 움직임들이 느껴졌지. 조금 지나니 학교 밖에 서 있던 군인들이 학교 안에서 둘씩 짝을 지어 돌아다녔어. 학교를 잘못 찾아들지 않았다면, 악몽이거나 열병 때문에 환영에 사로잡힌 것은 아닐까 했지. 당시에는 허가증 없이는 남자라면 누구도 들어올 수 없는 곳이 이화여대였으니까. 어떻게 이럴 수가 있을까 하는 사이에, 군인들이 마치 군대 연병장처럼, 새까맣게, 쏟아져 들어와서 자유롭게 활보했지. 그들은 우리의 가방과 우리의 도서관 출입까지 검사하고 감시하고 다녔어."

"1980년이라면 음, 선배가 입학한 해가 바로 5 · 17 비상계엄이 선포된 해잖아요."

"더 끔찍했던 것은 여자대학교에 남자들이 하나 둘 늘어날 때면 상대적으로 여대생들이 하나 둘 사라져가는 느낌이었어. 같이 공부하던 혹은 데모하던 친구가 어느 날부터 갑자기 보이지 않는 거야. 시골집에 내려갔는지, 소문대로 어디로 잡혀갔는지, 하나, 둘, 그렇게 자취를 감추었지. 가장 충격적이었던 것은 어느 날 3학년의 총학생회장까지 실종된 사건이었지."

그들의 대화를 들으며, 리화학당(이화여자대학교로 개칭했다)이 겪은 세태의 변화를 짐작할 수 있었다. 정치적인 사건과 함께 80년대 대학가가 혼란스러웠던 모양이었다. 학교에 들어와서 박에스터처럼 긍지를 배우기보다 군정에 의해 억눌리는 경험을 한 듯했다. 80년대 초에 입학을 했다면 그들은 이미 중년을 넘어선 나이였다. 나는 보라색 여성을 눈여겨보았다. 대학에 와서 학교를 잘못 찾아왔다고 느꼈던 그녀의 감정을 나도 이곳에 와서 고스란히 느끼고 있기 때문이다. 찾아든 건물은 리화학당이 틀림없는데, 그 안에 있어야 할 사람들의 모습이 전혀 다르거나 아예 사라져버린 것이다. 더구나 나의 리화학당과 보라색 여성의 이화여자대학교는 서로 다른 학교가 아니라, 바로 같은 학교였기 때문이다. 우리는 서로의 과거와 미래를 살고 있었다.

"저는 81년도부터 적용된 졸업정원제에 걸린 첫 학년이었잖아요. 그 족쇄 때문에 친구들과 밤낮 경쟁했던 것이 끔찍해요. 그런데, 선배는 어떻게 소설가가 됐어요?"

"글쎄, 그때 사라져간 사람들이 다 어디로 갔을까 하고 생각하곤 했지. 그러다 보니, 엄연히 존재하는데 우리가 보지 못하는 세계가 있는 것이 아닐까 하는 생각이 들었어. 지금 우리가 하는 이야기를 듣고 있는 누군가가 있을지도 모르는 것처럼."

"CCTV가 설치되어 있다는 거예요?"

"CCTV보다 더 성능도 좋고 섬세한 감정을 지닌 어떤 존재일 수도 있지."

자신들의 이야기를 듣고 있는 존재가 있을 수도 있다는 말에, 나는 도둑 제 발 저리듯 가슴이 뜨끔했다. 하지만 나를 두고 한 말은 아닌 것 같아 모르는 척 앉아 있었다.

"선배가 이곳에 오자고 했을 때 조금 망설였는데, 오길 잘했어요. 오랜만에 학교 오니까 정말 좋아요. (웃으며 허공에 대고) 우리의 말을 지금 훔쳐 듣고 있니?"

두 여성은 소리 내어 웃었다. 나도 가만히 미소를 지었다. 청바지 여성의 말을 들으니 왠지 안심이 되었기 때문이다. 그들이 오랜만에 학교를 방문했다는 말로 추측하건대, 내가 찾아온 곳은 분명 눈에 보이는 그대로, 리화학당은 건재한 건물임에 틀림이 없다. 쇠못과 나사로 조인 원목들을 이리저리 솜씨 좋게 이어 만든, 산 사람이 지금도 들고 나는 실제 공간이 틀림없는 것이다. 걱정했던 것처럼 완전히 사라져 자취도 없는 폐옥이 아니고, 나도 그 안을 찾아든 떠도는 영혼이 아닌 것이 분명하다. 긴 세월 동안 너무 많이 변해 내가 따라잡지 못하고 있을 뿐이다. 내 과거의 기억, 비디오실의 영상화면, 그리고 이 두 여성의 대화를 통해 리화학당의 변화와 미래를 스케치처럼 이어 맞출 수 있는 것이 그나마 다행이었다.

두 여성을 따라 나도 자리에서 일어났다. 비디오실을 나와, 나란히 걷는 그들 뒤를 따라갔다. 그들은 시간과 함께 변한 것에 대한 이야기를 주고받았다. 늘어지는 피부에 대해, 늘어나는 주름에 대해, 약해지는 시력에 대해서…… 언제 둘이 같이 파리여행을 떠나자는 약속도 했다. 이야기에 빠져 그들은 몇 개의 방을 그냥 지나쳤다. 나는 문득 우리가 몇 년도에 있을까 하는 궁금증이 들었다. 두 여성은 '편지 쓰는 방'이라는 글자가 새겨진 방 앞에서 발길을 멈췄다. 이곳을 방문한 느낌이나 소감을 편지로 남겨놓으라는 설명이 '편지 쓰는 방' 밑에 붙어 있었다. 청바지 여성이 손을 내저으며 말했다.

"쓰고 싶으면 선배나 써요. 나는 산책이나 하고 있을게요."

청바지 여성은 ㅁ자의 마지막 90도를 꺾어 현관 쪽으로 향했고, 보라색 여성은 '편지 쓰는 방'으로 들어갔다. 나는 보라색 여성을 따라 들어갔다. 그녀는 조용히 앉은뱅이책상 앞에 앉았다. 앉은뱅이책상 위에는 원고지와 잘 깎은 연필이 놓여 있었다. 그녀는 한참 동안 생각에 잠긴 듯 원고지를 바라보고 있었다. 드디어 사각사각 글씨를 쓰기 시작한다.

"스크랜턴 부인에게"

나는 화들짝 놀라 그녀의 얼굴을 바라보았다. 마치 그녀는 내가 곁에 있는 것을 아는 것 모양 말을 걸었던 것이다.

"며칠 전부터, 나는 당신을 만날 방법을 열심히 찾아 헤맸습니다. 도서관을 뒤져 당신에 대한 자료를 모았고, 조용히 당신의 이름을 불러보기도 했습니다. 밤에 잘 때 당신이 올 수 있도록 꿈의 창문들을 모두 열어놓기도 했습니다. 하지만 당신을 만날 수 있다는 확신이 없어 이곳을 찾아왔습니다. 최소한 여기서는 당신의 체취를 느끼고 운이 좋으면 당신을 만나게 될지도 모른다고 생각했기 때문입니다.

내가 왜 당신을 간절하게 만나려고 하는지 아십니까? 나는 이름 없는 한 소설가입니다. 헌데, 얼마 전, 대학 다니며 겪었던 성장통에 관한 소설을 써달라는 청탁을 받았지 뭡니까. 물론 소설을 잘 쓰고 싶어 당신을 만나고 싶었는지도 모릅니다. 하지만 그보다 청탁을 받는 순간 제일 먼저 나는 당신을 떠올렸습니다. 왜 그랬을까요? 내가 대학에 들어갔을 때 당신은 이미 이 세상 사람이 아니어서 얼굴을 본 적도 만난 적도 없는데 말이죠.

아마 당신의 동상 곁에, 혼자, 앉아 있던 기억 때문인지도 모릅니다."

나는 편지를 훔쳐보면서, 몸 안으로 뜨거운 기운이 천천히 차오르는 것을 느꼈다. 아니 눈시울이 뜨거워지는 반가움과 벅찬 감동이 일었다. 나는 비로소 내 초청자를 발견한 것이다. 나는 반가워서 손을 내밀었지만 허공에서 멈추었다. 그 여성은 보라색 치마 아래 가지런히 다리를 접고 편지를 써내려가고 있었다. 내가 이곳에 초대받은 이유는 바로 이것이었다. 소설가의 강렬한 영혼의 부름이 나를 이곳에 끌어들인 것이다.

"스크랜튼 부인! 때로 당신의 동상 곁에 비켜나 앉아 있었던 이유는, 보이지 않는 적이 두려워서만은 아니었습니다. 시대의 소용돌이 속에 온몸을 던지지 못한 젊음의 자책도 들어 있었을 것입니다. 내가 이 세상에서 할 수 있는 것이 별로 없다는 무기력감에 휩싸여 있었으니까요. 그러다가 말도 통하지 않는 먼 나라에 와서 천대받는 여성을 위해 학교를 만들 계획을 세우고, 그것을 실천한 당신을 문득 떠올리고는(동상 옆에 여러 날 앉아 있었지만 그 생각은 전혀 하지 못하고 있었기에), 나는 비로소 툴툴 털고 일어나 대학생활을 제대로 해나가기 시작했던 것 같습니다. 죄책감과 무기력증에서 어느 정도 벗어났던 것이지요."

비로소 나는 육신을 주장할 수 없는 상태가 안타깝게 느껴졌다. 그녀의 초청을 받아 이렇게 왔지만, 그녀는 나를 볼 수 없는 것이다. 내가 이곳에 이렇게 와 있으며, 나에게 편지 쓰는 당신을 보고 있다는 것을 말해주고 싶어도 소용이 없는 것이다. 우리는 박에스터처럼 서로 만날 수도 서로 터치할 수도 없다. 나는 스스로 존재하는 자는 아니었다. 지금처럼 타인의 강렬한 기억이나 영혼의 부름에 대답하는 존재이기 때문이다. 혹은 상상의 힘에 의해 모습을 드러내는 존재이기 때문이다. 보라색 여성은 잠시 연필을 원고지 위에 놓고 생각에 빠졌다. 나는 그녀를 가만히 바라보는 것 외에, 다른 도리가 없었다. 그녀는 앞서 쓴 내용을 다시 확인하는 듯하더니, 편지지의 끝부분을 채워나갔다.

"스크랜튼 부인! 당신이 한 명의 학생으로 시작한 이래 백 년이 더 지난 지금까지 이 학교는, 은하계의 별처럼, 수많은 학생들을 배출했습니다. 그들이 사회에 나가 여성과 나라를 변화시키면서 일하고 있습니다. 당신이 그때 여성을 위한 학당을 세우지 않았다면, 우리나라 여성사는 많이 달라졌을 것입니다. 당신의 삶을 보면서, 나는 최근 한 인간이 이 세상에 대해 무엇을 할 수 있는지 어렴풋이 깨닫고 있습니다.

스크랜튼 부인! 우리 생의 한순간, 오늘 이 순간을 기억하며, 안녕!

2009년 1월 11일

소설가 김다은 씀

편지를 한 번 접어, 그녀는 옆에 놓인 바구니 속의 다른 편지들 위에 놓았다. 그녀의 편지 말미에 씌어진 날짜 덕분에, 나는 우리가 머물고 있는 연도를 알 수 있었다. 나는 1909년에 죽었는데, 2009년에 다시 이곳에 돌아온 것이다. 작은 기적이나 다름없었다. 한 소설가의 상상하는 힘에 의해 백 년 만에 다시 이곳을 방문할 수 있게 된 것이다. 나는 조용히 그녀를 따라 '편지 쓰는 방'을 나섰다. 그녀는 내 쪽으로 시선 한 번 손길 한 번 주지 않았다. 하지만 나는 계속 그녀를 따라 현관 쪽으로 갔다. 복도를 따라 처음 들어선 현관에 도착했다. 바로 ㅁ자를 한 바퀴를 돌아 제자리로 온 것이다. 한 바퀴를 돌아 백 년의 시간을 지나온 것이다.

보라색 여성과 나는 현관을 나섰다. 그녀는 댓돌에 놓인 보라색 하이힐을 신었다. 나는 아예 신발이 없었다. 마당에는 벌레를 찾으러 온 새들의 지저귐으로 소란스러울 정도였다. 마당에는 아까 본 청바지 여성이 어슬렁거리며 동행을 기다리고 있었다.

"선배, 이거 받아요."

청바지 여성은 책 한 권을 내밀었다. 그들은 이제 이곳을 떠날 태세이다. 그들이 떠나면 나도 떠나야 할 것이다. 에스터처럼 가끔 궁지가 필요하거나 누군가의 강렬한 영혼의 부름이 있으면 다시 찾아올 수 있을 것이다. 그나마 생전에 본 적도 없고 들은 적도 없는 소설가의 초대를 받아 백 년 만에 이곳을 방문할 수 있었던 것은 정말 행운이었다. 나는 이 학당의 모습을 눈여겨 봐두고 싶어 고개를 돌려 입구를 바라보았다. 그런데 웬일일까. 한옥 학당건물에 '리화학당'이라는 현판이 보이지 않았다.

"소설 쓰는 데 도움이 될까 해서 이 책 샀어요. 역사관에서 기념품으로 팔더라고요. 『이화 100년사』라는 책이에요."

현판이 걸려 있기는 한데, '리화학당'이 아니었다. 그곳에는 '이화역사관'이라는 글자가 박혀 있었다. 내가 엉뚱한 건물을 한옥 리화학당으로 착각을 했단 말인가. 건물을 잘못 찾아들어 그렇게 혼란스러웠단 말인가. 그렇게 어이없는 실수를 했단 말인가. 나는 거의 맥이 풀려 정신이 없었다.

"신문기사 보고 네게 전화한 거야. 옛날 리화학당의 건물을 똑같이 복원해서 이화역사관으로 만들었다기에 와보고 싶었어. 이제 돌아가자."

리화학당을 복원한 역사박물관! 참담한 심정에 빠져 있던 나는 보라색 여성의 말에 귀가 번쩍 열렸다. 그랬구나. 비로소 이 한옥의 비밀을 이해할 수 있었다. 이 새 한옥은 이미 무너져 사라져버린 폐옥도 아니고, 백 년도 더 지났지만 새집처럼 버티는 유령의 집도 아니었다. 옛날 한옥 리화학당의 모습을 축대에서 건물 구조까지 그대로 복원해서 만든 '이화역사관'이었던 것이다. 이곳에서는 시간과 공간이 다르게 작동될 수밖에 없었다. ㅁ자를 한 바퀴 돌면 이화사 100년이 지나가게 되어 있었던 것이다. 새 한옥 위에 붙어 있던 이경숙 씨 사진이나 양관 교사 사진의 수수께끼도 이제야 풀리는 것 같았다. 아! 댓돌 위의 하이힐, 인포메이션 데스크의 짧은 커트머리 아가씨, 각 방마다 붙은 당장의 사진이나 비디오실, 그리고 '이화역사관'이라는 현판은 바로 역사관의 현재 모습이었던 것이다.

내가 모든 것을 한순간에 깨닫는 사이, 두 여성은 붉은 앞마당에서 서울 시내를 먼 시선으로 바라보고 있었다. 전망이 참 좋다. 두 여성 중 누군가가 감탄하듯 말했다. 나는 어떻게 해서든지 내가 이곳에 왔다는 사실을 알려주고 싶었다. 소설가의 머리 위에 배꽃의 여린 꽃잎 하나가 떨어져 내리고 있었다. 나는 그 꽃잎을 가볍게 후후 불었다. 하얀 꽃잎은 하늘하늘 허공에서 춤을 추다가, 눈이 부신 듯 눈을 가늘게 뜨고 있는 그녀의 앞으로 날아갔다. 그녀는 땅으로 떨어지지 않은 꽃의 춤사위가 신기한 모양 가만히 바라보더니, 손을 벌려 손바닥에 가만히 꽃잎을 받았다.

두 여성은 마당 끝의 축대 쪽으로 걸어가기 시작했다. 내가 계속 그들을 따라갈 수는 없었다. 메지구름이 태양을 가렸는지 황톳빛 앞마당에 그늘이 드리워졌다. 두 여성은 축대 가운데의 계단 끝에 서 있었다. 나는 '이화역사관' 현판 앞에서, 그들의 뒷모습에 대고 혼자 중얼거렸다. 안녕! 그들이 계단을 내려가기 시작한다. 한 계단 한 계단 내려갈 때마다, 조금씩, 두 여성의 뒷모습이 사라져갔다. 청바지 여성의 다리가 사라지고, 허리가 사라지고, 머리가 사라졌다. 상대적으로 키가 큰 김다은의 검은 머리카락이 사라지고, 마지막으로 머리의 정수리가 점처럼 보였다가 완전히 자취를 감추었다. 나는 한동안 텅 빈 앞마당 끝을 바라보고 있었다. 그들은 축대 사이의 계단을 계속 내려가고 있을 것이다.

상쾌한 밤

함정임

하린이 동해남부선 열차에 몸을 실은 것은 극심한 피로감에서 잠시 현실감을 잃은 탓이었다. 몇 년째 유랑생활을 해온 그가 현실감을 따질 처지는 아니었다. 열차가 황룡사지 터 옆을 지나 안압지에 이를 즈음 건널목 정지 신호음이 땡그렁 땡그렁 울렸고, 그는 자신이 가야 할 방향과는 정반대 방향으로 기차가 달리고 있음을 깨달았다. 플랫폼 게시판에 나와 있는 지명이 불현듯 그를 엉뚱한 곳으로 이끌었던 것이다. 경주역 플랫폼에서 새마을호 기차를 기다리던 중, 우연히 동해남부선의 열차시각표에 시선이 갔다. 송정이라는 지명이 눈에 들어왔다. 마침 그가 타려던 상행선보다 하행선이 먼저 당도했고, 그는 잠깐의 망설임 끝에 열차에 뛰어올랐다. 발차(發車)의 진동 속에 그는 아내의 얼굴을 떠올리며 핸드폰을 꺼내 폴더를 열었다. 오전 11시 5분. 상행선을 타고 다섯 시간을 달려가야 겨우 약속시간에 닿을 것이었다. 그런데 그는 하행선에 몸을 싣고 있는 것이었다. 삶의 방향이야 어찌되었건 달리는 기차는 남산 자락을 그의 등 뒤로 멀찍이 떼어놓고 있었다.

J 선생은 듣던 대로 대주호(大酒豪)였다. 남산 기슭에 있는 선생의 움막은 사흘 밤낮을 퍼마셔도 마르지 않는 술독이었다. 전국을 바람처럼 떠돌기 전까지 잘나가는 펀드매니저였던 그를 먹여 살린 것이 주식(株式)이었다면, 동가식서가숙하던 지난 몇 년 동안 그를 연명하게 해 준 것은 주식(酒食)이라고 해도 틀리지 않았다. 그러나 그 뻔뻔한 주력(酒力)도 J 선생 앞에서는 새 발의 피였다. 선생으로부터 낙오되지 않기 위해 연일 용맹정진한 터라 열차시간에 맞춰 간신히 경주역에 도착하기는 했지만 육신은 만신창이처럼 흐물흐물해져 있었고, 정신은 은화처럼 허옇게 번쩍거렸다. 새벽녘 해우소에서 비몽사몽 중에 아내로부터 전화를 받지 않았다면 그는 남산의 석불들을 그린다는 핑계로 세월 가는 줄 모르고 J 선생의 산방(山房)에 머물렀을 것이었다. 불교를 소재로 한 J 선생의 동양화는 국내보다는 외국, 그것도 뉴욕에서 호평을 받고 있었다. 귀국해서 경주 소재 D 대학에 자리 잡은 뒤로는 몇 년에 한 편 대작 위주로 손을 댈 뿐 주야장천 술독에 빠져 사는 J 선생인지라, 가솔(家率)과 가세(家勢)의 안위에는 별 무관심이었고, 얼핏 속세와 연을 끊은 속 편한 한량처럼 보이기도 했다. 삼청동, 어디라고? 토함산 아래 보문 호숫가에 벚꽃이 화드득 피고 또 지고 있었다. 그러나 새벽녘에는 공기가 제법 쌀쌀했다. 그는 한손으로 바지춤을 잡고, 다른 한손으로는 핸드폰을 귀에 댄 채 오줌줄기에서 솟아오르는 하얀 김을 입김인 양 휘휘 불며 아내에게 소리쳤다. 몇 번이고 되묻는 그에

게 아내는 다시 한 번 내일 저녁의 삼청동 상견례 장소를 환기시키면서 늦지 않게 올라오라고 신신당부를 하고는 인사 대신 힘없이 덧붙였다. 당신, 핸드폰 좀 바꿔야겠어요. 그는 바지춤을 주섬주섬 올리고는 고물 핸드폰을 마치 분신인 양 물끄러미 바라보았다. 아내와 유일하게 연결되는 통로가 핸드폰임에도 불구하고 그는 그것에 너무 무심했다. 그의 핸드폰은 배터리 방전 중이거나, 가방 속에 방기 중이었다. 아내의 목소리가 사라진 핸드폰은 이내 싸늘해졌다. 신혼 시절 이후 그는 남자, 아니 남편답게 아내를 돌본 적이 없었다. 그런 주제에 아내에게 언제나 무뚝뚝하다 못해 아내를 외면하기 일쑤였고, 급기야는 가출에 연락 두절이 일상사였다. 다행히 졸업과 동시에 광화문의 외국계 회사에 자리를 잡은 아내는 그가 전국을 바람처럼 떠도는 사이 누구도 넘보지 못하는 사내 핵심 참모가 되어 있었다. 그는 끝까지 자신을 버리지 않는 아내가 한없이 고마웠지만, 한편으로 두려웠다.

토함산 위에 높이 떠올랐던 달은 남산을 지나 서쪽으로 훌쩍 기울어 있었다. 모처럼 화필을 잡으려는지 J 선생은 〈춘향전〉 한 자락을 꺾으며 화구(畵具)를 하나하나 쓰다듬고 있었다. *백발이 섧고 섧다. 백발이 섧고 섧네. 나도 어제 청춘일러니……* 하린은 핸드폰을 바지 주머니에 찔러넣고 방으로 들어가려다가 J 선생의 흥취를 깨지 않으려고 마당으로 내려와 머춤하게 서서 달을 바라보았다. J 선생의 판소리는 오묘했다. 구성진 그늘이 있는가 하면, 거침없이 경쾌했고, 대복대목 서슬이 담겨 있었다. *야, 야, 친구덜아. 승지강산 구경가자. 금강산을 들어가니. 처처으 경산이요……* 아내를 마지막으로 본 것이 언제였는지 기억조차 가물가물했다. 헤어질 때 아내의 회사 앞 은행나무가 빈 가지로 안개에 젖어 있었으니, 어느덧 한 계절을 훌쩍 건너뛰고 있었다. 아내는 이파리 하나 거느리지 않은 가로수 아래서 그를 기다렸다. 사실 그는 아내가 퇴근하기 한 시간 전부터 길 건너 스타벅스 삼층 창가에 앉아 그녀의 모습을 지켜보고 있었다. 일부러 아내를 추운 거리에 서서 기다리게 할 생각은 아니었다. 그런데 약속시간보다 먼저 아내가 모습을 나타내자 그는 자리에서 일어서려다가 제자리에 주저앉았다. 아내를 조금 더 지켜보고 싶었다. 옛날 생각이 났다. 대학 3학년 때 우연히 친구 따라 문학 동아리에 갔다가 먼발치에서 그녀를 보고 덜컥 동아리에 가입하고는 1년 동안 빠지는 일 없이, 그러나 존재감은 전혀 드러내지 않고 다녔다. 일기는 물론 편지 한 자 적는 법이 없던 그와는 달리 그녀는 시를 쓰고 평론 스터디에 열심이었다. 동아리에 나가기 전까지 그의 주특기는 엎드려서 시간을 보내는 것이었다. 같은 대학으로 진학한 고등학교 동기 녀석들은 맨날 엎드려만 있더니 어떻게 대학에는 들어올 수 있었는지 신기해하며, 건설업자로 불리던 아버지의 뒷배경을 의심하곤 했다. 대학에 들어와서도 엎드려 있기 일쑤였지만, 그녀를 만나고부터는 사정이 달라졌다. 그녀가 있는 공간에서는 멀찍이 떨어져 엎드려 있다가도 복화술로 그녀에게 하고 싶은 말을 상징적으로, 또 반복적으로 내뱉곤 했다. 그의 복화술은 미묘한 시적 울림으로 단박에 주목을 끌었다. 자신에게 집중된 시선을 의식해서 그는 심각하지 않게, 장난일 뿐이라고 어깨를 으쓱하고 넘어갔다. 누구도 그가 복화술로 하는 말이 그녀를 향하고 있음을 간파하지 못했다. 그러나 그녀는 달랐다. 스터디가 끝나고 저녁 먹으러 가는 길에 그녀는 그를 불러 세우더니, 단호한 어조로 그에게 한 가지를 물었고, 한 가지를 요구했다. 왜 엎드려 있는 건데? 그리고 다시는 그런 식으로 말하지 마, 나에게 하고 싶은 말이 있음 직접 해. 그는 태어나서 처음으로 심하게 부끄러움을 느꼈다. 그는 엎드리는 일이 줄어들었고, 다시는 복화술을 하지 않았다. 그녀는 오직 단둘이 있을 때에만 그에게 복화술을 허용했다. 그러면 그녀도 복화술로 대답했다. 그가 네 살 때 생모를 잃은 것과는 달리 그녀는 열 살 때 부모가 이혼하는 바람에 순탄하지 못한 유년을 보냈다. 어떤 일을 계기로 부모가 돌아설 수 없는 지경이 되었는지 몰라도, 그녀에게 생부는 좋은 사람이었다. 어머니보다는 생부와 보낸 시간이 많았고, 그만큼 추억도 많았다. 열다섯 살 때 어머니가 아들 둘이 있는 지방대학 교수와 재혼을 한 뒤로 생부는 금기 인물이 되었고, 생부의 사진도, 생부의 선물도, 생부와의 전화도 자취를 감추어야 했다. 그녀가 거짓으로나마 소리 내어 생부와 이야기할 수 있는 것은 복화술을 통해서였다. 그녀의 유일한 희망은 대학 입학과 동시에 대전의 집을 떠나 서울로 가는 것이었다. 그녀의 자취방은 그의 학교 동문(東門) 근처 주택가에 있었다. 그는 그녀가 구하지 못하는 자료나 책자를 종종 자신의 대학 도서관에서 빌려다 주었다. 그날도 그녀는 가로등 옆에 서서 그를 기다리고 있었다. 신촌에 있는 아내의 대학 후문 옆 가로등 아래. 지척에 육교와 버스정류장이 있었다. 그는 반대편에서 육교를 건너 그녀에게 갔다. 그는 육교 위에서 그녀를 발견하고는 휘파람이라도 불어 부르려다가 멈칫 그 자리에 서서 그녀를 지켜보았다. 그녀가 정말 자신을 기다리는 세상의 단 하나뿐인 여자인가 확인하고 싶었다. 가로등이 그녀만을 비추기 위해 존재하듯 그녀는 가로등 불빛 아래 영화의 한 장면처럼 서 있었다. 감색 체크무늬 스커트에 상아색 블라우스를 입은 긴 단발머리의 그녀. 누군가를 기다린다기보다 어떤 방향을 하염없이 좇고 있는 그녀의 모습은 어떤 성스러운 기운이 감도는 듯했다. 결혼한 지 15년이 넘었지만, 아내는 여전히 연애 시절의 단아한 실루엣을 유지하고 있었다. 그는 마치 낯선 여인을 훔쳐보듯이 아내를 관찰하다가 어느결에 유리창에 비친 사십대 초반의 사내의 몰골에 쓴웃음을 지었다. 남산 기슭의 J 선생에게로 오기 전까지 달포 동안 사천 다솔사 근처 암자에서 손끝이 닳도록 그리고 또 그리던 수묵화가 자신의 얼굴과 오버랩되어 보였다. 덥수룩한 수염에 어깨까지 내려온 장발. 어쩌면 아내가 자신을 알아보지 못할지도 몰랐다. 그는 얼른 두 손으로 셔츠 깃을 바로잡은 뒤 이마에 흘러내린 머리카락을 뒤로 쓸어 넘겼다.

언제나 처음이 문제였다. 그는 머리를 쓰다듬고 스타벅스의 계단을 밟고 내려와 광화문 지하도를 건너 아내가 서 있는 가로수 아래로 갔다. 거기까지 가는 동안 몇 명의 남녀가 그의 어깨를 부딪치며 걸어갔고, 지하도에 펼쳐놓은 잡동사니들이 그의 눈길을 끌고, 그의 머릿속을 하찮게 어지럽혔다. 그는 줄곧 아내를 만날 생각을 하며 걸었다. 지하도에서 올라오자 그가 길 건너에서 바라보았던 그녀가 서 있었다. 그는 그녀를 보며 걸었다. 자신을 알아보기를 바라며, 자신을 알아보는 순간을 기대하며. 그런데 정작 그는 그 순간, 아내와 맞닥뜨리는 첫 순간을 놓치곤 했다. 그는 한 번도 아내를 정면으로 바라본 적이 없었다. 아내가 자신을 바라보는 순간 그는 언제나 슬쩍 눈길을 피해 다른 데를 바라보았다. 여기저기 해찰을 부리다 겨우 마주친 아내의 눈동자는 진실했다. 슬픔도 분노도 원망도 체념도 허무도, 아무것도 어리지 않은 담백한 눈동자. 그것은 그를 한없이 부끄럽게 만들고, 그녀에게 섣불리 다가가지도 멀어지지도 못하게 했다. 그는 항상 그녀 앞에 그 정도의 거리에서 멈추어 서 있곤 했다.

그날 아내는 평소와는 달리 심각한 얼굴이었다. 아내는 그에게 할 말이 있다고 했다. 그는 올 것이 왔다고 생각했다. 아내마저 개인파산자로 전락할 위기에서 벗어나기 위해 위장이혼 중이긴 했지만, 그는 한 번도 자신의 인생을 아내와 분리해서 생각해본 적이 없었다. 그래도 수없이 아내로부터 헤어지자는 말이 나오는 순간을 예상하지 않은 것은 아니었다. 언제든 감당할 준비가 되어 있었다. 그러나 그는 아내로부터 사랑하는 다른 남자가 생겼다는 말만은 끝까지 듣고 싶지 않았다. 그러자면 그가 먼저 아내를 자유롭게 해주는 것이 옳았다. 그러나 피할 수 없는 숙제처럼 가슴에 품고 자꾸 뒤로 미룬 채 몇 년을 보내고 말았다. 그는 무슨 말이냐고, 어서 말해보라고 하지 않고, 아무것도 못 들은 사람처럼 아무 대꾸도 하지 않고 눈길을 이리저리 던지며 아내의 가녀린 숨소리를 듣고 있었다. 벽에 걸린 달력의 11월이라는 큰 글자가 눈에 들어왔다. 그날 밤 탁자를 사이에 두고 마주앉아 아내가 꺼낸 말은 그가 예측 가능한 종류의 것이 아니었다. 당신 동생이 나타났어, 여동생. 그는 귀를 의심했다. 아내가 너무 피곤한 나머지, 그에게 짜증 삼아 헛소리를 하고 있는 것은 아닌가 하고 생각할 수는 있었다. 그에게는 아버지와 생모가 낳은 두 명의 누이와 나중에 아버지와 계모 사이에 난 이복 남동생이 하나 있을 뿐 여동생은 사십 평생 존재하지 않았었다. 그런데 여동생이 나타났다니! 그는 내심 기대했던, 아니 두려워했던 통고가 아님에 환호해야 했지만, 쇠파이프로 뒤통수를 한 대 얻어맞은 듯 아무 말도 나오지 않았다. 결혼식을 올린다는데, 당신을 만나고 싶어 해.

* * *

송정역에 내리자 출발지 경주역에서 느꼈던 피로감은 온데간데없이 사라졌다. 대신 언젠가, 그가 그녀, 그러니까 아내와 사랑에 빠질 무렵, 15년 전의 기억이 어제 일인 양 그를 사로잡았다. 기차 방향을 잘못 잡아 탄 것이 극심한 피로감 탓이라고 했지만, 그를 철 이른 해수욕장으로 이끈 이유는 정작 다른 데 있었다. 그는 기차를 타고 오는 내내 뇌리에 박혀 지워지지 않는 한 장의 흑백사진에 사로잡혀 있었다.

육교 아래에 서 있던 그녀와 저녁을 먹고 그녀의 자취방까지 바래다주고 자정 무렵 귀가하는데, 웬 낯선 사내가 대문간에 서 있다가 불쑥 튀어나와서는 그의 이름을 물었다. 그가 자신의 이름을 대자, 낯선 사내는 대뜸, 그 웬수가 만나게 해줘야 말이지, 라고 욕지거리처럼 혼잣말을 내뱉으며 주머니에서 담배를 꺼내 물었다. 어둠 속에서도 얼굴이 해쓱하고 손이 심하게 떨리고 있는 것이 눈에 잡혔다. 뜬금없고 낯설었지만, 그는 사내의 등장이 그리 싫지 않았다. 마치 언젠가는 그 순간, 딱히 지금의 상황은 아니지만, 이런 일이 한 번은 일어나리라고 예감하고 있었다. 아니 기다리고 있었다. 마치 집 나간 누군가를 기다리듯 그는 늦게 귀가할 때면 골목 입구에서부터 걸음의 속도를 늦추곤 했다. 그만큼 그의 가슴은 한쪽이 텅 비어 있었다. 어렸을 때 아릿하게 시작된 그 구멍은 성장할수록 커져갔고, 그는 엎드려 있을 때면 자신의 심장 박동소리를 들으며 구멍의 공허가 메워지는 듯 안정감을 느낄 수 있었다. 그는 주머니에서 라이터를 꺼내 사내의 담배에 불을 붙여 주었다. 불빛에 드러난 사내의 얼굴은 어딘가 낯이 익었다. 나, 영식이여. 네 생모 송영희 여사의 하나뿐인 동생.

그는 영식이 외삼촌이 건네준 흑백사진에서 한 곳을 응시하곤 했다. 사진 오른쪽 하단에는 기울어진 손글씨체로 *1978년 5월 송정*이라 새겨져 있었다. 호선형 해안선 끝자락에 작은 동산이 바다를 향해 툭 튀어나와 있었고, 한 여자가 그쪽으로 내달리고 있었다. 여자는 마치 싫지 않은 누군가가 그녀를 잡으러 쫓아오듯 자지러지게 웃으며 마주 오는 바람을 손으로 가르고 있었다. 달리는 여자의 하늘하늘한 블라우스와 치맛자락이 바다 쪽으로 가볍게 휘날리고 있는 것으로 보아 초여름이 확실한데도, 이상하게도 그는 그 장면의 계절을 겨울로 기억하고 있었다. 영식이 외삼촌으로부터 처음 사진을 건네받아 어른거리는 불빛 아래 들여다보면서 그는 사진이 담고 있는 모든 것을 생경하게, 그러면서도 우습게 보았다. 사진 속의 여자는 그해 겨울 한 사내 녀석을 낳았는데, 그게 바로 너지. 영식이 외삼촌은 마치 남의 일을 전하듯 건성으로 넌지시 이야기를 흘렸다. 그는 생모의 얼굴을 알지 못했다. 아버지는 그에게 생모의 사진을 보여준 적이 없었다. 아니 그러기 전에 새엄마들이 들어오고, 나가고, 또 들어왔다. 아버지는 생모를 추억할 만큼 순정한 사내가 아니었다. 생모의 사진을 간수하며 추억할 위인이 아니었다. 그러기보다는 그에게는 전국적으로 돌보아야 할 집이 많았다. 사진 속의 그녀는 그가 기억하는 생모와는 사뭇 느낌이 달랐다. 유치했지만, 살아 있었다. 미소가, 달리는 몸짓이, 생글거리는 검은 눈동자가 생기를 뿜어내고 있었다. 영식이 외삼촌은 사진을 건네준 날로부터 정확히 44일 후 위암으로 죽었다. 그날 밤 딱 한 번 만난 인연으로 그는 외삼촌의 상주가 되었다. 흑백사진 한 장을 남기고 저 세상으로 떠났지만 영식이 외삼촌은 그에게 외가(外家)를 연결시켜주었다. 황해도에서 월남한 뒤로 몇 안 되는 피붙이가 영등포와 인천에 흩어져 살고 있었다. 그는 영정 속에서 생모와 자신의 연결점을 찾아보려고 했으나 부질없었다. 그가 기억하는 생모는 신기루 같은 존재였다. 네 살까지 키워준 생모의 맥박과 체온, 체취와 목소리를 기억할 수 없었다. 그럼에도 불구하고 어느 순간 꿈결처럼 '린아~' 하고 부르는 실체 없는 목소리, 부를 때의 움직임, 반짝이는 눈동자에 귀가 솔깃해지곤 했다. 그것도 시간이 흐를수록 희미해져갔다. 그가 엎드리기 시작한 것은 열 살 무렵, 계모가 아버지의 아들을 낳고, 생모의 기억이 점점 뇌리에서 사라지고 있음을 자각하고부터였다.

* * *

하린은, 뜻하지 않게, 봄날 저녁의 바닷가를 걸었다. 저녁 7시. 아내는 기다림을 포기하고 그의 생면부지 여동생의 상견례를 치르고 있을 것이었다. 몸에 밴 의무감과 성실성으로 아내는 훌륭하게 그의 빈자리를 메우고 여동생의 위신을 세워줄 것이었다. 전국에 집을 지으며 유랑하듯 살다가, 자식에게 빚을 유산으로 남겨준 별난 아버지의 숨겨놓은 딸이라는 사실은 생략한 채. 아버지의 훌륭한 유산 덕분에 개인파산자가 되어 전국을 그 아버지처럼 유랑하며 사는 오빠의 여동생이라는 사실은 발설하지 않은 채. 유령 같은 그를 사이에 두고 아내와 여동생은 시누이올케 간의 모종의 유대감을 이어가고 있었다. 아내는 더 이상 그를 기다려주지 않을지도 몰랐다. 아침에 J 선생의 움막에서 나와 경주역에 들어설 때만 해도 그는 돌아갈 곳이 분명했다. 5시 약속시간이 되었어도 아내는 그에게 전화를 하지 않았다. 약속을 어긴 것은 그였고, 그의 연락을 기다릴 사람은 아내였지만, 오히려 그는 10분 20분 30분, 두 시간이 흐른 지금껏 아내의 전화를 기다리고 있었다. 담배를 끝까지 다 태우고, 꽁초를 버리려는데 버릴 데가 마땅치 않았다. 꽁초를 들고 온 길을 되돌아오는데, 문득, 의문이 솟구쳤다. 혹시 아버지는 여동생의 존재를 알고 있었을까.

당신, 한 번은 만나야 할 것 같아요. 송정역 옆 시장통 골목에 있는 허름한 식당에 들어가 도다리 회 한 접시 시켜놓고 소주잔을 기울이고 있는데 아내에게서 전화가 왔다. 그의 예상과는 달리, 아내는 상견례 자리에 불참했다. 우리가, 아니 당신이 가려고 했다는 것을 말해주었어요. 만나지 않으려고 하는 그에게 끈질기게 연락을 해오는 여동생이나 그것을 꼬박꼬박 알리는 아내나 자매처럼 비슷한 구석이 있었다. 아내가 처음 여동생의 존재를 알려주었을 때, 그는 아버지를 저주

했다. 그 잘난 유산을 물려받았을 때에도, 그것이 원죄가 되어 현실로부터 추방되어 떠돌이 신세가 되었어도 IMF를 저주했지, 아버지를 원망하지는 않았다. 아버지로서는 어쩔 수 없는 일이었다. 그리고 계모가 이복 남동생에게 재산의 일부를 일찌감치 정리해놓은 것도 아버지로서는 어쩔 수 없는 일이었다. 유산으로 어마어마한 빚을 남겨주기까지 아버지는 그에게 할 만큼 했다. 결혼식도 강남의 고급 웨딩홀에서 번듯하게 치러주었고, 마포에 작은 전세아파트까지 얻어주었다. 따지자면, 잘나가던 아버지의 사업이 한순간에 빚더미가 되어 그의 몫이 된 것은 한마디로 그가 운이 없어서였다. 그나 아내는 그렇게 받아들였다. 그리고 그에게는 다행히 엎드리는 특기가 있어서, 어디에서든 없는 듯이 조용하게 살 수 있었다. 떠돌이 생활에 어느 정도 적응이 되었을 무렵 여동생이 나타났을 때, 그는 솔직히 여동생을 만날 마음이 전혀 없었다. 더 이상 아버지의 유산에 갇히고 싶지 않았다. 여동생이 통영과 사천 다솔사까지 자신을 찾아갔었다는 이야기를 전해 들었을 때에는 보이지 않는 끈으로 자신을 감아오는 압박감이 들었다. 아버지의 존재가 없는 마당에 그가 상관하지 않아도 되었다. 더욱이 현실에서 도피 중인 자신의 떳떳하지 못한 처지를 노출시키고 싶지는 않았다. 어떻게든 얼굴을 마주하는 일은 피하자는 심정으로 아내 편에 그림 한 점을 보냈다. J 선생의 남산 기슭으로 옮겨가기 전에 석 달간 머물렀던 청도 운문사 근처 암자에서 손가락과 손톱으로 그린 자두 연작 중에 하나였다. 그것으로 그는 여동생에 대한 인사치레를 한 셈이었다. 그림을 전하고 온 아내의 밝은 표정으로 보아 여동생의 마음을 읽을 수 있었다. 신기한 것은 여동생의 존재가 시간이 갈수록 아내와 그를 연결해주는 중요한 고리 역할을 하고 있는 것이었다. 아내가 직접 여동생에게 연락을 하도록 그의 핸드폰 번호를 알려주면 어떻겠냐는 물음에 매정하게 그럴 것 없다고 잘라 말했던 것은 여동생과의 연결보다는 아내와의 차단이 두려웠기 때문일지도 몰랐다. 그리고 그에게는 여전히, 처음이 문제였다. 언젠가 울리는 벨소리에 수화기를 들었다가, 오빠……라는 낯선 여자의 목소리에 화들짝 놀라 그대로 끊었던 적이 있었다. 그것은 불에 댄 기억처럼 생각만으로도 얼굴이 화끈거렸다. 당신 그림 말예요. 아내가 그에게 그림 이야기를 꺼내는 일은 없었다. 처음 아내에게 그림을 그리겠다고 말을 꺼내자, 아내는 반색은 하지 않았지만 그렇다고 반감을 표하지도 않았다. 죽지만 말고 어디든 살아 있기만 하라는 처연함, 아니 속으로는 지독한 괴로움을 내장한, 위장된 담담함이라고나 할까. 말은 그림을 그릴 것이라고 했지만, 자신도 어떤 그림을 그릴지 알 수 없었다. 그림이라기보다는, 손끝이 일으키는 생생한 느낌만을 본능적으로 좇고 있었다. 그것 말고, 도피 중인 그가 할 수 있는 일이란, 어이없게도, 아무것도 없었다. 그는 옛날처럼 엎드려 있을 수도 없게 되었다. 복화술도 공허한 메아리일 뿐이었다. 다만 무엇인가를 보여줄 수 있을 때까지 아내가 자신을 떠나가지 않기를 바랄 뿐이었다. 여동생에게 보낸 그림은 사실, 아내에게 보내려고 그린 것이었다. 수백 장의 파지 끝에 처음으로 완성한 형상이었다. 심장 두 쪽이 한 몸처럼 엉겨붙은 형상의 붉고 푸른 자두 두 개. 아내는 1분 정도 뜸을 들였다가 말을 이었다. 이제 좀 내놓을 때가 되지 않았어요? 아내의 말은 언제까지 습작생활로 팔자 좋게 팔도 유람이나 다닐 거냐는 질책으로 들렸다. J 선생의 움막에는 남산의 암각

화를 습작한 수십 점의 수묵지두화가 있었다. 그러나 세상에 내놓기에는 시간이 더 필요했다. 아내는 여동생의 한 달 뒤에 있을 결혼식 날짜를 알리면서도 참석 여부를 묻지 않았다. 다만, 한마디 덧붙였다. 한번 올라와요, 고물 핸드폰은 바꿔야지요.

* * *

철 이른 바닷가는 텅 빈 무대처럼 가로등 불빛만이 해변에 도열한 모텔들을 휘황하게 비추고 있었다. 그는 해변 산책로를 걷다가 한가운데에 이르러 등에 짊어진 육중한 배낭을 내려놓고 다시 담배를 한 대 꺼내 물었다. 바닷바람이 제법 차갑게 불어왔다. 그는 해안선을 따라 시선을 돌렸다. 검은 밤바다가 온통 현란한 불빛들로 번쩍거리고 있었다. 호선형 해안선과 그 끝에 튀어나온 동산이 아니라면 그가 걷고 있는 해변이 흑백사진 속 장소가 맞나 싶을 정도로 분위기가 완전히 변해 있었다. *1978년 5월 송정*으로 그는 무엇을 찾아온 것일까. 기적소리를 울리며 기차가 달려가고 있었다. 흑백사진 속의 그녀도 방금 울린 소리를 들었을 것이었다. 기차는 한 마리 검은 뱀처럼 긴 꼬리를 빠르게 거두어 경주 쪽으로 달아났다. 기차가 사라진 어두운 철로 위에 뿌윰한 빛이 어른거리고 있었다. 어제 토함산 위에 떴던 달이 오늘은 바다 한가운데로 떠올라 있었다. J 선생의 산방에서 울리던 새벽녘 노랫소리가 밀려오는 파도에 뒤섞여 귓전에 울렸다. *법고는 두리둥둥, 목탁은 따그락 뚝딱, 죽비는 차르르르르*…… 그는 달을 바라보며 한 번도 본 적 없는 여동생의 얼굴을 떠올려보았다. 아내의 얼굴이 어른거릴 뿐 도무지 감이 잡히지 않았다. 그를 찾아 다솔사까지 여동생이 다녀갔다는 소식을 들었을 때, 그는 쫓기는 심정보다는 쫓는 사람의 애틋함을 느꼈다. 그 끝에 어제 아내로부터 연락을 받았을 때는 더 이상 외면할 수 없음을 깨달았다. 그런데 무엇이 그를 여기, 휘영청 달이 뜬 동해안, 기차가 지나가는 작은 해변으로 이끈 것일까. 생면부지의 오빠를 만나려는 여동생이나 *1978년 5월 송정*의 그녀를 찾아온 자신이나 무엇이 다르단 말인가. 그는 담배를 한 모금 빨아 연기를 내뿜으면서 이제 어디로 갈 것인가 잠시 망설였다. 바다에서 불어오는 밤바람이 상쾌했다.

빠리 거리의
점잖은 입맞춤

배수아

그것은 마오의 방에서 시작되었다. 어슴푸레 형상이 없이 희미한 것들, 빛도 그늘도 아니면서 동시에 그 모두의 사생아인 것들, 검고 어두운 백색이 번쩍이는 순간, 혼돈이 등줄기를 타고 지나가며 빠르게 목소리를 내었다. 절대 이것에 대해서 아무에게도 말하지 말라. 이 느낌, 이 둔중한 추상의 무감각을. 그러나 말할 수 없는 것에 대해서 말하려는 친숙하고 잘못된 시도들이 모여 하나의 얼굴을 이루니, 혼돈의 몽타주, 사람들은 사진 속에 나타난 그 얼굴이 나라고 했다.

'아니 이건 아니야, 당신은 나를 잘못 보았어요, 당신이거나 당신의 카메라가.'

'그렇다 해도, 이건 카메라의 셔터가 눌리는 순간의 당신 모습인 건 확실해요, 설사 지금은 아니라 할지라도 말이지.'

하지만 사진은 수없이 많은 – 실제 단어의 의미 그대로 셀 수 없이 많은 – 얼굴들을 찍은 것인데, 그중에서 바로 이 하나의 얼굴, 몇 개의 커다란 흰 구멍과 불특정한 검은 배경, 그리고 촘촘히 뚫린 불명확한 형태의 창들로 이루어진 이 얼굴을 바로 나라고 지칭할 수 – 지적이 아니라 – 있는 데는 분명 뭔가 이유가 있어야만 한다. 마오, 그는 사진작가이며, 그 말은 곧, 그는 생계를 위해서 여러 가지 활동을 하는데, 그중에는 사진 찍는 일도 포함된다는 의미이다.

우리는 사진으로 살아간다. 나는 상상한다, 우리는 무대 없는 공연으로 살아간다고. 혹은 글로, 연극으로, 팸플릿 작가로, 무크지 발행인으로, 신호등 수선공으로, 무역서류와 전자제품 매뉴얼, 의료처방전 번역가로, 전시회 오프닝 연설가로, 명함 디자이너로, 잡지 기고가로, 청소부로, 여행에세이 작가와 잡다한 것의 비평가로, 온갖 가능한 종류의 프리랜서로, 예술 인스티튜트의 임시강사로, 은행의 채무자로, 은총의 실업자로, 우리가 기대했던 것과는 아주 다른 형태를 가진 모든 예상치 못한 일시적인 것들 덕분에. 나는 상상한다. 상상 가능한 모든 것들로 이루어진 내 상상의 생을 더욱 확장하기 위해서, 나는 더욱 상상하여, 마침내 내가 상상할 수 없는 것의 피부에 이르러 그것을 느끼고 싶다. 특히 마오는 인체의 어떤 특정 부분을 집중해서 찍었는데, 사진작가로서 그에게 어느 정도의 수입을 가져다준 유일한 그 일은 순전히 한 푼의 보수도 받지 않고 언제나 기꺼이 모델이 되어준 여러 여자들 덕분이라고 할 수 있다.

이 사진을 집으로 가져갈 순 없어, 나는 상상했다. 더욱이 이 사진을 그들에게 부칠 수는 더더욱 없지. 그랬다가는 내가 아는 사람들과 내가 모르는 사람들, 모두가 화내고 말 거야. 내가 일부러 그들을 화나게 하려고 이런 부정확한 사진을 보냈다고 여기겠지. 하지만 화내는 건 마오도 마찬가지일 테고, 나는 그것을 상상해본다. 어떤 경우에도 마오는 임의의 이유를 들어서 나에게 화낼 거야. 하지만 나는 화내지 않는다. 이 사진과는 상관없이, 최소한 어디에서도 광대의 복장을 한 사냥개가 날 추적하지만 않는다면. 시간을 많이 거스를 필요조차 없이, 바로 어제의 일이다. 길을 가는데 누군가가 내 어깨를 향해 큼직한 열매를 집어던졌다. 과일시장에서나 파는, 털투성이 갈색 열매였다. 깜짝 놀라서 돌아보자 왁자지껄한, 아니 더욱 정확히 표현하자면, 왁자지껄하지만 소심한 웃음들 사이에서 과장되게 쩌렁쩌렁 울리는 지나치게 자극적이고 무서울 만큼 선동적인 하나의 웃음소리가 높다랗게 터지고 있었다. 그는 말하자면 광대이자 익살의 제왕이고 웃음의 선동가인데, 사람들을 웃게 ─ 폭소를 터뜨리게 ─ 하는 것이 직업이었다. 그것으로 살아가는 사람인 것이다. 길가 카페의 모든 사람들이 웃으면서 날 쳐다보고 있었다. 유머를 이해하라는, 이해한다는 눈빛으로. 그러나 속에서 화가 치밀어오른 나는 지팡이를 휘두르는 늙은 여인처럼 분노했다. 나는 그 선동가를 알고 있었다. 이미 예전에 두 번이나 그에게 비슷한 수법으로 기습당한 경험이 있기 때문이다. 한번은 한낮의 광장을 가로질러 가는데 뒤에서 살짝 다가와 내 손을 몰래 잡은 적도 있다. 그때 나는 마오가 그렇게 한 거라고 생각하며 별 생각 없이 계속 걸음을 옮겼다. 물론 일부러 고개를 돌려 그 손의 주인을 쳐다볼 생각도 하지 않고서 말이다. 그때도 나를 당황하게 만든 것은 비명처럼 높게 터지는, 조급하고 강박적이면서 동시에 매우 분명하게 악의적인 그의 웃음소리였다. 살그머니 손바닥 안으로 기어들어오던 선동가의 낯선 손의 감촉은 그 이후에야 알아차렸다. 햇빛 뜨거운 광장

한가운데서 카페 테라스에 모인 수많은 관광객 군중이 나와 선동가를 쳐다보면서 유쾌하게 웃고 있었다. 오, 그렇지, 관광객들. 호텔에서는 잠을 설쳤으며 맛없는 음식 때문에 기분이 상했고 버스를 타고 하루 종일 비슷비슷한 시내 명소를 돌아다니는 바람에 지쳐버린 늙은 군중들, 이제 여유롭게 앉아 맥주잔을 앞에 놓고 눈빛을 번득이며 가벼운 여흥거리를 갈망하던 참이었다. 가벼우면서도 관광지의 관광객에게 잘 어울리는 종류의 것을. 유머는 유머니까, 하고 가면처럼 진한 분칠을 하고 얼굴 한가운데에 커다랗고 빨간 삐에로의 코를 갖다 붙인 선동가가 내 귀에다 대고 말했다. 너무나 투명해서 색채라고는 거의 찾아볼 수 없는 그의 눈동자가 무섭도록 가까운 허공에서 빤히 나를 응시했다. 제발, 그런 식의 유머는 내 인생에 다시 일어나지 말기를. 바보가 되는 건 좋다. 외국 땅 한가운데서 속수무책으로 웃음거리가 되는 것도 나로선 아주 못 견딜 일은 아니다. 하지만 그 웃음소리! 귀를 찢을 만큼 끔찍하게 과장된 짐승몰이꾼의 옥타브! 수백 킬로나 나가는 거대한 새가 엄청난 날개로 하늘을 온통 가린 채 피투성이가 된 부리로 까욱거리며 필사적으로 날아가는 소리! 가수의 성대를 학대하는 최대한 높은 음들이 서로 상승하며 끊임없이 연결되는 최악의 아리아, 자극하고 자극하고 또 자극하여 마침내 인간의 몸 안에 있는 뭔가가 저절로 불타고 폭발하게 만들어야 한다는 의도가 너무나 극명하게 드러나는 조롱 섞인 모욕의 코미디! 가장 잔인하고 극단적인 인간의 광적인 홍겨움! 어쿠스틱의 죄악인 그것만은 참을 수 없다. 나는 선동가를 노려보았지만, 그의 싱글거리는 표정에서 '중국인은 유머를 몰라' 하고 말함으로써 군중에게서 폭소의 마지막 한 조각까지 쥐어짜내려고 계획하고 있음을 알았기에 결국 화를 터뜨리지는 못했다.

모든 직업은 우울하다. 아니 정확히 말하자면 '그것으로 인해 우리가 살아가는' 그 직업은 우울하며, 필연적인 우울을 유발한다. 은퇴와 죽음 말고는 아무런 희망이 없는 우울. 예를 들어 우리가 알고 있는 이들, 사무원, 부동산업자, 철도 승무원, 컴퓨터 판매원, 정원사, 화가, 새몰이꾼, 길거리 광대, 웃음의 선동가, 나이 든 배우, 뚱뚱한 배를 가진 경찰, 의사, 교회 문지기, 박물관 매표원, 공업학교 교사, 실업급여 신청자 그리고 '아직은 내가 아니야' 혹은 '더 이상 내가 아니야'라고 주장하는 수많은 구직자들까지도. 자신들의 모습이 얼마나 운명적으로 음침하며 회색인지 그들이 알고 있다면. 마오, 그들의 사로잡힌 얼굴을 사로잡아 사진 속에 가두어. 다음 주에 다시 사진을 찍으러 올게.

전차를 타고 가다가 박물관역에서 내렸다. 가장 먼저 보이는 것은 하늘을 까맣게 덮은 수많은 비둘기들이다. 기운 없이 방황하는 개들의 머리 위에서. 그리고 보리수나무 잎사귀마다 달라붙은 화려하고 커다란 풍뎅이들. 불특정한 기슭을 향해 헤엄치고 있는 살아 있는 모든 것들의 일관된 모습. 박물관 앞의 집요한 생명 전시. 입장권을 산 다음 입구를 통과하여 박물관의 중앙 계단을 올라가면 그곳은 가운데가 불룩한 여섯 개의 돌기둥으로 사방이 둘러싸인 넓은 홀이고, 그 중앙에 침대가 하나 놓여 있다. 테두리에 약간의 돌장식이 들어 있는 평범한 목재 침대. 공기는 서늘하고, 채색유리와 대리석 시대의 냄새가 나는 공간. 침대 위에는 흰 시트를 몸에 두른 남자가 반듯하게 누워 이 세상의 그 누구보다도 깊이 잠들어 있다. 오래 묵은 종이처럼 무기력해 보이는 머리와 목, 그리고 건조하고 오므라든 입술이 조금 벌어져 있고, 그 사이로 잠의 숨결이 녹색 벌레의 형상으로 기어나온다. 홀 안에는 나와 그 남자뿐이다. 어느 날 신문을 펼치니 거기 잠에 관한 리뷰가 있었다. 빠리 언덕에서 발굴된 한 남자의 잠든 몸. 남자는 어느 날 잠으로부터 왔다. 그가 누구인지 아무도 모른다. 사람들은 그에게 잠이라는 이름을 붙였다. 그리고 그를 박물관으로 옮겼다. 남자는 아직도 잠들어 있다.

"이건 당신의 호흡기관의 일부예요." 다음 주에 마오가 보여준 사진에는 커다란 구멍 하나가 단조롭게 입을 쩍 벌리고 있었다. 구멍은 단지 하나이기 때문에 너무 크고 외롭게 보였다. 그리고 파렴치할 정도로 확대된 디테일들. 불쑥 솟아오른 흉측한 돌기와 처참하게 짓무른 불그스름한 살덩어리, 퉁퉁 부어오른 점막과 불결한 액체가 고인 땀구멍들. 정체 모를 가느다란 어두운 선이 주름진 피부의 도랑 사이를 이리저리 사선으로 흐르고 있었다. 유기체의 흉함에 반듯하게 꽂힌 금속성 화살처럼. 뻔뻔하고 시커먼 살덩이들이 축축하게 과시하는 그것은 '존재의 수치심 없음'에 대한 은유였으므로, 나는 더 이상 사진을 응시하지 못하고 고개를 돌려 외면하고 말았다. 그리고 상상했다. 인간의 이유 없이 치욕스러운 내장을 드러내 찍어주고 돈을 받는 것으로 살고 있으므로 사진작가 마오는 마오라는 이름을 가진 도축업자와 마찬가지이다. 그러한 사진을 나는 보내야 한다. 그들은 그렇게 말했다. 그 사진은 나의 공식적 증명이자 대리인이 될 것이다. 내 사진이 거기 있게 된다. 하지만 이건 내가 아니다. 이건 마오가 단순히 자신의 취향에 맞춰 찍는 '검은 내장 사진' 시리즈의 하나일 뿐이다. 이건 하나의 마오다. 그러므로 이건 오직 '하나의' 나일 뿐이다. 하지만 마오는 잘라 말했다. "이 사진의 제목은 〈빠리 거리의 점잖은 입맞춤〉이라고 합니다."

"내 호흡기관을 찍은 거라면서요?"

"그래요. 하지만 제목은 〈빠리 거리의 점잖은 입맞춤〉이에요."

그것으로 토론은 끝.

다시 박물관역으로. 박물관 건물은 보수공사를 하느라 일부 건물의 외벽이 희뿌연 천으로 단정하게 둘러싸여 있다. 비둘기와 개들은 어디론가 다 사라져버리고 없었다. 방황하는 먼지들이 입을 벌린 상처 속으로 가 조용히 자리 잡았다. 나는 그날 이후 매일 박물관역에서 내려 박물관 안으로 들어갔다. 잠든 남자를 만나기 위해서이다. 남자는 자세를 바꾸는 법도 없이 늘 같은 모양으로, 같은 정도로 깊이 잠들어 있었다. 박물관 입구에서는 관람객들에게 목에 걸 수 있게 된, 도시락처럼 생긴 오디오기기와 헤드폰을 나누어주었다. 남자가 잠든 침대 앞에는 〈잠〉이라는 제목 표시가 붙어 있고 그 아래에 '일련번호 228'이라고 적혀 있다. 오디오기기의 숫자판으로 228을 누르면 작품의 해설이 흘러나온다. 신화에 의하면 어느 날 막달라 마리아 앞에 부활한 예수가 현신하여 noli me tangere(내 몸에 손대지 마라) 라고 말하며 사라졌고 잠시 후 정신을 차린 마리아 앞에 이 남자가 잠들어 누워 있었다고 하는데, 그건 역사가 지어낸 거짓말임이 분명하다는 내용의 해설이었다. 머리를 관통하는 현기증 속에서 나는 상상한다. 잠의 도축업자와, 도끼를 손에 든 마오와, 허공에 뜬 남자의 침대를. 밖으로 나오면 박물관 앞 광장. 굽이 높은 가죽구두를 신고 버스정류장을 향해 걷다가 길 한가운데서 우연히 옛날 연인을 만나면 다정하게 껴안고 입맞춤하며 안부를 묻기에 최적인 장소. 햇빛이 환하게 미소 짓는 입술에 와서 날카롭게 붉은 금을 그리고 지나간다. 오, 어떻게 지냈는가, 그토록 오랜 시간 동안 너는. 세월이라는 환각의 꽃을 들고 걸어갈 수 있는 거리. 겹겹이 활짝 벌어진 분홍빛 꽃 이파리의 무한히 은밀한 주름들. 그렇게 해야만 하는 이 세상의 드문 장소. 물웅덩이는 짐승의 눈동자가 되어 우리의 발걸음을 주시하고 박물관의 유리벽이 서로에게 다가가는 우리의 모습을 수백 수천 개의 화면으로 절단한다. 옛날 연인의 손, 그의 입술이 차고 끈적한 이마에 와 닿는다. 소리 없는 목소리. 너는 매일 나를 찾아오지 않았던가, 바로 이곳으로. 매일 잠든 내 앞에서 오디오의 숫자를 누르고 내 목소리를 듣지 않았던가. 하늘은 백조와 충돌한 비행기가 지나가는 부드러운 허공의 길. 숨결은 추락하는 쇠붙이가 만들어낸 바람. 오후 5시, 버스 안에서 라디오 방송작가와의 인터뷰. 마이크와 녹음기, (목을 보호하기 위한) 보온병에 든 따뜻한 차, 한 순갈의 꿀, 기침알사탕, 수첩과 펜.

질문 : 당신은 여기에 처음 온 지 벌써 8년이 지났지요?

답변 : 그래요.

질문 : 무엇이 당신을 여기 있게 하는 거지요? 좀 더 다르게 묻는다면, 여기 있는 것과 거기 있는 것의 궁극적인 차이는 당신에게 무엇이지요?

답변 : 그런 질문들, 그런 질문들에 대한 대답을 찾아 헤매고 싶어요.

질문 : 찾아 헤매기 위해서 일부러 떠나온다는 말인가요?

답변 : 나는 찾아 헤매는 것을 사랑해요. 그게 내 직업이기도 하구요.

질문 : 그렇다면, 나는 왜 (하필이면) 여기로 왔을까, 하는 대답을

찾아 헤매기 위해서 (하필이면) 이곳에 왔다는 말로 해석해도 될까요?

답변 : 나는 어디서 왔을까 하는 질문도 마찬가지예요. 그 대답을 찾아 헤매기 위해 나는 '어디에서부턴가' 와야만 했으니까요.

버스는 주저하는 법 없이, 거리를 메운 집회 군중들 한가운데로 곧장 돌진했다. 그러자 무리지어 있던 사람들은 놀란 물살처럼 한꺼번에 흩어졌다가 버스가 지나간 다음 또다시 대열을 이루고 어딘가로 향했다. 버스 안 승객들의 유리 눈동자는 무표정하게 고정되어 있다. 차창에 진열된 비둘기 머리들. 도로를 점거한 시위대는 이마를 손으로 짚은 채 고개를 수그리고 발을 질질 끌면서 걸었다. 낯선 문자로 뒤덮인 두터운 깃발이 옷인 양 그들의 몸에 둘둘 감겨 있었다. 불타는 승려처럼, 뜨거운 마음을 체념한 사람처럼, 기슭을 향해 헤엄치는 음울한 저녁 강의 물고기들처럼. 버스 뒷자리에서 그들의 뒷모습을 오래오래 쳐다보는 나에게 라디오 방송작가는 당신도 불교도냐고 물었다. 당신도 맨발로 달구어진 벽돌 위를 걸어 제1세계의 대사관으로 향하는 불교도 탁발승이냐고.

답변 : 나는 불교도 탁발승은 아니지만, 가면을 쓴 광대와 마주치게 될까 봐 항상 두려운 건 사실이에요. 웃음광대는 나를 쫓아다니기를 멈추지 않습니다. 나는 그가 찾아낸 최고의 희극 소재예요. 그건 나의 크나큰 불행이고 동시에 그의 행운이기도 하지요. 내가 불행하면 할수록 그는 더욱 크게 웃을 수 있으니까요. 그래서 이렇게 달리는 버스 안에서 인터뷰 약속을 한 것이죠. 그는 심지어 나에게 함께 길거리 공연을 하자는 제의를 한 적도 있답니다. 행인인 척하고 내가 길거리를 걸어가고 있으면, 그가 내게 털 달린 열매를 던지는 거예요. 그러면 나

는 모욕당한 나머지 분노가 치미는 표정을 하고 사방을 마구 두리번거리는 거죠. 사람들 사이에서 웃음이 터져 나올 때까지요. 그리고 가던 길을 계속해서 가버리면 끝이죠. 아무도 눈치 채지 못한다면서요. 그뿐이 아니랍니다. 그는 종종 무대에 드리워진 휘장처럼 기다란 바지를 입고 죽마를 타기도 해요. 그는 내가 난쟁이 마리오네트가 되어주길 원해요. 나무인형인 척하면서 그의 손에 매달린 줄에 따라 움직이는 연기를 하는 거예요. 그는 죽마 위에 있고, 나는 우스꽝스러운 눈물을 흘리는 마리오네트지요. 그는 내가 왜 돈을 벌 수 있는 그런 기발한 제의를 거절하는지 이해하지 못하죠. 나는 웃음소리를 견딜 수가 없는데, 그는 이해할 수가 없다는 겁니다. 뾰족한 밀짚모자를 쓴 만다린 일꾼으로 분장하고 양쪽에 바구니가 달린 장대를 어깨에 걸친 채 카니발 행렬을 따라가라는 말도 했어요. 나는 광대나 배우가 아니고, 그렇게 되고 싶은 생각도 없지만, 그는 아무것도 이해하지 못해요. 그동안 나는 그런 생각을 수백 번도 넘게 밝혔지만, 그는 내 말을 전혀 알아듣지 못하는 것처럼 보입니다. 그는 내가 자신의 제의를 받아들이는 것이 정당하다고 지금까지도 굳게 믿고 있어요.

질문 : 그렇다면 혹시 그 웃음광대는 당신을 다른 사람과 혼동하는 게 아닐까요? 자신을 버리고 달아난 전 어시스턴트라든지, 아니면 진짜 마리오네트나 만다린 광대로, 혹은 자루 바지나 죽마, 혹은 서커스용 클라리넷이라든지. 만일 그것도 아니라면, 이건 가능성이 매우 희박한 가정이긴 하지만, 당신이 당신 자신을 다른 사람과 혼동하고 있을 가능성은 없을까요? 간혹 우리는 우리의 정체를 더 잘 알고 있는 타인을 만날 때가 있기도 하니까요.

답변 : 당신의 상상도 일리가 있지만, 그래도 이 세상에 절대적으로 내가 아닌 것이 한 가지 있다면 그건 바로 웃음광대가 나라고 생각하는 그 존재인 거죠. 불빛처럼 분명한 사실이에요. 그리고 내가 분명히 웃음광대 때문에 불행하다는 것도.

질문 : 그 말은, 당신은 도움이 필요하다는 것처럼 들리는군요.

답변 : 그러나 과연 대사관이 이런 나를 도울 수 있을까요? 아니면 불교도가? 아니면 라디오 방송이?

청취자 여러분, 지금까지 브레멘 라디오방송국에서 보내드리는 〈이방인의 초상화 연작 시리즈〉 중 '자신의 정체성을 부인하는 외국인 웃음광대 어시스턴트의 초상'이었습니다.

서점에서. 어떤 낯선 사람이 스쳐 지나가면서 전화기에 대고 말했다. …… 그것은 내게 오래 남아 있을 거예요. 얼마나 오래? 영원에 사흘을 더한 만큼. 그 사람은 원숭이처럼 구부정한 등을 보이며 서가 사이로 멀어져갔다. 그의 구부린 옆모습이 내 곁을 지나가는 순간, 일부러 몸을 과장되게 움츠리고 킥킥거리는 웃음광대의 자세와 너무나 비슷한 나머지 하마터면 나는 손에 들고 있던 베텔스만 세계지도책으로 그의 등을 힘껏 후려칠 뻔했다.

전철에서. 악취가 풍기는 좌석 한구석에 자리를 잡고 앉았다. 버석버석한 천이 깔린 의자에서는 물에 젖은 개털 냄새가 났다. 물과 오줌과 맥주에 젖은 피부 냄새와 함께. 열차가 덜컹거리며 움직이자 좌석도 따라서 좌우로 흔들린다. 숨 막히는 기분. 이렇게 늘 좌우로 흔들리며 발버둥치는 것 같은 포즈를 애써 취하지만, 결국은 두 개의 레일 사이를 결코 벗어나는 법 없이, 기계적인 밤과 낮의 노동자로 살아가리라는 숨 막힘. 설사 히말라야의 구름 위 마을에 산다 할지라도 무엇이 다르겠는가. 우리의 상상이 기억의 한계를 기억한다면.

충격에서 벗어나듯이 잠에서 깨어난다. 침상 주변에 고여 있는, 깨어 있음의 엄격하고 예리한 공기. 창을 통해 넘실거리며 침입하는 백색의 햇살과 먼지의 대기. 내 이마 위에 놓인 깨어 있음의 찬 손가락. 깨어남과 깨어 있음, 반복되는 잠과 잠 사이 끼어든 기계적인 체조이자 기묘한 존재 연습. 잠든 나는 내가 잠들었다는 사실을 의심하는 법이 없지만, 잠에서 놓여나자마자, 무엇인가, 내 의식을 엄습하는 충격과 상실감, 망각의 암시로 둘러싸인 이 거대한 외부의 피부는. 나는 과연 정말로 잠들었던 것일까. 잠든 나는 어디에 있었을까. 잠든 나, 그것은 나에게 속했던 어떤 것일까. 속삭임 : 너의 생은 네가 모르는 것과 네가 망각한 것으로 이루어졌다. 네가 살지 않은 것들로, 네 외부의 잠으로. 너는 네가 경험한 것을 낯설어하며 꿈꾸고 상상한다. 그렇게 너의 생은 너를 향해 나아간다. 모든 결정된 것에서부터 결정되지 않은 낮잠 속 하나의 표정을 향해. 잠은 시계나 시간과 마찬가지로 실재에 속하는 어떤 것인가. 나는 어떻게 확신할 수 있는가, 지금 이렇게 말하는 내가 사실은 잠들지 않고 있다는 것을…… 그날 우편함에는 대사관에서 온 편지가 들어 있었다. 친애하는 •••• 부인, 하고 편지는 봉투 모양의 입을 열었다. 친애하는 •••• 부인, 당신은 새로운 신분증과 서류가 필요하다고 신청을 하였습니다. 이 우편물은 거기에 대한 답변입니다. 우리가 갖고 있는 당신의 등록서류 사본을 보내드리니 임시신분증으로 사용하시기 바랍니다. 임시신분증의 효력은 1년이며, 그 이내에 새로운 신분증을 보내드리겠습니다.

마오의 집은 내가 살고 있는 건물과 이어진 외곽 동에 있지만, 연결 통로가 없기 때문에 그곳으로 가려면 일단 아래층으로 내려가 쓰레기를 버리러 가는 쪽문을 통과해야 한다. 항상 축축하고 푸르스름한 흙으로 덮인 뒷마당을 지나 좁다란 모퉁이를 돈 다음, 눈앞에 나타나는 회색 주차장 바닥을 똑바로 가로지르고 눈앞에 나타나는 계단을 올라가 외곽 동의 현관 철문을 밀고 다시 5층까지 올라가야 한다. 그곳은 벽면 전체에 거친 시멘트가 드러난 아틀리에 동으로, 원래는 소규모 공장을 위한 임대 건물이었으나 지금은 주거를 겸한 공예작업장들이 모여 있었다. 마오는 문을 잠그는 법이 없었지만 나는 습관처럼 두 번 노크를 하고 곧장 안으로 들어갔다. 마오가 방 한가운데 놓인 책상 앞에 앉아 있었다. 그는 흰 속셔츠 차림이었는데, 몸에 걸친 거라곤 그것이 전부였다. 그는 왼쪽 다리를 오른쪽 무릎 위에 얹은 자세로 앉아 책상 위에 펼쳐놓은 내년도 달력을 들여다보는 중이었다. 그 달력은 이 건물 아틀리에협회가 매년 입주 예술가들의 작품으로 만드는 것인데 이번에는 그도 참여했다고 들었다. 마오, 내가 불렀다. 그는 천천히 고개를 들었다. 마오, 이상한 우편물을 받았어요. 그들은 이해할 수 없게도, 내가 이 사람이라고 말하고 있어. 이 사람이라니? 마오는 자세를 바꾸지 않은 채로 물었다. •••• 부인이라는 사람. 마오는 입을 꾹 다물고는 내가 설명을 더 해주기를 기다렸다. 그의 눈길은 나를 향해 반듯하게 고정되어 있었다. 그의 등 뒤편으로는 변함없이 반쯤 열린 창이 있었고. 어둑한 안마당을 향해 입을 벌린. 알 수 없는 일이다. 내가 몇 시에 잠에서 깨어난 것인지. 지금이 저녁인지, 아니면 흐리고 짙은 안개가 점령한 한낮인지. 꿈은 항상 이렇게 그늘졌던가? 꿈은 모든 사람과 사물을 이토록 멀게 만드는가? 멀고 고정된 명암과 풍경. 마오는 여전히, 눈썹 한 올의 미동도 없이 나를 바라보고 있었다. 그래서요? 하고 그 눈길이 재촉하는 게 느껴졌다. 이해하지 못하겠어요? 그들이 나를 다른 사람과 착각한 거라구요. 그들은 내가 •••• 부인이라고 생각하고, 나에게 그 이름으로 새로운 신분증을 만들어주려고 한단 말이에요. 설명의 부질없음 때문에 옷소매를 쥐어뜯기. 이러다가 죽기도 전에 옷소매란 옷소매는 하나도 남아나지 않으리라. 내 얼굴이 붉게 달아올랐다가 금세 뻣뻣하게 차가워졌다. 모욕? 좌절? 비워짐? 아니야, 감정을 나타내는 어휘는 없다. 그런 어휘를 차례차례로 모방하는 감정의 연속만이 있을 뿐. •••• 부인은 나를 생각할까? 그런 의문이 고개를 쳐들었다. 지금 내가 •••• 부인을 생각하고 있다는 사실을 •••• 부인은 알고 있을까? 내가 •••• 부인이 아니라는 사실을, •••• 부인은 알고 있을까? 가상의 촛불은 허공을 향해 타오르는데, 아래로 흘러내리는, 몸과 시선, 달려오는 버스 때문에 어찌할 바 모르며 흩어지는, 정처없는 맨발들. 그때 방 한구석 마오의 침대 속에 말없이 폭 박혀 있던 기타가 일어서서, 바닥에 떨어진 옷가지를 저벅저벅 밟고 욕실로 들어갔다. 기타의 등과 엉덩이는 털이 말끔히 뽑힌 참새처럼 희고 맨들맨들했다. •••• 부인이라니, 그게 누구의 이름이라는 건가요? 마오는 마치 기타의 모습이 눈에 보이지 않는 것처럼, 그리고 막 욕실에서 들려오기 시작한 요란한 물소리가 전혀 들리지 않는 것처럼 느릿하고 태연한 어조로 다시 물었다. 이 사람의 이름. 나는 마오에게 다가가 임시신분증에 나타난 사진을 보여주었다. 왜 다른 사람의 사진이 내 서류에 붙어 있는 것일까요? 하지만 그 이름도 당신 것이 아니잖아요. 당신은 •••• 부인이 아닐 테니까. 물론 아니지요. 나는 여전히 내 것이라고 그들에 의해 주장된 임시신분증을 손에 든 채였다. 마오는 내 손에서 서류를 받아들었다. 이름도 다르고 사진도 다르다면, 그렇다면 이건 당신 서류가 아니라는 말이군요. 나는 아직도 약간 얼떨떨한 기분이었다. 잘못된 시간에 잠에서 깨어난 것이 틀림없어. 아니면 잠에서 잘못 깨어났거나. 마오는 서류에 나타난 사진을 들여다보면서 말을 계속하고 있었다. 이름도 다르고 사진도 다르다면, 즉 당신이 •• •• 부인이 아니라면, 그리고 이 사진도 당신의 것이 아니라면, 뭔가 착오가 있음이 분명하겠군요. 하지만 이런 행정적인 문제는, 더구나 지금처럼 당신이 외국에 있을 때는, 제자리로 돌아오기까지 상당히 긴 시간이 필요한 것이 보통일 겁니다. 상당히, 불필요하고 무의미하게 기나긴 시간이. 마오는 어깨를 한번 움찔거리고는 눈길을 다시 달력으로 향했다. 안 그래도 당신에게 이것을 보여주려고 가려던 참이었어요…… 마오가 낮게 중얼거렸다. 이것이야말로 당신 사진일 테니까. 여기 신분증에 있는 그 사진이 아니라. 마오의 손가락이 달력의 펼쳐진 페이지를 가리켰다. 나는 비로소 움찔 몸을 떨었다. 그리고 비통하게 말했다. "아니 이건 아니야, 당신은 나를 잘못 보았어요, 당신이거나 당신의 카메라가."

"그렇다 해도, 이건 카메라의 셔터가 눌리는 순간의 당신 모습인 건 확실해요, 설사 지금은 아니라 할지라도 말이지."

이상하다. 마치 오래전에, 혹은 아주 가까웠던 어떤 시점에 바로 이것과 동일한 대화를, 누군가와 – 혹은 그것은 마오였던가? – 나누었던 것 같다는 둔중한 느낌이 나를 파고든다. 확신이라기보다는 형태가 없는 중세의 화살 같은 통증. 사람을 무감각에 순종시키는, 시간을 짐작할 수 없이 늦거나 이른 오후의 비현실적 충격.

"왜 당신 얼굴이 갑자기 창백해 보이나요?" 마오가 근심스러운 목소리로 물었다.

"게다가 슬프기도 하고, 또 뭐랄까…… 좌절감에 기습당한 것처럼 보이는데…… 왜 그런 건가요?"

"아무것도 아닙니다." 나는 몸을 돌리고 방을 나가려는 몸짓을 했다. 마오는 순간 손을 들어 내 옷소매를 잡을 듯했지만, 곧 마음을 바꾸고 다시 손을 책상 위, 달력의 페이지에 가볍게 내려놓았다. 다음 주에 와요. 사진을 다시 찍으면 될 거예요. 당신의 사진을 보내고, 새로운 신분증이 필요하다고 편지를 써보내세요. 그런 방법은 시간이 더욱 오래 걸리겠지만, 그렇지 않으면 어떻게 그들이 당신의 얼굴을 알 수 있겠습니까? 당신은 여기에 있을 뿐이니.

나는 서둘러 내 친숙한 잠으로 달아났다. 한 팔을 얼굴 위로 덮고 무거운 머리를 베개에 눕힌 채. 내 어둠이 그곳을 점령하게 놔두었다. 눈감음이 만들어낸 영롱하고 인위적인 어둠. 산발적인 불꽃이 동공을 흐릿하게 관통하며 떠다니는 내 친숙한 녹색의 어둠. 시위를 떠난 작은 은빛의 날카로운 불꽃의 화살들. 형이상학적인 불투명한 섬광들. 내 육체가 간직한, 영원히 해방을 모르는 기호들. 사랑스러운 피투성이들.

빠리 거리의 •••• 부인, 내가 아닌 서류상의 나인.

검은 클라리넷을 손에 든 웃음광대, 그런데 그는 얼마나 나이가 들었을까?

일련번호 228 : 잠은 꿈이 아니다. 잠은 조금의 휴식도 아니다. 잠은 검지 않다. 잠은 흐르지도, 고여 있지도 않다. 잠은 어둡지 않다. 잠은 수천 개의 팔다리와 눈꺼풀로 나를 감싸고 누르며, 잠은 내 안의 수천 개의 창을 하나하나 닫는다. 잠은 고요하지 않다. 잠은 가라앉지 않는다. 모든 피부 아래에는 통통한 몸을 가진 외설의 애벌레가 산다. 잠은 수천 개의 눈이자 눈먼 두더지. 정원을 파헤치는 두더지를 죽이기 위해 굴 속으로 흘려 넣는 독물. 잠은 무의식의 문을 두드리지 않는다. 잠은 잠든 채 밖으로 나가고, 잠은 나에게서 깨어난다. 그리하여 내 상상이 시작된다.

제발, 지금 내가 나의 외부에서 꿈 없이 잠들어 있는 거라고 말해줘요.

오후의 빠리 거리는 둥글게 구릉진 힘겨운 언덕과 땀에 젖은 희부연 빛, 그리고 쉴 새 없이 입을 놀리는 행상들로 이루어졌다. 과거에 이 언덕은 좀 더 높았고, 살짝 기울어진 한낮의 빛은 더 뜨거웠으며 행상들은 마치 남루한 마리오네트처럼 더 작고 더 초라했다. 과거의 나는 언덕 기슭에서 담배를 피우며 빠리 거리를 내려다보았다. 나는 그와 함께 있었지만, 그때 우리는 각자 마음속으로는 혼자라고 생각했다. 비록 아무도 입 밖으로 내어 말하지는 않았지만 지금 생각해보면 그것이야말로 그 어떤 프로파간다의 영향도 없이 우리 스스로의 내면으로 습득한, 유일하게 확실한 시대정신이었다. 그것으로 인해서 우리는 비로소 연대의식을 가질 수 있었으므로, 서로 얼굴을 마주 보고 안심할 수 있었던 것이다. 나는 언덕에서 빠리 거리를 내려다본다. 몸 전체가 오직 입인 것처럼 와글거리는 행상들과 등이 굽고 왜소한 광대, 그리고 높다란 나무다리를 타고 삐걱거리는 걸음으로 그 사이를 누비는 우월하고 우스꽝스러운 마리오네트의 거리를. 그날 이후 내가 만났던, 빠리 거리를 연상시키는 모든 빠리 거리들을. 그날 이후 빠리 거리의 언덕을 연상시키며 나타났던 모든 언덕들을. 엎드린 조개처럼 같은 모양으로 구릉진 거리들을. 우리는 그때 알지 못했다, 우리가 그 날을 실제 그날과는 아주 다르게 기억 속에서 상상하게 되며, 그런 상상 속에서야 비로소 상대편을 이해하리라는 것을. 그날뿐 아니라 지나갔다고 (잘못) 생각하는 모든 날들을 무한히 재현하며 살아가리라. 아마도 우리는 그것에 대해서 이미 한 번쯤은 이야기를 나누었을 것 같다. 단지 문득 떠올랐기 때문에 무심하게 꺼낸 대화들. 20년쯤 지나면, 지금 이 순간 지나쳐가는 이 공기와 빛과 냄새는 어떻게 변해 있게 될까. 앞으로 20년쯤 지나면, 지금 이 순간 지나쳐가는 이 공기와 빛과 냄새는, 아니 지금 이 공기와 빛과 냄새를 느린 기차처럼 지나쳐서 가고 있는 우리들 자신은, 어떤 공기와 빛과 냄새로, 어떤 공기와 빛과 냄새를, 지금 이 순간, 우리를, 혹은 그것을, 혹은 모든 것을, 지나쳐가고 있게 될까. 말을 꺼낸 다음 나는 웃었다, 그리고 스스로 대답했다. 그때도 여전히 우리는 이 자리에 나란히 앉아서 담배를 피우고 있겠지. 아니 어쩌면 지금 이 순간이 이미 바로 그때일지도 모르지, 이미 지나가버리고 말았을 모든 것으로만 이루어진, 우리들 자신을 앞질러 지나갈 모든 순간들. 그렇다면 우리는 지금 무료하게 지속되는 영원의 순환에 대해서 말하고 있는 것인가? 잘못 잡아탄 기차가 우연히 도달한 이 역에서. 그러자 순간, 마법과도 같이, 길고 느린 청춘의 이 하루가 말할 수 없이 지루해지며, 언덕과 미지의 모든 사물이 견디기 힘들 정도로 친숙해지며, 이상하게도, 우리가 어제도 바로 이렇게 이 언덕에 앉아서 다가오는 경찰차의 사이렌 소리와 함성소리를 듣고 있었다는 사실에 생각이 미치면서, 흉하게 짓이겨진 얼굴, 소리 없이 넘어가는 페이지들, 점점 더 빠른 속도로, 이 열병에서 마침내 놓여나는 날, 늙어갈 새도 없이 빠른 속도로 굳어지며 피 흘리리라, 어제와 어제의 어제, 어제의 어제의 어제도…… 내가 그에게 말한다, 언젠가 어제의 내가 너를 만나게 될 거라고. 그리고 앞으로도 영원히, Salut. 우리는 결코 다른 물 속에 들어가지는 못하리라, Salut. 더 이상 상상하기를 멈추었다. 상상이 없이도 우리는 내일이 어제나 오늘과 다르지 않으리라는 것을 알고 있었다. 아무것도 변화하지 않으리라는 예감으로 가득 찬 시절. 언제나 너무 늦게 찾아온 불꽃. 우리는 상상하지 않는다. 초현실적인 상상이 없이도, 언제까지나 행상들과 광대, 마리오네트로 가득 찬 빠리 거리가 우리를 이루고 살아갈 것이 분명했다, Salut.

시간은 흘러가는 것이 아니라 단지 우리 내부에서 무한히 중첩될 뿐이라는 상상.

마야에 관한 상상. 그때 우리들 사이에는 '마야'가 있었다. 마야는 그가 십대 시절부터 사랑하던 여자의 필명이었다. 우리가 빠리 거리에서 함께 살던 시절에도 그는 마야의 책이라면 뭐든지 다 읽고, 마야가 나오는 모든 행사에 참석하려고 애썼으며, 마야에게 장문의 편지도 써보냈다. 그러나 적어도 내가 아는 한은 한 번도 답장을 받은 적이 없다. 그러던 그가 언제 마야를 실제로 만나게 되었고 어떻게 마야의 서재로, 침실로 초대받게 되었는지 나는 알지 못했다. 솔직히 고백하자면, 나는 그런 일이 정말로 가능할 거라고는 한순간도 믿지 않았다. 우리들이 실업자이자 고독한 거리의 광대였던 반면 마야는 숭배자들에게 둘러싸인, 유명하기까지 한 작가였으므로, 아무리 그가 미칠 듯이 사랑한다고 해도 정말로 만나서 교제를 현실화시키기에는 너무 먼 존재였기 때문이다. 하지만 그는 그것을 해냈다. 어느 날 나는 신문에 난 마야의 기사를 읽었다. 나는 마야의 독자는 아니었지만, 기사에 의하면 마야의 새 책에 나오는 남자주인공의 인상이 너무나 그와 흡사했기 때문에 그 책을 사보게 되었다. 그때는 이미 그를 마지막으로 만난 이후 꽤 오랜 시간이 지나간 다음이었다. 너는 마야와 함께 살고 있구나, 책을 읽으면서 나는 그렇게 생각했다. 너는 마야와 함께 살고 있구나. 너는 마야를 가졌구나. 너는 사랑을 받는구나. 나는 마야가 베일 뒤편에서 그림자로 그려낸 그의 모습을 털 한 올까지 선명하게 읽어낼 수 있었다. 그는 베일을 쓴 마야의 신부가 되어 단 한 걸음에 반복되는 낡은 영원을 뛰어넘은 것처럼 보였다. 나는 상상했다. 마야와, 그녀의 젊은 아들과, 그리고 그가 함께 있는 매우 사적인 저녁의 모습을. 그들의 고요한 불꽃의 행성을. 나는 상상했다. 마야의 보드랍고 작은 젖가슴이 내 배 위에 얹어져 있는 것을. 대신 살아지는 것이야말로 글로 쓸 만한 가치가 있다는 것을. Salut.

옷을 갈아입는 편이 좋겠어요, …· 부인.

마오는 아틀리에에 들어서는 나에게 금빛이 살짝 섞인 회색 드레스를 건네면서 말했다. 그것을 받아들고 욕실로 향하던 나는 문득 무언가 잘못되었다는 느낌에 뒤돌아서서 마오를 노려보았다. 나는 ····

부인이 아니란 말이에요. 바로 그 이유 때문에 지금 신분증 사진을 다시 찍어야 하는 거잖아요.

그건 단지 조그만 '아이러니'였을 뿐이랍니다. 당신을 즐겁게 해주려던 거였다구요. 그러니 웃어요. 미소를 지어보라구요.

나는 웃어 보이려고 노력했으나 잘 되지 않았다.

마오, 우리가 알게 된 지도 벌써 8년이나 되었어요. 나는 욕실 문을 열어둔 채 옷을 갈아입으면서 크게 말했다. 그 말이, 아무런 무게도 실리지 않은 듯이 들리도록 나는 신경을 썼다. 그리고 그것이 사실이니까. 내가 신경을 쓴다는 것이 아니라, 그 말에 아무런 무게가 없다는 것이.

당신이 어느 날 하늘에서 떨어진 것처럼 내 앞에 갑자기 나타났기 때문에 시작된 일이죠. 마오는 카메라를 준비하면서 유쾌하게 대꾸했다. 모든 건 당신 탓이에요.

나 : •••• 부인은 하늘에서 갑자기 떨어진 무당벌레가 아니랍니다. 과도한 행정절차의 불필요한 과정이 만들어낸 결백한 부산물일 뿐이죠. 그녀가 어디서 왔는지, 누구인지 아는 사람은 하나도 없고 그것이 너무나 당연해요. 굳이 말하자면 그녀의 고향은 서류예요. 정처 없이 돌아다니던 주인 잃은 서류 조각들이 어느 시점에서 우연히 한 사람분을 구성하면서 모이게 되면, 그 누구의 의도도 아닌 채로 •••• 부인이라는 이름을 가진 1인이 자연스럽게 탄생하게 된답니다.

마오 : 그리고 그게 우연히도 당신의 주소를 갖고 있었던 것이고.

나 : 내 주소와 내 프로필과 내 신분증을.

"그렇군요." 마오는 크게 고개를 끄덕였다. 나는 그가 언제 카메라의 셔터를 눌렀는지 알지 못했다.

마오를 처음 만나던 그날을 상상한다. 그날 마오는 여자를 데리고 왔다. 이 사람은 기타, 나의 옛날 여자친구지요. 어깨가 드러난 금빛과 회색의 드레스는 희미한 광택이 났으며 마치 벗겨놓은 피부처럼 보였는데, 육체가 걸음을 옮길 때마다 도도하거나 아니면 교태를 부리려 하는 것 같은 효과를 만들었다. 그러나 기타는 드레스 속에서 복잡한 표정을 짓고 있었다. 자신의 마음에 드는 그 드레스를 내가 다시 입게 될 것을 근심하는 것 같았다. 촬영을 위해 마오가 마련해둔 여성용 드레스는 그것 한 벌뿐이었으므로.

마오를 처음 만나던 그날을 상상한다. 나는 빠리 언덕 위에 있었다. 작은 광장과 모퉁이들마다 행상들이 물건을 펼쳐놓았고, 마치 일요일의 벼룩시장처럼, 오 그런데, 벼룩시장을 돌아다니는 수많은 사람들은 모두들 하나의 광대처럼 화장을 하고 있는 듯 보였다. 지나간 시대의 광대, 그러나 시간이 정말로 두 발로 우리를 스쳐 '지나가는' 것인지 나는 확신하지 못한다. 기억의 물은 흐르나, 그 안에 잠겨 있는 우리의 얼굴은 종종 우리의 것이 아니지 않는가. 그러므로 나는, 2미터도 넘는 커다란 키에 손에는 검은 서커스용 클라리넷을 들고, 푸른색 가운을 걸친 백색 광대로 분장한 마오가 사람들 사이를 천천히 걸어 나에게 다가오게 되었다 할지라도 결코 놀라지 않으리라. 놀라는 대신, 박물관 앞에 선 채 그를 똑바로 바라보며 ─ 원한다면 ─ 미소도 지을 것이다.

마오는 얼굴을 하얗게 화장하고, 끝이 둥그스름한 원뿔형의 흰 모자를 쓰고 있어서 머리 전체가 커다란 달걀처럼 보였다. 입술은 정성

들여 붉게 칠했고 오른쪽 눈썹은 백색 광대 특유의 진한 검정 화장이 되어 있었다. 왼쪽 눈썹은 면도기로 밀어서 거의 보이지 않았다. 그가 입고 있는 푸른색 가운은 소매 윗부분이 항아리처럼 병실하며 목둘레에는 인조 진주장식이 되어 있었다. 아주 밝은 회색 구두를 신고 검은 클라리넷을 지휘봉처럼 흔들며 걷는 그의 모습은 광대들의 사령관답게 위엄 있어 보였다. 그러므로 내가 다시 한 번 더 그에 대한 사랑을 느끼게 되었다 할지라도 나는 놀라지 않으리라. 나는 아직 한 번도 백색 광대를 보지 못했고, 백색 광대를 껴안지 못했으며, 진하고 새까만, 오직 한 개뿐인 눈썹을 가진 백색 광대에게 다정하게 입맞춰보지 못했기 때문이다. 나는 그에게 다가가 그대로 했다. 내가 상상한 모든 것을. 그리고 마오, 마오, 마오, 나의 마오 하고 이름을 불렀다. 우리는 잠시 동안 손을 잡고 가만히 있었다. 광대의 화장 때문에 표정이 보이지 않는 마오는 손으로 박물관을 가리키며 말했다. 우리는 저곳으로 들어가게 될 겁니다. 저 안에서 당신의 사진을 찍을 거예요. 〈빠리 거리의 점잖은 입맞춤〉이라고 불리는 당신의 잠을. 그의 입이 금방이라도 터져 나올 웃음을 참는 것처럼 기묘하게 씰룩거렸다. 마오, 날 흉하게 찍을 건 아니죠? 웃음거리로 만들 건 아니라고 말해줘요. 나는 걱정이 되어 이렇게 부탁하지만, 그러나 흉함은 무엇이고 아름다움이란 무엇인가. 마오를 처음 만나던 그날을 끊임없이 상상할 뿐. 새로운 잠으로 들어설 때마다 새로운 그날이 내 앞에 모습을 드러낸다. 드레스를 입은 세 명의 여자들이 들판의 저편에서 나란히 나타나는데, 그중의 하나는 나이다. 우리 세 명의 여자들은 팔을 옆으로 뻗어 서로의 손을 잡는다. 나와 기타, 그리고 — 놀랍게도 — 마야의 차가운 손. 드레스

자락이 밤이슬을 머금고 펄럭이며 하늘에는 별이 총총히 빛난다. 달은 등 뒤에 있고, 크레인에 매달린 카메라는 공중에서 우리의 그림자를 찍는다. 머리칼을 늘어뜨려 얼굴을 가린 우리들. 등에는 날개를 달고 가면을 쓴 퍼레이드의 여왕들. 우리, 여자들.

뉴스와 매스컴을 혐오하는 마오는 신문가판대를 보기만 하면 빈정거린다. 북한이 핵을 가졌고 빙하가 녹아내리니 이제 다 죽은 목숨이라고 남들 앞에서는 호들갑을 떨면서, 돌아서서는 저리의 200년 장기주택융자를 받기 위해 은행으로 달음박질치는 놈들! 그러나 마오, 신문이라고 언제나 헛소리만 나오는 건 아니에요, 나는 신문의 다른 기사를 보고 있다. 지나치게 위협적이지는 않은 기사, 예를 들자면, 박물관에서 전시품이 사라졌다는, 그런 기사를. 빠리 언덕의 발굴품인 일련번호 228 잠든 남자는 어느 날 잠에서 깨어나 어딘가로 가버렸다(사람들이여, 나는 정말이지 조금도 놀라지 않는다). 그는 침대에서 내려와 아무도 없는 전시실을 가로질러 입구 홀을 향해 계단을 걸어 내려갔을 것이다. 약간 구부정하고 어색한 걸음걸이였지만 그를 눈여겨보는 이는 아무도 없는 채로, 그곳에서 사람들 틈에 섞여 밖으로 나갔다면 아무도 그가 일련번호 228이었음을 알아차리지 못했으리라(설사 그랬다고 한들 무슨 다른 일이 일어날 수 있었겠는가). 헐거운 낡은 윗도리 주머니에 두 손을 찌르고 버스정류장에 언제까지나 우두커니 서 있는 오래된 너의 모습. 버스가 온다. 나는 햇빛 속에서 흔들리며 점점 희박해져가는 내 몸을 느낀다. 그리하여 나는 보이지 않게 되고, 마침내는 내가 들고 가던 화분의 꽃만 바람 속에 남으리라.

방문객용 탁자 표면이 거칠었기 때문에 펜이 종이 위에서 서걱서걱 소리 내며 비틀거렸다. 관청의 벽에 걸린 전자시계의 숫자는 오후 4시 25분을 가리키고 있었다. 그것을 날짜로 혼동한 •••• 부인은 하마터면 서류에 4월 25일이라고 써넣을 뻔했다가 실수를 깨달았다. 그런데 이 신청서류를 어디에다 제출해야 하는 건지? 창구마다 번호가 붙어 있었는데, 그 번호가 41번을 넘어설 만큼 많았다(•••• 부인의 눈에는 그 이상의 번호까지는 들어오지 않았다). 마치 세계의 모든 접수창구가 이곳에 한꺼번에 모여 있는 것 같구나. 신청서를 제출하고 접수증을 받은 다음 그것을 다시 2층에 있는 사무실에 갖다내고 확인서를 받아야만 한다. 그 확인서를 가지고 2주 후에 다시 방문하면 등록증을 얻을 수 있다. 등록증을 받으러 올 때 잊지 말아야 할 것으로는 구 신분증과 새로 발급된 임시신분증, 그리고 체류증명서와 허가서, 은행구좌 사본과 면허증과 거주지등록증과 경찰의 확인증과 의료보험과…… 사람들은 머뭇거리며 방문객용 탁자와 소파 주변에 무리지어 모여 있다. 아무도 선뜻 창구로 다가가지 않는다. 누군가가 자신보다 먼저 창구로 다가가 당당하게 서류를 내밀어주기만을 바라는 듯하다. 이들은 다 어디서 나타난 사람들인가. 어디로 가기 위해서, 어디에서 왔는가. 창구에 있는 공무원들은 자세를 비스듬하게 하고 양손을 주머니에 넣은 채 느긋하게 기다린다. 자신에게 다가오는 방문객들이 아니라, 방문객 면담시간의 종료를. 합법적이고 자연스러운 행정의 종말을. 전등불빛을 받은 그들의 눈동자와 의치가 안경알 뒤에서, 성부 로고가 박힌 유리 칸막이 너머에서 흐릿하게 번쩍인다. '헌법에 의하면, 국민에게는 누구나 거주 이전의 권리, 직업 활동의 권리가 있다,

단 생계의 기반을 충분히 갖추지 못한 경우, 그로 인하여 사회 일반이 부담을 떠안게 되는 경우는 제외되지만, 사회 일반의 안위를 위협하는 요소를 방지하고, 혹은 미풍양속과 능률을 침해하는 태만을 방지하기 위하여, 혹은 건전한 결혼과 가족, 공동체문화를 지키기 위하여도 그 권리는 제한될 수 있다(페터 한트케, 〈3개의 헌법 독회〉 중에서).' ·· ·· 부인은 서툴고 미숙하게 보이는 자신의 신청서류를 다시 한 번 더 들여다본다. 이런 빈약한 내용을 가지고는 그 어떤 종류의 허가라도 받을 수 있을 것 같지가 않다. 겨우 사진을 새로 찍는 일 따위의 사소한 허가라도 말이다. 그녀의 과거 서류는 이미 우편물 속에 포함되어 어딘가로 보내졌을 것이고, 새로운 서류는 아직 제출되지도 않았다. 이 순간 그녀는 서류상으로 부재하는 시차의 쇠사슬에 묶여 있다. 끊임없이 문이 열렸다 닫히고, 점점 더 많은 사람들이 모여든다. 홀을 가득 채울 정도로 많은 무언의 신청자들. 일생에 걸친 신청자들. 마음을 숨기는 그들, 말 한마디 없이, 침묵의 소요 속에서 머뭇거리는 키 작은 신청자들. ···· 부인은 심호흡을 하면서 위를 올려다보았다. 천장에는 일정한 간격으로 스피커처럼 생긴 조그만 통풍구 구멍이 나 있었다. 아니면 그것은 관례적인 소방시설인가. 모든 뜨거움을 물로써 벌하는. 그녀는 위에서 쏟아져나온 물이 자신의 서류를 휩쓸어가는 것을, 모여 있는 모든 사람들의 서류를 휩쓸고 창구에 앉아 있는 공무원들의 미소를 휩쓸어버리고, 살아가고자 하는 딱딱한 얼굴의 화석들, 전선과 전기적 저장장치와 통신도구들과 전보용지를 소멸시킨 다음, 이윽고 시간의 홀을 가득 채우고, 무한히 넘쳐나는 것을 상상해본다. 그러면 내 서류는 나로부터 자유로워지리라. 그것은 원하는 곳 어디로든 갈 수 있으리라. 무엇이든 될 수 있으리라. …… 부인은 서류의 마지막에 이름을 쓰고 서명했다. 내가 눈물을 흘리자, 누런 맥주잔을 앞에 놓은 피곤하고 지루한 관광객들 사이에서 기다렸다는 듯 선정적인 웃음소리가 터져 나온다. 오직 이 순간을 고대하다가 이빨이 빠지고 백발로 늙어버린 그들. 어디로 가기 위해서, 어디에서 왔는가. 창밖으로 땅거미가 내리고 있고 공무원들은 퇴근을 준비한다.

그곳에 가면

고은주

어떤 장소가 인생의 특별한 곳이 된다는 건 과연 무엇일까?

잘 모르겠다. 그곳에 가면 저절로 행복해지고, 그곳에 가면 저절로 눈물이 나고, 그곳에 가면 심지어 시간이 거꾸로 흐르는 것 같다니……

12년하고도 7개월을 살아오는 동안, 나는 그런 장소를 가져본 적이 없다. 비슷한 장소라도 떠올려보기가 힘들다. 하지만 40년하고도 3개월을 살아온 우리 엄마는 그런 장소가 꽤 된다고 했다.

그 차이가 단순히 나이에서 비롯되는 건 아닌 것 같다. 엄마가 다녔던 초등학교 또한 그런 장소라고 하지만 나로서는 전혀 그렇지 않기 때문이다. 다음 주에 졸업식을 하면 나도 엄마처럼 될까? 알 수 없는 일이다.

그러고 보니 이제 졸업이 꼭 열흘 남았다. 6년 동안 다녔던 이 학교를 떠난다고 생각하니 섭섭하기도 하고 기쁘기도 하다. 하지만 다시 이곳을 찾는다고 해서 눈물이 나거나 행복해질 것 같지는 않다. 엄마처럼 마흔 살이 넘으면 그렇게 될까? 알 수 없는 일이다.

분명한 것은, 내가 마흔 살이 된다 해도 엄마처럼 호들갑을 떨면서 감정을 표현하지는 않으리라는 사실이다. 나이 들면 어쩔 수 없이 그렇게 된다고는 하지만, 정말로 눈물을 흘리고 외마디 비명을 지르며 행복해한다는 건 아무래도 정상적인 모습은 아닐 테니까 말이다.

"이것 좀 봐! 본관 건물이 한눈에 보이잖아! 저 오래된 건물이 이 새로운 건물 사이로 또렷이 보여. 그동안 가로막혀 있던 과거가 현재를 가로질러 내 앞으로 다가오는 것 같아."

그때, 지나가던 사람들이 흘깃거릴 정도로 큰 소리로 흥분하는 엄마가 얼마나 황당하고 창피했던지…… 나는 서둘러 엄마의 등을 떠미느라 그 으리으리한 새 건물은 제대로 구경하지도 못했다.

엄마가 다녔다는 그 대학의 다른 건물과 장소들에 대해서도 마찬가지였다. 건물마다 장소마다 얽힌 추억을 엄마는 계속해서 떠들어댔다. 제발 목소리라도 좀 낮췄으면 싶었다. 하지만 엄마는 아랑곳하지 않았다. 더군다나 그것은, 시작에 불과했다.

시작은, 이사와 함께였다. 아빠 회사에 좀 더 가깝게 옮기기 위해서라고 했지만 엄마에게는 또 다른 이유도 있었던 이사였다.

"학교까지 걸어서도 갈 수 있다는 게 생각보다 차이가 크더라. 20분만 차를 타면 되는데도 그동안 학교 한번 찾아가기가 힘들었거든. 그런데 여기로 이사 오고 나니까 그냥 산책하듯 집을 나서서 가게 되더라고."

전화 통화를 하는 엄마의 목소리는 한껏 들떠 있었다. 공부 잘하는 딸을 두었다는 대학 동창과 통화를 하는 것 같았다.

"운동장 있던 자리에 새로 들어선 건물, 아직 안 봤지? 그동안 가려져 있던 본관 건물이 그 사이로 한눈에 들어오는데, 정말 장관이야. 거기서 우리가 교양철학 같이 들었던 때가 대체 언제였니? 그때 기억이 갑자기 확 되살아나더라니깐."

엄마 친구 딸은 공부만 잘할 뿐 아니라 키도 크고 예쁘다고 했었다. 나보다 한 살 많다는 그 딸 얘기가 나오지 않는 게 다행이었다.

"학교 다닐 때, 졸업한 늙은 선배들이 교정을 활보하고 학교 앞 카페에 자리 차지하고 앉아 있는 걸 보면서 왜 저러나 했었는데…… 이젠 그 이유를 알겠더라고. 그렇게 학교에 한번 갔다 오면 기분전환이 되거든. 아마 모천회귀 같은 건가 봐."

하지만 학교 이야기는 어느새 슬그머니 딸 이야기로 연결되고 있었다.

"예전만 못하다느니 어쩌느니 해도 아직까지는 괜찮은 학교잖아. 우리 딸도 동문이 되면 얼마나 좋겠어? 그런데 성적을 보면 어림도 없으니 원."

그 순간, 수화기를 든 엄마와 눈이 딱 마주쳐버렸다. 나는 곧바로 시선을 돌리며 자리에서 일어섰다. 머뭇거리면 지는 거다. 재빨리 내 방으로 들어가면서 나는 방문을 쾅 닫았다. 그 짧은 순간에도 친구 딸을 부러워하는 엄마의 목소리는 내 귀에 들려왔다.

사실, 내가 그 학교에 들어가길 원했던 사람은 엄마가 아니라 아빠였다. 여자들만 다니는 대학이라 그런지 아빠는 그 학교를 무척이나 좋아했다. 그리고 엄마는 여자들만 다니는 대학이라는 바로 그 이유 때문에 내가 그곳에 가는 것을 반대했었다.

"학교 다닐 땐 좋았지. 여자들끼리 모든 걸 다 할 수 있었으니까. 하지만 막상 학교 밖의 세상은 그렇게 여자들에게 친절하지가 않거든. 그러니까 처음부터 남녀공학에 들어가서 세상이 만만하지 않은 것도 배우고 남자들하고 잘 지내는 법도 배우는 게 좋아."

그렇게 말하던 엄마가 이곳으로 이사 온 뒤로 동문 타령을 시작했다. 그곳을 자주 찾다 보니 그곳에 대한 생각이 바뀐 것일까? 어쨌든 엄마가 학교에 욕심을 내기 시작하자 내 성적에 대한 불만도 당연히 따라붙었다. 그리고 결국엔 이런 투덜거림으로 이야기가 마무리되곤 했다.

"하긴 뭐…… 남녀공학이든 어디든 제대로 된 대학에 갈 수만 있으면 다행이지."

그러니까 엄마가 그동안 나의 그 대학 진학을 반대했던 이유는 내 성적에 대한 배려 때문이었던 모양이다. 막상 학교에 대한 욕심이 생겨나자 말도 안 되는 투정까지 부렸으니 말이다.

"엄마들이 같은 학교를 나왔는데도 자식들 성적은 왜 그리 다른지 모르겠어. 아빠들도 다들 비슷한 학교를 나왔으니 애들도 어느 정도 비슷하게 공부할 거라고 생각했는데…… 내 동창들 자식 중에 네가 제일 공부 못 하는 거 같더라."

엄마는 왜 모를까? 요즘은 콩 심은 데 콩 나는 세상이 아니라는 걸.

우선, 콩을 심는 장소부터 틀렸다. 요즘 같은 세상에 자식의 학군은 상관없이 남편 직장 가까운 곳만 골라서 이사를 다니는 사람이 어디 있담. 하지만 엄마는 강남 같은 동네로 갈 생각은 전혀 하지 않았고,

이 동네로 이사 오면서 전학도 시켜주지 않았다.

"그동안 다녔던 학교에서 졸업을 해야지 한 학기 남겨놓고 어떻게 전학을 하니? 모교라는 게 어떤 의미인지 어른이 되어보면 알 거다."

엄마가 말하는 의미가 정말 어떤 의미인지 알 수는 없었지만 막연한 느낌은 전해져오는 것 같았다. 거리의 중학생들이 새삼 눈에 들어오면서 내가 곧 초등학교를 졸업하게 된다는 사실이 실감나기도 했다. 졸업을 하면, 이 초등학교가 그리울 것 같기도 했다. 그래서 나는 기꺼이 한 학기 동안 버스를 타고 학교를 다녔다.

그리고 그동안에 엄마는 여유롭게 걸어서 모교를 찾곤 했다. 새로 생긴 그 커다란 건물에는 서점도 있고 카페도 있고 영화관까지 있다고 했다. 그런데도 학교 같은 느낌이 들까? 어쨌거나 엄마는 매일 산책 삼아 그 학교를 찾았다. 가을이 깊어가면서 캠퍼스 안의 곳곳에 낙엽이 쌓이자 비명 같은 감탄사를 내뱉기도 하면서.

가을은 그렇게 지나갔다. 엄마가 어린아이처럼 단풍을 보며 좋아하는 동안 나는 단풍처럼 붉은 월경을 처음으로 경험하기도 했다. 오래 기다려 왔던 일이라서 별다른 감흥은 없었다. 하지만 엄마는 달랐다.

"어머, 정말이야? 축하한다. 너도 드디어 어른이 됐구나. 어른…… 이 된다는 게 뭐 꼭 좋은 건 아니지만…… 그래…… 에휴, 너도 드디어 시작이구나."

기뻐하는 얼굴과 걱정하는 얼굴을 번갈아 보이면서 말하던 엄마는 심지어 눈물까지 흘렸다. 원래 감상적인 편이긴 했지만 엄마는 분명 그 무렵부터 더욱더 감상적으로 변해가고 있었다. 무슨 일에든 지나치게 기쁘고, 지나치게 슬프고, 지나치게 화가 나고 지나치게 걱정이 되는 증상이 시작된 것이었다.

그러니까, 엄마는 사춘기로 접어든 모양이었다. 무엇에든 예민하게 반응하고 마음이 늘 싱숭생숭한 걸 보면 엄마는 분명 사춘기였다. 사춘기를 겪고 있는 내 친구들이 대부분 그랬으니까.

"네 나이쯤에는 사춘기라고 엄마한테 반항도 하고 그런다던데 넌 왜 멀쩡하니? 기껏해야 방문 닫고 틀어박히는 게 고작이잖아."

엄마는 그렇게 내게 시비를 걸어오기도 했다. 내가 아니라 엄마에게 사춘기가 찾아온 게 분명했다.

"하긴, 나도 그 나이 땐 안 그랬지. 사춘기라고 유별나게 굴었던 적이 한 번도 없었어. 그 시절엔……"

엄마의 이야기가 또 감상적으로 장황하게 이어질 것 같아서 나는 서둘러 말했다.

"그래서 엄만 이제야 사춘기가 찾아왔잖아. 나한테 괜히 시비 걸고, 낙엽만 봐도 울먹거리고……"

"그래…… 그런 모양이다. 하지만 뭐 어때? 이 나이에 그러면 안 되니? 지금 네가 보기에 마흔 넘은 여자는 여자 같지도 않겠지만, 난 아직 늙지 않았어."

"그러게. 누가 뭐랬어? 엄마 젊은 거 맞아. 그러니까 사춘기 증세도 보이는 거잖아."

정말 사춘기 딸 비위 맞춰주듯 나는 엄마의 말에 맞장구를 쳐주었다. 엄마가 그토록 집착하는 젊음이란 과연 무엇일까? 그토록 그리워하는 청춘이란……

우리들이 어서 빨리 스무 살이 되고 싶어하듯 엄마는 다시 뒷걸음질 쳐서 스무 살이 되고 싶어하는 것 같았다. 청춘은 아마도 그 스무 살 언저리에 존재하는 모양이었다. 그러니까 사춘기란, 스무 살이 되고 싶어하는 몸부림 같은 것인지도 모르겠다.

아무튼 그 무렵 엄마의 모든 이야기는 결국엔 젊음에 대한 한탄이나 그리움으로 끝이 났다. 그래서 나는 그 무렵 젊음이나 청춘이라는 단어가 그저 지겹게만 느껴졌다.

그리고 마침내 그 무렵, 엄마가 아직 젊다는 사실을 실감나게 확인할 만한 일이 벌어졌다.

"이게 웬 날벼락인지 모르겠어. 이번 달 생리가 없길래 벌써 폐경기 증상이 시작됐나 했었는데……"

엄마의 목소리는 저절로 귀에 들어왔다. 우리 집 화장실 문의 방음 상태가 나쁜 것도 아닌데.

"아무리 늦둥이라도 그렇지 큰애랑 열세 살이나 차이가 나는 늦둥이라니…… 마흔 넘어서 어떻게 또 애를 낳아?"

생리대를 챙겨들고 화장실에서 나오는 내 모습을 보고서도 엄마는 목소리를 낮추지 않았다. 전화를 하면서 내게 들으라는 듯 말하는 건 엄마의 습관이기도 했다. 대부분 나를 훈계하기 위해서 그랬지만 내게 직접 말하기 곤란한 내용을 슬그머니 알려주기 위해 그러는 경우도 종종 있었다.

어쨌거나 나는 아무 얘기도 못 들은 척 내 방으로 들어가 버렸다. 빠르게 걷지도 않았고 방문을 닫지도 않았다. 나는 그저 귀찮기만 했다. 첫 월경을 하고 20일 만에 두 번째 월경이 시작된 터였다.

처음엔 생리 주기가 들쑥날쑥 한다지만 친구들을 보면 50일이나 70일 만에 다시 시작하는 식으로 길다가 서서히 짧아지는 경우가 많던데…… 벌써부터 생리대 챙기는 게 귀찮은데 생리 주기마저 왜 이리 짧은지 모를 일이었다. 이번 달에 월경이 없다는 엄마가 부러울 지경이었다.

하지만 그게 정말 엄마의 임신을 의미한다면 분명 보통 일은 아니었다. 열세 살 차이가 나는 동생이 생긴다니. 상상도 안 되는 일이었다. 월경 때문에 귀찮기도 했지만 사실 내가 엄마의 말에 반응을 보이지 않은 것은 도무지 어떤 반응을 보여야 할지 몰라서이기도 했다.

엄마 역시 내게 어떤 식으로 말해야 할지 몰라서인 듯 딴소리만 해댔다.

"넌 왜 꿈도 없니? 요즘 애들은 그때쯤이면 장래 희망을 실현하려고 구체적인 계획도 세우고 그런다던데……"

대체 요즘 애들 중에 누가 그러는 걸까? 엄마 친구들의 아들딸들? 그 아이들은 참 완벽하기도 하다. 사춘기 반항까지도 멋지게 해가면서 말이다. 기가 막혀 내가 아무 말도 하지 않자 엄마는 또다시 주절주절 말을 이어갔다.

"나는 그 나이 때 얼마나 꿈이 많았는 줄 아니? 하고 싶은 게 너무 많고 되고 싶은 것도 너무 많아서 탈이었지. 그 꿈들을 이루려면 준비할 게 너무 많아서 괜히 마음이 바빴거든."

그래봤자 결국 엄마처럼 될 거 아니냐는 대꾸는 하고 싶지 않았다. 사춘기 소녀에게 핑계거리를 주고 싶지 않았으니까. 그런 대꾸를 듣고

서 엄마가 정말 사춘기 소녀처럼 화를 낸다면 그나마 다행이지만, 만약에 전업주부 예찬론으로 이어진다면 너무 지겨운 일이니까 말이다.

엄마의 전업주부 예찬론은 한번 시작되면 좀처럼 끝이 나지 않았다. 직업을 가진 주부들에 대한 얘기가 나올 때면 더욱 그랬다. 나로서는 직업을 가진 엄마를 둔 친구를 부러워한 적이 없는데도 엄마는 내가 그 애들을 부러워한다고 생각하는 것 같았다.

물론 그런 친구들은 상대적으로 엄마의 잔소리를 덜 듣고 살지 않을까 싶어 내심 부러웠던 적은 있다. 하지만 짧은 시간에 더 많은 잔소리를 해댈지도 모를 일이라고 생각하니 그런 부러움은 곧 사라지고 말았다. 그런데도 여전히 엄마는 내가 그 애들을 부러워할 거라고 생각하는 눈치였다. 그렇지 않다면 그토록 전업주부 예찬론을 펼 리는 없을 테니까 말이다.

그랬던 엄마가 그 무렵 느닷없이 취업주부를 찬양하기 시작했다. 오랫동안 숨겨왔던 사실을 커밍아웃하듯이.

"교수가 됐다잖아. 그것도 모교의 조교수래, 벌써."

그날도 엄마는 그 학교를 오래 산책하다가 교정에서 우연히 동창을 만났다고 했다.

"같은 과는 아니지만 중학교 동창이라서 내가 그 친구를 좀 알아. 그다지 뛰어난 면이 있는 친구는 아니라고."

"뛰어나진 않아도 성실했겠지."

아빠는 심드렁하게 엄마의 말에 대꾸해주고 있었다.

"자식 둘 낳고 키우면서 유학까지 다녀왔다니 그게 가능한 일이야?

친정은 평범한데, 시댁이 부자일까?"

"무지무지 성실했던 모양이지."

"두 마리 토끼를 한 번에 잡다니, 정말 부러운 일이야."

"당신도 이제 자식 하나 더 낳으면 두 마리가 되겠네."

"그런 얘기가 아니잖아."

엄마는 들고 있던 숟가락을 소리 나게 식탁 위에 놓았다.

"아니, 뭐…… 일하는 게 그렇게 부럽다면 지금이라도 뭔가 시작하든지……"

밥 먹는 데 열중하며 건성으로 말하던 아빠는 그제야 당황한 듯 얼버무리기 시작했다. 하지만 엄마는 이미 흥분 상태였다.

"당신은 뭐든 그렇게 쉽게 말하지? 하지만 인생이 그렇게 쉬워? 쟤가 태어났을 때 생각 안 나?"

가능하면 투명인간처럼 보이려고 고개를 숙인 채 조용히 밥을 먹던 나는 순간 움찔했다. 어쩐지 엄마가 나를 째려보는 것 같아서였다. 두 사람의 대화 속에 내가 등장하는 건 어쨌거나 유쾌한 일은 아니었다.

"산후 조리가 잘못 됐는지 몸이 너무 안 좋은데 아기는 이상할 만큼 잠을 안 자고 보챘잖아. 하루하루가 지옥 같았지. 그래도 어떻게든 회사는 계속 다니고 싶었는데……"

그랬었나? 내가 잠을 잘 안 자는 아기였다는 것은 알고 있었지만 엄마가 회사를 계속 다니고 싶어했다는 것은 처음 듣는 얘기였다. 나를 잘 키우기 위해 기꺼이 일을 포기했다고 늘 말하던 엄마였는데……

"덕분에 아기를 직접 키우게 돼서 다행이라고 했었잖아. 어차피 직장 다니면서 아기를 제대로 키우기는 힘들었을 거라고."

"그거야 어쩔 수 없는 자기 위안 같은 얘기였지."

"어쨌거나 우리 딸이 이렇게 잘 컸으니 얼마나 좋아?"

아빠는 구원을 청하듯 내게로 시선을 돌리면서 말했다. 하지만 엄마는 좀처럼 흥분을 가라앉히지 못했다.

"잘 크긴 뭐가 잘 커? 공부도 제대로 못하는데……"

"공부 잘하는 게 다야? 그럼 이번엔 공부 잘하는 애로 한번 낳아보든지."

그쯤에서 나는 슬그머니 자리에서 일어섰다. 아빠 말대로, 부디 공부를 잘하는 아이가 태어나서 엄마를 기쁘게 해주었으면 싶기도 했다.

"그 암담한 생활을 다시 또 시작하란 말이야? 조금만 쉬다가 복직하려고 했지만 그게 얼마나 힘든 일인지 옆에서 봤잖아. 그래서 다 받아들이고 여기까지 왔지만…… 이젠 더 이상 받아들이기가 힘든데…… 이제라도 뭐든 시작해보고 싶었는데……"

"그렇다면, 깨끗하게 포기하고 낳지 말든지."

아빠의 목소리에 힘이 들어가는 것 같았다. 나는 조용히 방문을 닫았다. 내 동생을 세상에 태어나게 할 것인지 말 것이지 아직도 결론이 안 났다는 사실에 화가 나기도 했다.

그렇게 어정쩡한 상태로 엄마는 계속해서 내게 화풀이만 해댔다.

"스무 살이면 다 끝나. 이제부터 6년만 고생하면 된단 말이야. 그런데 그걸 못 참아서 공부를 그렇게 안 하니? 6년만 꾹 참으면 60년 이상 행복할 텐데."

스무 살에 모든 게 결정된다는 그 사실이 나는 못마땅했다. 정말 그런지도 의문이었다. 하지만 나는 엄마에게 따져 묻지 않았다. 얘기가 길어지는 게 싫었기 때문이었다. 그러다 보면 엄마는 제풀에 지쳐 이렇게 중얼거리기도 했다.

"하긴…… 스무 살에 똑같은 학교를 다녔어도 이후의 인생은 많이들 달라졌지."

중얼거리는 엄마의 목소리가 너무 지친 듯해서 나는 괜히 슬펐다. 그래서 차라리 이렇게 우겨댈 때가 더 낫게 느껴지기도 했다.

"그래도 엄마가 직장을 나가면 아무래도 아이들이 공부를 제대로 하기 힘들 거야. 공부는 잘하더라도 성격이 안 좋거나 뭔가 문제가 있겠지."

공부는 잘 못하지만 성격 좋고 아무런 문제가 없는 아이의 표정을 지어 보이면서 나는 엄마를 바라보았다. 이어지는 전업주부 예찬론이 보통 때와는 달리 지겹게 느껴지지 않았다. 엄마가 다시 엄마 같아졌기 때문이었다. 물론 조금 불안한 마음은 남아 있었지만.

그 불안함은 이모가 찾아온 날 제대로 모습을 드러내고야 말았다.

"그러게 내가 그때 회사 그만두지 말라고 했었잖아. 전업주부로 사는 걸 당당히 선택하겠다고 해놓고서 이제 와서 왜 이래? 힘들 때 도망치고서 나중에 다시 돌아오는 게 쉬울 줄 알았어?"

이모는 마치 싸울 듯이 목소리를 높였다. 뭐든 사회생활을 해보고 싶은데 마땅하게 할 만한 일이 없다는 엄마의 말이 채 끝나기도 전이었다.

"이제라도 뭔가 하고 싶으면 당장 시작을 해봐. 뭐든지 가리지 말고 실천에 옮기라고. 징징거리지만 말고."

이모의 냉정한 말투를 보니 엄마는 아직 임신에 대해 말하지 않은 모양이었다. 그러니 느닷없이 사회생활 운운하는 엄마가 얼마나 한심해 보였을까?

"아직도 문제가 뭔지 모르겠어? 언니 문제는, 뭐든 힘든 건 하기 싫어한다는 거야. 죽을힘을 다해서 뭘 해보려는 의지가 없어."

이모의 기세에 한숨만 내쉬던 엄마는 그 부분에서 발끈했다.

"왜 그래야 하는데? 왜 꼭 죽을힘을 다해야만 하는데? 자연스럽게 즐기면서 일을 해야지 왜 그렇게 전투하듯이 일해야 하냐고. 특히 여자들은 왜 그래야 하는데?"

정말 여자들은 왜 그래야 할까? 생리대를 사들고 들어오던 나는 저절로 엄마의 말에 고개가 끄덕여졌다. 정말, 여자들은 왜 이래야만 할까?

"의문이 들어도 일단 상황 자체는 받아들여야지. 의문을 풀거나 문제를 해결하는 건 그다음 일이잖아."

이모 말대로, 받아들이지 않을 수가 없었다. 귀찮은 월경이 또 시작되었지만 받아들여야만 했다. 이번엔 15일 만이었다.

"잘난 척 좀 하지 마. 넌 아이를 낳지 않았으니까 하고 싶은 일 맘대로 하고 사는 거잖아."

"그게 무슨 잘난 척이야? 내 의지로 아이 대신 일을 선택한 건데…… 하나를 위해 다른 하나를 포기한 거라고."

"그러니까 말이야. 왜 여자들은 하나를 위해 다른 하나를 포기해야 해? 둘 다 가지면 안 돼?"

둘 다 가진 여자, 하나를 포기한 여자, 둘 다 가지려다 둘 다 잃은 여자……

여자들이 살아가는 여러 가지 삶의 형태들을 늘어놓으면서 엄마와 이모는 목소리를 높였다. 어떤 삶이 더 옳은지, 혹은 더 좋은지에 대한 두 사람의 생각은 많이 달랐다.

여자들의 인생이란 선택의 연속이고 그 선택에 대한 후회와 합리화의 연속인 것 같았다. 아무튼 인생이란 만만한 게 아닌 모양이었다. 대체 어떻게 살아가야 할지 막막해지는 기분이었다. 그런 내 마음을 읽기라도 한 듯 엄마는 내게 말했다.

"넌 모르지? 지금 네가 얼마나 행복한지…… 어떤 것이든 선택할 수 있고 어느 길로든 갈 수 있잖아. 그 무한한 가능성이 얼마나 부러운지 아니?"

이모가 사온 귤을 열심히 까먹던 나는 그저 엄마 얼굴만 물끄러미 바라보았다. 많은 것이 아직도 정해지지 않은 이 막연한 상태가 대체 왜 부럽다는 걸까? 도무지 알 수 없어서 고개를 갸웃거리는데 엄마는 어느새 한풀 꺾인 목소리로 중얼거리고 있었다.

"그래서 내가 요즘 학교에 자주 가는 거야. 수많은 가능성이 있었던 그때가 못 견디게 그리워서…… 학교 안에 있다 보면, 그 수많은 가능성이 다시 내 앞에 다가올 것만 같거든. 물론 그게 불가능하다는 사실을 곧 깨닫게 되면서 슬퍼지기도 하지만……"

"맞아. 참 그리운 시절이지."

이번엔 고모였다. 틈만 나면 전화기를 붙잡고 친구들에게 하소연하는 것도 모자라 엄마는 집에 찾아오는 친척들까지 붙잡고 놓아주지 않았다. 그래도 고모는 이모에 비해서 엄마 마음을 많이 알아주는 것 같았다.

"형님은 일을 하시니까 그저 그립기만 하죠? 저처럼 집에만 있는 사람은 그때 생각하면 눈물이 나기도 해요. 그 시절에 내가 가지고 있었던 수많은 가능성을 다 잃어버린 것 같아서요."

"그 가능성 중의 하나를 실현하고 있으면서 뭘 그래? 전업주부로 늘 자부심을 갖고 살더니 갑자기 왜……"

"그게 자기 위로였다는 걸 이제야 알겠어요. 요즘 우리 학교에 자주 산책하러 가는데 그때마다 내가 원했던 삶이 이게 아니란 걸 알겠거든요. 학교 안 풍경이 그대로인 곳을 보면 그 시절의 꿈이 떠올라서 서글프고, 예전과 다르게 바뀐 곳을 보면 나만 변한 게 없는 것 같아서 속상하고……"

그러고 보니 고모는 엄마와 대학 동창이었다. 그래서 더 엄마를 이해해주는 것일까? 투정부리듯 말하는 엄마에게 고모는 어린아이 달래듯 말했다.

"학교에 가면 마음이 묘해지는 건 나도 마찬가지야. 그건 누구나 다 그래. 누구나 그 시절에 꿈이 있었을 테고, 누구나 그 시절에 꿈꾸던 것과는 어떤 식으로든 다른 현재를 살고 있기 때문일 테지. 꿈꾸던 일을 완벽히 이룬 사람이라도 한편으로는 이루지 못한 사랑 같은 거라도 있을 테고…… 누구라도 학교에 가면 반짝이던 그 시절이 떠올라서 마음이 싱숭생숭해지는 것 같아."

하지만 엄마는 그 증세가 좀 심한 편이에요, 라고 말하며 불쑥 끼어들 뻔했지만 나는 잘 참아냈다. 어쨌거나 내가 끼어들 일은 아니었으니까. 하지만 대화가 어떻게 이어질지 궁금했기 때문에 나는 두 사람의 이야기에 귀를 기울였다. 고모가 이번에 출간했다는 책을 열심히 들춰보는 척하면서.

"정말 그럴까요? 내가 직장을 계속 다니고 원하던 일을 즐겁게 하고 있었어도 학교를 찾아가면 이렇게 눈물이 날 정도로 그 시절이 그리웠을까요? 무슨 일을 하든 완전히 만족하지 못해서 후회도 하고 그랬을까요?"

"적어도 내가 아는 여자들은 그래. 일에서도 성공하고 가정도 문제없이 유지한다는 게 너무 힘들거든. 독신은 독신대로 가정을 이루지 못한 것에 대한 미련이 있고…… 여자들의 삶이란 게 그런 것 같아. 두 가지 다 갖기가 힘들어서 그럴 테지."

"그래도 형님은 일을 하는 여자들을 주로 만나잖아요. 집에만 있는 여자들의 삶이 어떤지는 잘 모를 거예요."

"아냐, 난 전업주부와 취업주부의 생활을 박쥐처럼 오가는 프리랜서니까…… 낮에도 집에 있어서 새처럼 자유로워 보이지만, 혹은 새처럼 훨훨 날아다니며 사회생활을 하는 것 같지만, 사실은 새가 아니라 박쥐거든. 그래서 이쪽저쪽의 상황을 다 경험해볼 수가 있는데, 어떤 쪽이든 여자들은 다 힘들어 해. 올케만 그런 게 아니라고. 게다가 원래 남의 떡이 더 커 보이는 법이잖아."

고모의 말에 엄마는 고개를 끄덕였다. 하지만 표정은 그다지 밝지 않았다. 대체 어떻게 해야 엄마의 마음이 편안해질 수 있을까? 생각하다 보니 나도 모르게 한숨이 나왔다.

그 무렵 엄마의 마음이 편해질 수 있는 길은 학교를 찾는 것밖에 없어 보였다.

엄마는 그곳에 가면 슬퍼진다고 했지만 그보다 더 큰 위안도 받는 것 같았다. 그래봤자 과거를 뒤돌아보면서 헛된 위로를 받는 것이겠지만 그래도 그 순간엔 행복한 듯 보였다. 그 행복함으로 엄마는 내게 이런 말을 하기도 했다.

"생각해보면 그동안 내게 가장 큰 성취감을 안겨준 건 너였어. 어렸을 땐 특히 더 그랬지. 하루하루 키가 크고 행동이 야무지게 변해가는 게 눈에 보였으니까. 나한테서 말을 배워 함께 대화를 하게 되기까지의 과정도 얼마나 신기했는지…… 넌 내게 참 많은 기쁨을 준 아이였어."

표정 관리를 어찌 해야 할지 몰라 난처했지만 엄마의 얼굴이 편안해 보여 다행이다 싶었다. 물론 엄마는 곧 이렇게 덧붙여 말했지만.

"그런데 막상 네가 학교에 들어가서 학년이 올라갈수록 성적이 제대로 안 나오니까 너무 힘이 빠져. 내가 일을 포기한 대신 네가 공부를 잘해야 한다는 생각을 없애야 하는데…… 그게 말처럼 쉽지가 않거든."

어쩔 수 없이 싫은 표정을 지어 보였지만 엄마는 계속해서 내 성적에 대한 불만과 걱정을 늘어놓았다. 그 학교를 산책하면서 보았던 멋진 대학생들을 탐내듯 칭찬하면서 그들의 부모를 부러워하기도 했다. 급기야는 그들이 키가 큰 것까지 부러워하는 바람에 나는 더 이상 참을 수가 없었다.

"그게 내 탓이야? 내 키가 작은 건 엄마 닮아 그런 거잖아. 공부 못

하는 것도 엄마 닮아 그렇든 엄마 노력이 부족해 그렇든 엄마 탓일 수 있어."

내가 갑자기 소리를 질러서 그런지 엄마는 아무 말도 못하고 나를 바라보았다. 나는 그동안 참았던 것을 터뜨리듯 계속 소리를 질러댔다.

"엄마가 학교 다닐 때랑 요즘이 같은 줄 알아? 그땐 이렇게 초등학교 때부터 경쟁이 치열하지 않았다고 했잖아. 그래서 엄마는 어렵지 않게 대학까지 갔을 거야. 하지만 요즘은 어떤 줄 알아? 다른 엄마들은 애들한테 어떻게 해주는 줄 알아? 엄마는 나한테 대체 뭘 해줬어?"

물론 엄마가 신경을 써주었다 해도 내가 공부하기 싫어서 안 했을 게 분명하지만, 그래서 엄마에게 좀 미안하기도 했지만, 그 무렵 나는 왠지 누군가에게 마구 소리를 지르고 싶었기 때문에 기다렸다는 듯 마음껏 소리를 질렀다.

기가 막힌 듯한 표정을 짓고 있던 엄마는 어느새 내게 미안해하는 듯한 표정을 짓고 있었다. 그러한 표정의 변화가 나를 더 자극하는 것 같았다.

"이제 그만해, 엄마. 제발 그만해. 그렇게 옛날만 그리워하면서 혼자 웃고 울고 그러는 거, 그만 좀 해. 엄마 인생의 아쉬움을 내 인생에 풀려고 하는 것도 하지 마. 난 정말 싫어. 그냥 엄마는 엄마대로 나는 나대로 각자 열심히 행복하게 살면 안 돼?"

별로 열심히 살고 있지도 않으면서 그렇게 말하는 게 겸연쩍었지만 그래도 나는 제법 단호하게 쏘아붙였다. 왜 이런 말까지 하게 만드는지…… 엄마 때문에 정말 속이 상했다.

이제는 저런 무의미한 방황을 그칠 때도 됐을 텐데…… 겨우 마음을 가라앉히고 보니, 엄마가 나를 꾸짖지도 않고 아무런 변명도 하고 있지 않다는 사실에 나는 더 속이 상했다.

그럼에도 불구하고 엄마는 달라지지 않았다. 내가 그렇게 한바탕 소리를 질러댔음에도 불구하고. 그때 엄마가 뭔가 충격을 받은 듯 보였음에도 불구하고.

엄마는 오히려 더욱 자주 학교를 찾았다. 그 무렵 엄마의 주요 관심사는 잘 자란 청년과 잘 나가는 중년 여성이었다. 건물과 교정을 둘러보며 추억에 빠지던 초기와 달리 이제 엄마는 잘 자란 대학생들을 훔쳐보는 재미로 학교를 찾는 것 같았다. 캠퍼스 곳곳에서 마주치는 교수님들에 대해서도 마찬가지였다.

"그래도 아직까지는 여자 교수 중에 독신이 더 많을 거야. 딱 봐도 혼자 사는 것처럼 보이는 분위기의 교수들이 더 많더라고."

그렇게 말하고서는 확인이라도 하듯이 중년의 여성 유명인사들을 인터넷으로 검색하며 그들의 결혼 여부를 살펴보고는 했다. 그러다가 엄마는 잘 자란 청년들이 어떤 가정교육을 받았는지 검색했고 연이어 육아, 출산, 임신에 대한 사이트도 들락거리는 눈치였다.

"요즘은 육아용품도 정말 예쁘고 편리하게 나오는구나. 너 키울 땐 이런 게 없었는데…… 그러고 보니 네가 아기였을 때 어떻게 키웠는지 세세한 것들은 기억이 나지 않아. 만약에 아이를 낳는다면 어떻게 키울지도 걱정이다."

어떤 예쁜 아기의 블로그를 구경하다가 엄마는 그렇게 느닷없이 아기 타령을 하기도 했다. 낳을 것인지 말 것인지 아직도 결정하지 못한 채 엄마는 자신의 삶에 대해서 투덜거리고만 있었던 것이다.

"이렇게 여유 있게 살려면 누군가가 아이를 대신 키워주겠지? 아니면 어떻게 이런 차림으로 지낼 수 있겠어? 아기 키우는 게 얼마나 손이 많이 가는 일인데…… 딱 봐도 손에 물 한 방울 안 묻히고 사는 것처럼 고운 모습이잖아. 아마 파출부라도 매일 쓸 거야."

알지도 못하는 젊은 주부의 미니홈피를 보면서 엄마가 말했을 때, 나는 결국 짜증을 낼 수밖에 없었다.

"엄마 정말 몰라서 그래? 저거 다 설정이잖아. 사진 찍을 때만 예쁘게 하고 있는 거라고. 누가 구질구질한 사진을 홈피에 올리겠어? 지난번에 엄마가 열심히 보던 그 화가 아줌마 블로그도, 엄마가 부러워하던 그 노처녀 여행 작가의 사이트도, 다 마찬가지야."

나는 가슴을 치는 동작까지 취해가며 답답함을 표현했지만 엄마는 사뭇 느긋하게 말했다.

"한순간만 예쁘게 찍는다고 해도, 아무것도 없는 상황에서 그런 게 나오지는 않아. 적어도 그와 비슷한 일상을 살고 있으니까 가능한 거지. 넌 내가 바보라고 생각하니? 설정이 뭔지, 뽀샵이 뭔지, 나도 다 알아."

다음날, 엄마는 내게 사진 한 장을 내밀었다. 뽀샵질 같은 가공 기술을 전혀 쓰지 않은, 아니, 쓸 필요가 없는 사진이었다.

올겨울 들어 제법 눈다운 눈이 내린 날이었다. 나는 친구들과 함께 소리를 질러대며 휴대폰 카메라에 그 광경을 담았다. 학원 건물도 아파트 놀이터도 모두가 눈에 덮여 딴 세상처럼 보였다. 그 낯선 풍경은 액정화면 속에 담기자 더욱 낯설어 보였다.

하지만 엄마가 내민 사진 속의 모습은 너무 낯설어서 오히려 익숙해 보였다. 눈발이 바람에 흩날리는 듯한 흑백 바탕화면은 엄마의 자궁 속 풍경이라고 했다. 그 한가운데에 자리 잡은 검은 타원형은 아기집, 그리고 그 속의 작고 하얀 물체는 이제 막 생겨난 내 동생. 머리와 몸통만 겨우 구별되어 마치 눈사람처럼 보이는……

"예쁘지? 내년 겨울엔 눈 내리는 풍경을 이 아기와 함께 볼 수 있을 거야."

초음파 사진을 뚫어져라 들여다보면서 엄마는 떨리는 목소리로 말했다. 예상했던 대로, 엄마는 이 아기를 세상에 태어나게 할 모양이었다.

"중년의 새 삶을 포기하려는 게 아니야. 아무리 생각해도 지금 내가 할 수 있는 일이 없어서도 아니야. 널 낳고 기르면서 지나온 시간들이 헛되지 않았다고 믿기 때문이지. 네가 앞으로 나를 실망시키기 않을 거라는 믿음도 있어. 그래서 다시 그 일을 시작해보려고 하는 거야. 세상에 없던 존재를 태어나게 해서 내 모든 것을 쏟아부어 인간답게 만들어가는 그 일을……"

엄마가 너무 엄숙하게 말하는 바람에 나는 초음파 사진만 들여다볼 수밖에 없었다. 나에 대한 믿음은 전혀 반갑지 않은 것이어서 그저 부담감만 느껴질 따름이었다.

동생이 생긴다는 사실 역시 알 수 없는 부담감으로 다가왔다. 물론, 어떤 동생이 태어날지 궁금하면서 막연한 기쁨 같은 것도 느껴졌지만……

마침내 오늘, 중학교 배정통지서를 받아든 기분도 마찬가지로 복잡하다. 앞으로 펼쳐질 생활이 어떨지 궁금하면서 설레기도 하고, 벅차기도 하고, 부담스럽기도 하고……

아무튼 이 작은 종이는 내가 더 이상 어린이가 아니라는 사실을 말해주고 있다. 그 사실은 분명, 놀이공원이나 뷔페식당에서 청소년이나 어른 요금을 낸다는 것 이상의 의미를 포함하고 있을 것이다.

엄마는 통지서를 보자마자 배정받은 중학교에 등록하러 가자고 내 손을 잡아끈다. 집 근처에 있는 학교라서 오며 가며 많이 보았지만 막상 안으로 들어와 보니 생각보다 규모가 꽤 커서 놀랍다. 크고 오래된 건물은 그 자체로 위압적이다.

배정통지서를 내고 받아 든 커다란 봉투 속에는 복잡한 서류들이 가득하다. 교과서는 우선 절반만 주는 거라고 했는데도 무게가 심란할 정도다. 하지만 엄마는 이 모든 것들을 하나하나 훑어보고 감탄사를 내뱉으며 들떠 있다.

급기야 교문을 나서면서 얻어 든 교복 카탈로그를 움켜쥔 채 엄마는 나를 백화점으로 끌고 간다. 학생복 특설매장은 사람들로 가득해서 정신이 없는데도 엄마 혼자 신이 나서 이 가게 저 가게의 교복을 내게 입혀본다.

"참 예쁘고 좋구나. 우리 때는 교복이 정말 멋도 없고 추웠는데 말이야"

꽉 끼어서 제일 불편한 교복을 선이 예쁘다며 골라준 엄마는 학생용 구두에 스타킹까지 두리번거리며 나를 백화점 곳곳으로 끌고 다닌다. 피곤한 것은 물론이고 엄마의 꿈과 희망이 다시 내게로 마구 밀려오는 것 같아서 머리가 아프다. 아니나 다를까 엄마는 내게 그곳으로 가자고 조른다.

"어때? 바로 이 근처잖아. 이번 주 들어서는 한 번도 못 갔단 말이야. 같이 가자, 응?"

못 이기는 척 따라온 이곳에서 엄마는 그때처럼 호들갑을 떨지는 않는다. 이사 온 뒤 처음으로 나와 함께 이 학교에 와서 눈물을 흘리고 외마디 비명을 지르며 행복해하던 그때처럼 격한 감정은 아닌 것 같다. 하지만 나는 안다. 그때보다 엄마는 오히려 더 슬프고 한편으로는 더 행복하다는 사실을.

이제는 엄마가 따로 설명하지 않아도 오래된 건물과 새로운 건물 사이에서 과거와 현재가 서로 만나 대화를 나누는 게 느껴진다. 학교라는 곳이 단순한 하나의 장소 이상이라는 것도 무슨 의미인지 알 것 같다. 그 느낌과 의미를 명료하게 설명할 수는 없지만……

나는 지금 엄마 손에 이끌려 학교 안을 걷고 있다. 조금 이상한 기분이 들 정도로 엄마는 차분하다. 지나가던 사람들이 흘깃거릴 만큼 큰 소리로 흥분해서 내가 황당하고 창피했던 그때가 오히려 그리울 정도로……

그 차분한 모습이 문득 두렵게 느껴지려는 즈음, 엄마는 감상적인 목소리로 말하기 시작한다.

"꽃이 피고 새순이 돋아나는 봄이나 나뭇잎 울창한 여름, 그리고 단

풍이 예쁜 가을에는 상대적으로 저 건물들이 잘 보이지 않아. 알록달록한 풍경 때문에 건물이 지나치게 화사해 보이기도 하지. 그래서 나는 겨울이 좋아. 꽃도 잎도 없는 메마른 나뭇가지 사이로 보이는 석조 건물들은 아무런 장식이 없어서 더욱 아름답거든."

듣고 보니 그런 것 같다. 방금 다녀온 중학교의 건물보다 훨씬 더 크고 오래된 건물들이 즐비한 모습에 새삼 압도당하며 학교로 들어섰던 나는 비로소 찬찬히 주변을 둘러본다. 위압적으로만 느껴졌던 석조 건물도 부분적으로 하나하나 살펴보면 정교한 무늬에 멋진 선을 지니고 있다. 나뭇잎이 울창할 때에는 그저 캠퍼스의 장식물처럼 예뻐 보이기만 했었는데……

"새로 지은 건물들도 좋지만 그래도 저 오래된 건물들이 나는 더 좋아. 이십대 초반에 내가 열심히 드나들었던 건물들이 아직도 건재하다는 게 얼마나 위안이 되는지…… 세월의 때를 묻히면서 나와 함께 나이 들어가는 장소가 있다는 건 참 고마운 일이야."

엄마의 말을 듣다 보니 석조 건물들이 할머니의 모습처럼 편안해 보이기도 한다. 겉모습만 보고 혹하는 건 좀 우습지만 어쨌든 이 예쁘고 편안한 느낌의 학교를 다녀보고 싶다는 생각도 든다.

"새로 들어갈 중학교는 남녀공학이 아닌 게 제일 마음에 들어. 말썽만 부리는 남자애들이 난 너무 싫었거든. 고등학교도 그 옆에 있는 여고로 갔으면 좋겠다. 대학교도 이렇게 여학생들만 있는 곳으로……"

내 말이 끝나기도 전에 엄마는 갑자기 목소리를 높이며 말한다.

"그래, 여학생들만 있는 학교라서 나는 여기가 참 좋았어. 여자들끼리 거침없이 모든 걸 해내면서 장차 당당하게 살아갈 날들을 꿈꾸었지. 이 학교만이 줄 수 있는 용기가 있었고 꿈이 있었어. 그 용기와 꿈을 제대로 살리지 못한 건 오로지 내 탓일 뿐이야. 아니, 나름대로 살려낸 부분도 있을까? 글쎄…… 잘 모르겠다."

젊음, 꿈, 시간, 희망…… 그런 추상적인 단어들로 이야기를 이어가는 동안 엄마의 목소리는 다시 차분해진다. 그러다가 엄마는 내 손을 힘주어 잡으면서 말한다.

"너를 낳고 키우면서 참 행복했어. 그렇지 않았다면 내가 또 아이를 낳을 생각을 했겠니? 하지만 너는 나처럼 살지 않았으면 좋겠어. 그래서 나는 네가 꼭 이 학교를 다녔으면 싶다."

엄마의 목소리는 이제 비장하게 느껴지기까지 한다.

"약속해줄 수 있겠니? 중학교 들어가서부터 정신 차리고 공부하겠다고. 그래서 이 학교에 들어오겠다고."

한숨이 먼저 나왔지만 나는 고개를 끄덕인다. 되살아난 꿈을 접고 다시 주부의 삶을 받아들이려는 엄마를 이렇게라도 도와주고 싶어서.

"나처럼 살지 않기를 바라면서 나처럼 이 학교를 다니기를 원하는 게 모순처럼 느껴지겠지. 하지만, 네가 나처럼 살지 않았으면 좋겠다고 생각하는 자의식이야말로 이 학교가 내게 준 선물이야. 끝없이 스스로를 돌아보면서 채찍질하게 만드는 힘을 나는 여기서 얻었거든. 그러니까 너도 나처럼 여기서 많은 걸 얻었으면 좋겠어. 나처럼 후회하는 길을 선택하지만 않으면 돼. 아니, 어떤 길을 가든 자의식을 잃지 않고 당당하기만 하면 돼."

방황하던 엄마가 안쓰러워서 그저 고개만 끄덕여주던 나는 새삼 솔깃한 마음으로 학교 안을 둘러본다. 자의식이라는 이름의 선물이 꽤 그럴듯하게 여겨진다. 답답해질 때마다 이곳을 찾던 엄마의 마음을 조금은 이해할 것도 같아진다.

"알았어, 엄마. 그동안 내가 공부에 너무 취미가 없었지, 뭐. 맘 먹고 하면 잘할 수 있을 거야."

말하면서 나는 슬그머니 엄마 손에서 내 손을 빼낸다. 나도 모르게 엄마 손을 꽉 쥘 것 같아서였다.

나는 그냥, 엄마가 이곳에 오면 늘 기뻤으면 좋겠다. 눈물 나게 행복하다가 갑자기 슬퍼지기도 하는 혼돈 속의 기쁨이 아니라 늘 잔잔하게 미소 지을 수 있는 기쁨을 누렸으면 좋겠다. 엄마가 원하는 것을 내가 약속해주는 것만으로도 그게 가능하다면.

어떤 장소가 그렇게 특별한 곳이 될 수 있다는 것이 과연 가능한지 나는 여전히 모르겠다. 그곳에 가면 저절로 행복해지고, 그곳에 가면 저절로 눈물이 나고, 그곳에 가면 심지어 시간이 거꾸로 흐르는 것 같다니……

계절이 두 번 바뀔 동안 이곳을 열심히 드나들면서 엄마는 그 특별함을 마음껏 누렸을 것이다. 나도 과연 그것을 경험할 수 있을까? 좀 더 어른이 되면 가능할까?

월경은 다시 두 달 만에 시작되었다. 여전히 불편하고, 게다가 생리통 증세까지 더해지고 있다. 하지만 오랜만에 시작되어서 그런지 반갑기도 하다. 이런 식으로 몇 번을 거듭하다 보면 규칙적으로 변할 테고 나도 불편함에 익숙해지겠지. 그러면서 진짜 어른이 되어가겠지.

중학교, 그곳에 가면 많은 것이 달라질 거라고 사람들은 말한다. 그곳에 가면 교과 과목마다 선생님이 따로 있으니 공부도 더 많이 하게 되고, 그곳에 가면 교칙이 엄격하니 행동도 더 바르게 하게 되고, 그곳에 가면 이젠 더 이상 어린이가 아니니 스스로의 행동에 책임을 지게 되고…… 그러다 보면 나는 어른이 될까? 그때에도 엄마는 여전히 이곳을 산책할까?

내가 나중에 이곳에 들어오면 행복할 거라고 엄마는 말한다. 과연 그럴까? 후회하지 않을까? 그 행복은 엄마의 것일까, 나의 것일까, 혹은 우리 모두의 것일까?

그곳, 혹은 이곳이 하나의 장소 이상의 의미를 갖게 되는 것은 시간이라는 옷을 겹겹이 껴입을 때에 가능해지는 것 같다. 그 시간을 한 겹 끌어안으면서 나는 엄마가 다녔던 학교의 정문을 나선다. 내 앞에 기다리고 있을 수많은 그곳을 기대해보면서.

이곳이 내게 청춘의 특별한 그곳이 되지 못한다 해도 새로 태어날 동생이 엄마의 꿈을 대신해주겠지.

어느덧 허리가 두툼해진 듯한 엄마의 뒷모습을 바라보면서 나는 부담을 덜어본다.

그런데 동생이 아들이면 어떡하지? 그 아이가 대학에 갈 즈음엔 이 학교도 남녀공학으로 바뀔까? 그렇게 되어도 이 장소의 특별함은 여전할까?

"엄마는 어떨 것 같아? 어떻길 원해?"

중얼거리듯 물어보려는데 엄마는 어느새 저만치 앞서 걸어가고 있다.

K의 어머니와 면회를 갔다

오현종

신문에서 K의 이름을 보았다. 사회면의 사건사고란도, 부고기사도 아니었다. 신춘문예 당선자를 발표하는 1월 1일자 조간신문에서였다. K가 신년벽두의 신춘문예 당선자인 건 아니었다. D 신문은 단편소설 당선자 외에도 예심을 통과한 응모자들의 명단을 공개했는데, 바로 그곳에 K의 이름이 적혀 있었던 것이다.

물론, K가 아닐 수도 있었다. 동명이인은 흔하고, K의 이름은 전혀 희귀하지 않았으니까. 그런데도 나는 이미 그가 K일 거라 단정 짓고 있었다. 그가 아직도 소설을 쓰고 있는지 아닌지 알 수 없는데도 그랬다. 자정 무렵 전화를 걸어 다짜고짜 "나야" 하던 목소리를 들은 지 10년도 더 지났지만, 그 이름은 K 말고 다른 누구의 것일 수 없을 것만 같았다.

1995년의 여름방학, 나는 K의 어머니, K 어머니의 운전사, K 어머니 회사의 곽 사장이란 중년남자와 함께 강원도 화천으로 향했다. 강원도라고는 낙산 해수욕장밖에 가보지 못한 나는 조수석 뒷자리에 가방 끈을 꼭 쥐고 웅크려 있었다. 일행이 이렇게 여럿일 줄 출발 전까진 상상도 못 했었다. K 어머니도, K 어머니의 운전사도, K 어머니 회사의 곽 사장도, 모두 처음 보는 얼굴들이었다. 일주일 전 호출기에 찍힌 전화번호로 전화를 걸었더니 귀에 선 목소리가 자신이 K의 어머니라며 말을 꺼냈다.

"우리 아이가 너를 꼭 데려오라고 하더라. 다음 주 토요일에. 주말엔 외출할 수 있다고 전화가 왔다. 토요일 아침 우리 회사로 오너라. 7시까지."

K 어머니는 회사 위치를 간략하게 일러주고 전화를 끊었다. "아…… 예, 예……" 하고 대꾸만 하다 수화기를 내려놓고 보니 이른 아침 서초동 사거리에 있다는 회사로 찾아갈 일이 걱정스러웠다. 강남이라면 강남역 뉴욕제과 인근과 압구정동 맥도날드 근처 말곤 놀아본 적이 없기 때문이었다. K의 군부대가 있다는 화천군이 자동차로 몇 시간 걸리는 곳일지 궁금해한 건 그다음 일이었다.

K 어머니와의 통화는 그 저녁이 처음이었지만, 나는 K 어머니에 대해 조금 알고 있었다. K는 생맥주를 마시다가도, 새벽 1시 전화 통화를 하다가도 어머니에 대한 얘기를 하곤 했다. K는 어머니와의 기억을 유난히 많이 이야기하는 아이였다. 그리고 "엄마, 엄마" 하고 부르는 다른 대학생들과 달리 막내임에도 꼭 "어머니"라고 했다.

K 어머니의 전화 목소리에는 경상도 억양이 섞여 있었다. K 어머니

와 아버지의 고향이 경남 마산이라고 했던 기억이 났다. K 어머니는 파리에서 옷 만드는 공부를 하고 돌아와 의류회사를 차렸다던데 설마 경상도 억양으로 불어를 하는 건 아니겠지, 하는 뜬금없는 생각이 들기도 했다.

나는 검정색 자동차의 창밖으로 '포천이동갈비'라고 씌어진 간판이 멀어져가는 걸 보았다. 조수석에 앉은 K 어머니와 운전석 뒷자리의 곽 사장은 내가 앉아 있는 걸 전혀 신경 쓰지 않는 듯 이런저런 이야기를 주고받았다. 세무조사와 백화점 매장에 대한 상의도 있었고, 박격포 부대로 떨어진 K를 어떻게 하면 좋을지에 관한 얘기도 있었다. K는 다니던 국문학과를 휴학하고 논산으로 입소하기 전에 K 아버지로부터 후방으로 빠지도록 손써보겠다는 말을 들었다던데, 어찌된 일인지 전방 박격포부대로 배치받게 된 터였다. K의 체격이 조금만 작았어도 박격포부대는 면하고 소총부대 같은 곳에 배치되지 않았을까? 군대라고는 초등학교 때 육군사관학교를 견학해본 게 전부인 나로서는 K가 속하게 된 격리된 세계가 어떤 곳일지 전혀 가늠할 수 없었다. 가늠할 수 없기에 K와 내가 앞으로 어떻게 될지 또한 짐작할 수 없는 건 당연한 일이었다. 나는 K 어머니와 곽 사장의 대화를 들으며, 이등병 K가 어머니에게도 죽고 싶다는 말을 했을지 생각해보았다. 아무것도 듣지 않는 척 차창 밖을 내다보며 화천은 아주 먼 곳이라는데 멀미가 나지 않을지 불안해할 때, 자동차가 한 음식점 주차장으로 들어섰다.

"너도 온천 같이 해라."

조수석에 앉아 있던 K 어머니가 갑자기 고개를 돌려 말했다.

"네? 온천이요?"

"우린 여기서 아침 먹고 목욕할 건데."

"아…… 전 괜찮아요."

아침 일찍 K의 부대로 바삐 가는 길에 무슨 목욕을 하자는 소리인지 난데없었다. 게다가 지금은 무더운 여름방학의 한중간이지 않은가. 나는 단 몇 분이라도 빨리 ㅅ 부대가 있는 마을에 도착하고 싶은 마음뿐이란 말이다.

"여기 물 좋아요. 시원하게 온천 하고 가지 그래."

옆에 앉은 곽 사장도 거들었다.

"아니에요. 괜찮아요."

"그럼 우리 씻는 동안 넌 뭐하고 있으려고?"

K 어머니의 목소리는 환갑이 가까워가는 여자답지 않게 카랑카랑했다.

"전…… 밥 먹고 기다리면 돼요. 식당이나, 아니면 차 안에서 기다릴게요. 신경 쓰지 마세요."

"온천 오기도 힘든데 이럴 때 온천 안 하면 언제 하려고 그러니. 우리 목욕하려면 한 시간은 걸릴 텐데."

K 어머니는 조금 못마땅하다는 듯한 말투를 내뱉으며 자동차에서 내렸다.

K 어머니, 저는 오늘 아침 5시 50분에 전철을 타기 위해 새벽 4시에 일어나 화장을 했어요, 저는 정말 K를 오랜만에 만나는 건데 목욕을 해서 공들인 화장이 다 지워지면 어떻게 K의 얼굴을 봐요, 그리고 뭣보다 온천 안에는 옷을 다 벗고 들어가야 하는 거 아니에요? 아무리 수

건으로 가린다 해도 어떻게 그래요, 하고 나는 항의하고 싶었지만 아무 말도 못 하고 머뭇머뭇 차에서 내렸다.

"저기요……"

누군가 부르는 목소리가 등 뒤에서 들렸다.

"저기 말이죠……"

앞장서서 가는 K 어머니와 곽 사장을 몇 발짝 뒤에서 따라가려던 나를 운전사가 불렀다. 입을 꾹 다물고 직진 좌회전 우회전 운전만 하던 남자였다.

"모르시는 것 같아 하는 말인데요, 원래 조수석 뒷자리가 상석이거든요. 제일 어른이 앉으시는 자립니다."

운전사는 앞사람들에게 들리지 않게 낮은, 그렇지만 차가운 음성으로 말했다.

"아, 예."

나는 대꾸하긴 했어도 무슨 말인지 제대로 못 알아들었다가, 식당 입구에 들어설 때에야 운전사가 어떤 뜻으로 말했는지 깨달았다. 자동차가 출발하기 전에 가장 먼저 앉은 사람은 분명 나였고, 내가 어른이 앉으실 자리를 냉큼 차지한 걸 잘못이라 지적하는 말이었다. 일행을 따라 식당 의자에 앉긴 했어도 밥은커녕 죽도 넘길 정신이 아니었다. 에어컨을 세게 틀어놓은 자동차를 타고 한참을 온 길이라 머리도 멍하고 속까지 거북했다.

"밥이 그대로네. 밥을 왜 못 먹니? 젊은 애가."

K 어머니는 자꾸 젓가락만 들었다 놓았다 하는 나를 보고 물었다.

"배가 별로 안 고파서요."

K 어머니에게 낯선 사람과는 여행은커녕 밥도 잘 못 먹어요, 라든가 자동차를 오래 탄 뒤에는 속이 불편해요, 같은 말을 하면 절대로 안 될 것 같았다. 나는 그때까지도 K 어머니를 "어머니"라 불러야 할지 "아주머니"라 불러야 할지 몰라 요리조리 호칭을 피하고 있었다. 언젠가 K에게서 관(官) 출신의 사장이 따로 있다는 말을 듣고 "회사에 사장은 한 명뿐인 거잖아. 그러면 너희 어머니는 뭐라고 불러?" 하고 물어본 일이 있었다. 그때 K는 직원들 모두 그의 어머니를 "선생님"이라 부른다고 말해주었다. 그러면 나도 K 어머니를 "아주머니" 대신 "선생님"이라 부를까?

"밥을 안 먹으니 몸이 그렇게 꼬챙이 같지. 사람이 그렇게 말라서 무슨 일을 제대로 할 수 있겠니. 우리 회사 디자이너 애들은 뭘 그렇게 하루 종일 사다 먹는지 몰라. 하이고, 밤을 새고 일하면서도 쉴 새 없이 먹어. 사람은 잘 먹어야 기가 살고, 기가 살아야 무슨 일이든 하는 법인데. 얘, 넌 젓가락질을 못하니?"

"예, 젓가락질은 잘 못해도 밥은 다 먹어요."

나는 울상을 지으려던 얼굴을 안간힘을 써서 폈다. 그래도 어른에게 잘 보이고 싶은 마음에 새빨간 고춧가루로 범벅이 된 제육볶음을 K 어머니 앞으로 밀어놓았다. 밥상의 반찬 중 그나마 비싸 보이는 것이기 때문이었다. K 어머니는 내가 들고 있는 스테인리스 젓가락을 물끄러미 바라보다 뜨거운 콩나물국을 훌훌 들이마셨다. 서울에서보다 훨씬 더 커 보이는 검은 파리들이 반찬들을 노리고 UFO처럼 날아다니다 그중 한 마리가 제육볶음이 담긴 플라스틱 접시 모서리에 내려앉았다. K 어머니는 수저를 내려놓고 담뱃갑을 꺼내 길고 가느다란 담배를 느릿느릿 태웠다.

K 어머니와 운전사와 곽 사장이 온천을 하러 간 뒤, 나는 아침 백반을 먹은 식당 한구석 낡은 철제의자에 앉아 있었다. 식당 안에 틀어놓은 텔레비전으로 주부 대상의 아침 프로그램을 멍하니 쳐다보면서. 화천이란 곳처럼 이곳 포천 역시 처음 와보는 낯선 지역이었다. 텔레비전에서 익숙한 우리말이 흘러나오지 않았더라면 지구 반대편 시골 마을의 국도 옆 식당에 앉아 있는, 그런 기분이 들었을지도 몰랐다.

K야, 나는 지금 포천이란 곳에 와 있어, 점심이면 군복을 입고 달려오는 너의 모습을 볼 수 있을 거야, 아침에 운전사가 아이스박스와 음식 보따리를 트렁크 가득 싣는 걸 보았어, 오늘은 짬밥 말고 제대로 차려진 밥상을 받을 수 있을 것 같아.

나는 텔레비전에서 흘러나오는 주부들의 깔깔거리는 웃음소리를 들으며 머릿속으로 편지를 썼다 지웠다 했다. K가 훈련소에 입소한 이래로 나는 틈틈이 위문편지를 썼다. 목련꽃이 흐드러진 학교 교정을 걸으면서도, 채플시간 대강당 한구석에서 졸음을 삼키면서도, 205번 시내버스 차창으로 분주한 거리를 내다볼 적에도, 습관처럼 머릿속으로 편지지에 쓸 말을 고르고 골랐다. 때로는 전날 밤에 본 〈명화극장〉을 이야기하기도 했고, 3학년 1학기 전공수업에서 전부 C학점을 받아버렸다는 사실을 고백하기도 했다. K는 내가 한 번도 발 디딘 적이 없고, 또 상상할 수 없는 곳에 있지만, K가 바로 건너편에 앉아 에스프레소를 마시는 것 같이 중얼중얼 이야기를 건넸다. 그리고 공강 시간이면 병아리색 볕이 드는 학생식당 창가에 앉아 점심으로 우동 한 그릇을 먹고, 노트 낱장에 그 이야기를 그대로 적어, 식당 위층 우체국에서 부쳤다.

K야, 나는 지금 포천이란 동네에 와 있어, 너의 어머니와 운전사와 곽 사장과 함께, 그곳까지 몇 시간 더 달려야 하는지는 잘 모르겠어, 지금 난 네가 좋아하는 영화 〈천국보다 낯선〉의 흑백 포스터 속에 간이의자를 들여놓고 앉아 있는 느낌이야, 하지만 점심을 먹기 전에는 분명 그곳에 도착하게 될 거야, 그래 나는 곧 도착할 거야, 그런데 온천에서 목욕을 하고 있는 너의 어머니와 운전사와 곽 사장은 왜 아직 오지 않는 걸까.

K는 좀처럼 오지 않았다. 곽 사장과 운전사는 어디로 갔는지 보이지 않고, K 어머니는 숙소로 정한 경복장 여관 부엌을 빌려 음식 보따리를 풀어놓았다. 내 눈에는 아이스박스 안에 들어 있는 커다란 새우와 각종 해산물이 의아하게 보였다. 어떻게 된 게 고기는 하나도 없고 해물만 잔뜩 있었다. K 어머니 옆에서 잔심부름을 하다가 새우튀김을 하실 거냐고 물었더니, K 어머니는 무슨 엉뚱한 소리냐는 투로 소금 깔고 구워먹을 거라고 대답했다.

"미역 좀 씻어봐라."

K 어머니는 마른 미역 봉지를 불쑥 내밀었다. 나는 미역 봉지를 앞뒤로 살펴보았지만 조리법은 적혀 있지 않았다. 8월의 무더위에 등허리로 땀이 도르르 흘러내렸다. K 어머니는 내가 수돗물을 틀고 미역 씻는 것을 보더니 "아이구야, 미역을 그렇게 실실 헹구고 있으면 어쩌냐. 바락바락 문질러야지. 이렇게 바락바락. 너 한 번도 미역국 안 끓여봤구나!" 하고 소리치며 젖은 미역을 집어갔다.

홍합 넣은 미역국이 끓어가는 냄새를 맡으며 나는 속으로, 우리 집은 미역국에 쇠고기를 넣는데, 우리 엄마는 어디 먼 데 갈 적에 꼭 동그랑땡이나 버섯전 같은 걸 부쳐 가는데, K 어머니의 음식 보따리에는 어째서 불고기나 산적이 없을까, 라는 생각을 했다. 그리고 K가 왜 빨리 오지 않을까, 라는 생각도.

K 어머니와 나는 여러 개의 방들로 빙 둘러싸인 구식 부엌에서 식사준비를 마치고 경복장 여관 방바닥에 나란히 앉아 K를 기다렸다. 텔레비전에서 소란스런 오락 프로그램이 흘러나오지 않았더라면 온돌방 위에서 오가는 숨소리를 견디기 어려웠을지 모른다.

"저 여자 참 옷 못 입는다. 옷을 입을 줄 몰라."

K 어머니는 텔레비전에 눈을 둔 채 나에게 건네는 말인지 혼잣말인지 모를 말을 내뱉었다. 나는 아무 말 하지 않고 밖으로 드러난 무릎을 원피스 자락으로 감추었다. 여성복디자이너인 K 어머니는 혹시 학교 앞 보세가게에서 4만 원 주고 산 내 원피스에 대해 한마디 하고 싶었던 게 아닐까.

K 어머니, 하지만 이 원피스는 왕가위의 데뷔작 〈열혈남아〉에서 장만옥이 입은 검정 원피스와 똑같다고 K가 좋아하던 것이란 말이에요.

나는 오른손으로 원피스 자락을 자꾸만 끌어내렸다. K가 왜 오지 않는지 알 수 없었다. 배가 고픈 건 아니지만, 절대로 그런 건 아니지만, 점심 먹을 때가 지난 지 오래인데 말이다.

K 어머니는 핸드백에서 화장품 파우치를 꺼내더니 분을 바르고, 볼터치를 하고, 붉은 립스틱을 칠했다.

"오랜만에 아들 만나는데, 예쁘게 보여야지."

시청하던 오락 프로그램이 끝나고 뒤이은 프로그램도 거의 끝나갈 무렵 곽 사장이 방문을 열고 손짓으로 K 어머니를 불렀다.

"뭐라구요? 그게 무슨 말도 안 되는 소리에요. 내가 전화를 걸겠어요."

조금 열린 문틈으로 K 어머니의 고함지르는 소리와 발소리가 멀어져갔다. 나는 빈 방에 잠시 앉아 있다가 조바심이 나는 걸 못 참고 배고픈 생쥐처럼 살금살금 K 어머니를 찾아나섰다. 곽 사장과 K 어머니는 여관 카운터 안쪽 방에 있었다. 곽 사장이 먼저 어디론가 전화를 걸어 통화를 하더니 한참 있다 K 어머니를 바꿔주었다.

"엄마다. 그래. 뭐라고? 너 지금 무슨 소리니. 그냥 안 나가고 말어? 안 나가면 그만이야? 지금 너 때문에 몇 사람이 와 있는지 아니? 너 땜에 곽 사장님도 고생하시고, 친구도 왔는데, 다 그냥 가버리라고? 시끄러. 당장 나와. 나오라면 나와! 그래!"

K 어머니는 있는 대로 소리를 지르다가 수화기를 곽 사장에게 건넸다. 곽 사장은 살살 달래는 목소리로 다시 데리러 갈 테니 다른 생각 말고 나오라고 말을 했다.

"어머니, 오늘 못 나온대요? 못 와요?"

"아니다. 나올 거다. 무슨 문제가 생겼나 본데, 별 거 아니야. 걱정 말고 넌 들어가 있어."

K 어머니는 새끼손가락보다 가느다란 흰 담배를 꺼내 불을 붙였다. 나는 샌들을 꿰어 신고 카운터 안쪽 방을 나왔다. K를 못 볼지 모른다는 상상을 하자 오후 늦도록 점심도 못 먹은 빈속이 메슥거렸다.

K야, 너는 내가 일주일 동안 엄마를 졸라 간신히 온 걸 모르지, 우

리 아빠는 내가 학교에서 MT를 간 줄 안단 말이야, 나는 이렇게 누군가를 기다리는 일이 못 견디게 싫어, 정말이지 싫어.

나는 저 혼자 떠들어대고 있던 경복장 여관 낡은 텔레비전 앞에 쪼그리고 앉았다. 텔레비전 소리가 귀에 들리지는 않았다. 사실, 아까 보았던 프로그램도 기억나는 건 없었다.

K가 입대를 하기 직전에도 나는 K를 종종 기다렸다. K에게는 송별주를 얻어 마셔야 할 친구가 아주 많았고, 짬짬이 포커판에서 밤을 새워야 했고, 자주 늦잠을 잤고, 기다리게 할 때마다 다시는 그런 일 없을 거라고 번번이 사과를 했다. 한번은 그로 인해 크게 다툰 날도 있었다. 수업이 없는 일요일이었고, 나는 K가 보고 싶다고 말했던 영화의 1시 15분 티켓을 두 장 구입해놓았었다. 그날 아침 전화를 하기로 했던 K에게서는 아무런 연락이 없었다. 호출기에 음성메시지를 남겨놓기도 하고, 집으로 전화를 걸어보기도 했지만 통화를 할 수 없었다. 나는 외출 준비를 마치고 앉았다 섰다 하다가 영화가 시작될 시간이 막 지나자마자 그의 주소가 적힌 수첩을 들고 집을 나섰다.

이렇게 자꾸 사람을 기다리게 하는 법이 어디 있니, 너는 곧 머리카락을 박박 밀고 논산행 기차를 탈 건데, 실망시키지 않는 사랑은 세상에 없는 거니, 이런 게 바로 사랑이란 거라면 지긋지긋해 못 견디겠다, 이렇게 악을 쓰고 당장 헤어져버려야겠다고 마음먹었다. 무엇보다도 비싼 돈을 주고 산 영화표가 아까워 견딜 수가 없었다.

밤늦게 집에 바래다주곤 하는 쪽은 그였기 때문에 그가 사는 곳이 어디인지 알 턱은 없었다. 그렇지만 그의 집은 아파트이니까, 고속터미널에서 택시 아저씨에게 주소를 알려준다면 반포에 있는 아파트 앞에 내릴 수 있을 거란 생각이 들었다.

택시에서 내린 나는 주소에 적혀 있는 동을 찾아 7층으로 득달같이 올라갔다. 구급차를 부르는 전화기 버튼이라도 누르듯 다급하게 초인종을 눌렀으나 안에서는 아무 소리가 들리지 않았다.

문을 열어, 빨리 문을 열란 말이야, 빨리 열지 않으면 이 자리에서 죽어버릴 테야.

K의 가족이 대문을 열고 나올 염려 같은 건 없었다. K 어머니가 지내고 있는 집은 옆 동네였고, 아버지는 지난해 시골로 내려가 전원생활을 시작했다고 들었다. 첫째 형은 파리로 유학을 떠났으며, 둘째 형은 카투사로 군복무 중이었다. 파출부 할머니는 화, 목 이틀만 방문한다고 했다.

띵동띵동—.

나는 재차 초인종을 눌러댔다. 또 한 번 초인종을 누르려고 손가락을 가져갈 때, 문이 열리고 K가 흰 얼굴을 비죽이 내밀었다. K는 이게 무슨 일이지, 라는 당황한 표정으로 "어……" 하고 반쯤 입을 벌렸다. 입술 주위에 자장면 찌꺼기를 번들번들하게 묻힌 얼굴로. 조금은 무서운 것을 본 듯한 낯빛이기도 했다.

그래, 나도 이런 내가 무서워 K야, 나는 이런 사람이 아니었는데, 너는 나에게 너무 말수가 적고 얌전한 게 문제라고 했잖아, 커피 마실 때만이라도 어깨에서 긴장을 좀 풀어봐 뭐가 그렇게 겁이 나는 거니 하고 늘 말했었잖아, 그런 내가 어쩌다 이렇게 됐을까, 이런 건 너무 끔찍해.

K는 밤새 술을 같이 마신 친구와 지금 일어나 중국음식을 시켜 먹

고 있었노라고, 친구를 집에 보내고 갈 테니 아파트 입구 커피점에서 딱 10분만 기다려달라고 말했다. 그러고는 20분 있다 춘장을 말갛게 닦은 얼굴로 나타나 한 시간 동안 잘못을 사과했다.

K야, 나는 불안해서 견딜 수가 없어, 2년 2개월 후 우리의 모습이 어떨지 나는 상상할 수가 없어, 네가 없는 동안 나는 학교를 졸업하고 혼자 어른이 되어야 해, 나는 모르겠어, 정말 모르겠어, 나는 아무것도 알 수가 없어.

나는 금세 식어버린 커피를 앞에 놓고 K에게 얘기하고 싶었으나 말하지 못했다. 그 뒤로도 말하지 못한 채 K를 훈련소로 보냈다. 그런데 K는 어째서 나를 또 어김없이 기다리게 만드는 걸까. K의 어머니도, 곽 사장도, 운전사도, 그리고 나도, 이렇게 K를 기다리고 있는데.

K는 좀처럼 오지 않았다.

그날 밤엔 자정 무렵부터 여름비가 호되게 쏟아졌다. 경복장 여관 뒤편에 개울이 있었는지, 쏴아— 하는 물소리가 방충망 안까지 넘어 들어왔다. 좀처럼 잠이 들 수 없었던 건 빗소리 탓만은 아니었다.

형광등이 꺼진 방 한가운데에는 K의 어머니가 얇은 홑이불을 덮고 잠들어 있었다. 그 왼편에는 내가, 오른편엔 K가 누워 있었다. K는 조금 뒤척이다 오래지 않아 잠이 들었는지 이따금 "으, 으—" 하는 낮은 신음소리를 냈다. 저녁을 먹고 나서 K 어머니는 K의 살성이 약해 살이 죄다 짓물렀다며 K의 러닝셔츠를 벗기고 연고를 발라주었있다. 군화를 벗은 발에도 약을 발라주었다. 나는 K 어머니의 등 너머에서 K의 맨어깨를 눈으로 오래오래 매만졌다.

내 왼편에 쳐진 얇은 벽 건너에서 압력밥솥이 김을 내뿜는 소리처럼 콧숨소리가 규칙적으로 들려왔다. 곽 사장인지 운전사인지 범인이 누구인지는 알 수 없으나 나이로 봐서 곽 사장일 가능성이 높았다. 나는 개울에서 물 흐르는 소리와 빗소리와 코 고는 소리를 들으며 몸을 뒤척였다. 전날 새벽 4시에 일어났는데도 잠이 쉬 오지 않았다. 쾨쾨한 냄새가 나는 꽃무늬 이불을 덮고 싶지 않았지만, 강원도라 그런지 비가 와서 그런지 밤공기가 제법 쌀쌀했다. 나로서는 K와 K 어머니가 어떻게 이처럼 빨리 잠들 수 있는지 의아스럽기 짝이 없었다. 혼자만 단잠에 빠진 K에게 왠지 모를 배신감이 치밀기도 했다. 멀리서라면 한눈에 알아볼 수 없을 만큼 검게 탄 K의 얼굴같이 모두가 생소한 일들뿐이었다.

나는 이불을 턱밑으로 끌어당기고서 누가 볼세라 집게손가락 끝으로 아랫입술을 문질러보았다. 잠자리를 펴기 전, K는 K 어머니가 이불을 한 채 더 가지러 문밖으로 나가자마자 내 어깨를 안고 입을 맞추었었다. 나는 입술이 터져 피가 날까 겁이 나 집중할 수 없었지만, 그의 이마 위로 흐르던 축축한 땀이 내 뺨으로 올라앉는 걸 느낄 수 있었다. 민소매 원피스 안으로 비집고 들어와 가슴을 더듬는 손은 여름볕에 달궈진 붉은 벽돌처럼 뜨거웠다.

그러나 저녁 내내 K와 내가 나눈 대화는 열 마디도 채 안 되었다. 곽 사장과 K 어머니는 K에게 끊임없이 말을 걸었고, 나는 옆에 앉아 멜론과 복숭아만 반 입씩 베물었다. K는 전보다 말수가 적어진 것 같았다. 곽 사장은 낮에 벌써 K 부대의 상사를 만나 상의를 하고 온 눈치였다.

"우리 아이와 동갑이라고 했던가?"

K가 화장실에 간 사이 K 어머니는 물었다.

"예."

"집은 어디쯤이니?"

"삼선동이요."

"삼성동?"

"아니요. 삼선동이요. 혜화동 옆에."

"아아, 돈암동 가는 길?"

"예, 거기 살아요."

나는 베어 먹던 복숭아 조각을 접시 위에 내려놓았다.

"부모님은 어디 분이신데?"

"네?"

"고향이 어디시냐고."

"서울이요."

"두 분 다?"

"예, 두 분 다 서울에서 태어나셨어요."

"아버지는 뭐 하시고?"

"아버지는…… 고등학교 선생님이세요."

"학교 선생? 어머니는 뭐하시고?"

"어머니는 그냥 집에 계셔요."

"형제들은 어떻게 되니?"

"제가 첫째구요, 여동생은 대학교 2학년, 남동생은 재수를 하고 있어요."

"아구야, 그럼 어렵겠구나. 선생 월급으로 다 공부시켜대려면."

나는 K 어머니의 말에 뭐라고 대답해야 할지 알 수가 없었다. 뭔가 말하긴 해야 하는데 뭐라고 해야 좋을지 몰라 입술에 침을 묻히고 있을 때, 곽 사장이 끼어들었다.

"ㅇ여대 다닌다고 했던가? 공부 좀 했나봐. 집은 아파트에 사나?"

"아파트 아니고…… 그냥 주택이요."

나는 껍질이 홀랑 벗겨진 채 접시에 올려져 있는 복숭아 알을 내려다보았다.

"주택?"

K 어머니는 무언가 더 물으려다 방문 밖에서 신발 벗는 소리가 들리자마자 말문을 닫았다.

나는 K와 K 어머니와 곽 사장이 도란도란 나누는 대화를 들으며 과도로 복숭아를 잘게 썰어댔다. K 어머니는 무슨 이유로 처음 만나는 사람의 집안 형편을 꼬치꼬치 물어보는가. 어른이라면 남의 집 형편에 대해 마음대로 평가해도 괜찮은 건가. 나는 K 어머니에게 이렇게 대들고 싶었다.

K 어머니, 어머니는 초등학생인 K를 K 아버지의 집에 놓고 혼자 나가버렸었잖아요, K는 쌀포대처럼 외할머니집 아버지집 어머니집 이곳저곳 옮겨다녀야 했잖아요, 당신은 고등학생이던 K가 경찰서에서 엄마를 찾았을 때 "네 일은 네가 알아서 해라" 하고 전화를 끊었었잖아요, K의 등록금은 아버지가 대고, 파출부 할머니의 월급은 어머니가 대면서 지금까지 살아왔다면서요, 그래서 K는 언제나 "엄마"가 아니라 "어머니"라고 당신을 부르는 거잖아요.

언젠가 K는 자신에게 정신적인 의미의 집이란 건 없다고 말했다. 가정을 만드는 것 역시 자신 없는 일이라고.

"내 방엔 꼭 필요한 물건밖에 없어. 언제든 떠날 수 있게. 소유물이 많아지면 그만큼 움직이기 힘들어지잖아."

K의 말을 다 이해할 수는 없었다. 그저 이해하는 척 시늉할 따름이었다.

어째서 그런 아이를 만나는 거지? 친구들의 눈빛은 그렇게 묻고 있었다. 친구들에게 중요한 건 졸업을 하고 난 다음 남들에게 떳떳하게 말할 수 있는 직장을 갖거나, 그렇지 않으면 떳떳하게 말할 수 있는 직장을 가진 남자와 결혼하는 것이었으니까. 그러나 나는 마음을 졸이면서도 이상하게 K에게 끌렸다. 가난하다고도, 반대로 부자라고도 단정 지을 수 없는 불안정한 K가 좋았다. 쉽게 K를 떠날 수도, 그렇다고 영원히 그의 곁에 머무를 수도 없을 것만 같았다.

여관방 문간에 피워놓은 모기향의 매캐한 냄새에 목구멍이 간지러웠다. K는 지금 정말 자고 있는 걸까? K는 무슨 꿈을 꾸고 있을까? K의 꿈에는 내가 나올까? 상상했던 것만큼 K의 얼굴이 반가웠는지 그렇지 않았는지 잘 모르겠단 생각이 들었다. 이등병 K의 얼굴을 보았으니 그만 집으로 돌아가고 싶었다. 서울로 돌아가 새우나 전복이나 낙지 같은 것 말고 로스구이가 놓인 밥상 앞에 앉고 싶었다. 이렇게 누워 있나 아침이 올 때까지 한숨도 자지 못하면 어쩌나, 나는 불안한 마음을 토해내듯 입을 막고 짧게 기침을 했다.

화천을 떠나 서울로 돌아오던 일요일 하루는 솔직히 잘 기억이 나지 않는다. 무슨 까닭인지는 나도 잘 모르겠다. 어쩌면 서울을 떠날 때의 긴장이 풀어졌기 때문인지도 모르고, 전날 잠을 거의 자지 못한데다 잘 먹지도 못해 온종일 머리가 어지러웠기 때문인지도 모르겠다. 한 가지 기억에 남는 일이라면 K를 부대 앞까지 데려다주는 길에 사단장 관사에 들렀던 일이었다.

사단장 관사 앞에 차를 세워놓고 K 어머니가 사단장 부부와 잠시 이야기를 나누는 동안 운전사와 나는 줄곧 차 안에 앉아 있었다. 서울로 빨리 돌아가 뜨거운 물에 샤워를 하고 모기 물린 자리에 약을 바르고 싶었다. 사단장에게 경례를 하고 돌아와 차에 올라탄 K는 부대로 돌아갈 일이 심난한지 모자를 꾹 눌러쓰고 눈을 감고 있었다. K 어머니가 대화를 마치고 자동차 쪽으로 걸어오자 사단장의 아내가 배웅을 하기 위해 따라오는 모습이 반쯤 열린 차창 밖으로 보였다.

"웬 아가씨? 서울서 온 여자친구인가?"

사단장 아내가 묻는 소리가 들렸다.

"딸이 같이 왔어요. 우리 애 누나."

"아아, 누나가 있었던가? 맞아, 막내라고 했지?"

"네. 다음에 또 뵙겠습니다. 우리 아이 부탁드려요."

K 어머니는 예의 단호한 음성을 뱉고 곽 사장과 함께 자동차에 올라탔다.

"아아, 그래요. 조심해서들 가세요. 갈 길이 머네."

사단장 아내는 손을 흔들고 관사 쪽으로 걸어갔다. K 어머니는 자동차가 출발한 다음에도 자신의 짧은 거짓말에 관해 가타부타 언급하지 않았다. 나는 K에게 누가 너의 누나이지? 누가? 하고 따지고 싶었으나 아무 말도 하지 않았다. 나와 아무런 상관없는 사단장 마누라에게 나를 누나라 하든 이모라 하든 그다지 중요한 일은 아니었다. 그렇지만 K와 나는 동갑인데, K의 여동생이라면 몰라도 누나라는 건 너무하지 않은가. 아무리 내 생일이 석 달 더 빠르다 해도. 나는 뭔가 억울한 기분이었다.

K 어머니, 어젯밤 K와 K 어머니와 제가 한 방에서 잤다고 해도 우리는 가족이 아니잖아요. 그렇잖아요.

자동차가 다방과 호프와 가게가 옹기종기 모여 있는 거리를 지나는 길에 보니 낡은 시외버스가 한 대 서 있고, 버스 안으로 젊은 여자들이 하나 둘 올라타고 있었다. 아마도 남자친구나 가족을 면회 왔던 여자들인 모양이었다. 집으로 돌아가는 여자들은 하나같이 핸드백보다 큰 가방을 들었고, 곱게 화장한 얼굴엔 짙은 피로가 기미처럼 내려앉아 있었다. 그들도 여름 저녁이 아주 길 거라는 걸 알고 있는 얼굴들이었다. 나는 차창 밖으로 그 풍경이 완전히 사라질 때까지 눈을 뗄 수가 없었다.

"어머니, 더 이상 신경 쓰지 않으셔도 돼요. 이젠 견딜 만해요. 고생하셨어요."

K는 자동차에서 내리면서 K 어머니에게 말했다. 그리고 차창 밖에서 내 오른편 유리에 손바닥을 붙였다 떼더니 "편지할게" 했다. 나는 유리창에 찍힌 손지국 너머로 군복 입은 낯선 뒷모습이 멀어져가는 걸 오래 지켜보았다.

화천으로 떠났던 길을 거슬러 서울로 돌아오는 저녁, 나는 K와 내가 속한 세계가 어느 순간 완전히 갈라져버렸다는 걸 깨달았다. 아니,

K와 나는 어쩌면 처음부터 완전히 다른 세계에서 살고 있었는지 모른다는 생각도 했다.

국문학과를 2년 다니고 입대한 K는 그의 인생에서 글 쓰는 것보다 더 중요한 것은 없다고 말하곤 했다. K는 언제나 손에 책을 쥐고 다녔고, 고등학교 때부터 소설이란 걸 쓰고 있었다.

"나는 세상의 밑바닥을 다 겪어볼 거야. 네가 그걸 함께 겪을 수 있겠니. 나는 모르겠다."

나는 그 말을 들을 적에 K가 가난을 안다면 그런 말을 쉽게 하지 못할 거라 믿었다. 가난이 포즈가 아니란 걸 진정 안다면. K는 나와 같이 북적이는 전철을 탔던 휴일, 어린아이 둘에 갓난아기를 안고 서 있는 여자를 보고 얼굴을 찡그렸었다. K는 아이들을 멀찍이 쳐다보며 "저렇게 살아야 하다니 정말 가엽지 않니?" 차가운 목소리로 속삭였다. 그 말을 기억하는 이유는 나 역시 어릴 적에 동생들과 우르르 엄마를 따라 버스며 전철을 탔었고, 우리 집엔 자가용이 없기 때문이었다.

자동차의 헤드라이트가 긴 어둠을 밀어내며 달려가는 동안 나는 눈을 감고 복기(復棋)하듯 K의 전화 목소리와, K가 했던 약속들, K가 지었던 웃음들을 되짚어보았다. 다음해에 나는 대학졸업반이 될 것이고, 내가 무엇이 될 수 있을지 알 수 없어 막막했다. 때로는 K와 헤어진다면 내가 떠안고 있는 불안을 한순간에 덜어낼 수 있을 거란 생각에 빠지기도 했다. 하지만 그를 잃는다는 상상 역시 나를 불안하게 만들기는 마찬가지였다.

K야, 나는 나이를 먹어간다는 게, 어른이 된다는 게 어떤 일일지 알 수 없어 두려워. 세상을 살아간다는 건 점점 지름이 좁아드는 깔때기

안으로 미끄러져 내려가는 게 아닐까. 의자뺏기 게임을 할 때처럼 흥겨운 노래에 취해 의자를 놓쳐버리면 아무 데도 앉지 못하게 되는 게 아닐까. 멀뚱하게 서서 의자에 앉은 아이들의 안도하는 얼굴을 바라보게 될까 봐 나는 몹시 두려운 거야.

나는 습관처럼 머릿속으로 K에게 보내는 편지를 천천히 적어 내려갔다.

여름방학이 끝나고 오래 지나지 않았을 무렵, K에게서 편지 한 통을 받았다. 양면괘지에 반듯하게 씌어진 익숙한 글씨는 K가 속한 부대가 11월에 철책 안으로 이동을 한다고, 그곳에 있는 반년간은 면회가 안 되는 건 물론, 전화와 편지도 할 수 없다고 알려주었다. K는 담담한 말투로 앞으로는 편지를 보내지 않겠다고, 더 이상은 답장을 받을 수 없을 뿐더러 받고 싶지도 않다고 적었다. 그야말로 간단명료한 통고였다. 어째서 K가 그런 편지를 보내게 되었는지 그때의 나로서는 도무지 이해할 방법이 없었다. 갑자기 나에게 왜 이러는 거냐고 묻고 싶을 따름이었다.

너희 어머니를 따라 화천으로 갔을 때 그랬었잖아, 가끔은 네가 살아 있다는 걸 확인하고 싶을 때가 있어, 그러면서 양손으로 내 뺨을 감싸 안았었잖아, 아무도 몰래 그랬었잖아, 얼마 전에 네가 그랬었잖아.

나는 군사우편 도장이 찍힌 편지봉투가 무슨 음모를 감추고 있기라도 한 것처럼 몇 번이나 뒤적여보았다. 그리고 11월이 오기 전에 화천으로 두 통의 편지를 연달아 띄우기도 했지만, 답장은 오지 않았다. 그는 내가 닿을 수 없는 세계에서 더 먼 곳으로 달아나고 있었고, 내게는 어떻게든 주어진 현실을 받아들이는 방법밖에 선택할 수 있는 것이 없었다. 그럼에도 나는 때때로, 아니 자주 내가 뭘 잘못한 걸까, 애써 생각하곤 했다. K와 나에게 무슨 일이 일어난 걸까. K는 무슨 이유로 나에게 헤어지자고 말한 걸까.

K는 아무 대답도 들려주지 않았다.

그해 가을, 나는 밤마다 PC 통신 영화퀴즈방에 접속했고, 일주일에 세 번 과외 아르바이트를 했으며, 일주일에 하루씩 대학부설 종합사회복지관에서 사회복지학과 전공실습을 했다. 복지관 노인복지 파트에 속한 나는 독거노인들을 위한 반찬 배달과 생활실태조사를 하느라 신촌 인근 달동네를 헉헉거리며 오르내려야 했다.

그래, 이건 아무것도 아닌 거야, 정말 아무것도 아닌 거야, 화천 같은 곳엔 두 번 다시 가고 싶지 않아, 크리스마스이브 같은 건 혼자 보내도 외롭지 않아, 이런 건 진짜 사랑이 아닐 거야, 맞아, 아무것도 아닌 거라고, 버림받았다고 해서…… 죽을 필요까지는 없어.

하지만 그런다고 해서 K의 얼굴을 다시 볼 수 없다는 사실이, 내가 버려졌다는 확연한 사실이 달라지는 건 아니었다. 나는 노여울 만큼 붉게 물든 낙엽을 밟으며 햇볕에 그을린 K의 얼굴을, K 어머니의 가느다란 담배를, 굵은 소금 위에서 탁탁 소리를 내며 몸을 오그리던 왕새우를, 뾰족한 구두 굽으로 짓이겼다. 그러노라니 좀처럼 뜯지 않는 철지난 달력같이 남루하게 멈춰 있을 것 같던 가을도 지나고, 문득 겨울이었다.

대학을 졸업하고 3년쯤 지났을 무렵이었던가, 대학동창 S를 오랜만에 만나 차를 마신 일이 있었다. 대학 3학년까지만 해도 늘 수업을 같이 듣곤 하던 친구였는데, 어느 순간 멀어져버려 대학을 졸업한 뒤로는 안부전화조차 하지 않는 사이가 되어버렸다. 아마 K와 내가 헤어지지 않았더라면 그녀와 그렇게 멀어지진 않았을 거였다. 그도 그럴 것이, K와 헤어지던 가을에 그녀는 K를 통해 알게 된 K의 절친한 친구와 연애 중이었다. 그때의 나로서는 K와 관계된 모든 것들이 끔찍하게 여겨졌고, 그런 이유로 그녀와 자연히 멀어지게 되었던 것 같다. K 친구의 아반떼 자동차를 타고 놀러다니느라 바쁜 그녀 역시 내가 겪고 있는 고통을 공유할 마음은 조금도 없는 것 같았다. 그러나 며칠만 못 봐도 눈병이 날 것처럼 유난스럽던 그녀와 K의 친구도 그해가 가기 전에 소리 없이 헤어져버린 모양이었다.

S는 나에게 이런저런 안부를 묻다가 소설가로 등단했다는 얘기를 듣고 무슨 재미없는 농담이냐는 표정을 지었다.

"네가? 정말?"

"응. 소설을 쓰게 됐어."

"뭐야, 넌 대학 때 소설가가 되고 싶다는 말 한 번도 한 적이 없었잖아."

"그래, 그랬지. 어쩌다 보니 그렇게 됐어. 나도 내가 소설을 쓰게 될 줄은 몰랐는데."

"소설을 쓰겠다고 했던 건 네가 아니라……"

S는 불쑥 K의 얘기를 꺼냈다. 이제는 K와 연락을 아주 안 하고 사느냐고도 물었다.

"예전에 한 번 편지를 받았어. 전화도 몇 번 왔었나."

"잘 지낸대?"

S의 눈꺼풀에서 호기심이 깜박거렸다.

"그렇겠지. 그냥 술 마시고 걸었나 봐."

"편지엔 뭐라고?"

"별 내용 아니었어."

나는 그때까지도 K에 대한 이야기를 하는 것이 불편했지만, 내색하지는 않았다. 오히려 다 잊어버린 일이란 투로 가볍게 말하려 애썼다.

S야 몰랐니? K가 소설을 쓰고 싶어하는 아이였기에, 그래서 그 앨 좋아했는지 모른다는 걸. 그 애의 꿈을 두려워하면서도 그 때문에 끌렸었는지 모른다는 걸.

언제쯤이던가, K가 막 입대를 했을 즈음이었을까, 친구를 따라 카페에 갔다가 점을 보고 온 밤이 있었다. K와 나의 생일을 종이에 적고 알아볼 수 없는 글자를 써내려가던 남자는, 내 질문을 듣고 이렇게 대답했었다.

"이 사람은 아닌데요. 글을 쓸 사람이 아니에요. 글을 쓴다면…… 아가씨가 쓰겠네요."

"예? 저는 글 안 쓰는데요. 저는 국문과도 아닌데……"

"사람 일을, 누가 알겠어요."

짧게 대답하고 쿡쿡 밭은기침을 하는 남자를 쳐다보며 그때 나는 거 봐 괜히 돈만 날렸구나, 5천 원짜리 점이 오죽하겠어, 했었다. 그 밤이 지나자마자 잊어버렸던 기억이 되살아난 건 흔히 말하는 등단이란 걸 하게 된 이후의 일이었다. 한번쯤은 K와 나의 운명이 K와 헤어진 그 가을을 기점으로 해서 서로 뒤바뀌어버린 건 아닌지, K의 운명을 내가 가져와버린 건 아닌지, 그런 터무니없는 생각이 든 적도 있었다.

"이런 얘기 해도 되는지 모르겠는데 말이야…… 전화가 왔었다니까 하는 말인데…… 아니다, 이런 말 해서 뭘 해, 다 지난 일인데."

S는 무슨 말인가 하려다 그만두고 찻잔을 들었다.

"무슨 얘긴데 그래? 무슨 얘긴데 하려다 말아."

"아니…… 이제 다 정리한 거지? 혹시라도 너 다시 만날까 봐 염려되서 하는 말인데……"

"뭔데 그래."

"전에 내가 들은 말인데, 걔 말이야, 군대 있을 때, 너 말고 다른 여자가 또 있었던 것 같더라?"

"그래?"

S는 자신과 헤어진 남자친구의 이름을 절대 입에 올리지 않았지만, 누구에게 들은 이야기인지는 굳이 물을 필요도 없었다.

"아, 확실한 건 아니고."

"그럼 뭣 땜에 그렇게 말하는 건데."

나는 표정을 감추기 위해 찻잔으로 입술을 가져갔다. 홍차에서 올라온 수증기가 얼굴을 뜨겁게 데웠다.

"전에 너네들 얘기를 하다 그러더라고. 야구를 할 땐 에이스가 가장 중요하지, 하지만 야구란 건 에이스만 가지고 하는 게임은 아니거든, 에이스보다 못한 약한 선수들도 있어야 하는 법이야, 라고."

그 말을 할 때 S는 조금 만족스러운 표정이었다. 이윽고 그녀는 핸드백에서 청첩장을 꺼내 찻잔 옆으로 밀어놓았다. 결혼할 남사는 다섯 살 연상의 대학병원 레지던트라고 설명했다.

S와 헤어져 집에 돌아온 나는 조금 울었고, 그즈음 사귀고 있던 Y

에게 전화를 걸었다. K와 나의 지난 일들을 알고 있던 Y는 내가 덧붙이는 얘기를 인내심 있게 끝까지 듣고 나서 물었다.

"아직도 그 얘기가 너한테 중요한 거니?"

"그 애가 중요한 게 아니라 진실이 중요한 거야. 내가 왜 버림을 받았는지 그게 중요했다고."

"하지만 진실을 누가 알겠니."

"그건 그래. 그치만 어떻게 그럴 수 있어. 나는 그 애 어머니를 따라 강원도까지 갔었다고."

"그럼 나쁜 사람이구나."

"그래, 그놈은 나쁜 놈이라니까, 아주."

"그런데 그 애가 나쁜 놈이면 안 되는 거니?"

"……"

"이제 아무것도 아닌 거야. 모두 지나간 일들이니까."

"그래, 그건 나도 알아."

"누군가 다른 여자가 있었다 치자. 없었다면 달라졌을 것 같니?"

"……"

"괜찮니?"

잠깐의 침묵이 흐른 뒤 Y가 물었다.

"그렇지만 지나간 일들이라고, 아무것도 아니라고 말하진 마."

"…… 내가 너희 집 근처로 갈까? 저번에 만났던 커피점."

"괜찮아. 오빠 바쁘잖아."

"아니야, 잠깐만 들를게. 30분 있다 나와."

"알았어. 그럴게."

나는 전화를 끊고 딱딱한 책상의자에 오래도록 앉아 있었다. 그러다 천천히 옷을 갈아입고 두툼한 털목도리로 목을 감싼 다음 방문을 열었다. 대문 밖으로 나서자 가로등 불빛 속으로 진눈깨비가 쏟아져 내리고 있었다. 나는 축축하게 젖은 길 위로 종종걸음쳤다.

S가 물었을 때 얘기해주지 않은, 제대를 하고 다시 대학생이 된 K의 편지 내용은 이런 것이었다. 그 가을, 어쩐지 내게서 당장 도망치고 싶어 견딜 수가 없었다고, 그것밖에는 다른 생각이 나지 않았다고, 자신은 늘 아무것도 모르는 채 달리기만 하는 야간트럭 운전사처럼 살아왔다고, 자신의 미래에 대해 생각하면 흉측하게 부패된 고깃덩어리를 바라보는 기분이었다고.

나는 지금에 와서야 그때 K가 느꼈던 느낌이 어떤 것이었을지 조금 알 수도 있을 것 같은 기분이었다. 그해 그 가을에, K와 나는 각자 무엇에선가 달아나고 싶었던 게 아니었을까. 서로에게서 벗어나면 우리를 감싸고 있던 그 불안한 기운에서 달아날 수 있을 거라 믿었었는지도. 나는 K를 원했지만 한편으론 원하지 않았던 것 같기도 하다.

나는 흩날리는 진눈깨비 속을 지나 커피점 나무계단 위로 올라갔다. Y가 앉곤 하던 창가 자리는 아직 비어 있었다. 나는 그 자리에 앉아 뜨거운 커피를 주문하고, 소매 끝으로 김 서린 유리창을 닦은 다음, 쌀가루처럼 가는 눈발이 날리는 횡단보도를 내려다보았다. 그리고 그때서야 Y가 언제나 그 자리에 앉았던 까닭을 알 수 있었다.

나는 Y가 눈을 맞으며 걸어오는 모습을 놓치면 안 될 것 같은 간절한 마음으로 창밖을 내다보았다. Y는 좀처럼 오지 않았다.

정박(碇泊)

권리

민서가 여자대학에 들어간 건 1998년의 봄이었다. 대학은 고교와 대학들이 몰려 있고 신촌과 더불어 거대 상권을 이루는 지역 한가운데에 있었다. 당시 사회는 IMF 구제금융 위기를 겪은 다음 신자유주의의 광풍 앞에서 겨우 몸을 추스르고 있었다. 민서는 보건교육학과에 입학했으나 전공에는 전혀 관심이 없었다. 입학신청 서류의 접수창구가 닫히기 직전 급하게 선택한 전공이었기 때문이다. 이 대학은 여성학으로 유명한 학교였다. 총장은 학생들에게 언제나 리더가 될 것을 강조했으나 역설적이게도 이곳은 대통령보다는 다수의 영부인을 배출한 학교로 더 잘 알려져 있었다. 학교에는 갑부 집 딸들이 넘쳐났다. 그녀들은 10만 원짜리 큐빅핀을 머리에 꽂고 다니고 영문판 타임지와 테이크아웃 커피를 양손에 들고 학교를 돌아다녔다. 심지어 아버지가 사준 빨간 스포츠카를 타고 와서 교수용 주차장에 차를 세우는 여자애들도 있었다. 반면 민서는 머리핀도 꽂지 않았고 점심때는 김밥 한 줄에 백 원짜리 자판기 커피를 마셨다. 교통비와 밥값을 해결하기 위해 고등학생 과외 아르바이트로 한 달에 20만 원씩을 벌었다. 그러나 등록금과 책값은 언제나 문구점 주인인 아버지의 몫이었다. 그녀는 학교 안에도 돈에 의한 계급이 형성되고 있음을 느꼈다.

학기 초에 그녀는 과대표에 도전하기로 했다. 운동에 관심이 있어서가 아니라, 계급을 뛰어넘는 교제를 하고 싶다는 개인적인 생각 때문이었다. 하지만 선뜻 그녀를 과대표 후보로 추천해주는 사람은 아무도 없었다. 그녀는 스스로 과대표 후보가 되었다. 연설 경험이 전무했던 그녀는 이를 딱딱 부딪쳐가며 '제가 과대표가 되면'을 시작으로 떨리는 첫 연설을 했다. 과 친구들은 그녀의 능력보다는 열의를 더 높이 사주었다. 과대표가 되었다고 특별히 달라지는 것은 없었다. 고등학교 때처럼 선생님이 미처 가져오지 않은 출석부를 갖다놓거나 분필을 다른 반에서 빌려오는 일을 할 필요도 없었다. 가끔 학과 사무실에서 내려오는 공지사항을 친구들에게 전하면 그뿐이었다. 역할에 비해 과대표라는 타이틀이 주는 혜택은 꽤 많았다. 그중에서도 민서는 출신 고하를 막론하고 다양한 친구들과 어울릴 수 있다는 것에 만족했다.

스승의 날 즈음이었다. 그녀는 과대표로서 순수한 이벤트를 마련해 보고 싶었다. 그래서 학과장 선생님을 위한 롤링페이퍼를 돌렸다. 하지만 학생들의 참여가 저조해서 그녀는 학과장 선생님의 전공수업 도중에 롤링페이퍼를 한 번 더 돌리기로 마음먹었다. 그런데 하필 그날 아침 채플수업도 못 들어갈 만큼 늦잠을 자버렸다. 지난번에 썼던 롤링페이퍼를 집에 놓고 왔음은 물론이다. 만일 정직한 과대표였다면 롤링페이퍼를 포기하고 꽃다발만 전달했을 것이다. 하지만 그녀는 이

번 기회에 학과장 선생님에게 자신의 존재를 뚜렷하게 각인시키고 싶다는 욕심이 났다. 롤링페이퍼를 또 돌리기에는 친구들에게 미안하고 번거로운데다 시간도 부족하다고 느낀 그녀는 황당한 생각을 떠올렸다. 다양한 글씨체로 롤링페이퍼를 써서 마치 여러 사람이 쓴 것처럼 꾸민 것이다. 그녀가 수업시간에 이런 행각을 벌이는 것을 본 사람이 있었다. 희주였다. 민서는 언젠가 희주가 가족들과 피지로 크리스마스 휴가를 떠났었다는 이야기를 얼핏 들은 적이 있었다. 희주의 할아버지는 전직 은행장이었고, 아버지는 유명 광고회사의 중역이었다. 희주는 부자가 틀림없었지만, 배경을 무기로 안하무인해지는 성격은 아니었다. 그녀는 오히려 합리적이고 반듯한 생각을 갖고 있었다. 게다가 외모까지 멋져서 〈타이타닉〉의 주인공 케이트 윈슬렛처럼 하얀 피부와 풍성한 몸매를 가졌다. 수업이 끝나고 스승의 날 행사가 시작되기 직전 희주는 민서를 불러냈다. 그녀는 부드럽고 당당한 말투로 민서를 혹독하게 비난했다.

"왜 거짓말로 편지를 쓰려고 하지? 이게 과대표가 할 행동이야?"

민서는 희주의 말을 전부 시인해야 했다. 그녀는 남몰래 롤링페이퍼와 자존심을 동시에 구겨서 쓰레기통에 넣어버렸다. 그 후로 희주의 모든 말과 행동에 신경이 쓰였다. 언젠가 희주가 자신의 약점을 드러내 창피를 줄지도 모른다는 생각 때문이었다. 하지만 희주는 남의 사생활을 까발리는 것을 좋아하지도 않았고 민서에게 큰 관심도 없었다. 민서는 점차 희주의 무심한 매력에 끌리기 시작했고 이것은 호감으로 발전했다. 그녀는 몇 번이나 희주에게 이런 감정을 표시했지만, 희주는 민서를 언제나 두 번째, 혹은 세 번째 순위에 두었다. 민서는 단지 희주와 친해지기 위해서 희주와 함께 다니는 다섯 명의 친구들과 어울리려고 애썼다. 하지만 매끼를 뷔페로 먹고 매주 미팅을 하고 3주에 한 번 미용실에 가고 콘도를 빌려 엠티를 떠나는 일들을 계속할 수는 없었다.

과대표를 하는 동안 그녀는 단대 회의나 학생회의 대표자 회의 등에 전혀 참석하지 않았다. 당시 학생회의 가장 큰 의제는 등록금 투쟁과 학교 앞 민자역사 반대 투쟁이었다. 민서도 서점 하나 없는 학교 앞에 거대한 상권이 생긴다는 것은 상식적으로 이해가 가지 않았다. 하지만 민서는 오른팔을 머리 위로 흔들어대며 '투쟁, 투쟁!'을 외칠 정도의 열정은 없었다. 그녀는 사회 참여 운동보다는 대학원에 진학해서 여성학 이론을 공부할 생각이었다. 그때까지만 해도 그녀가 읽은 책들은 역사책과 소설에 치중되어 있었다. 그녀는 사회에 대한 약간의 비판의식과 교양을 갖추었다고 믿고 있었으나, 실상 그 의식과 교양이라는 것은 이제 막 고등학교 교복을 벗은 자가 뽐낼 만한 유령 지식에 가까웠다. '여자를 위한'으로 시작되는 자기계발서나 로맨스소설, 경영서는 읽지 않는다는 것만으로는 교양인으로서의 자존심을 세우기 부족했다.

민서는 도서관에서 많은 책을 읽었다. 학교 식당에서 김밥 한 줄을 먹는 것보다 책을 통해 마음의 양식을 얻는 것이 훨씬 배부르게 느껴질 때도 있었다. 그녀는 푸코와 들뢰즈의 이론서를 읽었고 여성 잡지와 여성학 학회지도 읽었으며 에리히 프롬의 사회심리학 서적도 간혹 읽었다. 그녀는 마르크스의 『공산당 선언』을 읽으면서 계급 갈등이 잉여재산에서 출발한다는 사실을 알게 되었다. 책의 맨 마지막 장에는 이렇게 낙서되어 있었다. '모든 건 다 밥그릇 싸움이야.' 민서는 그 말을 메모했다. 그녀는 누군가를 배부르게 하고 누군가를 비참하게 하는 원인이 단지 소유에서 비롯된다는 것이 무척 씁쓸하게 여겨졌다.

2학년이 되자 민서는 과대표를 그만두었다. 이제 그녀 주변에는 가정형편이나 소비생활이 비슷한 친구들이 남아 있었다. 그중에 그녀가 마음을 터놓고 지낸 친구는 목포 출신의 윤지였다. 20년을 서울에서만 살아왔던 민서에게 전라도 사투리는 무척 낯설게 들렸다. 윤지는 희주만큼은 아니지만 집안이 풍족했다. 외모가 화려하지는 않았지만, 자아에 대한 확신이 넘쳐서 어디서나 눈에 띄었다. 또 그녀가 하는 행동은 괴짜스러운 데가 있었다. 윤지는 늘 책을 두세 권 옆에 끼고 다녔다. 대부분 어려운 한자가 적힌 책이어서 민서로선 제목도 파악이 되지 않는 책들이었다. 어느 날, 수업이 끝나고 민서는 윤지에게서 쪽지 하나를 받았다. (대학 2학년 여대생이라서 가능한 일이 하나 있다면, 여고 시절처럼 친구들과 수업시간에 딱지 모양의 쪽지를 주고받는 일일 것이다.) 민서는 어디서 뭘 하고 놀자는 내용이려니 하고 쪽지를 폈다. 그런데 윤지의 쪽지는 해독이 불가능했다. 그것은 편지라기보다는 서정적인 시이자 격정적인 암호 같았다. 민서는 왜 윤지가 그런 편지를 주었을까 궁금했다. 그 편지에는 민서를 향한 상대성보다는 윤지 자신을 향한 절대성 같은 것이 담겨 있었다. 그러니까 민서는 윤지의 편지에 이떤 대답을 하기가 힘들었다. 답장을 요구하는 편지도 아니었으니 말이다. 하지만 민서는 윤지에게 어떤 식으로든 답장을 하기로 했다. 그녀는 대학노트를 찢어 대학인의 어려움에 대해 썼다. 민서는 고등학교와 대학교의 가장 큰 차이를 '선택'에 두었다. 어떤 선택을 할 것인가. 고등학교 때는 과목이 일률적으로 정해져 있으니 주어진 공부만 하면 되었다. 하지만 대학에선 학과 선택부터 과목, 교수, 참고서적까지 모든 것을 본인이 알아서 택해야 했다. 주입식 공부에 익숙한 민서는 그것이 영 어색하고 불안하기만 했다. 1학년 때는 3학년 언니들이 옆에 붙어서 수강신청을 대신 처리해주었지만 이제는 모든 것을 스스로 해야 했다. 민서는 선택의 어려움이 단지 대학생에게만 해당되는 것은 아니라는 것을 알았다. 선택은 인간이 살기 위해 필연적으로 겪어야 하는 딜레마와 같은 뜻이었다. 민서는 자신의 고민을 최대한 사실적으로 편지에 담아서 윤지에게 보냈다. 과장과 은유와 아이러니가 숨겨진 글이었지만, 민서는 윤지가 자신의 마음을 알아주리라 믿었다. 그것이 또 해독 불가능한 암호로 돌아올지라도 민서는 그것을 열심히 해독해볼 생각이었다. 하지만 윤지는 답장을 주지 않았다. 그녀는 휴대전화나 호출기 같은 통신기기를 전혀 가지고 있지 않았다. 딱지 모양의 쪽지가 유일한 통신수단이었다. 민서는 며칠째 답장을 기다렸다. 마침내 윤지는 자신이 살고 있던 기숙사 앞으로 민서를 불러냈다. 목련이 눈물처럼 캠퍼스 위에 뚝뚝 떨어져 날리던 늦봄의 어느 날이었다. 두 사람은 나무 밑동을 의자 삼아 앉았다. 윤지는 가방에서 작고 얇은 책을 하나 꺼냈다. 그것은 류시화의 『목련』이라는 시집이었다. 윤지는 사투리 억양으로 찬찬히 시를 읽어나갔다.

'목련을 습관적으로 좋아한 적이 있었다, 잎을 피우기도 전에 꽃을 먼저 피우는 목련처럼 삶을 채 살아보기도 전에 나는 삶의 허무를 키웠다…… 목련이 필 때쯤이면 내 병은 습관적으로 깊어지고 꿈에서마저 나는 갈 곳이 없었다……'

민서는 '삶을 채 살아보기도 전에 나는 삶의 허무를 키웠다'라는 말을 들었을 때 갑자기 눈물이 났다. 왜 눈물이 나는지는 알 수 없었다.

"넌 언제나 입술이 부르터 있어. 입술보습제도 하나 없어?" 윤지는 시를 다 읽고 난 뒤 물었다. 민서는 고개를 끄덕였다.

"내 것이라도 바를래?" 민서는 긍정도 부정도 하지 않았다. 그녀는 선택해야 하는 순간마다 과도한 스트레스를 느꼈다. 윤지는 민서의 대답을 참고 기다리기보다는 먼저 선택해버리는 입장이었다. 그녀는 주머니에서 입술보습제를 꺼내 입에 찐득하게 바른 뒤에 민서에게 다가갔다. 그러더니 입술보습제가 묻은 입술을 민서의 입술 위에 도장 찍듯이 대었다. 윤지의 입술은 따뜻하고 촉촉했다. 민서는 자기도 모르게 혀가 나오려는 것을 억지로 참았다. 윤지는 웃으면서 입술을 조용히 떼었다.

"예전부터 네 입술이 너무 메말라 보였어. 그게 자꾸 거슬리더라구."

민서는 귀가 발개졌다. 그녀는 윤지의 키스가 지난번에 받지 못한 답장처럼 느껴졌다. 이렇듯 세련되게 삶에 대한 답을 해줄 수 있는 사람은 윤지밖에는 없다고 민서는 생각했다.

두 사람은 급격히 친해졌다. 어느 날 윤지는 창천교회 주변에 있는 전통 카페에 민서를 데려갔다. 그곳은 기와집을 개조한 곳이었는데 여느 카페와는 좀 다른 느낌이었다. 테이블마다 공짜로 걸 수 있는 전화가 설치되어 있지도 않았고 유행곡이 흘러나오지도 않았다. 그곳은 카페 중앙에 놓인 피아노처럼 차분한 느낌이었다. 비 오는 날, 그 안에 앉아 있으면 몸이 노곤해지는 느낌이 들었다. 카페의 시간은 느리게

만 흘렀다. 민서와 윤지는 최근에 읽은 책과 어린 시절의 추억, 좋아했던 선생님 이야기, 자주 꾸는 꿈 등에 관한 이야기를 나누었다. 민서는 주로 연애에 관한 이야기를 했지만, 윤지는 연애에 관한 이야기 빼고는 거의 모든 이야기를 했다. 가끔 흥이 오르면 윤지는 카페 안의 피아노를 치기도 했다. 둘이 만나 어디에 가서 무엇을 할지 정하는 것은 언제나 윤지의 몫이었다. 하지만 만나는 횟수가 늘면서 민서는 마음이 불편해졌다. 윤지는 다른 친구들처럼 문자메시지로 몇 시에 어디서 밥을 먹자는 약속을 하는 법이 없었다. 그저 지나가다 마주치면 언제 밥이나 먹자고 하는 편이었다. 암묵적으로 두 사람이 만나는 날은 비 오는 날이 되었다. 왜냐하면 윤지는 비만 오면 우산을 쓰는 대신 빨간 우비와 노란 장화 차림으로 학내를 돌아다녔기 때문이다. 민서가 도서관 앞에 가면 이런 차림을 한 채로, 왼쪽 팔에 책을 두어 권 끼고 담배를 피우는 윤지를 틀림없이 볼 수 있었다.

민서는 윤지를 원하는 시간에 만날 수 없다는 것이 초조하고 불안했다. 그래서 윤지가 보고 싶으면 몰래 기숙사에 숨어들어 가는 버릇을 들이게 되었다. 기숙사는 외부인의 출입을 금지했지만 민서는 경비아저씨가 언제 자리를 비우는지 잘 알고 있었다. 이제 막 잘 준비를 하고 있던 윤지는 문 앞에 서 있는 민서를 보고 깜짝 놀랐다. 민서는 소개팅에서 만난 남자와 밤늦게까지 술을 마시다 지하철 막차를 놓쳤다고 말했다. 윤지의 책상 위에는 『들뢰즈, 가타리의 이해』가 반쯤 읽다 만 것처럼 펼쳐져 있었다. 윤지의 책장은 푸코, 데리다, 데카르트, 키에르케고르의 책으로 꽉꽉 들어차 있었다. 그것을 볼 때마다 민서는 왠지 모를 안도감과 질투심을 느꼈다. 하지만 곧 안도감과 질투심은 친화감으로 바뀌었고 친화감은 다시 소유욕으로 바뀌었다. 이때의 소유는 그녀와 육체적으로 섞는 행위를 뜻하는 것이 아니었다. 언제든 연락이 닿는 거리에서 그녀와 자유로이 대화를 나눌 수 있는 관계를 맺을 수 있는 것. 민서는 소유의 개념을 막연하게나마 이렇게 생각했다.

"소개팅은 어땠어?"

"괜찮은 사람이었어. 괜찮은 대학의 공대를 다니고, 얼굴도 괜찮았지. 그런데 결정적으로 맘에 들지 않았어. 나를 딱 보더니 이러는 거 있지? '넌 외모로 볼 때는 B^-야.' 더 황당한 건 지난번에 개판을 쳤다던 미적분학 점수는 B^0를 맞았다는 거야."

"말했잖아. 소개팅 따위는 허무해지기만 한다니까."

"그 사람, 학회 활동을 하고 있대. 나한테 NL, PD에 대해 들어봤냐더라. 우리가 미국 제국주의에 의해 억압받고 있대. 미국식 자본이 한국에 침투해서 언젠간 한국 산업이 뿌리째 뽑힐 거래. 근데 그 말을 듣는 내내 왜 그렇게 웃기던지. 그 사람이 입은 셔츠는 폴로, 바지는 갭이었고 팔목에 찬 시계는 토미 힐피거였거든. 그리고 아메리칸 이글 운동화로 어찌나 내 신발을 밟던지. 그런 사람과 NL, PD 논쟁을 한다는 게 좀…… 지금은 아직 젊으니까 그런 이야기를 한다 해도, 2년만 지나면 어느 대기업에 원서 넣을까 고민할 것 같았지."

윤지와 민서는 침대에 엎어져서 깔깔대며 웃었다. 웃음을 겨우 멈춘 윤지가 말했다.

"그러고 보니 우리 학교 앞에 '별다방'이 생긴다더라."

"별다방이 뭔데?"

"스타벅스 말이야."

윤지의 말은 사실이었다. 1999년 7월, 민서가 다니는 여자대학 앞에 스타벅스가 생겼다. 그것은 한국에 생긴 최초의 스타벅스 체인점이기도 했다. 스타벅스가 생긴 이래, 민서의 대학 주변에는 상징적인 건물들이 차츰 늘어났다. 카페가 버섯처럼 번져나가고, 패밀리 레스토랑도 생겼다. 파마 한 번에 노무 근로자의 이틀치 월급을 지불해야 하는 고급 미용실 명함을 나눠주는 아주머니들은 통학을 방해할 정도로 많아졌다. 민서와 윤지도 만나는 장소를 스타벅스로 옮겼다. 두 사람은 모든 커피의 이름을 줄줄 꿰고 있을 만큼 그곳에 자주 갔고 그곳을 도서관으로 이용했다. 두 사람은 강의실에서 못 다한 이야기를 그곳에서 나누었다.

"인생이 뭘까?" 민서가 이렇게 엉뚱한 것을 물어도 윤지는 재미있는 이야기를 섞어 그럴듯한 답변을 내놓곤 했다.

"옛날에 어떤 사람이 있었어. 서른 살의 그에게는 특별한 장래희망이랄 게 없었지. 인간답게 사는 사람이 되는 것이 유일한 꿈이라면 꿈이랄까? 하지만 인간답게 사는 것조차 여간 힘든 일이 아니었어. 한 인간으로 살기 위해 얼마나 자질구레한 일들을 해치워야 하는지 잘 알잖아? 이 사람은 연말까지 이력서를 보내야 했어. 밤새 이력서를 써서 무척 피곤해했지만 그는 20분 이상 떨어져 있는 우체국에 가기 위해 준비를 해. 이를 닦고 머리를 빗고 얼굴에 스킨을 바르고 집을 나섰어. 요리조리 자신을 향해 달려오는 차를 피하고 신호를 기다리고 횡단보도를 건넜지. 자전거를 탄 어떤 사람이 빗물을 흩뿌리고 지나가서 잠시 기분이 상하기도 했어. 중간에 편의점에 들어가 음료수를 사거나,

서점에 들어가 잡지를 훔쳐보는 유혹이 손을 뻗쳐오지만, 그는 이력서 생각에 잡생각을 지웠어. 그의 일생이 마치 이 이력서 하나에 집중된 것처럼. 30년을 이 이력서 한 장을 위해 살았던 것처럼. 그렇게 힘겹게 우체국에 도착하면, 하필 그날은 우체국 휴일인 거야."

그즈음 학생회는 민자역사 반대와 등록금 인하 투쟁 때문에 더욱 분주해졌다. 학생회장은 무더위와 싸우며 늘 학교 정문 앞에서 학생들을 모았다. 하지만 학생회에서 설파하는 등록금 문제를 들으려고 일부러 걸음을 멈추는 학생들은 많지 않았다. 등록금 인하 투쟁이 있는 날이면 늘 광장 한쪽 구석에 거대한 무대가 설치되었다. 화려한 조명과 거대한 스테레오가 설치되고 그 옛날 운동권 시절에 유행하던 민중가요들이 울려 퍼졌다. 무대 주변에 모인 사람들은 모두 학생회 티셔츠를 입고 있었다. 광장은 텅 비었다. 대부분의 학생들은 영어학원, 스터디 모임에 가기 위해 걸음을 재촉했다. 광장이 꽉 차는 날은 월요영화제 때뿐이었다. 투쟁의 무대가 치워지고 그 위에 거대한 스크린이 설치되면 학생들은 너나없이 타대 남학생을 여대 안으로 데리고 들어왔다. 여자들만 우글거리는 캠퍼스에 들어오기 꺼려하는 남학생들도 월요일 저녁만 되면 무척 대담해졌다. 민서도 가끔 언덕배기의 외로운 나무 옆에서 영화를 보곤 했다. 그녀 곁에는 아무도 없었다. 윤지와 연락이 닿지 않은 지는 꽤 되었다. 윤지는 2학년 1학기를 마치고 휴학계를 낸 뒤 기숙사에서 나갔다. 그녀는 여전히 휴대전화나 호출기가 없었다. 윤지가 먼저 연락해오지 않으면 민서는 윤지를 결코 만날 수 없었다. 민서는 이 기다림이 우정의 발로인지 애정의 고통인지 알 수 없었다. '윤지 같은 성격이라면 정말 친한 친구에게라도 6개월간 연락하지 않을 때가 있을 거야.' 민서는 이런 생각에 의지해서 무조건 기다리기만 했다고 해도 과언이 아니다. 그녀는 두 사람이 자주 갔던 전통 카페에도 몇 번인가 갔다. 주위를 둘러볼 때마다 보고 싶은 얼굴이 나타나지 않았을 때의 절망감이란! 민서는 카페에 앉아 홀로 피아노를 치다가 책을 몇 장 읽고 난 뒤 홀로 거리로 나왔다. 민서는 무슨 잘못을 했는지 곰곰이 생각을 해보았다.

'어쩌면 윤지는 내 말을 일방적으로 들어주는 것에 질려버렸는지 몰라. 매번 어디에 가고 어떤 식사를 할지 선택하는 것이 싫어졌는지도 모르지. 아니면 내가 기숙사에 너무 자주 찾아갔나?'

민서가 생각해낸 모든 이유에 다 그럴듯한 혐의가 있었고, 또 그에 못지않은 알리바이가 있었다.

민서는 전보다 더 자주 도서관에 갔다. 그곳에서라면 윤지를 다시 마주칠 수 있을 거라는 생각이 들었던 것이다. 민서는 윤지를 기다리며 많은 책을 읽었다. 그녀는 도서관에 있으면 세상을 다 가진 느낌이 들었다. 마음이 풍성하고 여유로워져서 물질에 대한 집착이 점차 줄어들기 시작했다. 그녀는 그제야 윤지를 기다리는 행위조차 소유욕에서 비롯되었다는 것을 깨달았다. 윤지와 유일무이한 관계를 형성하고 거기서 기쁨을 찾고자 하는 것은 물질의 소유와 다를 바가 하나도 없었다. 민서는 소유가 욕망에서 비롯된다고 생각했다. 만일 어떤 사람이 소파를 사고 싶다고 하자. 그는 소파를 광고지에서 본 이후로 자신도 모르게 그 소파를 마음속에 '담아' 두었을 것이다. 하지만 단순한 '물질'에 불과했던 소파는 '담아' 두는 행위로 인해서 '존재'로 변하게 된다. 그 사람은 자나깨나 소파를 생각하게 되고 심하면 지하철 의자마저 소파로 보이는 지경에 이를 것이다. '존재'하던 소파는 이제 그 사람의 '실존'을 대신할 만큼 가치가 커져버린다. 그러면 그는 소파를 사지 않고는 못 배기는 상태가 된다. 소파가 집에 도착한 날, 그는 소파에 앉았다 누웠다 해보고는 '소파는 결국 소파에 불과하군'이라는 생각을 하게 된다. 그는 소파를 사는 행위로 인해 욕망을 채우는 것이다. 어쩌면 그는 욕망을 채운 뒤로는 소파를 공간을 축내는 사물로 전락시켜버릴 수도 있다. 중요한 것은 그가 소파를 소유하게 된 순간 욕망이 사라지고 만다는 것이다. 한 사람을 들뜨게 하는 욕망이 사라진다면 과연 소유의 행위가 기쁨이 될 수 있을까. 기쁘지 않게 된 소유 행위가 과연 타당할까. 민서는 그렇지 않다고 생각했다. 그녀는 윤지가 더 이상 연락하지 않으면서 죄책감에 괴로워했다. 윤지를 소유하고 싶으면 싶을수록 자신을 학대하게 되는 게 민서는 이상할 뿐이었다. 그녀는 이 감정을 끈으로 묶어버렸으면 좋겠다고 생각했다. 실제로 그랬다. 그녀는 윤지에 대한 소유욕을 '정박'해버리기로 한 것이다. 정박(anchorage)이라는 단어를 처음 쓴 학자는 롤랑 바르트였다. 롤랑 바르트는 언어기호를 써서 시각기호의 다의성을 차단하는 것을 정박이라고 표현했다. 민서는 윤지를 소유할 수 없는 존재로 정박시켜버렸다. 윤지는 처음부터 물질이 아니었으므로 누군가의 소유가 될 수 없었던 것이다. 단지 소유할 수 있는 것은 두 사람 간의 관계에 지나지 않았다. 관계의 끈이라는 물질에 매달려 있던 자신을 민서는 조금 반성했다. 그러고 나자, 민서에게 소유라는 것은 이제 아무것도 아닌 것이 되었다. 그녀는 이제 어떤 것도 소유하고 싶지 않게 되었고 극단적인 방법으로 생각을 실천에 옮기게 되었다. 바로 소유하고 싶은 욕망을 완전히 차단하는 것으로 말이다. 민서는 이제 마시고 싶은 것도, 먹고 싶은 것도 없었다. 스타벅스에 가지도 않았고 화장도 하지 않았고 쇼핑을 하지도 않았다. 지갑도 없애버렸다.

'저 가방은 얼마 후 옷장에 쑤셔박힐 거야.' '저 옷 색깔은 내 앞길을 방해할 거야.' '커피는 몸에 해로워.' '저 냉면집은 유난히 머리카락이 많이 나온다더군.'

민서는 온갖 자기합리화를 통해 자신을 단련시켜 나갔다. 우연히도 이것은 아버지의 경제력 우산에서 벗어날 수 있는 유일한 방법이기도 했다. 여기에 부작용이 없는 것은 아니었다. 민서가 아무리 뿌리치려고 해도 가끔 정말로 소비하고 싶은 것이 생겨났다. 어느 날 민서는 학교 가는 길에 운동화 한 켤레를 발견했다. 까만 비닐제지의 윤기 나는 스니커즈였다. 그것은 재고 상품이어서 먼지 가득한 신발들과 어울려 방수천 위에 아무렇게나 놓여 있었다. 거기 모인 신발들은 전부 3천 원짜리였다. 그 신발 모음전 앞에는 '환불하면 사망'이라고 씌어 있었다. 민서는 신발이 정말로 필요하지는 않았다. 아무도 사가지 않을 그 신발에 동정심이 생겼을 뿐이다. 바닥은 얇고 잘 찢어지는 비닐 소재에 추위와 더위에 약한 구조. 먼지는 허옇게 쌓여 있고, 게다가 3천 원짜리. 아프리카 어린이의 노동으로 만들어낸 3천 원짜리 커피가 소비되는 그 거리에서 3천 원짜리 신발이 팔릴 거라고는 아무도 예상하지 못할 것이다. 그런데 그녀의 눈에 어쩐지 그 신발이 자꾸 눈에 들어오는 것이다. 스니커즈의 겉은 반짝반짝하고 괜찮았다. 별모양도 3천 원짜리 치고는 그다지 촌스럽게 보이지 않았다. 신발이 생각보다 무겁기는 했지만, 모래주머니 찬 것만큼 무거운 건 아니니까 괜찮았다. 바닥이 너무 얇아서 길을 걸을 때마다 맨발로 암석을 디디는 것 같았지만, 발가락 끝이 벗겨지지 않았으니 견딜 만했다. 왜냐하면 그것은 겨우 3천 원짜리였기 때문이다.

"진짜 사시려구요?" 가게의 주인조차도 민서에게 마치 큰일 날 것처럼 말했다. 따지고 보면 그 신발에는 아무 잘못도 없었다. 그 신발은 우연히 거기에 있었던 것이고, 언젠가 누군가는 그 신발을 끝내 알아볼 때가 있었을 거였다. 다만 민서 본인만이 그 누군가의 존재를 몰랐을 뿐이었다. 민서는 가게의 주인조차 믿지 못할 일을 벌이고 싶었다. 그녀는 신발을 사서 가격표도 떼지 않고 베란다 구석에 넣어두었다. 그리고 새 신발 대신 대학 입학 선물로 받은 흰 운동화를 신고 다녔다. 그녀는 신고 싶은 욕망 때문에 새 신발을 산 것이 아니었다. 그녀는 왜 꼭 필요하지도 않은 신발을 샀을까? 그것은 우습게도 그녀만의 이론을 확인하기 위한 행위에 불과했다. 욕망에 휘둘리면 평생 욕망의 노예로 살아가야 한다는 것이 그녀의 생각이었다. 이제 그녀는 욕망하지 않고도 신발을 소유하는 법을 깨닫게 된 것이다.

3학년 1학기 기말고사를 앞둔 어느 금요일 오후였다. 민서는 고민에 빠져 있었다. 졸업 후에 여성학과 대학원에 들어갈지 말지 아직도 선택하지 못한 것이다. 결론이 빤한데도, 고질적인 우유부단함이 문제였다. 민서는 학교 앞 옷가게를 돌아다니거나 피어싱을 해보려고 하는 등 잡다한 생각에 머리가 어지러웠다. 그녀는 무척 피로해져서 도서관을 나왔다. 스타벅스 앞에는 언제나 그렇듯 사람이 많았다. 붉은 조명 아래에서 책을 읽거나 대화를 나누는 사람들은 평화로워 보이기만 했다. 민서가 소유할 수 없을 것 같은 평화로움이었기에 그 안의 평화는 더욱 환상적으로만 보였다. 민서는 창문 너머로 한 사람을 발견했다. 희주였다. 그녀는 비둘기색 원피스에 까만 스타킹을 신고 있었고 귀에는 어깨까지 내려오는 귀고리를 길게 늘어뜨리고 있었다. 테이블 위에 올려둔 노트북에서 빛이 반사되어 그녀의 얼굴을 더욱 하얗게 만들었다. 그녀는 이 여자대학의 전형적인 학생상이었다. 2학년이 되면 여대생들은 까만 줄무늬 스타킹을 신고 다녔고 3학년이 되면 짙은 갈색의 숄을 어깨에 둘렀으며 4학년이 되면 당장 면접을 봐도 좋을 만치 지루한 정장을 입었다. 희주도 아마 그렇게 나이 들어가게 될 터였다. 민서는 그녀에게 다가가서 이렇게 말하고 싶었다.

'너, 케이트 윈슬렛을 닮은 것 알고 있니?'

희주는 분명히 놀라 민서를 이상하게 쳐다볼 것이다. 민서는 그 시선이 마치 한 계급이 다른 계급을 쳐다보는 눈길이 될까 봐 두려웠다. 하지만 아직 일어나지 않은 일을 섣불리 가정할 필요는 없었다. 민서는 용기를 내어 카페 안으로 들어갔다. 은은한 커피향이 코로 스며들었다. 천장에 달린 히터에서 후끈한 바람이 내려왔다. 민서는 몸 구석구석이 따스해지면서 부쩍 나른해졌다. 그녀는 터틀넥의 목을 살짝 내린 뒤 상기된 뺨을 두 번 두드렸다. 희주는 책으로 시선을 주면서 손으로는 열심히 키보드를 두드리고 있었다. 민서가 그녀에게 다가가 말을 걸었다. 스승의 날 사건 이후로 희주에게 개인적으로 말을 거는 것이 처음인 터라 민서는 잔뜩 긴장되었다.

"기말 리포트 쓰니?"

희주는 무척 친절한 말투로 그렇다고 대답하더니 반대쪽 의자에 놓인 가방을 치워주었다. 민서는 의자에 앉아 사람들을 둘러보았다. 사람들은 커피를 입에 가져가기 바쁘고 신문 읽기 바쁘고 주문하기 바빴다. 희주가 읽고 있던 책을 뒤집어서 테이블 위에 올려두었다. 『중·고등 교사를 위한 교육 이론』이라는 책이었다.

"선생님이 되고 싶은지 몰랐는데?"

"올해부터 복수 전공해. 부모님이 교사만큼 좋은 직업이 없다고 하셔서."

희주의 입에서는 언제나 교과서 같은 말이 나온다고 민서는 생각했다. 그런데 희주는 정말로 중학생을 다루는 선생님처럼 능숙하게 대화를 이어나가는 법을 알았다. 그녀는 먼저 가방을 뒤져 두툼한 지갑을 꺼냈다. 카드가 여덟 장이나 되고 만 원짜리 지폐가 빽빽이 들어찬 지갑이었다. "뭐 마실래?" 희주는 지갑을 열면서 말했다. 민서는 고개를 저었다. 가방을 힘들게 뒤져 지갑을 꺼낸 희주는 다시 한 번 민서를 비참하게 하는 말을 내뱉었다. "괜찮아. 내가 사는 거야."

민서는 생각했다. 희주가 대체 어떤 의미로 이런 말을 한 것일까. 설마 내가 그것도 못 알아들었을까 봐 재확인하고 싶었던 것일까. 민서는 과민반응하지 않으려 애썼다. 왜냐하면 희주의 말투에서는 남을 무시하거나 자신을 과시하려는 태도가 하나도 느껴지지 않았기 때문이다. 민서는 희주가 지갑을 열어 돈을 꺼내는 동작이 무척 몸에 익은 것 같다는 인상을 받았다. 만일 민서가 아니라도, 그때 누군가 다가와 희주 앞에 앉았다면 그녀는 필시 먼저 지갑을 열었을 것이다. 민서는 희주 앞을 스쳐 지나가는 사람의 하나로 전락해버렸다는 생각 때문에 조금 우울해졌다. 민서가 거듭 사양하자, 희주는 지갑을 도로 가방에 넣었다. 그녀는 희주가 '원만한 관계'를 위해 지갑을 여는 버릇을 뺏

속 깊이 들였음을 느꼈다.

신입생 시절, 민서는 선배들로부터 밥을 몇 번 얻어먹은 적이 있었다. 정확히 말해 그들은 '선배들'이라기보다 '언니들'에 더 가까웠다. 언니들은 자신의 '언니들'이 그러했듯이 후배에게 의무적으로 밥을 사주었지만 한 학기가 지나면 흐지부지 연락을 끊어버렸다. 밥을 사주는 것은 언니들이 선배로서 행사하는 최소한의 권력이었다. 여대 안의 인간관계는 지극히 수평적이어서 의무란 것도, 끈끈한 유기조직이라는 것도 없었다. 그녀들은 각자 개인의 삶을 살았고 자기가 먹은 것에는 반드시 자기 돈을 냈다. 물론 '지난번에는 네가 냈으니, 오늘은 내가 낼게'라고 하는 암묵적인 관계의 도덕률이 아예 없는 것은 아니었다. 하지만 희주와 민서의 관계는 달랐다. 두 사람은 밖에서 인사도 않고 지나친다 해도 별로 어색하지 않을 사이였다.

"마시지 그랬어."

"난 괜찮아."

희주는 약간 서운한 듯한 표정을 지었다. 민서는 그런 희주의 기분을 달래주려는 듯 과대표 시절의 가면을 내면의 얼굴에 뒤집어씌웠다. 그녀는 아까보다 덜 진지하고 조금 더 익살스러운 말투로 많은 이야기들을 했다. 여대 화장실만 골라 다니며 염탐한다는 변태, 생활도서관에서 읽은 책, 지난번 월요영화제 때 상영했던 영화 줄거리, 학내를 분주히 돌아다니며 예수천국 불신지옥의 임무를 충실히 수행하고 있는 교인들까지. 사실 그중의 9할은 쓸데없는 이야기였다. 민서는 이야기를 하면서 희주 주변에 널린 물건들을 하나하나 관찰했다. 얼핏 보아도 다들 비싼 물건임에 틀림없었다. 번쩍이는 핸드백, 고급 mp3

플레이어, 노트북, 선글라스, 머리핀, 모토롤라 폰, 목걸이…… 희주가 하는 행위들은 욕망을 소비하고 소유하는 일과 관련되어 있었다. 그녀는 민서의 이야기를 듣는 틈틈이 휴대전화를 확인했다. 민서가 영화 잡지에서 읽은 어느 영화감독의 인터뷰 이야기를 하고 있을 때도 희주는 "응, 응" 하고 맞장구를 쳐주면서 왼쪽 팔에 차고 있던 팔찌 모양의 시계를 만지작거렸다. 파란색 기름종이로 얼굴의 기름기를 닦아내면서도 틈틈이 문자메시지를 보냈다. 걸려오는 전화를 두 번 받기도 했다. 하지만 신기하게도 민서가 하는 이야기를 하나도 놓치지 않았다. 그녀는 전화를 받고, 전화를 걸고, 거울을 보고, 화장을 고치고, 머리를 매만지고, 선글라스를 꼈다 벗었다 하고, 키보드를 두드리고, 커피를 한 모금 마시고 하는 행동들을 비선형적으로, 거침없이 했다. 희주가 "그래서 그 변태는 어떻게 됐어?" "그 감독은 왜 그런 배우를 캐스팅했다니?" 라고 적절히 물어오는 탓에 민서는 희주에게 불만을 털어놓을 수도 없었다. 민서는 희주와의 심리적 간격, 불과 한 뼘 정도의 차이밖에는 나지 않는 그 거리를 해소하기 어려웠다. 그래서 상대 마음의 빗장을 열 만한 가장 쉽고 노골적인 질문을 하기로 했다. "사귀는 사람 있어?" 민서가 이렇게 묻자 희주는 다이어리 안쪽에 붙어 있던 작은 스티커 사진을 보여주었다. 사진 속의 그녀는 잘생긴 한국인 남자와 피부가 거뭇거뭇한 외국인 남자 사이에 서 있었다. "너랑 잘 어울린다." 민시는 외국인 남자를 보면서 가리키며 말했다.

"그렇게 말해주는 사람 처음이야. 이 사진을 보여주면 다들 이 한국인 애를 가리키거든. 인도 사람은 무조건 외국인 노동자라고 생각하나 봐." 희주는 웃으며 덧붙였다. "넌 알 줄 알았어." "뭘?" "그냥.

왠지 넌 알아볼 것 같았어." 희주는 약간 싸늘하게 웃으며 다이어리를 가방에 도로 넣었다.

"우린 지난여름 미국에 여행 갔다가 만났어. 악샤이는 MBA 과정 밟고 있어." 희주는 물어보지도 않은 것들을 쭉 나열했다. 그녀는 이런 대화를 즐기고 있는 것 같았다. 사귄 지 이제 넉 달밖에 안 된데다, 장거리 연애를 하고 있으니 무척이나 입이 간지러울 법도 했다. 민서는 희주 주변에 있던 온갖 물건의 출처를 새로 알게 되었다. 악샤이가 홍콩에서 사준 구찌 핸드백, 악샤이가 뉴욕에서 보내온 아르마니 시계, 악샤이와 백일 기념으로 산 샤넬 선글라스, 희주를 따라다니는 어떤 남자애가 생일에 사준 고급 머리핀, 아버지가 스무 살 생일선물로 사준 애플 노트북 등등. 그녀가 소유하고 있던, 아니 그녀를 소유하고 있던 온갖 물건들은 사실 누군가 그녀에게 사준 물건들이었다. 그녀는 처음부터 물건에 대한 애착이 없었기 때문에 자신이 그 물건들을 소유하고 있다는 사실조차 잘 알지 못했다. 다만 물건들이 그녀의 인생에 언젠가부터 끼어들었다고 느끼는 것 같았다. 민서는 점차 희주에게 거리감을 느꼈다. 희주는 어느새 악샤이와의 교미 이야기에 한창이었다. 그녀는 양손을 30센티미터 벌려 놓으며 말했다. "물건이 이만했어! 가래떡, 아니, 바나나보다 굵었어. 정말이야." 민서가 정서적으로 거리를 둘수록 희주는 물리적으로 더 가까이 다가와 앉았다. 민서는 참을 수 없어서 휴대전화의 플립을 급하게 열었다. "누가 만나자는데." 그녀는 최대한 자연스럽게 연기했다.

"윤지니?"

민서는 눈을 둥그렇게 떴다.

"맞구나. 너랑 윤지랑, 그런 거." 희주가 말했다.

"그런 거라니?" 희주는 민서의 말에 대답하지 않고 눈을 가늘게 뜨고 웃었다. 그 표정이 아까 '넌 알 줄 알았어'라고 할 때와 비슷했다.

"금요일이니까 홍대 앞 놀이터에 가겠구나?" 희주는 어조를 약간 비틀어 조금 높은 톤으로 말했다. 필시 대답을 회피하기 위한 전략이었으리라. 민서는 휴대전화의 액정화면을 힐끔 보았다.

"홍대?" "여자친구 공연을 봐야지."

"으응." 민서는 얼굴이 붉어진 채 자리에서 일어났다. 희주는 조금도 아쉬워하지 않고 짧게 "잘 가!"라고 말했다. 그녀는 민서에게 인사를 하자마자, 거의 식어버린 아메리카노를 홀짝거리다가 주위를 살피더니, 『중 · 고등 교사를 위한 교육 이론』을 얼굴에 바짝 들이댔다. 그리고 책에 얼굴을 파묻고 낄낄대기 시작했다.

아직 어두워지려면 두 시간 이상이 남아 있었다. 민서는 홍대 반대 방향의 지하철을 탔다. 집으로 가는 지하철 안에서 그녀는 오로지 하나의 물건을 생각했다. 베란다에 처박혀서 먼지 쌓이고 일부는 빛바랬을 한 켤레의 신발. 3천 원짜리 신발 두 짝을. 민서는 1년간 어둠 속에 갇혀 있던 그 물건에 드디어 빛을 비출 작정이었다. 집으로 돌아온 그녀는 샤워를 하고 머리를 단정히 빗었다. 깔끔한 베이지색 티셔츠와 짧은 카키색 반바지를 입었다. 채비를 갖춘 다음 베란다의 맨 구석으로 갔다. 먼지를 뒤집어쓴 두 짝의 신발은 1년 전 방수천 위에 아무렇게나 놓여 있던 그 모습과 흡사했다. 가격표도 그대로였다. 민서는 양말도 신지 않고 그 신발을 신었다. 뒤꿈치가 곧 까질 것처럼 아려왔다.

홍대 앞 놀이터는 이십대 젊은이 차지였다. 그곳은 클럽에 낼 돈이 없는 펑크밴드의 무료 공연장이자, 레즈비언의 만남의 장이자, 스케이트보드 동호회 회원들의 모임장소였다. 놀이터에 있으면 열정이 넘치는 젊은이들을 많이 볼 수 있었다. 민서는 그들을 보면서 위로받고 젊은 날의 불안을 스스로 이해하려 노력했다. 그러다 문득 화장실 앞에 흐리멍덩한 눈으로 앉아 있는 늙은 노숙자가 눈에 들어왔다. 헝클어진 머리에 기묘한 표정을 한, 그야말로 패자라는 말이 잘 어울리는 남자였다. 민서는 의식적으로 그 노숙자에게로 향하는 시선을 거두고, 그네 앞에 앉은 여자를 보았다. 담배를 입에 물고 그네에 앉아 기타 줄을 조절하는 파란 머리 여자였다. 그녀는 코를 뚫고, 왼쪽 귀에도 무지개 색깔의 링 귀고리를 일곱 군데나 달고 있었다. 무릎까지 내려오는 긴 카디건에는 보풀이 잔뜩 일었고 안에는 가슴 윤곽이 도드라지는 하얀 면 티셔츠를 입고 있었다.

"윤지야!" 여자는 반대쪽 공연장에서 스피커를 조정하는 한 남자의 외침에 고개를 들었다. 민서는 고개를 드는 여자와 눈이 마주쳤다. 윤지는 많이 변해 있었다. 예전에는 머리가 길었을 뿐 평범한 외모였다. 앞머리가 내려오지 않도록 핀으로 고정시켰던 게 치장의 전부였다. 게다가 그녀는 여성성이 드러나는 옷을 절대 입은 적이 없었다. 화장도 그렇게 진하게 하지 않았다. 담배를 피웠지만, 연속으로 세 개비를 피워대는 골초는 아니었다. 지금처럼 무릎까지 올라오는 길고 하얀 부츠를 신지도, 어깨에 커다란 기타를 메고 있지도 않았다.

"어, 민서? 오랜만이야."

민서는 윤지 입에서 담배연기처럼 확 풍겨져 나오는 어색한 표준어에 당황했다. 그 표준어에 질식될 것 같았다. 하지만 그보다 더 당황스러운 것은 시간의 흐름 따위는 별로 개의치 않는다는 듯 무심하게도 '오랜만이야'라고 외쳐버린 윤지의 태도였다. 이제 곧 놓쳐버릴 사람, 시간의 흐름에 따라 지나쳐버리게 될 사람, 그리하여 다시는 보지 않게 될 사람에게 반색하듯 하는 인사였다. 민서는 이에 대해 '그래, 오랜만이야'라고 대꾸하면 안 될 것 같았다. 그렇게 대답해버리면 둘 사이의 거리감을 인정하는 것이 되고 만다.

"뭐야, 여기서?" 민서는 이렇게 내뱉은 뒤 마음 졸였다. 윤지의 대답이 최소한 '미안해'만 아니라면 된다고 생각했다. 미안해, 만 아니라면.

"휴학밖에 방법이 없었어. 집이 부도났거든."

윤지는 기숙사를 나와 초등학교 친구와 함께 홍대 근처에서 자취를 시작했다고 했다. 친구는 홍대 근처의 클럽에서 베이스 기타를 치고 있었다. 윤지는 기타에 대한 호기심이 생겼고 두 사람은 함께 연습을 했다. 곧 윤지는 새로운 밴드를 결성할 정도가 되었다. 그전까지만 해도 그녀는 앞으로 어떤 일을 할지 전혀 예상하지 못했었다고 한다. 하지만 기타를 만나고 노래를 부르게 되면서 그녀에게는 새 세상이 열린 것만 같았다고 말했다.

"기타 칠 정도라면 손가락 부러진 건 아니네. 전화 정도는 할 수 있지 않았나?"

"미안해."

좀 늦었지만 어찌됐든 실망스러운 대답이었다. 그것은 아직 충분히 용해되지 않은 외로움이 민서의 마음 안에 남아 있음을 확인시켜주었다. 이미 다 아물어버린 고통이라고 생각했지만 민서에게 윤지는 여전히 핏빛의 상처와도 같았다. 윤지가 어떤 말을 던지느냐에 따라 민서는 상처받을 준비가 되어 있었다.

"난 기다리는 게 싫어. 일방적으로 기다리는 삶은 아무것도 선택할 수가 없잖아. 내가 아무것도 가진 게 없는 사람이라는 뜻이잖아. 그건, 어쩐지 불평등하잖아."

라고 민서는 말하고 싶었다. 하지만 시기를 놓치고 말았다.

"윤지야, 준비 다 됐어!" 아까 스피커를 조정하던 남자가 한 번 더 윤지를 불렀다.

"공연하러 가야 돼. 이따 보자." 윤지는 기타를 옆으로 메고 그네에서 일어섰다. 민서는 돌아서는 윤지의 등을 바라보았다.

"너, 이런 거 좋아하지 않잖아!" 민서는 다급히 윤지의 등을 향해 외쳤다. 윤지가 뒤돌아보았다. 그녀의 표정에는 '이런 거라니?' 하는 의문이 서려 있었다.

"이렇게 요란하고 시끌벅적한 거." 민서가 말꼬리를 흐렸다. 아주 짧은 시간 동안 여러 얼굴이 민서의 머릿속을 스치고 갔다. 기숙사에서 책을 읽던 너, 목련 밑에서 시를 읽어주던 너, 침대 위에 턱을 괸 채 조용히 낄낄대던 너. 날 좋아하긴 한 거니……

"버릇은 여전하구나. 상대를 맘대로 재버리는 거." 윤지가 말했다. 그녀는 달아나듯 성큼성큼 무대 쪽으로 걸어갔다. 민서는 윤지를 쫓아가려 했으나 그럴 수 없었다. 이미 해가 저물었고 많은 사람들이 놀이터에 몰려들었다. 민서는 "윤지 언니, 꺄아악!" 하고 외쳐대는 여중생들에게 밀리고, 담뱃불을 붙이느라 앞에 누가 지나가는지 보지 못하는 남자와 부딪혀 점점 뒤로 물러났다. 이제 민서와 윤지의 간격은 1년의 시간 차 이상으로 벌어졌다. 민서는 이제 윤지의 정수리조차 볼 수 없었다. 윤지와 다른 세 명의 멤버가 만들어내는 노래는 괴상하고 우스꽝스러웠으나 제법 많은 사람들이 공연에 열광했다. 두 곡을 연달아 부르고 난 뒤 윤지는 마이크에 대고 숨을 헐떡였다.

"우리보고 인디, 인디 하는데 저어헌, 그게헤, 말이 안 된다고 봐요. 우린 인디가 아니거든요. 우리가 원하는 음악을 할 뿐이고 그게 우연히 상업적이지 않을 뿐인 거죠. 우습지 않아요? 왜 지들 마음대로 재고 그래? 폭력적으로." 윤지는 이렇게 말하며 배시시 웃었다. 그녀가 마이크를 청중 쪽으로 내밀자 가냘픈 여자애들의 목소리가 한데 섞여 "네, 맞아요!" 하는 소음을 냈다. 윤지와 거기 모인 아이들은 깔깔 웃었다. 민서는 점점 더 뒤로 밀려났다. 그녀는 밀려나고 밀려나서 급기야 화장실의 악취가 몰려오는 지점에까지 이르렀다. 그 순간 그녀는 눈물이 핑 돌았다. 분홍색 가죽 하이힐을 신은 여고생에게 발이 밟힌 것이다. 여고생은 신나는 음악에 맞춰 제멋대로 날뛰고 있었다. 그러다 교과서라고는 찾아볼 수 없는 어느 별로 날아가 버릴 것 같았다. 여고생의 분홍색 하이힐의 굽이 자꾸만 민서의 신발을 즈려밟았다. 담배꽁초를 눌러 끄듯이 정확하고 날카롭게. 민서가 가장 싫어하는 분홍. 그녀는 그 천박하기 짝이 없는 분홍색 가죽 하이힐의 굽을 부러뜨리고 싶었다. 여고생은 끝내 뒤를 돌아 사과하지 않았다.

민서는 이제 밴드 공연의 반경에서 벗어나 아까 윤지가 앉아 있넌 그네 앞까지 왔다. 그네에 앉아 한쪽 다리를 다른 쪽 허벅지에 올리고 신발 한 짝을 벗었다. 뒤꿈치가 까져 피가 나고 있었다. 민서는 꺼져가는 불씨처럼 약한 신음을 내며 상처를 매만졌다. 다른 쪽 신발도 마저 벗어서 두 다리를 그네 위에 끌어올렸다. 두 팔로 종아리를 감싸 몸을 공처럼 만든 채 발가락을 꼼지락거렸다. 그네가 흔들리면서 바닥에 놓인 신발이 얼핏얼핏 보였다. 조악한 별 모양 디자인이 반짝거리는 까만 스니커즈 두 짝은 땅 위에 아무렇게나 놓여 있었다. 뒤축에 붙어 있던 가격표는 달아나고 없었다. 민서는 조금 불안해졌다. 신발은 정박된 것이 아니었다. 화장실 앞의 노숙자가 이 신발을 탐내고 있을 수도, 그 분홍색 하이힐이 신발을 먼 데로 차버릴 수도, 철없는 아이 하나가 신발을 들고 달아나버릴 수도 있었다. 차가운 바람이 불었다. 금요일 밤 파티 전단과 햄버거 포장지들이 날아왔다. 쓰레기가 부표처럼 떠밀려와 신발 위를 지저분하게 맴돌았다. 민서는 그네 위에 올려두었던 발을 내려 신발 안에 구겨 넣었다. 그리고 그네를 어지럽게 흔들면서 발목에 휘감기는 쓰레기를 복수하듯 밟았다. "3천 원이니까 견딜 수 있는 거야." 그녀는 신발 속에 숨어 있는 열 개의 발가락을 꿈틀거렸다. 뒤꿈치가 아려왔지만 그건 충분히 견딜 만한 아픔이었다.

해설

'이화'라는 역어(譯語)

김미현
(이화여대 교수, 문학평론가)

1. 열두 개의 이화

이화가 있고, 이화인이 있다. 문학이 있고, 작가가 있다. 그렇다면 이화를 문제 삼는 문학, 이화인인 작가가 있을 수 있다. 당연히 이화의 문학은 한정된 특권이 아니라 개별적 보편성에 더 가깝다. 이화인인 작가 또한 어떠한 문학적 이데올로기도 공유하지 않는다. 그들은 그저 '따로 또 같이' 문학과 이화를 생각한다. 이 느슨한 공감대, 자유로운 발상, 거침없는 시선이 이화를, 문학을, 작가를 이 한 권의 책에 모이게 했다. 2009년이 이화여대 창립 123주년과 이화여대출판부 창립 60주년이라는 외부적 조건은 이 작가들에게 중요하기도 하고 중요하지 않기도 하다. 그러니 이 책 속에는 열두 개의 이화, 즉 작가 수만큼의 이화가 있다. 세대나 전공, 작품 경향을 망라한 이화 출신 대표 작가들이 직접 이화를 바라보는 소설들을 처음으로 선보이고 있기 때문이다. 소문이나 풍문으로 전해지던 이화가 아니라 실체나 실재로서의 이화가 그 모습을 드러내는 것이다.

이화는 '뜨거운 상징'인가 아니면 '왜곡된 은유'인가. '숭고한 대상'인가 아니면 '상상의 공동체'인가. 이런 질문은 하나의 문학적인 '사건'이다. 사건에는 언제나 새로운 상황이 추가된다. 때문에 사건 속에서는 어떠한 안정된 질서나 통일성도 보장받지 못한다. 언제나 이화는 움직이고 흔들린다. 그런 이화가 바로 문학이 문제 삼는 이화이다. 내부와 외부의 경계가 흐려지고, 과거와 현재가 겹쳐지는 사건 속에서 이화는 도래한다. 이화는 언제나 이화만의 이화가 아니었다. 그래서 이화라는 단어 자체가 시대나 사회별로 다양한 문화 기억을 형성하는 문화 번역의 대상이 된다. 문제는 '이화' 자체가 아니라 '이화적인 것'이기 때문이다. 이럴 때 이화는 고유명사가 아니라 형용사이다.

2. 내부의 내부

이화 안에서 이화를 보면 이화의 상처와 영광이 더 핍진하게 다가온다. 특히 특정한 시간이나 장소와 연관되는 이화는 물리적인 좌표를 넘어서서 심상 지리지로서의 의미를 획득한다. 이화라는 말이 청춘과 동의어일 때는 더욱 그렇다. 아프지 않은 청춘은 없다. 이화에 있던 시간이 청춘의 절정과 맞물려 진행될 때 이화인들은 청춘의 생비자(生費者)로서 삶과 대면한다. 고통스럽지만 그만큼 찬란하다. 보편적이지만 그만큼 울림이 크다. 청춘은 언제나 청춘 그 이상이기 때문이다. 이화가 이화 그 이상이었던 것처럼. 예측 가능한 의미이거나 당연한 것이라고 무가치한 것은 아니다. 이화에서의 청춘을 빼놓고 이화를 제대로 말하기는 힘들 것이다.

김다은은 「가장 전망이 좋은 집」에서 올해로 서거 100주년이 된 메리 F. 스크랜튼 부인의 영혼이 이화 출신 소설가의 초대를 받고 이화역사관을 찾아오는 설정으로 소설을 이끌어나간다. 스크랜튼 부인의 '영혼 화자'는 이화학당의 모습을 축대에서 건물 구조까지 그대로 복원해 놓은 이화역사관에서 파노라마처럼 펼쳐지는 이화 100년의 역사를 되짚어본다. 한 소설가의 상상력에 의해 100년 만에 이화를 다시 방문하게 된 것이다. 그리고 소설가의 다음과 같은 고백을 듣는다.

> 스크랜튼 부인! 당신이 한 명의 학생으로 시작한 이래 백 년이 더 지난 지금까지 이 학교는, 은하계의 별처럼, 수많은 학생들을 배출했습니다. 그들이 사회에 나가 여성과 나라를 변화시키면서 일하고 있습니다. 당신이 그때 여성을 위한 학당을 세우지 않았다면, 우리나라 여성사는 많이 달라졌을 것입니다. 당신의 삶을 보면서, 나는 최근 한 인간이 이 세상에 대해 무엇을 할 수 있는지 어렴풋이 깨닫고 있습니다.
>
> 스크랜튼 부인! 우리 생의 한순간, 오늘 이 순간을 기억하며, 안녕!
>
> – 김다은, 「가장 전망이 좋은 집」

이화를 만든 선구자뿐만 아니라 이화 졸업생 엄마를 둔 초등학교 6학년 화자의 시선에도 이화라는 공간은 문제적이다. 고은주의 「그곳에 가면」에서 전업주부로 살면서 자신의 꿈을 잃어버렸다고 생각하는 엄마에게 이화 캠퍼스 산책은 양가적 의미를 지닌다. 새로 지은 ECC 건물 사이로 보이는 오래된 본관 건물을 통해 자신의 현재 모습을 확인할 수 있기 때문이다. "엄마는 그곳에 가면 슬퍼진다고 했지만 그보다 더 큰 위안도 받는 것 같았다. 그래봤자 과거를 뒤돌아보면서 헛된 위로를 받는 것이겠지만 그래도 그 순간엔 행복한 듯 보였다." 왜 엄마는 이화 안에 들어서면 행복해할까. 그 이유는 다음과 같다.

> 나처럼 살지 않기를 바라면서 나처럼 이 학교를 다니기를 원하는 게 모순처럼 느껴지겠지. 하지만 네가 나처럼 살지 않았으면 좋겠다고 생각하는 자의식이야말로 이 학교가 내게 준 선물이야. 끝없이 스스로를 돌아보면서 채찍질하게 만드는 힘을 나는 여기서 얻었거든. 그러니까 너도 나처럼 여기서 많은 걸 얻었으면 좋겠어. 나처럼 후회하는 길을 선택하지만 않으면 돼. 아니, 어떤 길을 가든 자의식을 잃지 않고 당당하기만 하면 돼.
>
> – 고은주, 「그곳에 가면」

우애령의 「선유실리」는 청춘에 대한 비망록이다. 데모와 최루탄과 휴교가 일상사가 된 대학생활이나 부도로 인해 파탄이 난 가정 형편 때문에 선유실리라는 강원도 산골마을에서 학생들을 1년 동안 가르치던 '나'는 그곳에서 기독교 단체 봉사대의 인솔자였던 젊은 목사와의 어색한 만남과 이별을 경험한다. 그리고 그가 떠난 직후부터 익명의 상대와 편지를 주고받으며 정신적 안정을 되찾아간다. "이화대학 졸업생이 강원도 산골에 와서 학생들을 위해 애쓰고 있다는 이야기는 미담가화에 속했기 때문"에 이루어진 편지 교환이었다.

> 그 시절, 자연 속에서 숨 쉬고 아이들을 가르치고 그 순박한 마음에 감동을 받으면서 세상과 사람들을 향해 닫혀 있던 마음의 문이 서서히 열리기 시작했던 것 같았다. 편지로 마음을 터놓고 소통할 사람이 있다는 사실도 삶의 빈 부분을 채워주는 것 같은 마음의 평화를 가져다 주었다.
>
> – 우애령, 「선유실리」

하지만 '나'가 서울로 올라오면서 편지 왕래가 끊긴 후 30여 년 만에 재회한 목사로부터 편지의 상대가 바로 그였음을 뒤늦게 알게 된다. 그리고 사실상 선유실리에서의 편지는 그와의 대화가 아니라 자기 자신을 사랑하기 위한 독백의 시간들이었음을 확인하게 된다. 그에게 보냈던 "나 가진 것 탄식밖에 없어 / 저녁 거리마다 물끄러미 청춘을 세워두고 / 살아온 날들을 신기하게 세어보았으니 / 그 누구도 나를 두려워하지 않았으니 / 내 희망의 내용은 질투뿐이었구나 / 그리하여 나는 우선 여기에 짧은 글을 남겨둔다 / 나의 생은 미친 듯이 사랑을 찾아 헤매었으나 / 단 한번도 스스로를 사랑하지 않았노라"라는 기형도의 시 속에 당시의 '나'의 청춘이 고스란히 담겨 있다.

한정희의 「그 맑고 환한 밤」은 좀 더 집약적인 한 장면에 청춘의 의미를 담고 있다. 이화여대 도서관에 근무하면서 평범한 일상을 영위하던 '나'의 앞에 20여 년 만에 나타난 강희주는 충격과 긴장을 불러

일으킨다. 뇌에 종양이 생겨 갑자기 기억을 상실한 이화대학 병원 산부인과 의사 강희주가 무의식 속에 찾아 헤맨 곳이 바로 20여 년 전에 '나'와 같이 봉사활동을 다녀왔던 강원도 정선 근처였던 것이다. 그곳에서 강희주와 '나'는 어느 늙은 남자의 소가 힘들게 새끼 낳는 것을 도와준다. 그리고 외로웠던 늙은 남자가 소에게 들려주는 평화롭고 편안한 노랫소리를 듣게 된다. 그 노랫소리를 듣고 강희주는 자신의 내면에 쌓여 있던 응어리를 풀어내며 진짜 울음을 운다. 상처투성이였던 자기 자신을 위한 제의에 가까운 "좋은 울음"을 운 것이다. 이로써 그곳은 강희주에게 정신을 잃고서도 다시 찾아가고 싶은 젊은 날의 원천지로 자리 잡게 된다.

> 생각하면, 20여 년 전의 그 맑고 환했던 밤을 무의식 어딘가에 내내 담아두고 있었던 강희주는 마음의 부자였다. 나는 그녀가 마음에 그토록 깊이 안고 있는 그 밤이 부러웠다. 그리고 그 밤을 그토록 오래 마음 깊은 곳에 간직하고 있던 그녀가 부러웠다. 그러자 나날의 일상적 삶과 직결된 것들 외에는 내가 마음속 깊이 따로 지닌 것이 아무것도 없음이, 내 삶이란 것은 그저 텅 빈 채 그 안에 아무것도 없다는 사실이 너무도 마음 아팠다.
>
> – 한정희, 「그 맑고 환한 밤」

이제 '나' 또한 강희주로 인해 사람이란 마음속에 간직한 것으로써 자신이 누구인지를 말한다는 진리를 깨닫게 된다. 그래서 '나'는 그녀와 '그 맑고 환한 밤'을 공유하면서 그때의 그녀처럼 진짜 울음을 운다. "그 느낌은 편안했고, 그리고 평화로웠다. 그리고, 무엇보다도 행복했다." 기억은 욕망으로 완성된다. 그리고 현재는 과거를 통해 유지된다. 그러니 중요한 것은 욕망이고 과거이다. 과거의 욕망이다. 그 가운데에 이화라는 욕망의 모호한 대상이 있다.

3. 내부의 외부

만약 이화에 대한 경배만으로 이루어지는 소설이 있다면 정치적으로는 옳지만 문학적으로는 단순할 것이다. 이화 내부에도 외부자가 있기 때문이다. 이화라는 이데올로기 때문에 상처받고 소외감을 느끼는 소수자나 타자로서의 이화인들도 분명히 존재한다. 이화도 하나의 사회이기 때문에 내부의 외부, 즉 내부 속에 타자를 포함할 수밖에 없다. 특히 이화가 지닌 고급한 이미지, 즉 사치와 허영과 연관된 부르주아 여대생의 이미지는 부정할 수 없는 현실이다. 역사나 계급 문제에 대한 성찰을 촉발시키는 이화 속 빈부 격차의 문제는, 그래서 언제나 '뜨거운 감자'에 해당한다. 절대적 빈곤보다는 상대적 박탈감에서 오는 존재론적 소외는 내부자의 시선에 의해 포착될 때 더 뼈아프게 다가온다. 물론 이런 신분이나 계급의 문제가 이화만의 문제인가에 대해서는 보다 면밀한 데이터가 필요할 터이다. 하지만 심리적 리얼리티로서 사람들이 느끼는 이화의 부르주아적 이미지는 내부자들도 여전히 극복하지 못한 위험하고도 지독한 이데올로기로 작용한다. 사실이 아니라 정서가 문제인 것이다.

합격자 발표 뒤에, C관 지하에 첫 등록금을 내러 가던 날, 아버지가 그 돈을 어떻게 마련했는지 지금도 알 수가 없다. 내 기억이 정확하다면 2만7천 원인가 하는 액수였고, 당시로서는, 특히 우리에게는 어마어마한 금액이었다. 그 돈을 조마조마하게 주머니에 넣고 사람들과 부대끼며 아버지는 어떤 생각을 했을까? 박마리아가 다니고 김수임이 다닌 이화대학. 유복하고 화려해 보이는 사람들. 환갑을 바라보는 나이에 극서민으로 전락한 아버지가 그런 사람들을 바라보며 느꼈을 감정이 그의 인생이 끝나고 시간이 많이 흐른 지금 다시 생각해보니 초겨울 꽃잎처럼 애처롭다.

– 이청해, 「밤을 건너는 사람들」

학교에는 갑부 집 딸들이 넘쳐났다. 그녀들은 10만 원짜리 큐빅핀을 머리에 꽂고 다니고 영문판 타임지와 테이크아웃 커피를 양손에 들고 학교를 돌아다녔다. 심지어 아버지가 사준 빨간 스포츠카를 타고 와서 교수용 주차장에 차를 세우는 여자애들도 있었다. 반면 민서는 머리핀도 꽂지 않았고 점심때는 김밥 한 줄에 백 원짜리 자판기 커피를 마셨다. 교통비와 밥값을 해결하기 위해 고등학생 과외 아르바이트로 한 달에 20만 원씩 벌었다. 그러나 등록금과 책값은 언제나 문구점 주인인 아버지의 몫이었다. 그녀는 학교 안에도 돈에 의한 계급이 형성되고 있음을 느꼈다.

– 권리, 「정박」

위의 두 개의 인용문은 각각 1948년생 작가와 1979년생 작가가 쓴 소설이다. 구체적인 양상은 다르지만 화려하고 유복한 이화대학의 이미지로 인해 상처받았던 기억이 시대를 초월해서 작품의 주조를 이룬다. 물론 이청해의 「밤을 건너는 사람들」에서 중요한 것은 이화의 부르주아적 성격이 아니라 사회주의 사상으로 인해 평생 이중의 삶을 살면서 자신의 학식과 권리를 박탈당해야 했던, 좌우익 대립 이데올로기의 피해자이자 한국 현대사의 산증인인 아버지의 삶, 그 영향으로 인해 적극적으로 살지 못했던 '나'의 대학생활이나 결혼생활, 문학활동 등이다. 하지만 일제 시대와 해방, 6 · 25를 거치면서 지식인에서 극서민으로 전락해간 아버지의 눈에 비친 이화대학의 의미를 통해 그 간극은 더욱 첨예하게 드러난다. 그래서 '나' 또한 "이화대학에 다니면서도 이화대학의 명성을 보란 듯이 누리지 못한" 시절을 보내게 된다.

권리의 「정박」은 가장 젊은 작가답게 가장 비판적으로 신자유주의 시대에 이화여대생으로 살아간다는 것의 의미를 되묻고 있다. 부자인 것이 더 이상 부끄러움이나 비난의 대상이 아니라 취향과 권리의 문제가 된 시대에 과연 '밥'의 문제를 어떻게 볼 것인가가 화두인 소설이다. 스타벅스 커피와 자판기 커피, 영어학원 수강과 등록금 인하 투쟁, 『공산당 선언』과 『중 · 고등 교사를 위한 교육 이론』, 물질에 대한 소유욕과 관계에 대한 욕망 사이에서 방황하던 민서는 3천 원짜리 운동화를 통해 자신의 정체성을 구별 짓는다. 욕망을 정박시켜 소유욕을 절단시키는 행위가 바로 싸구려 운동화 신기로 표출되는 것이다.

> 피디를 집에 들인 건, 남루한 집 안을 카메라에 담게 한 건 미친 짓이었다. 피디는 말했다. 어려운 여건 속에서도 학문에 대한 열정을 접

지 않았던 이정자 교수가 성추행에 관대한 우리 사회와 교수로 상징되는 권력 구조의 희생자가 된 건 안타까운 일이라고. 이정자 교수의 죽음을 공론화해야 할 필요성에 대해 열정적인 어조로 말했던 피디. 피디는 알지 못했을 거였다. 이정자 교수의 죽음이 방송에 나가면서 제인의 비밀이 드러나게 될 것을. 친구들에게 집을 보여준 적이 없었던 제인은 위로의 말과 쑥덕거림의 무덤에 갇혔다.

– 김향숙, 「그곳은 어떤가요?」

K야. 나는 나이를 먹어간다는 게, 어른이 된다는 게 어떤 일일지 알 수 없어 두려워. 세상을 살아간다는 건 점점 지름이 좁아드는 깔때기 안으로 미끄러져 내려가는 게 아닐까. 의자뺏기 게임을 할 때처럼 홍겨운 노래에 취해 의자를 놓쳐버리면 아무 데도 앉지 못하게 되는 게 아닐까. 멀뚱하게 서서 의자에 앉은 아이들의 안도하는 얼굴을 바라보게 될까 봐 나는 몹시 두려운 거야.

– 오현종, 「K의 어머니와 면회를 갔다」

소수자나 타자로서의 '가난한 자'가 지닌 궁핍은 젊음이 지닌 불확정성과 불안감을 가중시키는 결정적 요소로 작용하기도 한다. 가진 것이 없는 청춘에게 가난은 약자를 더 약하게 만드는 이중구속이기 때문이다. 물질적 가난 자체가 아니라 거기서 파생되는 실존적 소외가 더 큰 장애로 작용하는 것이다. 김향숙의 「그곳은 어떤가요?」에서 "로컬 브랜드"가 아닌 "수입 브랜드", 즉 화려한 진열장 안의 '명품' 인생을 살고 싶어하는 주인공 제인은 "교수 딸인 재수생, 할머니와 살아온 영화감독 지망생, 파슨스로 유학 준비 중인 패션 디자이너 지망생" 등의 여러 가지 가면을 적절하게 활용하는 삶을 산다. 그러나 지방 국립대학 출신으로 정식 교수가 되지 못한 엄마가 성추행 고발 사건에 연루되어 자살하자 초라한 자신의 처지가 백일하에 드러난다. 엄마 또한 학교 명예를 더럽혔다는 역공을 당한다. 희생자가 또 다른 희생자를 만드는 차별의 먹이사슬이 약자들의 존재 자체를 위협하는 형국이다.

오현종의 「K의 어머니와 면회를 갔다」에서 K 어머니와 '나'의 불화는 "여성복 디자이너인 K 어머니는 혹시 학교 앞 보세가게에서 4만 원 주고 산 내 원피스에 대해 한마디 하고 싶었던 게 아닐까"로 요약된다. K 또한 문학을 한다면서도 포즈로서의 가난을 관념적으로 좇을 뿐이다. K는 '나'와 이별한 이유를 다음처럼 밝힌다. "자신은 늘 아무것도 모르는 채 달리기만 하는 야간트럭 운전사처럼 살아왔다고, 자신의 미래에 대해 생각하면 흉측하게 부패된 고깃덩어리를 바라보는 기분이었다고."

여기서 주목해보자. 오현종 소설의 끝에서 '나'와 K의 이야기의 전모를 아는 '나'의 새 애인 Y는 좀처럼 약속 장소에 오지 않는다. Y는 이렇게 말했었다. "그런데 그 애가 나쁜 놈이면 안 되는 거니?", "누군가 다른 여자가 있었다 치자. 없었다면 달라졌을 것 같니?" 여기에 다음처럼 덧붙여 보자. '더 이상 젊지 않다면 많은 것이 달라질까?', '이화라는 메타포 속에 있지 않았다면 덜 헐벗은 느낌이 들었을까?', '젊음을 포함하는 모든 메타포는 그 자체로 하나의 폭력은 아닐까?', '이화의 소수자나 타자인 이들 자체가 이화를 스스로 반성하게 하는 호모 사케르(Homo Sacer)들은 아닐까?'

4. 외부의 내부

이화가 겉으로 드러나지 않아도 그 유전자가 소설 속에 내장되어 있는 경우도 있다. 이들은 이화 바깥에서 이화를 바라본다. 그리고 '이화'의 문학보다 '문학'의 이화를 추구하고, 이화 자체보다는 보편적 주제로서의 이화가 지니는 확대된 의미를 문제 삼는다. 이화의 개별성은 약화되지만, 대신 문학적 보편성을 확보함으로써 이화의 DNA를 이어나간다. 이화라는 이름으로 모든 것을 이야기할 수 있다면, 이화는 두꺼워지고 넓어진다. '문학 속의 이화'는 '이화 속의 문학'보다 크다.

배수아는 시간의 본질적인 속성을 통해 이화의 존재 양상을 문제 삼는다. 시간 자체가 기억과 망각, 과거와 현재, 실체와 이미지, 잠과 꿈, 진실과 허위 사이의 경계를 허문다면, 이화와 이화가 아닌 것, 이화인과 이화인이 아닌 사람의 구분 또한 무의미하다는 것이다. 「빠리 거리의 점잖은 입맞춤」에서 소설 속의 모든 혼돈과 중첩, 반복과 착종을 끌어가는 명제는 두 가지다. "너의 생은 네가 모르는 것과 네가 망각한 것으로 이루어졌다"와 "시간은 흘러가는 것이 아니라 단지 우리 내부에서 무한히 중첩될 뿐이라는 상상"이 그것이다. 빠리에 온 지 8년째인 '나'는 행정적인 서류상의 '나'와 불일치하는 영원한 이방인에 불과하다. 사진작가인 마오는 웃음을 파는 길거리 광대이기도 하다. 마오가 찍은 검은 내장 사진은 그 제목이 '빠리 거리의 점잖은 입맞춤'이다. 이때 차이는 무화되고, 반복은 지속된다. 초현실이 현실이다. 우리는 모두 '어디로 가기 위해서, 어디에서 왔는지' 모르는 시간의 수인(囚人)들이다. 그러니 다음과 같은 말은 청춘과 젊음, 과거를 바라보는 배수아식 성찰의 비장미를 아름답게 보여준다.

> 우리는 그때 알지 못했다. 우리가 그날을 실제 그날과는 아주 다르게 기억 속에서 상상하게 되며, 그런 상상 속에서야 비로소 상대편을 이해하리라는 것을. 그날뿐 아니라 지나갔다고 (잘못) 생각하는 모든 날들을 무한히 재현하며 살아가리라. 아마도 우리는 그것에 대해서 이미 한 번쯤은 이야기를 나누었을 것 같다. 단지 문득 떠올랐기 때문에 무심하게 꺼낸 대화들. 20년쯤 지나면, 지금 이 순간 지나쳐가는 이 공기와 빛과 냄새는 어떻게 변해 있게 될까. 앞으로 20년쯤 지나면, 지금 이 순간 지나쳐가는 이 공기와 빛과 냄새는, 아니 지금 이 공기와 빛과 냄새를 느린 기차처럼 지나쳐서 가고 있는 우리들 자신은, 어떤 공기와 빛과 냄새로, 어떤 공기와 빛과 냄새를, 지금 이 순간, 우리를, 혹은 그것을, 혹은 모든 것을, 지나쳐가고 있게 될까.
>
> — 배수아, 「빠리 거리의 점잖은 입맞춤」

이처럼 악무한적인 시간은 사람들로 하여금 가슴속에 깊은 심연을 가지고 살아가게 한다. 권지예의 「딥 블루 블랙」은 죽기 위해 검푸른 바다로 떠날 수밖에 없었던 소설가의 실존적 고독을 다루고 있다. 이 소설에서 '딥 블루 블랙'은 바다의 색이자 인간의 가슴속에 있는 심연의 색, 즉 죽음의 색이다. 그 누구도 헤아릴 수 없는 제 안의 깊은 심연을 비밀로 부치면서 그녀는 죽음 앞으로 한 발짝씩 천천히 나아간 것이다. 소설의 끝에서 그녀의 마지막 순간을 지켜보았던 2항사와 그녀의 옛 애인의 만남을 통해 인간의 보편적이고도 치명적인 한계로서의 타나토스적 충동을 확인하게 된다.

> 현은 와인을 한 잔 쉬지 않고 들이켰다. 서서히 자신도 검푸른 늪으로 맥없이 빠져들고 있는 것 같았다. 바다에 뛰어드는 그녀의 모습이 떠올랐다. 그녀가 곁에서 속삭이는 것 같았다. 죽음은 늘 바로 한 발짝 앞, 앞으로 디디기만 하면 돼…… 그때 청년이 다시 말했다.
>
> "그런데, 그런데요. 가장 두려운 건…… 제 안의 깊은 심연을 견딜 수가 없어요. 어떡하죠? 저는 이제 겨우 스물여섯이거든요."
>
> 현은 청년을 바라보며 서서히 고개를 저었다. 아니라는 뜻인지, 모르겠다는 뜻인지 현 자신도 알 수가 없었다. 보들레르의 시처럼 아무도 심연의 밑바닥을 헤아릴 길은 없는 것 아닌가. 어쩌면 사람들은 가슴속에 깊고 검푸른 바다를 품고 사는 게 아닐까.
>
> – 권지예, 「딥 블루 블랙」

함정임의 「상쾌한 밤」은 '딥 블루 블랙'의 색깔을 수직적으로 승화시킨 이야기를 담고 있다. 잘나가던 전직 펀드매니저 하린의 삶은 이해심 깊은 아내에 의해 힘들게 유지되고 있다. 하지만 갑작스럽게 등장한 여동생의 존재로 인해 힘들게 묻어두었던 생모에 대한 기억이 되살아난다. 전국에 집을 지으며 유랑하듯 살다가 빚을 유산으로 남겨준 아버지로부터 버림받았던 생모의 빛나던 시절을 복원시킴으로써 소원해지려는 아내와의 관계나 생면부지 여동생과의 관계가 새롭게 다가오게 된다.

그는 달을 바라보며 한 번도 본 적 없는 여동생의 얼굴을 떠올려보았다. 아내의 얼굴이 어른거릴 뿐 도무지 감이 잡히지 않았다. 그를 찾아 다솔사까지 여동생이 다녀갔다는 소식을 들었을 때, 그는 쫓기는 심정보다는 쫓는 사람의 애틋함을 느꼈다. 그 끝에 어제 아내로부터 연락을 받았을 때는 더 이상 외면할 수 없음을 깨달았다. 그런데 무엇이 그를 여기, 휘영청 달이 뜬 동해안, 기차가 지나가는 작은 해변으로 이끈 것일까. 생면부지의 오빠를 만나려는 여동생이나 *1978년 5월 송정*의 그녀를 찾아온 자신이나 무엇이 다르단 말인가. 그는 담배를 한 모금 빨아 연기를 내뿜으면서 이제 어디로 갈 것인가 잠시 망설였다. 바다에서 불어오는 밤바람이 상쾌했다.

– 함정임, 「상쾌한 밤」

인간은 연약하다. 하지만 그것을 알기 때문에 연약하지 않다. 정미경의 「번지점프를 하다」가 보여주는 역설은 바로 이런 인간의 양면성에서 유래한다. 모든 사물의 맨얼굴은 너무 연약해서 해골에조차 52.5캐럿의 다이아몬드를 박아야 하고, 돈은 많지만 언제나 쿨한 척하는 중년 남성 '박'은 포옹조차 제대로 할 줄 모르는 외로운 사람이다. 박의 차에 뛰어들어 보상금을 받아내려는 '진상'의 눈빛은 너무 맑아서 탈이고, 서울의 휘황찬란한 불빛 속에서 더욱 초라해져만 가는 '강'은 치매에 걸린 할머니를 돌보러 고향으로 내려가야 한다. 그러니 이들의 가면과 얼굴을 동시에 볼 수 있는 '나'가 그들을 위해 해줄 수 있는 것은 단 한 가지다.

바람이 세차게 불었다. 눈을 꾹 감았다 떴다. 안전요원이 강의 허리에 내 팔을 둘렀다. 강의 팔이 내 등을 감싸 안는다. 무릎과 무릎, 가슴과 가슴이 맞닿는다. 얇은 티셔츠 아래로 섬세한 근육이 느껴진다. 청년이 마지막으로 벨트를 점검하고는 뒤로 물러난다. 카운트다운이 시작되었다. 심장이 몸 밖으로 튀어나올 듯 툭툭 튄다. 그 박동이 강의 것인지 내 것인지 알 수 없다.

…… 넷, 셋, 둘.

두렵지 않아.

하나.

순간 몸이 허공 쪽으로 솟구친다. 발판이 사라지자 몸이 사라진다. 세상도 지워진다. 녹아내리는 시간이 끈적하게 몸을 감쌌다. 강과 나, 두 개의 심장만이 남는다. 발목을 묶은 끈이 중력에 저항하며 온몸을 잡아채기 전, 나는 강의 등을 더 세게 끌어안았다. 잔뜩 찌푸린 얼굴이겠지만 우린 똑같은 표정을 하고 있을 거라고, 똑같은 걸 느끼고 있는 거라고 말하는 대신.

– 정미경, 「번지점프를 하다」

둘이 하나가 되는 것, 가면을 벗고 서로의 얼굴을 드러내는 것, 몸 전체가 심장이 되는 것, 중력이 부력으로 변하는 것, 추락이 비상이 되는 것, 이것이 바로 번지점프가 알려주는 삶의 역설이다. 현실에 발을 묶고서도 하늘을 날아가는 방법이 있다면 삶은 견딜 만하지 않겠는가.

5. '이화–이기'에서 '이화–되기'로

이화는 이화다워도 문제이고, 이화답지 않아도 문제이다. 이런 딜레마는 이화답다는 것 자체가 열린 개념이기 때문이다. 이화에서 누구는 한국 여성교육의 밝은 미래를 읽고 가고, 누구는 온실 속 화초들의 나약함을 읽고 간다. 시대를 앞서가는 여성 지식인이 되기 위한 땀방울들에 감탄하는가 하면, 개념 없는 된장녀들의 소비 상품에 실망하기도 한다. 수평적이고 주체적인 활동을 경험할 수 있는 광장의 요소가 있는 반면, 비조직적이고 비사회적인 활동에 안주하려는 밀실의 요소가 잔존한다고도 본다. 아직도 이화는 이런 이분법적이고도 대립적인 평가 속에서 힘들게 서 있다.

최소한 문학은 이런 이화의 모든 것을 문제 삼는다. 단일한 개체나 집합체가 아니라 복합적인 불연속체나 다양체로서의 이화가 문학의 본질과 어울리기 때문이다. 그래서 이 소설집 속 이화는 공백이나 얼룩, 흔적, 경계에서 움직이고 있다. 고정적인 완성태가 아니라 생성 중인 가능태가 바로 이화의 작가들이 문제 삼는 이화이다. '이화-이기'의 '상태'가 아니라 '이화-되기'의 '과정'을 중시하는 것도 이 때문이다. 그래서 이화의 틈과 겹, 사이를 비집고 들어가 이화가 이화의 내부와 외부를 동시에 사유하도록 돕는다. 이화의 영광이나 긍지만이 아니라 상처나 결핍까지 문제 삼거나, 이화의 개별성뿐만 아니라 보편성까지 건드림으로써 이화를 다시 호명한다.

이처럼 이화가 이화를 말하고, 이화가 이화를 부르는 바로 그 지점에서도 이화는 순수한 이화 본연의 알몸(naked)일 수는 없을 것이다.

중개되고 번역됨으로써 어떤 시각을 덧입은 누드(nude)일 수밖에 없기 때문이다. 이화도 이화를 속이고 이화에게 속는다. 알몸은 없다. 그것이 '뜨거운 상징'이나 '숭고한 대상'이 지닌 운명이다. 다만 이렇게 말할 수는 있다. 열두 명의 작가들은 지나간 이화가 아닌 앞으로의 이화를 죽어 있는 관념이 아닌 살아 있는 목소리로 불러내었다고. 항상 이화에 대해 알고 싶었지만 감히 작가에게 물어보지 못한 것을 소설화하였다고.

이화, 번지점프를 하다

펴낸날 1판 1쇄 2009년 6월 26일
지은이 우애령 · 이청해 · 한정희 · 김향숙 · 정미경 · 권지예
김다은 · 함정임 · 배수아 · 고은주 · 오현종 · 권리
펴낸이 최민숙 | **펴낸곳** 이화여자대학교출판부
주소 서울특별시 서대문구 대현동 11-1(우 120-750)
등록 1954년 7월 6일 제9-61호
전화 02) 3277-2965, 2966(편집)
02) 3277-3164, 362-6076(영업)
팩스 02) 312-4312 | **전자우편** press@ewha.ac.kr
인터넷서점 www.ewhapress.com
책임편집 이혜지 | **디자인** 정혜진
찍은곳 한영문화사

ISBN 978-89-7300-830-8 03810

값 12,000원

* 잘못된 책은 바꾸어 드립니다.